Roteiristas do Amor

Katherine Center

Roteiristas do Amor

Tradução

Lenita A. Nascimento

JANGADA

Título do original: *The Rom-Commers*.

1ª edição 2025.

Editor: Adilson Silva Ramachandra
Gerente editorial: Roseli de S. Ferraz
Preparação de originais: Marta Almeida de Sá
Gerente de produção editorial: Indiara Faria Kayo
Editoração eletrônica: Join Bureau
Revisão: Vivian Miwa Matsushita

Dados Internacionais de Catalogação na Publicação (CIP)
(Câmara Brasileira do Livro, SP, Brasil)

Center, Katherine
Roteiristas do amor / Katherine Center; tradução Lenita A. Nascimento. – São Paulo: Editora Jangada, 2025.

Título original: The rom-commers.
ISBN 978-65-5622-106-9

1. Romance norte-americano I. Título.

25-271378 CDD-813.5

Índices para catálogo sistemático:
1. Romances: Literatura norte-americana 813.5
Eliete Marques da Silva – Bibliotecária – CRB-8/9380

Jangada é um selo editorial da Pensamento-Cultrix Ltda.
Direitos de tradução para o Brasil adquiridos com exclusividade pela
EDITORA PENSAMENTO-CULTRIX LTDA., que se reserva a
propriedade literária desta tradução.
Rua Dr. Mário Vicente, 368 — 04270-000 — São Paulo, SP — Fone: (11) 2066-9000
http://www.editorajangada.com.br
E-mail: atendimento@editorajangada.com.br
Foi feito o depósito legal.

Para o meu pai, Bill Pannill,
que adora as palavras tanto quanto eu.
Talvez até mais.

UM

LOGAN SCOTT ME ligou bem na hora em que eu estava preparando o jantar. Quase não atendi, porque eu e meu pai estávamos cantando juntos os maiores *hits* do ABBA. Pouca gente me faria interromper o ABBA — mas, sim, claro, Logan podia.

Logan era meu ex-namorado do Ensino Médio. Ele ainda se sentia culpado pelo modo como terminamos e lidava com essa culpa me enviando oportunidades de trabalho.

Não era o pior jeito de lidar com essa culpa.

Era a penitência que ele pagava por sua vida ilesa.

Embora a vida de ninguém seja de fato ilesa, acho.

Sua vida *menos* ilesa, talvez.

Ele era empresário. Em Hollywood. De roteiristas. Uma ocupação muito glamorosa.

Teoricamente, ele era *meu* empresário — apesar de eu nunca ter rendido nenhum dinheiro a ele. Eu era meio que seu caso *pro bono*.

Tudo bem, ele sempre insistia. Eu acabava recompensando.

Eu havia participado de dois concursos diferentes para escrever roteiros de cinema porque o Logan insistiu para que eu me inscrevesse. Ele me abriu as portas para que eu trabalhasse como *freelancer* para a *Variety*.

E todas aquelas críticas de filmes que escrevi que me renderam um salário mínimo? Cortesia dele.

Ele não parava de me enviar trabalho.

Eu disse a ele que deveria parar de se sentir culpado. Eu estava bem. Mas, na verdade, eu não quis dizer exatamente isso. Não se essa culpa dele fosse continuar pagando meus boletos.

Alguns, pelo menos.

Contei tudo isso para dizer que, naquela noite, em particular, Logan tinha uma oferta incrível para mim.

— Emma — ele começou. — Você precisa se sentar.

— Neste exato instante, estou virando panquecas para o jantar — respondi.

Minha irmã, Sylvie, estava vindo da faculdade para minha casa, por isso resolvi preparar a comida preferida dela.

— Você vai deixar cair todas essas panquecas quando ouvir isso — Logan disse, como se tivesse me imaginado fazendo malabarismos com as panquecas.

Cobri a pilha das que estavam prontas com papel-alumínio, desliguei a música e, do outro lado da sala, fiz sinal de "um minuto" com o dedo para o meu pai.

Meu pai aquiesceu com um aceno de cabeça e completou com um entusiasmado joinha, como se dissesse "*Faça o que você tiver de fazer!*".

— Estou pronta — disse ao Logan.

— Você está sentada mesmo?

— Não.

— Não estou brincando. Você precisa se sentar.

Fui até a nossa mesa de jantar e café da manhã e me sentei no meu lugar já definido.

— OK — respondi. — Estou literalmente sentada.

— Tenho um trabalho pra você... — Logan disse em seguida, fazendo uma pausa para criar um efeito.

— Eu aceito — respondi.

— Escrever o roteiro de um longa-metragem... — ele prosseguiu, esticando a frase.

— Feito! — falei, como se quisesse dizer "*Prossiga!*".

E então ele foi para o *grand finale*:

— Com o Charlie Yates.

Logan tinha me mandado sentar, mas, ao ouvir esse nome, eu me levantei.

Depois, congelei. E franzi a testa. E esperei. Seria uma pegadinha?

— Alô? — Logan disse, por fim. — Você ainda está...?

— Me desculpe — respondi, balançando a cabeça. — Achei que eu tivesse ouvido você dizer Charlie Yates.

— Sim, eu disse Charlie Yates.

Eu me sentei de novo.

— Charlie Yates? — repeti, como se houvesse possibilidade de equívoco.

Quase consegui perceber Logan abanando a cabeça.

— Sim.

Mas eu precisava de mais uma confirmação.

— Charlie Yates, o que escreveu *The Destroyers*? Charlie Yates que escreveu *The Last Gunslinger* e *Smokescreen* e *Forty Miles to Hell*? O roteirista dos roteiristas, a lenda viva, o responsável por metade do país repetir o bordão "Feliz Natal, caubói!"... esse Charlie Yates?

— Uhum — Logan confirmou como se estivesse degustando o momento. — Esse mesmo.

Tomei um gole de água gelada do meu copo.

— Ele escreveu uma comédia romântica — Logan me disse, e eu me engasguei.

Logan esperou enquanto eu me recuperava.

— *Charlie Yates* escreveu uma comédia romântica?

Então, eu achei suspeito. Um *western*? Com certeza. Um filme de horror? Sem dúvida. Uma aventura espacial distópica em que os robôs devoram todos os seres humanos? Num piscar de olhos. Mas uma *comédia romântica*?

Não mesmo.

— Ele não escreveu — eu disse, respondendo à minha própria indagação.

— Escreveu.

— E é... boa? — eu perguntei ao mesmo tempo que balançava a cabeça negando, para desfazer a pergunta.

Claro que era boa.

Eu tinha visto todos os filmes que Charlie Yates havia escrito e lido todos os seus roteiros — produzidos ou não —, todos os que consegui encontrar, claro. Eu os imprimi da internet e com todo o carinho os encadernei com grampos de papel antes de os colocar em ordem alfabética na prateleira exclusiva para eles na minha estante. Eu não os *li* apenas. Fiz marcações, anotações. Eu os cobri de *post-its* e pontos de exclamação. *Sem dúvida*, tudo o que ele escrevia era bom. Charlie Yates não escreveria um roteiro ruim nem se lhe ameaçassem de tirar todos os seus prêmios.

— Está horrível — Logan disse em seguida.

— O quê?

Não podia ser.

— Tão horrível que até chamar de horrível é um insulto para o adjetivo *horrível*.

Tentei assimilar isso.

— Você leu o roteiro? — perguntei.

— Meus olhos jamais serão os mesmos... mas, sim... Eu li o rascunho inteiro.

— Você leu o rascunho? — perguntei. — Como?

Como meu ex-namorado do Ensino Médio andava, de modo aleatório, lendo os primeiros esboços particulares do roteirista superstar mais amado do mundo?

Logan fez uma pausa e, então, disse:

— Veja, eu estava esperando o momento certo para contar isso a você, mas... na verdade, eu sou o empresário dele.

— O *quê?* — eu me levantei. De novo.

— Eu estava esperando para contar isso porque sabia que você ia surtar.

— Eu não estou surtando — respondi, mas, na verdade, agora, eu estava dando voltas em torno da mesa de jantar, fazendo um círculo sem sentido, parecendo uma doida. Eu sabia que Logan representava algumas pessoas de destaque. Mas não com *esse* destaque.

— Só pelo jeito que você está respirando, sei que surtou — disse Logan.

— Como eu estou respirando? — perguntei incisiva.

— Como uma superfã do Charlie Yates que neste exato momento está perdendo a cabeça.

Tudo bem. Ele não estava errado.

Respirei fundo e andei até a porta do apartamento, saí e caminhei sem pressa pela nossa sacada externa do quarto andar. Com muita calma. Como uma pessoa não surtada.

Tentei outra vez.

— Você está falando sério que é o empresário de Charlie Yates?

— Sim.

— Charlie *Yates?* — perguntei, frisando o sobrenome, como se ele talvez estivesse falando de outro Charlie. Em seguida, perguntei de novo: — *Charlie* Yates? — como se ele talvez estivesse se referindo a outro Yates.

— Sim para as duas perguntas.

Eu fiquei desconcertada.

— Há quanto tempo isso está rolando?

— Faz uns três anos.

— Três anos?! — gritei. Depois, disse mais baixo: — Você acabou de me dizer "três anos"? Você está trabalhando com o meu roteirista favorito *faz três anos* e nunca sequer mencionou isso?

— Não é porque eu nunca tenha pensado nisso — disse Logan, tentando, com sua voz, me acalmar. — Eu tinha decidido esperar até o momento certo.

Pensei em toda a alegria de estar a um tiquinho de distância de Charlie "Fodástico" Yates — uma alegria que já me fazia falta havia três anos. Então eu disse num tom acusador:

— Você "decidiu esperar"?

— Sim, porque, como você já sabe, o senso de ocasião é tudo.

Bem, ele não estava errado nisso.

Eu cheguei no limite da sacada do apartamento, me inclinei sobre o corrimão e olhei para as luzes noturnas sobre o estacionamento e as luzes dos carros na rodovia, mais além, e então para as luzes do centro da cidade brilhando a distância. Eu conhecia alguém que conhecia Charlie Yates. Tudo tinha um novo brilho cintilante.

— É justo — eu disse, por fim.

— Estou lhe dizendo agora — Logan falou — porque, como eu disse antes, tenho um trabalho para você.

Tudo me voltou à mente depressa.

— Isso. Você tem um trabalho pra mim...

— Escrever um roteiro... — Logan disse.

— Com Charlie Yates — completei, com a voz tinindo de admiração.

— Mas *re*escrever — Logan começou a explicar. — *Ghostwrite*. Preciso que você *conserte* esse negócio... difícil.

— É uma reescrita desde a página 1 do rascunho inicial?

— Página *zero* — Logan respondeu. — Ele fez um contrato verbal com um executivo da United Pictures, segundo o qual, se ele escrevesse essa comédia romântica, eles produziriam aquele filme de gângster que ele escreveu e está em discussão ainda.

Não é estranho que um roteirista com a fama de Charlie Yates tenha um roteiro não produzido, estagnado, de bobeira? De jeito nenhum. Na verdade, a maior parte dos roteiros da maioria dos roteiristas jamais chega a ser produzida. Em Hollywood, pode-se ter uma boa vida e ganhar um bom dinheiro escrevendo roteiros que nunca viram filmes. Mas é isso que fez de Charlie Yates essa lenda. Ter algo produzido era um feito. E Charlie vendeu um roteiro atrás do outro — que viraram filmes, ganharam prêmios, se transformaram em clássicos e, depois, eram citados palavra por palavra pelas pessoas, ano após ano.

— Adoro filme de gângster — comentei.

Eu tinha encontrado uma cópia pirata na internet e usado um bloquinho inteiro de *post-it* para anotar minhas impressões do filme.

E eu nem sequer gostava de filme de gângster.

Tampouco gostava de filmes de chefões do tráfico, ou dos de massacre em prisões, ou de palhaço assassino, de resgates marinhos em que todos são devorados por tubarões.

A não ser que tivessem sido escritos por Charlie Yates.

Ele era bom mesmo. Eu amava tudo o que ele fazia, embora o único gênero que eu particularmente de fato gostasse fosse... comédia romântica.

O único gênero que ele não escrevia.

Até agora, pelo que parece.

Ele era muito bom. Me obrigou a gostar dele — contrariando toda a minha personalidade.

— Ele também gosta dessa coisa de máfia — disse Logan. — Passou meses e meses em Chicago para pesquisar e usava um relógio de bolso o tempo todo. E está determinado a fazer, principalmente agora que está voltando de seu... — Logan hesitou antes de completar. — Hiato. Mas isso não pode acontecer enquanto ele não fizer essa comédia romântica. E, como já mencionei...

— É terrível.

— Vamos precisar de uma palavra melhor do que "terrível".

Precisei de um segundo para assimilar tudo isso.

— É aí que você entra — prosseguiu Logan, pronto para passar aos detalhes.

— Vai precisar da mãe de todas as reescritas. Sem os créditos, claro...

— Claro. Mas por um bom dinheiro.

— Quanto?

— Mais do que o valor a que você teoricamente tem direito segundo o sindicato dos escritores.

Aí é que está. Havia níveis de quanto se pode receber, de acordo com quanto sucesso já se teve. E, como eu não tinha alcançado quase nenhum sucesso — e digo isso com muita compaixão por mim mesma —, meu nível não era alto.

Não importa. Ninguém está nem aí.

Era o monstro sagrado do Charlie Yates.

— Me manda — respondi.

Não havia mais discussão. Eu ia reescrever o roteiro inexplicavelmente horrível do Charlie Yates sem receber o crédito? *Claro que ia*. Eu faria isso de graça. Para *ele*, eu pagaria, caramba! Eu já tinha aberto mentalmente um novo arquivo em "Último Rascunho" e salvado como CHARLIE F@$%STICO YATES.

— Mas há um porém — disse Logan em seguida.

— Qual é?

— Você precisa vir para Los Angeles.

Nesse momento, eu comecei a andar de um lado para o outro na sacada.

— Ir para Los Angeles? — repeti, como se isso fosse uma coisa que ninguém nunca tivesse feito.

— Não *para sempre* — Logan acrescentou. — Só durante o período de trabalho da reescrita.

Quanto tempo levaria uma reescrita? Eu nunca tinha feito esse tipo de trabalho para ninguém.

Logan leu meu pensamento.

— Seis semanas — ele disse. — Possivelmente, mais. Tem de ser um trabalho presencial.

— Mas... — comecei a falar e parei. Eram tantas objeções na minha mente, que tornava difícil decidir. — Que tal o Zoom? O FaceTime? Slack? Google Meet? Puxa... até mesmo o Skype! Há um milhão de meios virtuais para fazer isso.

— Ele é *old school* — Logan disse.

— Isso não é desculpa.

— E tem um ego gigantesco.

— Ele merece esse ego — comentei, trocando de lado. — Ele fez por merecer.

— A questão é: ele é o Charlie Yates. Ele consegue o que quer e do jeito que quer. E nunca vai aceitar apenas correções virtuais pela internet de nenhum roteirista desconhecido.

— Quando você coloca as coisas desse modo, eu não pareço muito interessante.

— Eu sei.

— Então, eu tenho que aparecer lá e... fazer o quê?

— Conquistá-lo.

— *Conquistá-lo?*

— Claro que não no sentido tradicional de "conquistar".

— Eu não posso ir para Los Angeles, Logan — respondi. — Não posso ir para *lugar nenhum*. Lembra do meu pai?

Mas Logan não estava disposto a mudar de ideia.

— E a Sylvie? — ele perguntou.

Droga. Ele me pegou.

— O que tem ela?

— Ela já se formou, não é?

— Sim, se formou, mas...

— Não era esse o plano desde o início? Ajudá-la a fazer a faculdade e, depois, a deixar assumir a obrigação dela?

— Esse *era* o plano — respondi, me preparando para ver até que ponto Logan estava certo. — Mas ela conseguiu um estágio de verão muito prestigiado na International Medical Aid.

— Papo-furado! — Logan gritou.

— Você quer dizer que eu estou de "papo-furado"?

— É a vez dela — Logan declarou, agora bravo comigo. — Você fez tudo durante dez anos...

— *Um pouco menos* de dez anos — corrigi.

— ... e o plano, desde o início, era que ela voltasse para o Texas depois da faculdade e assumisse.

— Sim, mas isso foi antes...

— Ligue para ela — Logan exigiu. — Ligue agora mesmo e peça a ela que volte. Você nunca mais vai ter outra chance como esta. É a oportunidade da sua vida.

— Eu não tenho que ligar para ela. Ela está vindo do aeroporto agora. Lembra das panquecas?

— Oportunidade perfeita — Logan afirmou em seguida. — Diga para ela no jantar.

Mas eu apenas me debrucei e apoiei a testa no corrimão de metal enquanto o caminhão de lixo passava roncando lá embaixo.

— Não quero fazer isso.

— Seja justa com você mesma, Emma — Logan tentou me convencer.

Por que ainda estávamos falando sobre isso? Eu tinha coisas para fazer e estava sem tempo para bobagem.

— Eu não vou atropelar os sonhos da Sylvie, Logan. Isso não está na minha lista de afazeres de hoje.

— Mas e você? — perguntou Logan. — E os *seus* sonhos?

Ao ouvir isso, eu me levantei.

— Meus sonhos foram atropelados há muito tempo — eu disse, como se fosse um "*Acabamos por aqui!*".

DOIS

NÃO FALEI COM a Sylvie no jantar.

Não seria só o primeiro jantar que teríamos juntas depois de meses que ela havia voltado para a faculdade, em janeiro passado — era sua festa de formatura. Uma formatura que, claro, eu e meu pai perdemos, pois ele não podia viajar — e, se ele não podia viajar, eu também não podia.

Não era apenas um jantar. Era uma comemoração. Minha irmãzinha brilhante e gloriosa havia se graduado *summa cum laude* e Phi Beta Kappa pela fascinante Carleton College — que, se vocês não sabem, é a Harvard do Centro-Oeste dos Estados Unidos —, e agora ela era, entre tantas outras coisas, a prova viva de que nossa família tinha superado todas as nossas tragédias e estava prosperando, enfim. Oficialmente.

Estávamos em festa, caramba!

Eu tinha feito um bolo em forma de chapéu de formatura e coloquei velas de estrelinhas nele. Enfeitei a cozinha com bandeirolas douradas e espalhei confetes pela mesa. Digitei minicardápios e enrolei em forma de diplomas.

Eu não ia estragar tudo isso me *mudando para Los Angeles*.

Precisávamos elevar a alegria ao máximo quando ela palpitava em nossa vida. Tínhamos de homenageá-la. Saboreá-la. E não pisoteá-la até a morte, nos lembrando de tudo o que perdemos.

Sylvie apareceu vestida com uma camiseta *cropped* com seus esvoaçantes cabelos lisos e loiros de contos de fadas, simbolizando a personificação da juventude, da beleza e da esperança — carregando quinhentas sacolas de roupas sujas. Eu a abracei e pulei em seu pescoço com uma alegria verdadeira, gritei e beijei suas bochechas. Papai nos encontrou na porta com seu andador e nós cantamos "Feliz formatura para você!" na melodia da canção "Parabéns a você". Meu pai ainda acrescentou um pouco de percussão com uma maraca. Depois, comemos pilhas de panquecas e salsichas e esguichamos chantili enlatado em tudo.

Nós nos sentamos em nossa saleta de jantar, conversamos e nos provocamos uns aos outros, e aproveitamos tanto cada segundo por estarmos juntos de novo que eu quase fiquei ressentida em algum cantinho da minha mente pelo fato de Logan Scott ter ligado do nada com aquela notícia maluca do Charlie Yates e eu ter complicado as coisas.

Este, entre todos os outros, era o dia em que eu menos queria que tivesse acontecido qualquer coisa.

Quanto mais a noite avançava e quanto mais tempo passávamos sentados conversando, pondo os assuntos em dia e tomando *root beer* com bola de sorvete flutuante de sobremesa, mais a memória daquele telefonema se dissipava em minha mente. Eu tinha uma sensação crescente de paz pelo fato de a crise ter passado — por não ter mais de tomar decisões difíceis e porque a vida continuaria tão normal e previsível, e vagamente insatisfatória, como sempre.

Eu só queria ser feliz — sem complicações, simplesmente feliz — por, digamos, *uma noite*. Era pedir muito?

Aparentemente, sim.

Senso de oportunidade de fato era tudo. Eu acho.

TALVEZ VOCÊ ESTEJA se perguntando por que meu pai, um homem de 55 anos, teve de usar um andador para chegar até a porta e cumprimentar minha irmã, ou por que não pudemos ir à formatura dela, ou por que seu instrumento de percussão preferido era *uma maraca*.

Vou lhe dar a mesma resposta um tanto alegre e bem simplificada que sempre dávamos a todos. Havia pouco menos de dez anos, meu pai teve um "acidente de acampamento".

Pressionada por mais explicações, acrescento: ele foi atingido na cabeça num repentino deslizamento de rochas quando estava escalando no Parque Nacional de Yosemite e sofreu uma lesão traumática no cérebro — o que o deixou com um lado parcialmente paralisado, num estado chamado hemiplegia, além de isso ter originado um problema no ouvido interno chamado doença de Ménière, que desalinhou o seu equilíbrio de um modo profundo.

Esse é o resumo de uma longa história.

Estou deixando muita coisa de fora. Na verdade, estou omitindo a pior parte.

Mas isso é suficiente, por ora.

É por isso que meu pai não pode ficar sozinho. É por isso que ele andava pelo mundo como se tivesse 90 anos. É por isso que eu me preocupava com ele 24 horas por dia, durante os sete dias da semana. E é por isso que escrever um roteiro com Charlie Yates em Los Angeles estava total, completa e inteiramente fora de questão.

Eu não ia me esquivar de minhas responsabilidades.

Não ia abandonar meu pai.

E não, não e *não* ia ofuscar o potencial da minha irmãzinha deixando para ela as responsabilidades de cuidadora médica num apartamento de 56 metros quadrados.

Não ia fazer isso. Eu não poderia...

Até que li o roteiro.

O *E-MAIL* DO Logan com o assunto "Pedido de desculpas antecipado" chegou na minha caixa de entrada quando Sylvie estava se aconchegando na cama de cima do beliche com seus fones de ouvido e logada na Netflix. Já estávamos de pijama, com as luzes apagadas, e eu fiquei um bom tempo olhando para aquele anexo até que, por fim, resolvi clicar para abrir o arquivo.

Uma hora depois, eu o declarei oficialmente: "*Horrível!*".

Iríamos mesmo precisar de uma palavra mais horrível para designar "horrível".

A princípio, pelo menos em tese, era uma versão atualizada da clássica e adorada comédia romântica *Aconteceu Naquela Noite*. Escrita por uma pessoa que evidentemente jamais havia assistido ao filme.

Se vocês não o viram, façam-se um favor: parem tudo o que estiverem fazendo, não importa o quê, e assistam. Esse filme já tem 90 anos e ainda brilha com energia, vitalidade e encanto. Um jornalista durango e azarado tenta ajudar uma *socialite* fugitiva a viajar de ônibus para Nova York na esperança de conseguir sua reportagem exclusiva — e, em vez disso, ele se apaixona perdidamente por ela. Clark Gable é muito *sexy*. Claudette Colbert é linda e atrevida. E a tensão romântica? É de *assistir* se *deliciando*. É o *road movie* de comédia romântica que deu início a milhares de *road movies* de comédias românticas — e arrebatou Oscars, vencendo as cinco categorias, entre elas, a de melhor roteiro. É um titã do gênero. É praticamente sagrado.

E Charlie Yates, meu adorado Charlie Yates, meu padrão de ouro, o escritor pelo qual todos os outros escritores são julgados, meu roteirista herói absoluto de todos os tempos...

Ele tinha mutilado o filme.

Ele o maculou.

Ele o *profanou*.

Esse negócio que ele fez — eu nem quero dizer "escreveu"... Não tinha entusiasmo, estrutura, nem humor, nenhuma alegria — e nenhuma cena que sequer lembrasse o filme original. O título era o mesmo, os nomes dos personagens também eram os mesmos. Mas era só isso. Será que ele estava *entorpecido* quando escreveu? Estava *no meio de uma cirurgia odontológica*? Como pode alguém tão bom e com tanta maestria na escrita — alguém que pode fazer você torcer por um *serial killer*, acreditar em fantasmas e *gostar* de verdade de robôs canibais — pegar uma coisa que já funcionava bem, e funcionou durante noventa anos, lhe arrancar o encanto e jogar numa máquina de fazer serragem.

Acho que Clark Gable e Claudette Colbert devem estar se remexendo no túmulo.

Ele fez os personagens irem a uma competição de *line dance*.

Uma competição de *line dance*!

Alguma coisa estava acontecendo. Será que Charlie Yates teve um derrame cerebral? Um *chat bot* reescreveu secretamente o verdadeiro roteiro em forma de piada? Será que Charlie Yates estava sendo mantido refém em algum lugar e sendo forçado, com uma arma na cabeça, a escrever uma história ruim que acabasse com sua carreira?

Só que *fim de carreira ruim* nem sequer exprime a ideia, neste caso.

Aquele troço era apocalíptico.

E lá estava. Não sei por que, *aquilo* foi a gota d'água para mim.

A vida real tinha o direito de ser decepcionante. Diacho! A vida real tinha *consentimento* para ser decepcionante. Morar sozinha num apartamento minúsculo com meu pai doente? Lecionar inglês para calouros da faculdade comunitária para termos plano de saúde? Renunciar a meus próprios sonhos para que minha irmãzinha mimada, mas adorável, pudesse viver todos os sonhos dela sem dificuldades? Tudo bem. Eu não consegui criar as regras para a realidade.

Mas as histórias de ficção têm opções melhores.

Eu não ia deixar Charlie Yates arruinar esse filme, a carreira dele, o gênero comédia romântica em geral e a *vida de todos nós* com esse desastre nuclear de roteiro.

Aquilo foi o meu limite.

Ninguém ia desrespeitar o *Aconteceu Naquela Noite*. Não diante dos meus olhos.

Eu nem tomei uma decisão, sério. Terminei de ler, fechei meu *laptop*, passei para a cama de cima e fiquei olhando para a Sylvie até ela tirar os fones de ouvido e perguntar:

— O que foi?

— Acabei de ler um roteiro de comédia romântica que vai destruir a civilização humana tal como a conhecemos — eu disse.

Meia hora depois, ela sabia da história toda: do telefonema do Logan, do problema do Charlie Yates, da oportunidade da minha vida. Antes mesmo que eu soubesse o que ela estava fazendo, ela já estava digitando um e-mail para sair do seu estágio de verão, alegando "uma emergência na família".

— Você não pode deixar de fazer o seu estágio! — Eu lhe disse quando percebi o que ela estava fazendo.

— Claro que posso — ela respondeu.

— Falta uma semana! Você assumiu um compromisso.

— Eles chamam outra pessoa da lista de espera.

— Mas... — Eu abanei a cabeça. — Mas é muito prestigiado.

Sylvie encolheu os ombros e disse:

— Vou outro ano.

— E se eles não aceitarem você em outro ano?

— Vou para outro lugar.

Mas eu negava, balançando a cabeça de um modo veemente. Isto é, eu reconhecia que tinha dado início àquilo. Fui eu que subi a escada do beliche e contei tudo a ela. Afinal, ela era uma pessoa de bom coração. Eu podia ter previsto que ela ia tentar resolver isso.

Mas agora, que estava acontecendo, eu não conseguia suportar.

O que será que ela estava pensando... desistir do estágio?

Será que eu a protegi demais? Será que ela tinha tido muita facilidade? Não sabia o quanto o mundo era horrível?

— Não sei se você entendeu o quanto essas oportunidades são importantes — observei. — Você não pode dá-las como certas. O mundo é horrível. As oportunidades de brilhar não caem do céu, não.

— Você ouviu o que está me dizendo, não ouviu? — Sylvie me perguntou. — Idem, digo o mesmo. Você sabe que grande oportunidade é o Charlie Yates? Nós o estudamos nas aulas de teoria do cinema.

— Mas você é… — Eu não conseguia pensar numa justificativa. — Você é *jovem*.

— Você também é jovem.

— Você tem um futuro promissor.

— Você também.

— Mas você é… — Eu encolhi os ombros. — Você é a Sylvie. Você é a minha Sylvie.

— E você é a minha Emma.

Fiz que não com a cabeça, tentando dizer a ela que esse argumento não tinha nenhum peso.

— Não posso tirar de você essa oportunidade.

— E eu não posso tirar a *sua* oportunidade de *você*.

— Mas você já disse "sim" para a sua oportunidade.

— Mas a sua oportunidade é maior que a minha.

Quanto mais argumentávamos, mais eu sentia que deveria assumir um lado. E é claro que esse lado era sempre o da Sylvie. Ela era de fato a minha Sylvie. Eu praticamente a criei. Entre mim e Sylvie, eu escolhia Sylvie — toda vez. Isso era um fato. Eu não sabia ser sua irmã/mãe substituta de outro jeito.

Mas Sylvie não desistia.

— Acho que vamos ter de decidir na cara ou coroa.

— Não vou fazer isso, Sylvie.

Argh. Criei um monstro. Eu vencia todas as discussões — mas, agora, ela já era bem grande para me vencer.

— Sabe de uma coisa? — tentei encerrar o assunto. — Vamos falar sobre isso amanhã.

— Tarde demais — Sylvie respondeu em seguida, com um olhar travesso e desafiador. — Acabei de clicar em "ENVIAR".

— Você *o quê?*

Ela deu de ombros, como se tivesse vencido.

— Enviei o e-mail.

— Nós não tínhamos acabado de conversar!

— Eu tinha decidido — Sylvie afirmou. — Você vai para Los Angeles.

— Escreve de novo para eles! — Eu disse, agarrando o *laptop* dela. — Diga que foi um equívoco!

Mas Sylvie agarrou o *laptop* contra o peito.

— Nunca! — ela disse.

Estávamos quase começando a lutar para arrancar o *laptop* uma da mão da outra quando a voz do papai atravessou a parede.

— Meninas! — ele gritou. — Parem de brigar!

Eu e Sylvie congelamos, de repente, e nós olhamos uma para a outra como se disséssemos "*Agora, você acordou o papai!*".

Depois, ouvimos a voz dele de novo, mais profunda dessa vez — ressoante e decisiva, como a voz de Deus.

— Vamos discutir isso amanhã de manhã, como pessoas racionais — ele disse, num tom definitivo. — E, depois, vamos votar. E então... — ele pausou para ser mais claro — vamos mandar Emma para Los Angeles.

TRÊS

UMA SEMANA DEPOIS, eu estava no avião.

Eu podia facilmente ter levado *um mês* para fazer minhas malas e organizar os medicamentos do meu pai, etiquetar as prateleiras com suprimentos, usar códigos de cores nas listas de afazeres diários e cobrir cada superfície com lembretes em papeizinhos adesivos.

Cuidar do meu pai não era uma arte — era uma ciência, e com toda a certeza não era para amadores. Sylvie era uma garota esperta, segura, mas ela não havia recebido nenhum treinamento para isso, e eu me sentia como um astronauta entregando as chaves do ônibus espacial para um chimpanzé.

— Ele tem de beber, no mínimo, um litro e meio de água todo santo dia — eu dizia a Sylvie enquanto marcava com tinta permanente as garrafas de água no armário. — E ele não vai se lembrar. Por isso, você tem de ir atrás dele em todo lugar e o incomodar.

— Tenho mesmo de incomodá-lo? — Sylvie perguntou como alguém que nunca tinha sido cuidadora de ninguém.

— Se você não o perturbar, ele não vai beber água suficiente, e vai haver um pico do nível de sódio no organismo dele, vai acumular líquido no ouvido interno dele, e ele vai perder o equilíbrio, bater a cabeça e acabar passando a noite toda no pronto-socorro.

— Ah — Sylvie exclamou. — *Incomodá-lo*. Entendi.

— É bom ter uma tabela com códigos de cores — eu disse, abrindo um dos armários da cozinha para mostrar a ela onde estavam adesivados os últimos três meses. — As caixas azuis são para água. As amarelas são para os multivitamínicos. Vermelho, roxo, laranja e verde são todos para medicamentos. E os adesivos estufadinhos de unicórnio são para o sódio.

— Parece que o papai não se sente motivado por adesivos fofinhos de unicórnio.

— Os adesivos não são para ele. São para mim.

Sylvie apertou os olhos para ler a tabela.

— E como funciona esse negócio do sódio?

Será possível que ela não sabia disso? Será que a protegi tanto assim? "Miligramas de sódio" tinha sido o princípio organizador da minha vida durante a última década.

— Temos de manter a ingestão de sódio do papai abaixo de mil miligramas por dia — eu a informei —, o que não é fácil. Uma fatia de fiambre tem duzentos.

— Mas como vou acompanhar isso?

— Saquei meu guia prático de sódio todo desgastado e cheio de orelhas.

— Você decora isto. Com fervor. — Mostrei o livro com orgulho. — Aprenda-o. Viva-o. Eu consigo lhe dizer quanto de sódio tem em qualquer alimento que você possa mencionar.

Sylvie olhou para o livro com hesitação.

— Sério — confirmei —, é verdade. Tente. Me pergunte algo.

— Morango? — Sylvie perguntou.

— Dois miligramas por xícara.

— Arroz branco — ela perguntou em seguida.

— Nove miligramas por xícara.

— Batata frita!

— Sessenta e oito miligramas num saquinho.

Sylvie fez que sim, aprovando.

— Tente me surpreender — eu a provoquei. — É um desafio. Posso passar o dia todo. Trufas. Suco de abacaxi. Beterraba. Moluscos.

— Parece que você sabe mesmo o que faz.

Fiz que sim com a cabeça, como se dissesse *eu sei*.

— Vou detonar você — eu arrematei.

A obsessão por sódio, claro, era para procurar controlar a doença de Ménière.

Não se sabe exatamente o que a causa. Mas já se sabe que é uma doença do ouvido interno que causa perda de equilíbrio. No caso do meu pai, começou claramente em consequência de sua lesão cerebral, e o caso dele foi bem grave, não se resolveu com o tempo. De todo modo, ele teria instabilidade nos pés, por causa da paralisia parcial do lado esquerdo, mas a doença de Ménière piorou isso cem vezes.

Mais do que a falta de firmeza, no entanto, ele tinha um sintoma chamado "ataque de queda", em que ele sentia algo, de repente, como se tivesse sido derrubado no chão; ou mesmo, às vezes, como se o próprio quarto virasse de cabeça para baixo num movimento brusco.

É por isso que tínhamos tapetes em toda parte e almofadas industriais no chão da cozinha e protetores de espuma nos cantos pontudos dos móveis. É por isso que ele não dirigia mais nem usava escadas, se pudesse evitar. É por isso que nós já éramos bem conhecidos de alguns enfermeiros do pronto-socorro mais próximo.

É por isso que eu não confiava em Sylvie para ela assumir essa responsabilidade.

Eu não estava segura de confiar a ela a administração das coisas durante *seis dias* — muito menos seis semanas.

E era por isso que, naquele momento, eu não conseguia dormir no voo.

O que eu estava fazendo? Aquilo era uma insanidade. Eu não podia simplesmente deixar meu pai com uma garota de 22 anos. Mesmo uma pessoa com formação universitária e com uma chave *Phi Beta Kappa* precisava de mais do que uma semana de preparação para aquilo. Nossa vizinha viúva, do apartamento ao lado, a senhora Otsuka, concordou em dar uma olhada neles depois de ter me visto chorando na lavanderia, mas isso não seria suficiente. Partir (na verdade, fazer as malas e pegar meu primeiro voo depois de quase uma década) me parecia algo tão irresponsável que eu não conseguia acreditar que estava deixando isso acontecer.

Sentada naquele avião, apertada numa poltrona do meio na última fileira, ao lado do banheiro, ouvindo uma descarga atrás da outra, eu me dei conta de que estava tremendo.

Tremendo de verdade. Muito.

Não apenas minhas mãos, como num dia de frio quando se esquece de levar as luvas. Meu corpo todo, de maneira profunda. E meu coração estava batendo como um tambor — tão forte que, quando olhei para baixo, vi o tecido da minha camisa vibrando.

Seria medo?

Eu estava com medo de voar? Medo de deixar meu pai? Medo de mudar minha vidinha limitada?

Com certeza. Sim. Todas as alternativas anteriores.

Mais do que isso, porém… eu ia sentir saudade dele.

Meu pai não era apenas um pai. Ele era a minha pessoa favorita.

Ele era a pessoa favorita de todo mundo.

Ele era um *encanto*.

Às vezes, uma lesão cerebral traumática causa alterações de personalidade na pessoa — ouve-se falar muito sobre raiva e depressão em consequência de lesões do cérebro como a dele, e faz sentido. Mas, se a lesão o mudou, e eu não sei se isso sequer é possível do ponto de vista médico… ela o deixou mais carinhoso.

Meu pai sempre foi o pai que todo mundo queria ter. Se houvesse uma loja de pais, ele seria o mais vendido. Eles teriam prateleiras e mais prateleiras repletas dele para vender. Ele era sempre amoroso e incentivador, envolvido e brincalhão — mesmo antes.

Mas, agora, depois de tudo isso, ele estava até um pouco mais impressionante.

Ele estava feliz.

Perdera tudo naquele deslizamento de rochas — e encontrou um jeito de continuar a vida. Não só isso. Ele encontrou um jeito de rir. E de cantar músicas engraçadinhas. E de fechar os olhos e virar o rosto para o sol.

E ele me fazia fazer tudo isso também.

Como ele conseguia? Como ele conseguiu estar numa situação à beira de um Grand Canyon pessoal de sofrimento e se sentir... *grato*?

E como, meu Deus, eu enfrentaria esse mundo desalmado sem ele?

O que seria de mim sozinha?

Antes do deslizamento das rochas, meu pai era violoncelista.

Depois do deslizamento, ele aprendeu sozinho a tocar todos os instrumentos que se podem tocar com a mão — se tornou mestre na gaita, nas castanholas, na cítara, no pandeiro, na flauta doce e no trombone de vara. Também aprendeu crochê de uma mão só, cerâmica e artesanato com contas.

— Você escolhe as cores — ele dizia —, eu faço a mágica.

Ele ficou tão bom em montar colares de contas que abriu uma loja no Etsy.

Isso, na verdade, rendia um dinheiro extra para nosso orçamento mensal.

O que estou dizendo é que eu sentiria falta dele de fato. Então, dei por mim me perguntando, enquanto passávamos por um pouco de turbulência e eu apertava com força o apoio de braços, se talvez não fosse melhor que os sonhos nunca tentassem se concretizar.

QUATRO

NÃO CONHEÇA SEUS heróis. Não é isso que dizem?

Ah! Eles estão muito certos.

Logan me pegou no aeroporto LAX com sua BMW, cuja placa personalizada dizia KILL N IT [ARRASANDO]. O que era bem a cara de Los Angeles.

Embora aparentemente ninguém mais pegue alguém no LAX.

Sei disso porque foi a primeira coisa que Logan me disse quando entrei no carro.

— Espero que você esteja agradecida — ele disse.

Eu me atrasei para me encontrar com ele porque minha enorme mala tinha ficado presa na esteira rolante das bagagens e a minha mala de mão estava com uma rodinha quebrada que se arrastava e rangia como se estivesse suplicando misericórdia, e me atrasava. Também porque fiquei tanto tempo no banheiro do aeroporto tentando transformar meu cabelo vermelho encaracolado em algo... hã... *menos encaracolado e menos vermelho*, que perdi a noção do tempo.

Eu não odiava meu cabelo nem nada. Ele só estava... muito volumoso.

Era a primeira — e a última — coisa que se notava em mim. Como minha amiga Maria disse, uma vez, sobre ter cabelos encaracolados: *Você não os controla. Eles a controlam.*

No fim, eu me conformei com a mesma coisa que fazia com os cabelos todos os dias: puxar tudo para trás num rabo de cavalo alto com um scrunchie e dar por encerrado o trabalho. A outra opção era deixar o cabelo solto — descendo da minha cabeça feito lava. Mas eu precisava ter consideração com o pobre do Charlie Yates. Aquilo era muito para assimilar num primeiro encontro. No visual.

Eu não queria assustar o pobre homem.

Também pensei demais na minha roupa, a propósito. Jeans, tênis Converse cano baixo e uma blusinha estampada com decote canoa. Será que eu estava informal demais? Muito afetada? Não agressiva o suficiente? Será que talvez devesse ter vestido um *tailleur* cinza-chumbo com tons de aviador? Como será que se veste para encontrar o melhor roteirista do planeta?

Logan, pelo contrário, sabia exatamente como se vestir — um terno perfeito, sob medida, tão caprichosamente passado que quase tive medo de abraçar meu amigo. Em oito anos, era a primeira vez que eu o via em algum lugar que não fosse uma chamada de vídeo ocasional no FaceTime, mas ele estava exatamente com a mesma aparência.

— Você não mudou nada — eu disse enquanto prendíamos o cinto.

— Você está brincando? Estou muito mais legal. — Então, ele olhou para mim. — Você é que não mudou.

E daí que eu estava usando os mesmos brincos de argola que usei na formatura do Ensino Médio? Eram de prata pura.

Achei que podíamos parar para almoçar ou para um café, mas Logan dirigiu direto para a casa de Charlie Yates, que ficava nas Colinas de Hollywood — sem direito a parada.

Acho que aquilo estava mesmo acontecendo.

— Espero que você tenha feito xixi no aeroporto — Logan disse, num tom como se falasse “*Sem volta, agora*!”.

— Como um cavalo de corrida — respondi, num tom que eu esperava que dissesse "*Vá em frente!*".

Sim, eu e Logan namoramos na época do Ensino Médio, mas sempre fomos amigos, em primeiro lugar. O pai dele, muito galante — americano, negro e de Atlanta —, tinha conhecido sua elegante mãe — britânica, branca e produtora de TV — quando trabalhou como correspondente de guerra. Logan foi criado na maior parte do tempo em Londres, até que seu pai conseguiu um emprego de âncora do jornal da noite em Houston, e ele apareceu como o aluno novo no meu colégio.

Criamos laços porque éramos os únicos dois alunos das aulas de inglês que achavam que o poema "After Apple-Picking" deveria se referir a sexo.

Além disso, embora ele fosse alto e eu não, e embora ele tivesse um elegante sotaque britânico e eu parecesse uma simples adolescente americana, e embora a sua pele fosse de um tom moreno jambo, e a minha fosse tão pálida e cheia de sardas que um colega das aulas de fotografia não parava de me olhar, apertando os olhos e dizendo que gostaria de poder acrescentar um pouco de contraste... apesar disso tudo, tínhamos a mesma cor de olhos, cor de avelã.

Exatamente a mesma.

Por isso, começamos a dizer para as pessoas que éramos gêmeos.

"Não gêmeos idênticos, claro", nós dizíamos.

Essa brincadeira era tão engraçada, e nós ficamos tão bons nela, que, às vezes, as pessoas acreditavam em nós. Se alguém chamasse a atenção para as nossas evidentes diferenças genéticas, eu dizia: "Genética é complicado. Vai entender...". E, em seguida, Logan acrescentava: "Os olhos não mentem...".

Se algum gênio observasse que um de nós falava como um membro da família real e o outro não, eu me contraía, como se sentisse a dor de uma memória cruel e dizia: "Fomos separados quando bebês numa situação trágica, como em *Operação Cupido*!". Depois, Logan se inclinava e dizia: "Por favor, não a provoquem ainda mais!".

Nossa especialidade era ganhar sobremesas de aniversário em dobro nos restaurantes.

A família do Logan se mudou depois que terminamos o Ensino Médio, quando o pai dele conseguiu um emprego de âncora no jornal da noite transmitido em todo o país — sim, o pai do Logan é *Malcolm Scott* —, e Logan se formou em Stanford e depois teve uma transição perfeita para uma carreira muito bem-sucedida.

O que eu quero dizer é que ele não precisava manter contato comigo. Eu fiquei na minha cidade mesmo e não fiz transição nenhuma para nada muito bem-sucedido.

Mas ele continuou em contato comigo.

E, agora, que eu já não o via pessoalmente desde a noite anterior à sua partida para ser calouro da faculdade — quando ele terminou comigo, alegando, conforme ele mesmo disse, que "nós dois precisamos de um pouco de liberdade..." —, de repente, fiquei nervosa.

Ele viveu uma vida inteira desde então — sobretudo depois de ter saído do armário na faculdade e me ligado orgulhoso para declarar que eu tinha sido a última garota que ele namorara.

— Sinto-me honrada — eu disse.

— É mesmo? Que bom. Nenhuma mulher jamais vai substituir você.

Eu não sabia direito como era a vida de Logan agora, mas presumi que fosse repleta de festas incríveis, com comidas incríveis e gente incrível. Por isso, fiquei muitíssimo surpresa quando um cara decididamente *nada* incrível chamado T.J. ligou no viva-voz antes mesmo de sairmos do aeroporto.

— Lo! Gan! — a voz desse T.J. retumbou, parecendo chacoalhar o interior do carro. — E aí? Já pegou a garota?

— Estou com ela aqui.

— Não lhe diga que ela é uma destruidora de carreiras — disse o T.J.

Franzi a testa para Logan, reprovando o que eu tinha ouvido.

— T.J., você está no viva-voz — respondeu Logan.

— Estou? — Ele fez uma pausa. — Que bom. Eu assumo o que eu falo. A última coisa que o grande Charlie Yates precisa fazer agora é desviar toda a testosterona dele escrevendo filmes femininos com as meninas.

Logan encostou os dedos nos controles do painel e disse:

— Olha, quer saber? Eu ligo pra você de volta, depois.

Mas, antes que ele conseguisse desligar, T.J. acrescentou:

— E, a propósito, esse trabalho devia ter ido para alguém que, de fato, tivesse algum roteiro produzido.

— A ligação está ruim! — Logan respondeu, enquanto pressionava FIM.

Depois, se seguiu um longo silêncio enquanto as juntas do concreto se moviam de forma rítmica debaixo dos pneus.

Então, eu disse:

— Isso foi meio hostil.

— Ele sequer devia saber de você, mas meu assistente tem uma queda por ele.

— Um roteirista, eu presumo…

Logan fez que sim com a cabeça.

— Ele escreveu e dirigiu *Beer Tower* e *Beer Tower II: The Reckoning*.

Nunca ouvi falar de nenhum desses dois filmes.

— Fizeram sucesso no YouTube — Logan disse.

— Eram… bons?

— Droga! Não! — Logan replicou. — Mas ele incorporou uma tonelada de fusões de empresas. Só o patrocínio da Solo Cup deixou tudo no azul.

— Como jamais ouvi falar desse filme?

— Você não faz parte do público-alvo.

— Ele queria pegar o trabalho do Charlie Yates para ele? — perguntei.

— Não posso culpá-lo por isso, posso?

— Ele só me pareceu um canalha.

— Não está acostumado a não conseguir as coisas.

— Por que isso de novo? — perguntei.

— Porque ele é a terceira geração da realeza de Hollywood. E é ridiculamente bem relacionado. E *Beer Tower* rendeu dez milhões de dólares... até *Beer Tower II* render vinte.

— E ele só ligou para você por acaso?

— Ele é apenas uma dessas pessoas que está em toda parte.

Logan estava se mantendo calmo e se controlando, mas eu tive uma estranha recepção em Los Angeles. Mal saí do aeroporto e já tinha um inimigo.

Teve outra breve pausa antes de Logan dizer:

— Você nunca vai vê-lo. Charlie não suporta esse cara. Ele é só um machinho branco preconceituoso.

— Mas ele é seu cliente?

— Ele é tudo de errado no mundo — Logan disse. — Mas, sim. Ele é meu cliente.

TIVE UM COMEÇO meio difícil aqui.

Mas o quadro geral, mais importante, é este: eu tinha um contrato para fazer um trabalho para Charlie Yates — quer o machinho preconceituoso T.J. gostasse, quer não —, e agora mesmo eu estava inegável e absolutamente a caminho da casa de Charlie Yates.

Eu jamais sequer havia pensado que Charlie Yates tinha uma casa. Eu imaginava que ele apenas morasse numa espécie de plano etéreo dos deuses da escrita.

— Não é exatamente uma casa — Logan me disse. — Está mais para uma mansão. A parte externa dela apareceu num filme de Nancy Meyers.

Por que isso me deu mais medo ainda?

— Talvez devêssemos parar no hotel primeiro — eu disse.

— Que hotel?

— Eu não vou ficar num hotel?

— Você pode pagar a hospedagem num hotel durante seis semanas?

Nossa... Claro que eu não tinha pensado nisso.

— Vou ficar na sua casa, então?

Logan deu uma gargalhada ao ouvir isso e, depois, explicou que seu marido, Nico, dirigia seu próprio microimpério de aulas de tricô para estrelas de cinema chamado Knit & Bitch no quarto de hóspedes da casa de campo multimilionária deles em Santa Mônica... e ele tinha enchido todos os espaços disponíveis da casa com lã.

— Acho que não.

— Onde eu vou ficar, então?

Logan encolheu os ombros.

— Com o Charlie.

Num ato reflexo, eu quase gritei:

— Que Charlie?

— Yates — replicou Logan, como se dissesse *dã!*

Com Charlie Yates? Balancei a cabeça.

— Sinto muito. Espera. Eu vou *morar* esse tempo com Charlie Yates?

— *Ficar* com ele — Logan corrigiu, como se fosse diferente.

— Isso é próximo demais para o meu gosto — comentei.

— Você nem vai ver o Charlie — Logan afirmou. — Ele tem, tipo... cinco quartos de hóspedes. — Ele olhou de relance para a minha expressão aflita. — É basicamente um *resort*.

Como eu tinha deixado passar essas informações básicas? Será que eu estava tão nas nuvens com a perspectiva de ir para Hollywood que não consegui raciocinar corretamente?

— Que outros detalhes você não mencionou? — perguntei enquanto Logan dirigia tão rápido no trânsito que os outros carros pareciam bastões de esqui.

— Fica fria — Logan me aconselhou. — Os detalhes foram superestimados.

Eles foram superestimados?

Logan olhou para mim de relance.

— Você está meio pálida — ele comentou.

— Estou sem prática para aventuras — eu disse. — E você é um péssimo motorista.

— Ser péssimo motorista é uma manobra de poder — Logan replicou. Em seguida, de sua posição de poder, ele acrescentou: — Você quer um conselho?

— Na verdade, não.

— Não durma com o Charlie.

— Não *durma* com o *Charlie*?! — eu gritei, como se essa ideia jamais tivesse passado pela minha cabeça.

— Eu sei que você tem uma queda por roteiristas — Logan replicou. — Mas fique na sua.

— Você está louco?

— Você tem uma foto dele no seu mural.

— Também tenho uma foto do Kurt Vonnegut no meu mural.

— Não estou preocupado com o Vonnegut.

— Claro. Porque ele já *morreu*.

— Porque você não está *se mudando para a casa dele*.

— Bem, de quem é a culpa por isso?

— Sou muito *a favor* de parcerias profissionais — Logan esclareceu. — Mas sou muito *contra* qualquer coisa a mais.

— Por que estamos tendo essa conversa?

— Você está sozinha. Ele está sozinho. Isso é um terreno fértil para a fornicação.

— Foi você que criou essa situação. Eu ficaria muito feliz de me alojar em qualquer outro lugar.

— Você vai escrever melhor na casa — Logan disse.

Olhei para ele.

— Desde que eu não *transe* — acrescentei.

— Exatamente!

Eu ainda estava um pouco nauseada por causa da turbulência que tivemos na aterrissagem — e o Logan, inspirado em NASCAR, no volante, não ajudava. Eu não tinha comido nada o dia inteiro — nem no dia anterior, aliás — e não havia dormido bem na noite passada. E ainda estava sentindo aquela palpitação dentro do peito. Nem preciso dizer que essa conversa sincera sobre fornicação não ajudava.

— Tudo o que eu gostaria de dizer é... — Logan continuou — nem pense nisso.

— Eu não estava pensando nisso... até que você me fez pensar. Agora, estou pensando nisso.

— Pare de se queixar — Logan ordenou. — Eu estou ajudando você.

— Você está me deixando louca.

— Se você estiver preparada, é melhor — Logan disse.

— Acho que seria melhor você parar de falar agora.

No entanto, Logan prosseguiu:

— Ele é horrível nos relacionamentos! Por que você acha que a mulher dele o deixou?

Ele me pegou.

— Por quê? — perguntei.

— Porque ele fez a pesquisa de imersão em Chicago para aquela coisa da máfia e sequer ligou ou mandou mensagem para ela durante três meses.

Senti o impulso de defendê-lo. *Ele estava trabalhando*! Contudo, eu disse:

— OK, sim. É muito tempo.

Logan assentiu com a cabeça, como se, enfim, estivéssemos de acordo.

— Não permita que aquelas calças de veludo cotelê distraiam você... Você está aqui para ingressar, para dar aquele impulso, em sua brilhante carreira tragicamente atrasada e sair dessa situação de uma vez por todas.

CINCO

SIM, A CASA de Charlie Yates era uma mansão/vila/campo no estilo Hollywood Antigo, numa estrada sinuosa repleta de mansões, bem atrás da Sunset Boulevard. *É claro que ele mora numa casa de sonhos...* eu estava pensando enquanto parávamos em frente à mansão. Logan puxou o freio de mão. Ele estava vivendo o sonho. E aquela era a aparência do sonho.

Depois que estacionamos, eu me demorei: retoquei o batom, apalpei meu scrunchie e puxei um espelhinho para verificar — mais uma vez — se havia pimenta nos meus dentes. Apesar de não ter comido nenhuma pimenta hoje. Que eu me lembrasse.

Já tinha feito tudo isso no banheiro do aeroporto, mas, caramba! Eu fiz de novo.

Eu estava prestes a ficar diante de Charlie Yates.

Estava prestes a entrar em contato com a grandeza genuína.

Eu não ficaria nem um pouco surpresa se encontrasse um trono na sala de visitas dele.

Assisti a todos os vídeos dele na internet — a maioria, em palcos de festivais de roteiros diante de um público de adoradores — e praticamente memorizei suas observações sobre a estrutura, os arcos de personagens e como evitar que o meio artístico afundasse no piegas. Eu tinha visto o rosto dele. Conhecia sua voz. Sabia que ele tinha 35 anos, era de Gêmeos, tinha o andar meio... dez para as duas, e tinha uma predileção inabalável por calças de veludo cotelê de nervuras largas e frente sem pregas. Apesar de ninguém o acusar de ser bonito como um galã de cinema, ele tinha uma espécie de apelo, com seu estilo desalinhado, desgrenhado e rebelde, que eu não poderia classificar de outro modo senão como atraente.

O que mais? Ele tinha o hábito de segurar o topete com tanta força enquanto falava, apertando tanto, que, quando soltava, todos os fios se viravam na direção contrária.

Convenhamos. Isso é irresistível.

Era o tipo de coisa em que eu pensava, às vezes, meio distraída, enquanto fazia o jantar. O que exatamente havia no rosto dele que eu gostava? Alguma geometria oculta que se encaixava nos padrões do meu cérebro? O volume da boca dele, quem sabe? O ângulo de sua mandíbula? Ou — e isso talvez denuncie quantas vezes eu revi alguns vídeos dele — alguma coisa no formato das narinas dele? É esquisito dizer isso? Que um homem tem narinas atraentes? Mas ele tinha. Narinas naturais, simpáticas e simétricas que ondeavam quando ele reprimia um sorriso.

Em geral, os escritores não são exatamente a subseção mais bonita da humanidade. Se, por exemplo, alienígenas viessem à Terra e dissessem "*Mostre-nos os exemplares mais perfeitos da sua espécie*!", não iríamos procurar roteiristas manchados de café, curvados sobre seus *laptops* no porão de seus estúdios. Em relação à aparência, o padrão dos roteiristas não é lá muito elevado. Charlie podia ser uma pessoa normal, nota oito — mas ele era um escritor nota dez, sem dúvida. Isso, além de seu êxito bem cedo na vida — o filme independente nada convencional que ele fez *na universidade* foi um sucesso inesperado e lançou a carreira dele —, fez dele um queridinho da mídia. A maioria dos roteiristas? Ninguém jamais ouviu falar deles. Mas todos nós conhecíamos e amávamos Charlie Yates.

Ele tinha uma torrente de talento, charme e narinas irresistíveis.

E eu de fato, de verdade mesmo, esperava não dizer isso em voz alta acidentalmente quando o encontrasse.

A visão de um pesadelo, em que eu apertava a mão de Charlie Yates e disparava efusivamente "Adoro as suas narinas!" passava pela minha mente... e depois, diante do horror congelante da expressão dele, minha tentativa de tornar as coisas menos esquisitas explicando "É essa forma de gota que elas têm e o modo como se encostam em cima de seu lábio superior, lembrando James Dean prestes a fumar um cigarro. Você entende, né?".

Oh, céus. Eu mesma era o pior dos meus inimigos.

Logan chegou à porta de Charlie Yates enquanto eu ainda me encolhia de vergonha disso; portanto, não havia nada a fazer a não ser arrastar minha mala e a bagagem de mão pelo cascalho a toda velocidade para o acompanhar.

Quando Logan bateu à porta, eu procurei controlar minha respiração.

Nossa... Eu estava nervosa. Devia olhar para o oceano? Tentar adotar uma postura de poder? Fazer uma meditação rápida? Procurei calcular quanto tempo eu tinha antes de Charlie Yates abrir aquela porta.

Mas ele não abriu exatamente a porta. Não do jeito comum, pelo menos.

Em resposta à batida de Logan, a maçaneta girou um pouco e, em seguida, a porta se abriu, deixando um vão de uns dez centímetros. Ficou claro, pela voz lá de dentro, que Charlie estava terminando uma ligação e, por isso, não *atendeu* à porta, mas a destrancou. Então, Logan levantou um dedo, como se quisesse me dizer "*Me dê um segundo!*"; depois, ele me entregou o celular e as chaves dele para que eu os segurasse e entrou.

E me deixou em pé sozinha nos degraus da porta com seu celular e suas chaves, minha bagagem e minha mochila cheia, com minhas canetas e meus caderninhos favoritos.

Hum!

Olhando para trás, Logan deve ter pensado que havia fechado a porta quando entrou. Mas ele não fechou. O que significa que, alguns minutos depois, sem querer, eu estava ouvindo a conversa pela brecha.

Uma conversa que não demorou a ficar muito sombria.

— Tenho um presente para você, cara — disse Logan, a princípio, temperando a voz com o máximo de camaradagem entre manos que o inglês de Sua Majestade permitia.

— O que você quer dizer com "um presente"? — Charlie quis saber. A voz dele era mais rouca na vida real que no alto-falante do meu computador.

— Uma escritora — Logan disse. — Eu lhe trouxe uma escritora.

Charlie não estava acompanhando o raciocínio dele.

— Como você "me trouxe uma escritora"?

Tentei analisar a relação deles. Havia algo no tom de Charlie — gentil, mas não afetuoso — que fazia parecer que Logan estava forçando a barra.

— Ela está ali fora — Logan informou. — Uma escritora de comédia romântica. Para trabalhar em *Aconteceu Naquela Noite*.

— Você trouxe uma escritora aqui? Na minha casa? Agora?

Então, eu soube.

Charlie Yates não tinha a mínima ideia de que eu estava vindo.

Droga!

Seja lá o que fosse que estivesse acontecendo naquele momento, não tinha sido aprovado por Charlie Yates.

Segurei a respiração. Depois que eu entendi, eu não conseguia mais desentender.

— Sim — prosseguiu Logan, pigarreando, como se sua garganta estivesse gotejando de suor. — Ela está aqui neste instante. Veio aqui... e está pronta para ajudar você.

Eu percebi que Logan achava que, se ele fizesse tudo parecer suficientemente razoável, de fato, *seria* razoável.

Mas aquele cara era o Charlie Yates. Ele não ia se deixar enganar por um truque de mente Jedi de seu empresário. E sua reação foi de exatamente uma sílaba:

— Não.

— Não?

— Não. Eu não preciso de ajuda.

— Claro que não *precisa* — Logan recuou. — Seria só para facilitar as coisas.

Mas Charlie Yates não caiu nessa.

— Trabalhar com outros escritores nunca deixa as coisas mais fáceis.

— Uma consultora. De certa forma. É minha amiga. Aquela de quem lhe falei da última vez.

— Eu não preciso de uma consultora.

— Claro que não. É mais como uma secretária. Uma digitadora.

Digitadora!

Logan estava tentando romper essa resistência inicial.

— Eu vou trazer ela aqui para dentro, e nós podemos...

— Não.

— Não? — Logan indagou.

— Não.

— *Não* significa...?

— Não significa "não". Não, eu não quero que você a traga aqui. Não, eu não preciso de ajuda no roteiro. Nem de consultora, nem de digitadora. Eu sei digitar. E sei escrever um roteiro também, a propósito.

Sim. Ele havia ofendido Charlie Yates.

— Eu não preciso de nada — continuou Charlie. — Nada de você, nem de ninguém. Principalmente de uma roteirista amadora amiga sua.

Ui. Mas foi justo.

— Ela pode ser amadora, mas há circunstâncias...

— Não.

— Não?

— Não. Isso não vai acontecer.

— Eu só pensei que... se você...

— Cara. Vem cá. Eu ficaria irritado se você aparecesse com qualquer pessoa aqui, sinceramente. Mas uma mulher com quem você teve um caso no Ensino Médio? Isso é uma ofensa.

— Mas estou lhe dizendo que ela é boa.

— E eu estou lhe dizendo que não me importa.

— Estou lhe trazendo a ajuda de que você precisa para fazer o roteiro e seguir em frente, e você me joga credenciais na cara.

— As credenciais existem por um motivo.

— Veja, a especialidade dela é comédia romântica. Comédia romântica é tudo para ela. Ela pode recitar para você cada frase de *Harry e Sally: Feitos Um Para o Outro*, palavra por palavra.

— Por favor, não a deixe fazer isso.

— Estou lhe dizendo, você nunca vai encontrar outro escritor que saiba mais de comédia romântica do que ela. Ela é obcecada. Ela não tem mais nada na vida. Não tem nenhum relacionamento. Não tem filhos. Nada de nada. Ela só faz isso. Amor imaginário é a única coisa que ela tem.

Oh, céus, Logan. Você está acabando comigo.

Então, Logan tomou uma decisão fatal. Ele mentiu. Para Charlie Yates. Sobre mim.

Ainda consigo ouvir a mentira em *slow motion*.

— Ela leu o roteiro — Logan disse — e adorou.

O quê?!

Foi tudo o que consegui fazer para me conter fisicamente e não entrar lá e corrigir a história. Eu *não* tinha adorado! Foi o *oposto* de adorar — mil vezes. Detestei. Abominei. Eu queria *varrê-lo da face da Terra*, da minha memória e de todo o espaço e tempo.

Uma coisa era Logan me humilhar diante de Charlie Yates com verdades sobre a minha trágica vida real. Outra bem diferente era ele *macular minha integridade de escritora com mentiras*.

Foi nesse momento que Charlie fez uma pausa.

— Ela leu o roteiro e *adorou*?

Descobri num instante: Logan tinha calculado *muito* mal.

Logan tinha imaginado que Charlie não sabia que seu roteiro era ruim. Que ele não podia deixar de adorar seu próprio trabalho. Que, se contasse ao Charlie que adorei o roteiro dele — do jeito que ele achava que Charlie secretamente também o adorava —, isso nos situaria na mesma equipe. Unidos contra o mundo cruel que não havia entendido.

— Sim — Logan confirmou a mentira.

Não!

Mas era o apelo errado.

— Então, ela não entende porcaria nenhuma de comédia romântica. Até eu sei que aquela coisa é um insulto ao gênero.

Obrigada!

Por que será que me senti tão aliviada quando ele disse isso?

Então, Logan se deu conta de seu erro. Charlie Yates sabia que seu roteiro horrível era horrível. Mentir para ele dizendo que eu tinha adorado não *estava me ajudando*, pelo contrário. Aí ele mudou de rota:

— O fato é que ela é uma enorme fã sua, cara!

— Ela viu o original?

— Só um milhão de vezes. Viu, leu e estudou.

— Então, não existe nenhuma possibilidade de ter adorado o que eu escrevi. Ela é uma mentirosa… ou não sabe merda nenhuma de nada.

Duro.

Duro, mas verdadeiro.

Ela não sabe merda nenhuma de nada. Será que ele tinha acabado de criar um novo ditado?

Logan ainda estava tentando pegar o rumo do seu ego.

— Eu estou lhe dizendo. Ela é uma superfã de Charlie Yates. Está empolgadíssima para trabalhar com você.

Isso, pelo menos, era verdade.

Em seguida, Charlie afirmou:

— Claro que está. Quem não estaria?

— Agora, você está sendo um idiota. Estou lhe dizendo que ela é boa.

— E eu estou lhe dizendo para ir embora com ela daqui.

Houve uma pausa, e nesse momento eu tive de imaginar que os dois estavam se encarando.

Então, Charlie disse:

— Espere, espere um pouco. É a mesma garota do vídeo que você me enviou naquela mensagem?

O vídeo? Ele enviou uma mensagem com vídeo?

Olhei para o celular do Logan na minha mão. Eu sabia a senha dele no Ensino Médio. Tentei essa, e ainda funcionava. O triplo Sete. Acho que algumas coisas nunca mudam. A tela se abriu numa mensagem de texto que ele tinha acabado de enviar ao Charlie dizendo: AÍ EM 5.

Acima dela, consegui ver a parte de baixo da última coisa que ele tinha enviado antes dessa.

Um vídeo.

Parada nos degraus da entrada da casa do Charlie Yates, eu tentava processar o efeito dominó de descobertas que a conversa deles acabara de desencadear na minha mente: Charlie Yates não tinha a mínima ideia de que eu estava vindo. Não havia concordado em trabalhar comigo… nem queria trabalhar com ninguém. A oportunidade de trabalho da minha vida, pela qual eu tinha abandonado meu pai doente e privado minha irmã de seu futuro, pela qual desestruturei toda a minha rotina, *na verdade, não existia*.

Como se isso fosse pouco, meu ex-namorado do Ensino Médio tinha acabado de mentir a meu respeito e de dizer verdades humilhantes… e, ao que parece, tinha enviado ao Charlie Yates algum vídeo misterioso.

Olhei para a tela do celular com medo, temendo descobrir o que viria depois disso. *Que vídeo?*

Pelo formato, consegui perceber que não era o vídeo da palestra do YouTube sobre escrita que eu tinha feito para a biblioteca e que agora tinha quase trezentas visualizações. Claro, também não era a amostra da aula de inglês para calouros postada na *home page* de nossa faculdade comunitária de tecnologia.

Não, esse vídeo era vertical.

Era um vídeo pessoal.

Era um vídeo do celular do Logan.

Então, eu me vi diante de uma escolha que, na verdade, não era escolha nenhuma. Eu *queria* ficar e continuar entreouvindo pela abertura da porta — já que eu não confiava mais na relação do Logan com a verdade. Mas eu *precisava* saber que vídeo Logan tinha enviado.

Por favor, por favor, que não seja o de biquíni, eu suplicava em silêncio enquanto me afastava com minhas malas da porta para o quintal, conseguindo distância suficiente para ver o vídeo sem ser ouvida.

O vídeo do biquíni — aquele do qual eu me arrependia mil vezes. O vídeo do biquíni de dez anos atrás, que Logan tinha jurado que havia apagado... mas eu nunca acreditei cem por cento nele. O vídeo do biquíni que eu gravei quando ele me pediu que eu lhe enviasse "algo *sexy*", e então eu pedi que Sylvie me gravasse em nado livre na rebentação, o vídeo em que eu estava rugindo como uma pantera na praia, vestida com meu primeiro — e último — biquíni.

O vídeo do biquíni que encabeçava minha lista das "Coisas mais embaraçosas que eu já tinha feito de propósito".

Ele não teria feito isso. Teria?

Não podia.

Mas, agora, eu sabia uma coisa nova. Eu não tinha mesmo a mínima ideia do que Logan faria ou deixaria de fazer. Se ele tinha me enganado e me feito voar até aqui por um trabalho que não existia, ele era capaz de qualquer coisa.

Havia um banco no quintal e, sem perceber, eu recuei e me sentei nele. Em seguida, a discussão dentro da casa, agora, estava fora do alcance dos meus ouvidos, então, eu deslizei o vídeo na tela do celular do Logan e toquei na tecla PLAY.

Não era o vídeo do biquíni.

Era um vídeo de que eu nem sequer me lembrava.

Possivelmente, nunca o tinha visto antes.

Era eu. No Ensino Médio. Rindo e me afastando de Logan e dizendo "Desta vez, faça direito!". Eu me via me movendo... andando do jeito que as garotas andam quando sabem que estão sendo observadas. Eu usava um *short* de calça jeans cortada e uma camiseta listrada. Meus cachos ruivos eram mais longos e mais rebeldes na época, caíam-me pelo pescoço como o da sereia de fogo. Parei para os prender num coque.

Tinha me esquecido desse vídeo. Meus cabelos eram tão longos no Ensino Médio que eu podia dar um nó neles.

Uau. Aquela garota era como uma estranha para mim. Parecia qualquer menina por quem eu passasse na rua.

Ela levantou os braços, deu um passo adiante e, depois, girou o corpo e fez uma parada de mão. Em seguida, começou a recitar uma passagem de *A Décima Segunda Noite*, de Shakespeare, ainda de cabeça para baixo.

Oh, céus. Eu tinha me esquecido completamente disso.

— Ah, minha linda dama, para onde estás indo? — gritava a jovem eu, andando com as mãos. — Fica e ouve: teu amor verdadeiro vem vindo. Ele canta de tudo um pouco. Ah, meu lindo passarinho, não viajes mais. Viagens terminam quando o amor tem início...*

Enquanto assistia ao vídeo, o poema me voltava à mente, e eu já estava prevendo o verso seguinte quando meu pai — com a aparência mais jovem de que eu me lembro, com os cabelos castanhos escuros e

---

* Trecho de *Noite de Reis*, tradução de Beatriz Viégas-Faria, L&PM Editores, 2004.

ombros largos — entrou descalço no *frame* do vídeo, também plantou bananeira e terminou o verso:

— E até filho de homem sábio sabe disso.

— Pai! — A outra eu reclamava. — Isso é para a escola.

Era um momento comum, mas era fascinante. Estava tudo ali: o quintal onde eu brincava quando menina e adolescente. A horta de minha mãe no terraço de lajota. A murta crescida em que costumávamos subir.

Não era *um vídeo num celular*. Era uma cápsula do tempo.

Uma cápsula do tempo de tudo o que eu havia perdido.

Então, ouvi algo na gravação que fez parar meu coração.

A voz dela.

A voz da minha mãe.

Ela devia estar bem perto do Logan quando ele gravou, porque o volume estava tão alto... muito mais alto que o restante do vídeo, a três metros de distância... que por meio segundo não parecia que o som vinha do celular na minha mão.

— Emma! Sua camisa está descendo! — minha mãe avisou.

E parecia tanto que minha linda mãe, que eu perdera havia tanto tempo, não estava no vídeo, mas aqui, bem aqui, no momento presente, ao meu lado no quintal do Charlie Yates, que eu até olhei para a minha camisa, para verificar. Por um instante doloroso, meu cérebro pensou que ela estava comigo aqui, presente... e me enviou uma centelha de alegria tão radiante que quase doeu.

Mas claro que ela não estava aqui.

Havíamos espalhado as cinzas dela no oceano fazia nove anos — logo depois que meu pai se recuperou o suficiente para dirigir.

A centelha se apagou. Voltei à realidade. O vídeo continuou rodando.

— Minha camisa não está "descendo" — a outra eu corrigiu minha mãe. — Está apenas caindo.

— De qualquer jeito, dá pra gente ver seu sutiã.

— Não é sutiã — eu a corrigi. — É o *top* de um biquíni.

— Mas parece um sutiã. Ponha a camisa para dentro.

— Não posso. Estou sem os braços.

— Você está, sim, com os braços — meu pai ainda de ponta-cabeça observou. — Você só os está usando como pernas.

Logan, ainda concentrado no tema do sutiã, disse gentilmente:

— Não é nada que eu não tenha visto antes, senhora Wheeler.

— Isso não é justificativa — minha mãe disse enquanto entrava no enquadramento. E, então, aí estava ela... não apenas uma voz, mas uma imagem. Minha mãe linda, etérea e prosaica, caminhando pela grama com uma saia *jeans* e sandálias na direção de sua filha boboca. Ela me agarrou pela blusa e a enfiou para dentro do *short* enquanto eu ainda estava de cabeça para baixo com as pernas desalinhadas.

— Assim está melhor — ela disse, me dando uma palmadinha no bumbum. Depois, continuou atravessando o gramado, e eu caí na relva.

— Mãe! — gritei. — Eu estava representando Shakespeare!

— Represente vestida! — Ela gritou por cima do ombro bem no instante em que uma criança esguia entrou no enquadramento dando piruetas. Era Sylvie.

— Eu quero representar Shakespeare! — Sylvie disse, com a voz parecida com a de um esquilo.

Mas eu já estava em pé — e correndo para a câmera com um sorriso bobo no rosto.

— Corta! Corta! — Eu pedi, fazendo o gesto de "cortar" no meu pescoço. Depois, eu dei um esbarrão no Logan e o vídeo terminou, ficando em silêncio no último quadro — minha mãe do outro lado do quintal, nos degraus de trás da casa, com a porta meio aberta, indo para a cozinha preparar o jantar.

O que teríamos para o jantar naquela noite? Eu me perguntei e, de repente, senti muita tristeza porque agora eu jamais saberia.

Por um instante, ali no quintal do Charlie Yates, o celular permaneceu silencioso na minha mão. Eu estava em algum lugar fora do tempo.

Foi quando percebi que eu estava chorando. Um tipo de choro irregular que se apossa da gente sem consentimento.

Eu estava prestes a reproduzir o vídeo de novo — sentindo que podia assistir a ele para sempre, num ciclo infindável, tragando aquele momento esquecido sem parar, sem nunca satisfazer ao meu desejo de vê-lo de novo — quando a porta real da frente da casa do Charlie Yates abriu com força, e o Logan real saiu correndo de lá me puxando de volta para a realidade presente.

O que de repente, em contrapartida, não parecia mais tão importante.

— Emma, você tem de... — ele começou.

Mas Logan parou ao me ver — ao ver, suponho, a torrente de lágrimas no meu rosto. Olhei para ele, piscando — com o coração apertado, sentindo um nó na garganta e o rosto tomado por uma dor reavivada.

Por um instante, ficamos num impasse.

Depois, me dei conta de que ele devia estar pensando que eu chorava daquele jeito por causa do Charlie, por uma pessoa que, evidentemente, me considerava uma simples amadora.

Isso me incentivou a agir.

— Isso — eu disse, desenhando com o dedo um círculo imaginário em volta do meu rosto — não é por causa disso... — desenhei um círculo bem maior em volta do Logan e da casa atrás dele e... que droga... de toda a cidade de Los Angeles.

Então, devolvi o celular para o Logan — congelado naquela última imagem — e aí ele percebeu por que eu *estava* daquele jeito.

Ele baixou os ombros.

— Emma, eu...

Então, Charlie saiu quase voando pela porta da frente com um ar de quem estava prestes a fazer uma proclamação.

Ele era — e sei que nem é preciso dizer isso — maior na vida real.

Era a primeira — e talvez a última — vez que eu punha os olhos em Charlie Yates e, confesso, minha atenção foi sequestrada por um instante.

Porque *ali estava ele*. Era aquele cabelo que ele sempre agarrava. E aquelas eram as calças de veludo cotelê com nervuras largas que eu tinha visto em tantos vídeos. Ali estava uma de suas marcas registradas, suas camisas Oxford amarrotadas. Também estava ali a sua assinatura, a barba no pescoço que ele quase sempre deixava por fazer.

Com certeza, ele não estava no banheiro de um aeroporto preocupado com *sua* aparência.

Claro, em sua defesa, eu posso dizer que ele não tinha a menor ideia de que eu estava vindo. Mas esse era, eu sabia pelos vídeos no YouTube, o jeito como ele sempre se vestia — quer estivesse num palco dando uma palestra, quer estivesse sendo fotografado por *paparazzi* num restaurante cinco estrelas. Vira e mexe, ele aparecia nos eventos da indústria do cinema de chinelos e *shorts*, ou com sacos de comida para viagem, porque tinha ficado o dia todo escrevendo e estava faminto. Certa vez, ele comeu um *cheeseburger* e uma grande porção de batatas fritas numa mesa-redonda no Paley Center for Media — rasgando os pacotinhos de *ketchup* e os apertando num guardanapo em cima dos joelhos.

Isso mostra quanto esse homem era grande. Ninguém se importava.

Ninguém sequer reclamava *nos comentários*.

Ele era notoriamente pouco ortodoxo no palco. Uma vez, cochilou num debate. E foi perdoado não apenas *porque era uma lenda*. Isso fazia parte do que o tornou uma lenda, acima de tudo. Só mais tarde eu me perguntaria se era uma jogada de poder. Como se ele fosse genial demais para jogar de acordo com as regras de alguém. Como se *ter de tentar* fosse sinal de fraqueza.

A questão é: ali estava ele. A três metros de distância.

No momento, tudo o que consegui pensar foi: "*É ele. É ele de verdade!*".

E, apesar de tudo, vê-lo na vida real foi como um abalo sísmico no meu corpo.

Como se a proximidade dele estivesse causando fraturas e fissuras em níveis subterrâneos profundos.

Como se a presença de Charlie Yates vivo e respirando estivesse de algum modo... me fraturando a alma, ou algo assim.

Ao vê-lo, por apenas um segundo, me transportei para o mais profundo de meu corpo. Onde de repente tudo pareceu completamente *diferente*. Como se eu pudesse abrir alguma torneira interior e ver sair fogo, em vez de água.

Estou exagerando?

Provavelmente. Mas eu sei o que sei.

Parece que ter me visto também afetou Charlie Yates.

O que Charlie teria visto naquele momento? Uma mulher ao acaso chorando no pátio da casa dele. Com o rosto borrado. Olhos vermelhos de chorar. Bochechas reluzentes e manchadas de lágrimas. Nariz inchado e rosado. E com muita raiva. Repleta de raiva, como alguém disparando raios pelos olhos. Sem mencionar os cabelos; sempre tenho de me lembrar.

Com que cuidado eu tinha puxado os cabelos para trás e amarrado com um prático scrunchie antes de chegarmos... porque minha imaginação sempre quis me dizer que, na primeira vez que Charlie me visse, eu teria serpentes de medusa laranja-afogueada se retorcendo em volta da minha cabeça.

Quantas vezes na vida alguém sai pela porta da frente de sua casa e se depara com uma visão assim?

Coitado do Charlie.

Mesmo sem as serpentes, eu tenho certeza de que foi uma visão chocante.

Contudo, antes que Charlie conseguisse reagir, ou gritar, ou correr de volta para dentro da casa e trancar a porta, Logan nos puxou de volta para o caminho certo.

— Eu sei o que você está pensando — ele disse para mim.

Quando eu ouvi isso, meu olhar voltou para o Logan.

— Sabe? — eu perguntei.

— Meus motivos foram honrosos!

Mas eu estava balançando a cabeça, Charlie Yates agora fora esquecido.

— Minha *mãe* está nesse vídeo. — Entreguei o celular ao Logan. — Ela está aqui — eu disse. — Minha *mãe*. Minha *família*. Como você pode simplesmente... ficar enviando mensagens com isso por aí? — E então eu bati no peito com a mão. — Eu nem tinha visto ainda. Como você pode simplesmente o enviar a... a um estranho? É a minha *mãe*, Logan.

Para ser sincera, eu nem sabia o que eu estava tentando dizer.

Isso é raro para mim.

Em geral, eu começava com palavras e encontrava os sentimentos depois, se é que isso faz sentido.

Ali, entretanto, tudo o que eu tinha era um sentimento. Uma sensação de que esse momento perdido no tempo — essas pessoas perdidas, a família perdida — era precioso demais para ser visto por mais alguém.

Era estranho que Logan ainda tivesse esse vídeo — mais estranho ainda que o enviasse a seu cliente sem sequer o mostrar para mim. Sim, claro.

Mas não foi isso que me deixou tão horrorizada.

Era a *minha mãe*. Sua saia *jeans*. Suas sandálias favoritas. Sua voz doce e suave. Aquela era a minha família querida. Meu pai saudável, minha irmã pré-adolescente, meu eu esquecido. Eram todos os que me eram tão preciosos — em imagens capturadas apenas algumas semanas antes do fim. Eram todas as pessoas que eu sempre amei, lindas, repletas de esperança e congeladas no tempo. Aquilo era de um valor incomensurável. Não podia ser nada menos do que amado. E não era para qualquer um, mesmo o Charlie Yates, assistir sentado no banheiro, em um celular qualquer.

Ou onde quer que Charlie Yates verificasse suas mensagens.

— Emma, eu consegui — Logan disse. — Me desculpe. Mas...

Sacudi a cabeça, atordoada, acelerando o vídeo para mim mesma.

— Emma, olhe... — Logan prosseguiu. — Eu estava tentando arrumar este trabalho para você.

— Você me disse que este trabalho *já era* meu.

— Eu estava trabalhando nisso.

— Você mentiu para mim.

— Uma mentirinha.

— Conclua, vá, e diga isso para você mesmo.

— Foi o melhor plano que me ocorreu.

— Bem, foi uma merda de plano!

— Agora, eu percebo isso. Eu percebo claramente agora. Mas ele precisava conhecer você, Emma.

— Há muitas maneiras de conhecer as pessoas. Num café! Num *brunch*! Num jantar!

— Você voaria o país todo por um café?

— Com Charlie Yates? *Sim!* Caramba, sim!

— Ah... — Logan disse. — Bem, eu não tinha entendido isso... completamente. Achei que você precisava de... um empurrão.

Inadmissível.

— Você me manipulou. — Em seguida, acrescentei: — Desisti de minha vida toda e deixei todas as pessoas que eu mais amo por nada. *Pior* que por nada! Por humilhação! Por uma decepção devastadora! — Olhei de relance para o Charlie. — Para você mentir para esse babaca sobre aquela merda apocalíptica de roteiro dele dizendo que eu tinha adorado!

Todos nós deixamos aquilo acontecer.

Então, Logan perguntou:

— Você nos ouviu?

— A porta não estava fechada.

Em algum lugar do pátio, um passarinho decidiu cantar.

Em seguida, Logan propôs:

— Vamos entrar e conversar, nós três.

Mas isso era outra coisa. Assistir àquele vídeo me deixou imensamente nostálgica.

— Não quero conversar — eu disse. — Ele não me quer aqui, e você nunca devia ter me trazido. — Então, acrescentei: — Eu só quero voltar para casa.

Joguei o celular e as chaves do Logan no gramado do Charlie Yates e depois agarrei minhas malas e comecei a arrastá-las. A rodinha quebrada da minha bagagem de mão chiava em protesto.

— Ei — Logan disse, me seguindo. — Você nem sabe onde está.

Continuei andando.

— Olha... — Logan continuou. — Eu sei que fiz tudo errado. Mas, no fundo, eu tenho razão. Charlie precisa de você. E você precisa dele.

— Ele já disse não. Umas cinquenta vezes. Em termos bem claros.

Logan assentiu com a cabeça.

— Tudo bem, é verdade. Ele, de fato, disse não. Mas ele pode mudar de ideia. E a única pessoa que pode fazer ele mudar de ideia é você.

Mas eu só continuei andando.

— Emma — Logan implorou. — Me ajude a fazer isso por você.

— Não quero — respondi, mantendo os olhos firmes adiante. — E não vou fazer isso. Estou indo embora. E, depois, vou encontrar um hotel de luxo que não posso pagar... e mandar a conta pra você. Vou tomar um banho estupidamente quente e comer tudo do frigobar. E amanhã? Vou voltar para o meu lugar... ver se Sylvie pode conseguir de volta o estágio dela. E, então, vou começar a procurar outro trabalho. Porque você é a única pessoa que eu conhecia em Los Angeles. E nós não somos mais amigos.

SEIS

ESSA FOI UMA saída bem forte. Não foi?

Eu disse o que queria dizer e terminei com um comentário tão impactante que os dois ficaram me observando ir embora mudos. Senti os olhos deles colados em mim pela rua toda, enquanto a rodinha quebrada da minha bagagem de mão gemia a cada passo que eu dava, mas mantive a cabeça erguida até sumir de vista.

Entretanto, assim que cheguei a um ponto em que eles já não podiam mais me ver, senti que o ar que sustentava meus pulmões — junto à minha postura e aos pedaços de dignidade que me restavam — se soltou... e eu murchei feito um balão.

Foi assim que caminhei depois disso: encurvada, desequilibrada e perdida.

"*Vou chamar um Uber e ir para um hotel*", disse para mim mesma, tentando me animar.

Mas eu nunca chamei o Uber. Eu nem tinha o aplicativo no meu celular. E nunca tinha estado em Los Angeles. Fazia quase uma década que eu não viajava para nenhum lugar mais distante que um raio de oito quilômetros do meu apartamento. Como eu ia encontrar um hotel?

Eu estava sozinha, não tinha ideia de onde estava e me sentia humilhada demais para voltar atrás.

Andei durante cerca de quinze minutos e estava começando a entrar em pânico quando Logan me alcançou de carro e começou a acompanhar meus passos. Ele baixou o vidro.

— Entre — Logan gritou.

Ignorei e continuei andando. Havia uma pedrinha no meu sapato, mas eu a ignorei também.

— Ele cedeu, OK? — Logan anunciou. — Cedeu e disse que você pode ficar.

Continuei andando.

— Você conseguiu o trabalho! — Logan berrou. — Não acredita em mim? Tenho a mensagem bem aqui.

Ele me mostrou o celular, mas eu não olhei.

— Você não está ouvindo. Estou dizendo que funcionou. Ele topou. Está acontecendo.

A rodinha quebrada da minha bagagem de mão se prendeu numa pedra, mas eu a puxei com tanta força que nem perdi o ritmo dos passos.

— Você devia estar me agradecendo! — Logan disse em seguida, um pouco mais alto. — Funcionou, não funcionou? — Ele chacoalhou o telefone na minha frente. — Ele disse, e eu cito as palavras dele: "Tudo bem. Dane-se! Ela pode ficar no quarto de hóspedes!".

Eu não sabia o que fazer naquele momento. Eu não tinha nenhum plano. Tudo o que eu sabia era que não ia entrar no carro do Logan. Nada mais estava claro — absolutamente nada — a não ser isso.

— Você está recusando passar a noite na mansão do Charlie Yates? É isso que está acontecendo agora? Porque eu lhe digo: ele tem uma adega, uma piscina. E uma cafeteira de mil dólares.

Mas havia uma pedra em meu sapato — ou será que era um caco de vidro? —, e eu continuei andando.

E andando.

Até que, por fim, diante de meu muro de estoicismo, Logan desistiu e continuou dirigindo — me deixando para trás, agora, mais triunfante e ao mesmo tempo mais apavorada.

Sério? Era essa toda a penitência que ele ia pagar?

Tudo bem.

Seria tão difícil assim baixar o aplicativo do Uber?

Parei para pegar o celular e me deparei com o alerta de bateria fraca.

OK. Nada de pânico. Se o pior acontecesse, eu poderia encontrar o caminho de volta para a casa do Charlie e pedir emprestado o celular dele. Virei para trás a fim de estudar o caminho que eu tinha acabado de percorrer.

Pelo menos — *pensei* —, eu poderia encontrar o caminho de volta.

Provavelmente.

Se não escurecesse antes.

Virei de novo para olhar o mesmo caminho que tinha feito e esquadrinhei o horizonte à procura de, quem sabe, um hotel de luxo com uma promoção especial de noventa por cento de desconto.

A que horas escurecia ali, afinal?

Logo depois que pensei nisso, ouvi Logan de novo encostando do meu lado em ponto morto. Sem sequer olhar para o lado e nem pensar se essa era a atitude mais burra que eu já havia tomado, inclinei a cabeça para o céu e gritei:

— Por favor! Vai se foder!

— Mesmo? — ouvi um cara dizendo.

Um cara que não era o Logan.

Virei e percebi que, em vez do Logan Scott numa BMW, era o Charlie Yates numa Chevrolet Blazer.

Um Chevy Blazer descolado, *vintage*, anos 70, a propósito. Azul--claro. Com os vidros baixados. E o Charlie Yates de óculos de aviador, olhando para mim e — *tudo bem*, *que seja* — tremendamente bacana.

Bem mais bacana que qualquer escritor mereceria estar.

Virei para o olhar.

— Desculpe — eu disse, muitíssimo mais educada agora. — Achei que fosse o Logan.

Não era culpa do Charlie o fato de Logan ter me trazido até ali. Charlie não estava fazendo nada errado em não querer trabalhar comigo. Sim, ele tinha dito algumas coisas meio cruéis antes. Mas eu não ia usar isso contra ele. Eu mesma não ia querer trabalhar comigo, se fosse ele. Ele ainda podia ser meu escritor favorito.

Na verdade, foi um erro meu ter acreditado na história absurda do Logan.

— Entre — Charlie disse. — Eu vim aqui resgatar você.

— Oh — exclamei, sentindo que eu ainda queria ficar o mais longe possível daqueles dois caras e de toda aquela experiência. — Tudo bem.

Charlie inclinou a cabeça para fora da janela e verificou o céu brilhante como um velho capitão do mar interpretando o vento. Depois, estacionou a Blazer — bem ali na estrada —, saiu e deu a volta para me olhar.

— Não está legal — ele disse em seguida. — Vai escurecer daqui a poucas horas. É quando os coiotes saem.

— Coiotes?

Charlie fez que *sim* com a cabeça.

— E os pumas.

— Tem pumas aqui? — perguntei. — Na segunda maior cidade dos Estados Unidos?

Charlie fez que sim de novo.

— Quase quatro milhões. — Então, ele acrescentou: — De pessoas, não de pumas.

Ele não tinha respondido à minha pergunta.

— Devo acreditar em você? — perguntei mais para mim mesma.

— Não posso lhe dizer o que fazer — Charlie replicou. — Mas ainda não falei dos ursos.

— Sério? — perguntei.

— Tudo bem — Charlie disse depois, desafiando a minha pretensa coragem. — Percebo que você prefere ficar... — Ele olhou em volta. — Sozinha.

— Espere... — eu falei no momento em que Charlie começou a andar de volta para o lado do motorista.

— Você vai ficar bem — Charlie disse. — Só uma dica rápida: se você vir um puma, não corra.

— Não corra? — repeti.

É possível se *perder* numa conversa? Porque era isso que eu estava fazendo.

Ele deu de ombros.

— Não se pode escapar de um puma.

— Sabe de uma coisa? — eu disse. — Vou com você.

— Não — Charlie disse, demonstrando que agora estava gostando daquilo. — Você não é obrigada.

— Eu quero ir — respondi.

Como se me convencer tivesse sido muito mais fácil do que ele esperava, Charlie voltou até onde eu estava e, atraindo meu olhar o tempo todo, chegou perto e se inclinou até ficarmos a menos de meio metro um do outro — perto o suficiente para que disparasse uma indagação — *Que diabos?* — na minha cabeça —, até que percebi que ele estava puxando a mochila dos meus ombros e, depois, pegando minhas malas.

Ele jogou as duas malas na parte de trás da Blazer e, então, como eu ainda nem havia me deslocado, ele abriu a porta do passageiro para mim.

— Eu entendo você — ele disse. — Suba.

E FOI ASSIM que acabei passando a noite com Charlie Yates. Embora não do modo como essa frase dá a entender.

No breve caminho de volta para a casa dele, tentei me adaptar: eu estava com Charlie Yates. Estávamos no seu bacana e *vintage* SUV — agora, recondicionado e híbrido, conforme ele me disse. No rádio, tocava The Allman Brothers. Os vidros foram baixados manualmente. O famoso vento com umidade zero de Los Angeles esvoaçava em torno de nós. Charlie dirigia com uma mão só, e seu braço livre estava apoiado na janela aberta.

Quase como se eu não estivesse ali.

Dei uma olhada furtiva no perfil dele. Ele havia mesmo concordado em trabalhar comigo? Logan tinha dito que sim, mas, agora, nós todos sabíamos exatamente quanto Logan era confiável. E, além disso, o diálogo "Tudo bem. Dane-se. Ela pode ficar no quarto de hóspedes!" parecia verdadeiro. Logan jamais poderia ter escrito um diálogo assim.

— Muito obrigada por me salvar dos pumas — me aventurei a dizer em seguida.

— Sem problema.

— Eu sinto muito mesmo por tudo isso.

— Não é culpa sua. É culpa do Logan.

— Deve ter sido muito estranho para você ter me visto parada na sua porta com minhas bagagens.

— Você nem imagina.

— Logan me ligou do nada e disse que tinha um trabalho para mim.

— É mesmo? — Charlie perguntou, como se dissesse "*Que idiota!*".

— Ele havia me passado muitos trabalhos antes, por isso não me pareceu tão estranho assim. Mas, sim, pareceu... bom demais para ser verdade.

Charlie assentiu, em solidariedade.

— Mas eu confiei nele — prossegui. — Tirei férias de verão do meu trabalho. Deixei minha família. Deixei em estado de espera tudo o mais que importava, empacotei minha vida e voei para cá. Sem a mínima noção de que você não fazia ideia disso.

Charlie meneou a cabeça, tentando ser compreensivo diante da situação, como se tivesse de fato entendido.

— Mas você *é* meu autor favorito — eu disse, em seguida. — Logan não estava mentindo quando disse isso. Gosto mais de você do que de Richard Curtis, Elaine May e Billy Wilder. Gosto mais de você... — e isso me pareceu um grande sacrilégio, como se eu fosse ser fulminada por um raio ao dizer isso, mas eu tinha de expressar o que pensava. — Eu gosto mais de você do que de Nora Ephron.

Charlie ficou em silêncio.

Isso era demais?

Em seguida, ele emitiu um rápido e mecânico "Sim!", que eu interpretei como "*Entendi!*".

Sem dúvida, era um sinal para eu parar de falar.

Mas eu precisava saber. Eu precisava confirmar. Decidi prosseguir como se quisesse descobrir aonde aquilo me levaria.

— Por isso, eu só queria agradecer a você por essa oportunidade. Não é fácil mudar de ideia. Principalmente no calor de um instante de loucura. Mas eu preciso dizer que este é o maior dos grandes contratos para mim. — Então, percebendo que podia parecer brega, mas incapaz de encontrar palavras melhores para expressar minha sinceridade, eu concluí: — Vou fazer este trabalho com todo o coração e toda a minha alma.

Olhei furtivamente para ele.

Ele estava franzindo o cenho.

— Que trabalho? — Charlie perguntou.

— A reescrita... — eu respondi.

Ao ouvir isso, Charlie deu uma estrondosa gargalhada — dessas que alguém dá quando está surpreso demais com algo incrivelmente ridículo. Depois, ele prosseguiu com um riso de deboche e começou a dar uns tapas na porta do carro.

Isso durou uns segundos.

Era uma risada amarga, percebi enquanto ele prosseguia rindo sem parar.

Enfim. Acho que tive minha resposta.

— A reescrita? — Charlie continuou falando: — A reescrita?

Eu não estava rindo. Nem preciso dizer isso.

— Logan havia me dito que você concordou com tudo — eu disse. — Falou que você disse: "Tudo bem. Dane-se. Ela pode ficar no quarto de hóspedes!". Ele me *mostrou* a mensagem!

Como se eu pudesse provar que ele estava errado.

Charlie respirou fundo algumas vezes tentando se acalmar.

— Eu disse que você podia ficar no quarto de hóspedes. Por uma noite. Antes do voo de volta, amanhã.

— Ah — exclamei.

— É engraçado você ter acreditado nele — Charlie comentou. — Ele não tinha *acabado* de mentir para você?

Encolhi os ombros, me defendendo.

— Sim, mas... Nem *sempre* ele mente. Na maioria das vezes, ele fala a verdade. — Depois, tive que acrescentar: — Eu acho.

— Bem, ele não estava falando a verdade, nesse caso.

— Tudo bem — eu repliquei. — Entendi.

— Quero dizer... — Charlie prosseguiu, ainda pasmo com a ousadia do Logan e a minha ingenuidade. — Eu não escrevo junto com ninguém. Nunca. Logan sabe disso. E, se eu sou mesmo o seu autor favorito...

— Ele olhou para mim como se tivesse me pegado. — Você também devia saber disso.

— Sim — eu disse, de forma mecânica, repetindo a famosíssima história. — Uma vez, você tentou colaborar com Topher James Heywood, e tudo terminou numa briga de bar, em que você quase foi atingido com uma garrafa de cerveja quebrada. Depois disso, você nunca mais trabalhou com outra pessoa. Vi que você contou essa história umas dez vezes. Apesar de, às vezes, ser uma garrafa de Heineken e, outras, de Sam Adams.

Charlie assentiu com a cabeça, como se estivesse me aprovando, e então disse:

— Eu nunca devia mencionar a marca da cerveja. Continuo mencionando a cerveja errada e recebendo DMs* sobre isso.

— No Reddit, há toda uma discussão sobre essa questão.

— Isso é preocupante.

— Estou no time da Heineken, a propósito. Mas só porque gosto do rótulo.

Charlie levou isso em consideração.

— É Heineken, então.

Isso me pareceu estranhamente bom.

Mas, depois, alguma coisa me atingiu. *Heywood.*

Topher James Heywood.

— Espere — eu disse. — O Topher James Heywood também é conhecido por T.J. Heywood?

Charlie dilatou as narinas como se não quisesse falar sobre ele.

— Sim. "T.J." e "Teej" e "Trey" são a mesma pessoa, porque ele é um "terceiro". E também...

— Também o quê?

— Ele tem outro apelido, mas ninguém usa, a não ser ele mesmo.

— Ele deu um apelido para si mesmo?

---

* *Direct Messages* ou mensagens diretas (N. da T.)

Charlie dilatou suas narinas de novo.

— Sim — ele respondeu.

— Qual é?

Charlie hesitou, mas, por fim, disse:

— Jablowmie.

— Como? — Perguntei, porque não havia entendido.

— Por causa do último nome... — Charlie respondeu rápido. — Heywood.

— Jablowmie Heywood?

— Inverta — Charlie sugeriu e, como eu ainda nem tinha me constrangido reconhecendo, ele inverteu para mim: — Heywood Jablowmie.

Encolhi os ombros, como se dissesse "*Sério?*".

— Esse é o apelido que ele escolheu para si mesmo? Nem está na ordem correta!

— Não vou me esquecer de contar isso para ele.

— Por que você estava *tentando* escrever com esse cara?

— Bem... — Charlie falou, como se quisesse dizer "*Por onde começar?*". — Ele é riquíssimo, conhece todo mundo desta cidade e exerce poder demais, considerando que é alguém que usa boné de beisebol virado para trás.

— Tudo isso porque é filho de Chris Heywood e neto de Christopher Heywood?

— Ele é um exemplo clássico de fracasso no topo.

— Sim. É assim que funciona.

Claro que era.

— Enfim... — Charlie prosseguiu, nos conduzindo de volta ao assunto mais premente, tentando me explicar por que ele não podia trabalhar *comigo*. — A questão é... Esse negócio entre mim e você nunca vai acontecer. E Logan devia saber disso.

— Concordo.

— Eu jamais ia concordar com a ideia de alguém reescrever meu roteiro. Muito menos um escritor de internet péssimo, fracassado e desconhecido.

Uau! Podemos voltar a falar sobre Heywood Jablowmie?

Fiquei quieta e esperei Charlie se lembrar de que ele estava conversando comigo.

Mas ele não se lembrou.

— É insultante — ele prosseguiu. — É ridículo. Está total e comicamente fora de questão. É como contratar um menino do jardim da infância que tem uma coleção de lápis de cera para repintar a Capela Sistina! Como contratar um bebê para reconstruir a Torre Eiffel com massinha! Como contratar um adolescente com um *ukulele* para reescrever Mozart!

— E você é Mozart nessa história?

— Claro!

— Então, a sua autoestima é… — Inclinei a cabeça para ressaltar o sarcasmo. — Saudável.

— Não preciso de autoestima! Tenho um baú inteiro de Oscars!

Ah. Sarcasmo ignorado. Está bem.

— Eu adoraria ouvir Mozart no *ukulele*.

— Você não está entendendo.

— Não — eu respondi, assentindo ironicamente. — Acho que eu entendi.

— Porque a questão é: alguém como você não é sequer remotamente competente para trabalhar com alguém como eu.

— Você deixou isso bem claro.

— Alguém que não mora em Los Angeles, que nunca fez nenhum trabalho de verdade no ramo e que se inscreveu em dois festivais de cinema, mas sequer compareceu? Sem ofensas, mas você é alguém que evidentemente não leva esse trabalho a sério.

Sem ofensas? Tudo o que ele dissera até agora tinha sido ríspido, mas nenhuma inverdade. No entanto, dizer que eu não levava esse trabalho a sério...? Isso ultrapassou o limite.

— Eu levo meu trabalho muito a sério — retruquei, sentindo uma pontada de... isso, você adivinhou... de *ofensa*.

— Errado — Charlie respondeu.

— "Errado"?

— Porque, se você levasse a sério, estaria aceitando qualquer oportunidade que lhe aparece... Não estaria apenas aceitando, mas *agarrando*. Com as duas mãos. Como se nada mais importasse.

— Mas outras coisas importam, *sim*.

— É exatamente porque você pensa desse jeito que é uma roteirista fracassada.

— Não sou uma roteirista fracassada!

— Que parte de sua carreira fracassada lhe deu essa impressão?

Uau.

Como eu responderia a isso? Por fim, consegui expressar algo como...

— Eu *levo* minha profissão *a sério*.

— Leva? — questionou Charlie. — Não parece! Porque o estágio da Warner Bros não é algo que os roteiristas simplesmente ignoram.

— Logan falou sobre isso com você?

— Você tem alguma ideia de quanto esse estágio é prestigioso? De quanto ele poderia ter mudado a sua vida? É inacreditável você ter tido essa oportunidade, mas não a ter aproveitado.

— Eu sei exatamente quanto é prestigioso esse estágio e...

Mas Charlie me interrompeu e continuou:

— Logan achava que eu ficaria impressionado com o fato de você ter conseguido. Mas você o ter recusado me diz tudo o que eu preciso saber.

— Veja... Foram as circunstâncias...

— Fodam-se as circunstâncias! É o que eu estou dizendo. Se você quer entrar nessa vida, você tem de se alimentar dela e beber dela, dormir com ela, e ela tem de estar na frente de todo o restante. Família, amigos, sexo! Qualquer outra coisa é secundária. Qualquer outra coisa é *não a levar a sério*.

Recusar aquele estágio tinha sido o mais doloroso sacrifício de todos os meus sacrifícios dolorosos. Mas, se esse cara realmente achava que meus objetivos pessoais de escrever deviam mesmo vir acima de todo o restante, inclusive da minha família — inclusive do meu *pai* —, então, não adiantava nada tentar explicar.

Tínhamos chegado à casa de Charlie. Entramos na garagem, ele desligou o motor e puxou o freio de mão.

— Foi isso o que *você fez*? — perguntei, então, agora, com calma. — Sacrificou tudo?

— Como você acha que eu acabei sozinho nesta mansão gigante?

Será que ele estava dizendo isso como se fosse uma coisa boa? Havia amargura na voz dele e provavelmente uma história inteira para escavar. Mas eu já precisava lidar com minha própria amargura.

De qualquer modo, eu já havia perdido a luta.

Dei um longo suspiro.

— Então, você deve estar certo — eu disse. — De acordo com a sua definição, acho que eu não levo a sério a profissão.

— Obrigado — ele reagiu, como se tivesse vencido.

— Um conselho profissional, porém — eu disse, então, no fim daquele dia interminável, sem conseguir disfarçar a exaustão em minha voz. — Em geral, se você precisa acrescentar as palavras "sem ofensa" a alguma coisa que estiver dizendo... provavelmente, é sinal de que aquilo que você está dizendo é uma ofensa.

Charlie franziu a testa ao ouvir isso. Como se tivesse percebido. Como se, no frenesi de querer mostrar seu ponto de vista, ele de repente pudesse enxergar os destroços que deixou.

— Vou encontrar uma passagem de volta — eu disse em seguida, sentindo-me derrotada, percebendo uma ameaça de lágrimas em minha voz — para a primeira hora da manhã.

Então, puxei a maçaneta da porta para sair.

Mas a porta não se abriu.

— Oh... — Charlie exclamou, se lembrando. — Está quebrada.

Dizendo isso, ele pulou para fora e deu a volta até o meu lado.

— Preciso pegar isto aqui.

Ele abriu a porta, e eu coloquei as pernas para fora, com a intenção de pegar minhas malas, entrar na casa, acessar a internet, comprar uma passagem de avião e depois ignorar Charlie Yates para o resto da minha vida.

Mas, em vez disso...?

Em vez disso, eu desmaiei.

SETE

NÃO PERCEBI AQUILO chegando.

Num minuto, eu estava bem — ou tão bem quanto se pode estar quando seu herói está dizendo que você não tem valor algum —, e no minuto seguinte, enquanto Charlie segurava a porta do carro e eu entrava na garagem, ficando a alguns centímetros cara a cara com ele, tão perto que eu sentia o olhar dele em mim como uma brisa, eu tive uma onda de náusea, ouvi um som agudo dentro dos meus ouvidos e percebi a visão periférica se escurecer.

Logo depois, eu estava voltando a mim, caída de costas sobre o chão de concreto, vendo o rosto de Charlie pairando acima do meu, franzindo a sobrancelha, com seus olhos escuros e intensos.

— Emma! — ele me chamava. — Emma!

Mas o som estava abafado e meio fora de sincronia.

Em câmera lenta, Charlie moveu a cabeça e a apertou contra o meu peito. Estaria ouvindo meu coração? Verificando minha respiração? Ainda consigo ver aqueles cabelos castanhos dele, como se minha mente tivesse pausado para tirar uma foto. Ele estava agachado do meu lado, mas logo depois eu o vi se levantar e correr — *correr!* — para trás do carro, pegar minha maleta e arrastá-la na minha direção. Em seguida, ele estava erguendo as minhas pernas e as apoiando sobre a maleta para que ficassem elevadas.

Então, ele virou o rosto dele para a direção do meu e ficou me olhando bem de perto.

— Emma?

Agora, eu o podia ouvir com mais clareza.

Ele era bonito. Para mim, pelo menos. Não havia como evitar.

Não fale das narinas dele. Não fale das narinas dele.

Por sorte, eu estava com muita náusea para poder falar.

Comecei a me sentar, mas Charlie balançou a cabeça, me reprovando.

— Não se levante! Você não deve ficar em pé. Espere um pouco.

Eu relaxei no chão da garagem enquanto Charlie tirava a camisa de cima, fazia com ela uma almofada improvisada e a colocava debaixo de minha cabeça, apoiando meu rosto em seu ombro por um instante enquanto arrumava a almofada.

Caramba. Ele era cheiroso.

Não sei que perfume ele usava, mas curou a náusea como se fosse um remédio.

Observei-o se levantar de novo e, depois, voltando do carro com uma garrafa de água. Ele esguichou um pouco de água na palma da mão, sacudiu-a para se livrar do excesso e, então, esfregou a mão suavemente na minha testa.

— O que você está fazendo? — eu perguntei, sentindo-me um tanto melhor para, enfim, conseguir falar.

— Estou refrescando você.

— Eu não estou com calor.

— A internet diz que sim.

Bom. Eu não ia discutir com a internet. De qualquer modo, eu me senti bem.

— Você desmaiou — Charlie me disse, com um ar genuinamente preocupado.

— Me desculpe — eu falei, fechando os olhos.

— Eu fiquei assustado. Você ficou muito pálida.

— Acho que foi porque eu não comi nada hoje — eu disse. — Nem ontem.

— Nada? — Charlie replicou, como se perguntasse "*Por que não?*".

Eu não tive nem energia para encobrir a verdade.

— Eu estava nervosa porque ia conhecer você.

— Tão nervosa que não se alimentou por dois dias?

— Ahã.

— Não sou tão assustador — Charlie reagiu.

Eu balancei a cabeça.

— Você é mais assustador do que eu imaginei. Se eu soubesse como ia ser de fato, não teria comido por um mês.

Charlie estava me analisando.

— Sua cor está voltando — ele disse, balançando a cabeça de maneira afirmativa. — Você está bem? Acha que consegue entrar?

Comecei a me levantar, mas ele me deteve de novo.

— Não assim — ele ordenou e, em seguida, eu senti os braços dele deslizarem sob o meu corpo e me apertarem enquanto ele me carregava para dentro da casa.

Eu ainda estava nauseada, e o movimento foi meio *cedo demais*, por isso eu me enrolei e me segurei no ombro dele para me apoiar. Dali, minha visão era a barba por fazer em seu pescoço, o queixo anguloso e atraente demais para um escritor, e seu pomo-de-adão.

Meus olhos queriam se fechar, mas eu os convenci do contrário.

Quantas pessoas ficaram *assim tão* perto do pomo-de-adão do Charlie Yates?

Passamos pela porta da frente e entramos na sala de estar, onde ele me acomodou num sofá macio.

— Você deixou sua casa destrancada? — eu perguntei enquanto ele me soltava.

— É trancada por controle remoto — ele respondeu.

Naquele momento, ele estava cuidando de outras coisas: apoiando minha cabeça em uma almofada, pegando um cobertor de uma cadeira e me cobrindo. Então, ele foi até uma cozinha que ficava ao lado dessa sala.

Eu o segui com os olhos. Vi ele abrindo um armário, tirando um copo de lá de dentro e abrindo uma torneira.

Ele voltou com o copo na mão e se ajoelhou ao meu lado.

— A internet quer que você tome um pouco de água — ele disse e, depois, com uma ternura que eu jamais esperaria de uma pessoa que havia acabado de me chamar de "uma escritora fracassada qualquer", passou o braço por trás de meus ombros e me ergueu para que eu pudesse tomar uns goles.

— Tudo bem? — Ele perguntou enquanto eu me deitava de novo.

Fiz que sim com a cabeça.

Havia quanto tempo ninguém cuidava de mim em situação alguma? A última pessoa que tinha feito isso provavelmente fora minha mãe. Hoje em dia, era eu que cuidava de todos. Quando ficava doente ou me machucava, eu me virava sozinha. E era plenamente capaz disso. O fato é que eu havia me esquecido de como era ser cuidada. Acho que eu devia sentir muito a falta disso, porque as lágrimas não paravam de me brotar dos olhos, e eu continuava piscando para afastá-las.

Ou talvez só tivesse sido um dia muito longo.

✦ ✦ ✦

MAIS TARDE, NAQUELA noite, enquanto eu permanecia catatônica sobre a cama de hóspedes de uma cor acinzentada, em um dos diversos quartos de hóspedes da casa de Charlie Yates, de paredes também meio cinza, recebi uma mensagem dele, do outro lado da casa.

Ele tinha pedido comida para nós, e eu precisava ir à sala de jantar para comer.

Então, eu fui.

Eu estava péssima, claro, mas nem de longe péssima a ponto de rejeitar o jantar.

Charlie estava lá, sentado à mesa. Também estava lá metade da comida da cidade de Los Angeles.

Charlie percebeu que eu estava de olhos arregalados diante daquele banquete.

— Eu não sabia do que você gostava, por isso pedi de tudo — ele disse.

Eu me aproximei da mesa e desfrutei. Sushi, sanduíches, rolinho primavera, *samosa*, pizza, massas, frango frito... Havia de tudo e mais um pouco.

Charlie estava comendo um pratão de coisas misturadas, e tinha preparado um lugar para eu fazer o mesmo.

Peguei um *croissant* e decidi começar aos poucos.

Charlie me observava mastigar e, depois que eu dei algumas mordidas, ele me perguntou:

— Como você está se sentindo? Melhor?

— Não sei direito como responder a essa pergunta — eu disse.

Então, me convenci a comer um *club sandwich* e um pouco de salada de frutas, mais uns bocados de bolo de morango, até concluir que havia chegado ao limite.

Será que ele estava furtivamente me olhando comer? Eu estava sendo observada? Será que eu comia como uma roteirista fracassada?

Bem no instante em que eu estava pensando que havia escapado, ele disse:

— Posso lhe fazer outra pergunta?

— Acho que sim — eu respondi.

— De que exatamente — Charlie fez uma pausa — você não gostou do meu roteiro?

Oh, céus.

— Sabe... — eu disse, balançando a cabeça. — Acho que não precisamos falar sobre isso.

— Eu não paro de pensar nisso — Charlie disse.

— Vai passar — eu disse a ele.

Charlie inclinou a cabeça e perguntou:

— Você não quer me falar?

— Você já me explicou em termos bem claros que minha opinião... na sua opinião... é bem inútil. Por isso, não vejo sentido em continuarmos.

— E se eu estiver curioso?

— Por que estaria?

— É que... É aquela sensação... em que a gente não sabe de uma coisa e não sabe se, de fato, quer mesmo saber.

Eu conhecia essa sensação. Claro que conhecia.

— Uma lacuna de informação — eu disse.

— Certo — Charlie disse, como se nunca tivesse ouvido essa expressão antes. Depois, ele falou mais baixo, como se estivesse ponderando: — Uma lacuna de informação...

— Você não conhece a expressão "lacuna de informação"? — perguntei.

— Claro que conheço. É uma... lacuna de informação.

— É uma expressão própria de quem produz textos e se refere ao recurso de gerar curiosidade nos espectadores deixando de dar alguma informação essencial.

— Bem, funciona.

Como Charlie Yates não conhecia essa expressão?

— A questão é... — Charlie prosseguiu. — Você me deixou com uma "lacuna de informação"...

— Foi você que se permitiu ficar com a "lacuna de informação".

— ... e agora preciso que você preencha as... informações.

Esperei um segundo e, então, disse:

— Por que eu faria isso?

Charlie encolheu os ombros e disse:

— Por que você não faria?

— Porque... — Eu não conseguia acreditar que teria de dizer isso em voz alta. — Porque você não me contratou.

Charlie assentiu com a cabeça, como se dissesse "*Interessante*...".

— Se você tivesse me contratado — eu disse em seguida, tentando ser bem clara —, eu faria isso de muito bom grado, agora mesmo. — Apontei para o quarto de hóspedes, onde estava a minha mochila. — Tenho dez páginas digitadas em espaços simples. Tem *post-its* colados por todo o roteiro impresso e comentários pelas margens todas. — Embora, na verdade, as margens, na maioria das vezes, contivessem comentários do tipo "*Que diabos??!*" e "*PQP!!!*"... mais para ser um registro de horrores do que comentários reflexivos. — Gastei cada minuto livre — eu prossegui —, do momento em que o Logan me disse que eu teria esse trabalho até entrar no avião para cá, analisando esse roteiro e pensando... um tempo pelo qual jamais serei remunerada, a propósito.

Charlie assentiu com a cabeça, como se não tivesse pensado nisso.

— Eu poderia passar *horas* falando do que não gostei no seu roteiro — continuei. — Poderia passar a *noite toda*. — Então, eu concluí: — Mas *você não me contratou*.

Charlie assentiu com a cabeça de novo, como se compreendesse, e disse:

— E se eu contratar você agora... só para isso?

— Quê?

— E se eu contratasse você para uma consultoria? Só por esta noite? Me diz o que acha, e eu lhe pagarei uma quantia generosa por seu tempo, por suas ideias e pelo incômodo.

— Por que você faria isso?

— Porque você acabou de me ensinar a expressão "lacuna de informação".

Bom, pelo menos, ele reconheceu.

Ele percebeu que eu estava analisando a proposta.

— Qual seria o preço atual? Duzentos e cinquenta por hora?

Eu não tinha a mínima ideia de qual era meu preço atual.

— Trezentos — eu disse.

— Fechado. Vamos cobrir três horas hoje à noite, mais ou menos, e todo o tempo que você usou na semana passada. Mais seu tempo, seu estresse, o incômodo e seu desmaio. Que tal três mil dólares?

— Cinco mil — eu respondi, sem perder o ritmo.

Era razoável, não era? Estávamos negociando *na mansão dele*, afinal.

— Combinado — Charlie concordou.

Espere... O quê?

Uau. Três vivas para as lacunas de informação.

— Combinado — eu repeti. — Você faz o cheque. Eu vou pegar minhas anotações.

OITO

INCRÍVEL, DE VERDADE, como um cheque de cinco mil dólares pode elevar o ânimo de uma mulher.

No instante em que Charlie me deu o cheque, eu o guardei no meu sutiã, por segurança.

O que me pareceu um gesto de poder.

Limpamos a mesa de jantar. Depois, Charlie se sentou na cadeira em frente à minha com um belo caderno Moleskine e uma caneta. Como se ele quisesse... Céus! *Fazer anotações* sobre o que eu ia dizer.

Anotações *a favor* ou *contra*, eu não sabia.

Ele observava enquanto eu descarregava minha mochila. Meu estojo, meu *laptop*, minha pilha de cadernos, minhas notas impressas, tudo encaminhado para o *grand finale* do roteiro dele, encadernado com grampos de papel e uma capa de cartolina, completamente abarrotado de *post-its*, abas de anotações e orelhas. Sem mencionar algumas manchas circulares de café e um canto enrugado de quando, por acidente, o deixei cair na água do banho.

Um roteiro que foi bem lido, sem dúvida.

Charlie ficou olhando para aquilo tudo.

— Vou lhe fazer uma pergunta — eu disse, logo depois de acabar de arrumar tudo. — Você quer que eu seja sincera? Ou quer que eu o cubra de elogios?

— Quero que você seja sincera — Charlie respondeu, sem hesitar.

Mas isso não significava muito.

Os autores sempre querem que sejamos sinceros... mas só se adorarmos o texto.

— Porque eu não gostei do seu roteiro — eu disse.

— Eu tinha imaginado isso quando você o chamou de "merda apocalíptica".

Cerrei os olhos, como se quisesse dizer "*Você ouviu isso?*". Em seguida, assenti com a cabeça e perguntei:

— Você consegue lidar com isso?

— Lidar com o quê?

— Não ser adorado.

— Claro. Fácil. As pessoas *não gostam de mim* o tempo todo.

— Não é bem assim.

Talvez porque ele tivesse sido tão insultuoso e tão desdenhoso comigo lá no carro, mas, agora que eu tinha um pouco de comida no estômago e um dinheirinho no sutiã, a ideia de dar a esse homem um pequeno castigo me pareceu bem atraente.

Será que eu queria dizer a ele o que, de fato, eu pensava sobre o roteiro dele?

De repente, eu queria.

— Você tem certeza de que deseja fazer isso? — perguntei num tom do tipo "*Última chance*!".

Charlie meneou a cabeça, assentindo, mas aparentava ter menos certeza disso agora.

Tomei um gole de água e dei início:

— Vou começar dizendo que, até o conhecer, hoje, você era meu autor favorito de todos os tempos. Eu tinha lido tudo o que você já escreveu. Adoro seus segmentos de personagens, seus diálogos, suas reviravoltas de enredo, a ambientação, seus heróis e heroínas imperfeitos, seus vilões estranhamente dignos de empatia, seu senso de oportunidade, suas curvas de redenção, seu senso de humor e, talvez, acima de tudo, seus bordões.

Charlie fez um aceno com a cabeça, como se tudo estivesse bem no mundo.

— Mas esse roteiro — eu prossegui — é um crime contra a humanidade.

Charlie franziu o cenho.

— Ainda tem certeza de que deseja fazer isso? — perguntei, uma última vez.

— Você já guardou o cheque no seu sutiã — Charlie respondeu de forma abrupta, apontando na direção do meu peito, antes de perceber que era má ideia.

— Então, aperte o cinto — eu disse encolhendo os ombros.

A regra de ensino que eu adotei era nunca criticar mais que três coisas por vez no trabalho de um aluno. Se você bate com muita força e muito rápido numa pessoa, ela se fecha. Ela se sente atacada, em vez de aconselhada. Isso deixa de ser uma ajuda e passa a ser uma ofensa.

Três críticas por vez era o número mágico.

Mas será que eu ia seguir essa regra com Charlie Yates?

De jeito nenhum.

Ele não era nenhum garoto, nem um calouro da faculdade comunitária. Era um titã do gênero, absurdamente bem-sucedido. Com uma mansão e uma... "gaveta cheia de Oscars".

Podia lidar com isso. Mesmo se não pudesse — no fundo, *todos* os escritores são piegas —, não era esse o meu problema.

Ele estava me pagando uma quantia generosa para eu lhe contar minhas ideias, e eu contaria.

Todas.

E se, por acaso, elas o deixassem arrasado? Isso seria apenas um bônus.

— Em primeiro lugar — comecei —, acho que esse roteiro nem deveria existir. Quero registrar minha objeção desde o início. Esse filme é um clássico adorado, que transborda uma rara magia, e seu legado não deve ser maculado por um *remake* desastroso.

— Anotado — Charlie disse.

Então, eu comecei a falar sério — e talvez eu devesse ficar intimidada por dizer tudo isso a um deus da escrita, mas minha indignação me tornou destemida. Eu tinha um propósito mais nobre ao qual me dedicar.

— Apenas um panorama... — eu falei. — Quando digo que esse roteiro é uma "merda apocalíptica", quero dizer que ele não apresenta tensão, não apresenta o desenvolvimento dos personagens, não tem desejo, progressão, expectativa, nada de gracejo, de humor, de ação, nem brilho algum.

— *Nem brilho* algum? — Charlie questionou.

No entanto, eu estava apenas começando.

— É uma comédia romântica que não é nem engraçada, nem romântica. Não tem nada, nada, do que uma comédia romântica deve ter.

— O que uma comédia romântica deve ter?

— Excelente pergunta. Você a deveria ter feito antes de ter escrito essa coisa, mas vamos conversar sobre ela.

A caneta de Charlie ainda estava ociosa em cima de seu caderno aberto. Ele não estava anotando, mas estava ouvindo — e lhe dou crédito por isso.

— A função de uma comédia romântica — comecei — é dar ao espectador uma sensação semelhante à de estar apaixonado.

Nesse momento, Charlie pestanejou, e eu me peguei desejando saber se isso era uma novidade para ele.

Prossegui.

— Uma comédia romântica deve dar uma sensação de expectativa deliciosa, extasiada e esperançosa enquanto você almeja o momento em que os dois protagonistas, que estão evidentemente loucos um pelo outro, enfim, superem todos os obstáculos, internos e externos, e fiquem juntos.

Então, eu lancei um olhar de reprovação para Charlie.

— Essa é a primeira e mais sagrada lei das comédias românticas — eu disse, num tom como "*Você sabe o que fez...*". — Os protagonistas acabam juntos e felizes no final. — Fiz uma pausa de efeito. — E você violou essa regra quando fez a personagem da Claudette Colbert se casar com o homem errado.

Charlie deve ter interpretado minha pausa dramática como se eu quisesse uma explicação.

— É mais interessante daquele jeito — ele disse.

Hum. A pomposidade.

— Pode ser "interessante". Mas não é comédia romântica. E quando se reescreve a maior comédia romântica de todos os tempos, *ela precisa ser uma comédia romântica*.

Charlie analisou isso.

E nesse instante eu me armei com meu conhecimento enciclopédico de toda a obra de Charlie.

— Em *The Destroyers*, os extraterrestres vencem? Eles transformam a Terra numa paisagem infernal ressequida e jogam o menininho órfão num buraco negro para você, o autor, poder fazer algo "interessante"?

Ele não precisava responder. Claro que os extraterrestres não fariam isso.

— Em *Night Raid*, os oficiais da marinha americana desistem depois que o submarino afunda e se deixam enterrar num túmulo submerso? Por acaso, o detetive de *The Maharajas' Express* encontra todas aquelas pistas só para chegar ao final e dizer "Oh! Estou perplexo!"? O protagonista de *Live and Let Kill* perde o interesse em evitar a decapitação de sua esposa e se debruça na guilhotina?

Charlie estava me olhando.

— Claro que não! Você sabe disso! Todos os gêneros têm uma promessa. O *Destroyers* vai salvar o universo. Os soldados vão vencer a batalha final. O detetive vai resolver o mistério. O marido enlutado e perseguido vai descobrir tudo no momento exato. Não consigo acreditar que preciso dizer isso para você, mas *o mesmo vale para as comédias românticas*. Os dois protagonistas vão acabar juntos. Foi para isso que o público compareceu. É a alegria disso tudo. Se você não der isso aos espectadores, será mais que insatisfatório... Será a violação da confiança. É como sexo sem orgasmo! Qual seria o sentido?

Depois disso, eu congelei.

Eu disse a palavra "orgasmo" para o Charlie Yates?

Parecia que Charlie estava se fazendo a mesma pergunta.

Mas a questão era pertinente. Decidi assumi-la.

— Uma boa comédia romântica — continuei — é exatamente como sexo. Se você fica surpreso no final é porque alguém não fez a sua parte. Todos nós sabemos para onde vai. A graça é como chegamos lá. Sério... Você já teve uma transa fantástica que culminou num orgasmo épico e depois disse para si mesmo "*Nossa... isso foi tão clichê...*". *Deveria ter tido um final diferente?*

Charlie inclinou a cabeça e disse:

— Você quer que eu responda, ou isso foi só uma pergunta retórica?

Era retórica, mas eu estava tão nervosa que disse:

— Quero que você responda!

Charlie assentiu com a cabeça de um modo solene, ao mesmo tempo que admitia:

— Não.

— Obrigada! É exatamente isso!

Sem dúvida, essa breve digressão não estava nas minhas anotações. Eu tinha um milhão de questões acadêmicas legítimas com as quais poderia ter iniciado. No entanto, ali estava eu, apenas alguns minutos depois, perguntando — não, exigindo — saber dos orgasmos de Charlie Yates.

Considerando agora a expressão de Charlie, percebo que ele também não esperava que eu fosse tão longe.

Contudo, para ser sincera, havia um brilho nos olhos dele, como se eu o tivesse surpreendido.

A noção de que eu estava reconhecendo a admiração de Charlie Yates me deu uma sensação de nervosismo em meu... em todo o meu ser.

Eu me acalmei. Eu precisava manter o foco. Não estava ali para fazer amizade.

No entanto, ele pegou a caneta e escreveu, no topo da página do seu caderno, "Final feliz — essencial" e, em seguida, desenhou um quadrado em volta da frase, como se tivesse me dado ouvidos, concordado, e estivesse pronto para passar para o próximo ponto.

Eu precisava mudar o assunto, não falar mais nada sobre sexo. Isso estava bem claro.

Consultei minhas anotações.

— Outros problemas... — eu disse, num tom como "*Por onde começar?*". — Acho que outro problema imenso é que nada do que acontece nesse roteiro corresponde ao original. Absolutamente nada. É quase como se você jamais tivesse assistido ao filme.

— Sem comentários.

— Você viu o filme?

— Claro.

— Há pouco tempo?

— Acho que isso não é pertinente.

— Acho que é bem pertinente. Você fez os personagens participarem de uma *competição de line dancing*!

— E...?

— E não tem nenhuma *line dancing* em *Aconteceu Naquela Noite*!

Charlie encolheu os ombros e falou:

— Eles disseram que era para atualizar.

— Com *line dancing*?

Ele encolheu os ombros outra vez.

— Não tinha sido feito.

— "Não tinha sido feito"?

— Todos os outros tipos de dança já haviam sido feitos. Dança de salão. Balanço. Latina. Hip-hop. Ritmo quente. Sem mencionar toda a franquia de *strip* de *Magic Mike*.

— Havia *line dancing* em *Footloose*.

— Mas não era uma comédia romântica.

— Você nem sabe o que é uma comédia romântica!

— Eu sei, sim.

Olhei para ele, expliquei o que eu queria dizer e, então, disse:

— O terceiro problema desabonador: não há nada de romântico aqui. Nada. Os protagonistas sequer gostam um do outro, até onde vejo.

— Eles se gostam. E quando ela cai em cima dele?

— Foi por acidente.

— Sim, mas gerou um instante sensual.

— Sensual como? Ela sofreu uma pancada.

— Mas eles trocaram olhares antes que ela desmaiasse.

— Não interpretei isso como troca de olhares. Interpretei como olhar fulminante.

— Isso é por sua conta.

— Não, isso está no roteiro.

— Estou lhe dizendo... isso é um ponto de virada para eles.

— E eu estou lhe dizendo que não é assim que funciona.

— Tudo bem. Caia em cima de mim alguma vez, e eu vou lhe mostrar.

— Tudo bem. Vou fazer isso.

Nós nos encaramos por um instante até que Charlie disse:

— A questão é que as pessoas brigam o tempo todo nas comédias românticas.

— *No início*, brigam, sim. Mas depois é preciso dar lugar a algo melhor. Elas não podem ficar brigando o tempo todo e, então, fazerem sexo com ódio e dar por encerrado.

— Não critique o sexo com ódio. Tem suas vantagens.

— Tenho certeza que sim. Mas não é amor.

Charlie fez uma pausa para anotar "sexo com ódio = não é amor" no seu Moleskine e também desenhar um quadrado em volta da anotação.

Aproveitei minha vantagem.

— Isso vai levar uma eternidade, se você continuar discutindo comigo. Vamos ficar aqui a noite toda.

Charlie franziu a testa. Eu estava certa de novo.

— Por isso — prossegui —, vou precisar que você apenas fique em silêncio e ouça enquanto eu critico o seu roteiro. Certo?

Vejam... ele fez isso.

Ficou ali sentado em silêncio, depois disso, enquanto eu analisava cada anotação de *post-it* e cada página daquele roteiro, enumerando cada aspecto em que ele era horrível — da estrutura à motivação —, e tudo entre esses dois itens.

Quando terminamos, já era mais de meia-noite, minha voz estava ficando rouca e Charlie Yates tinha feito cinco páginas de anotações. E a letra dele não era grande.

Aquilo me pareceu um triunfo. Como se toda aquela viagem não tivesse sido à toa. Como se talvez, pelo menos, eu tivesse provado que algumas das hipóteses dele sobre mim estavam erradas.

Não que eu me importasse, claro.

No entanto, enquanto eu colocava de volta as coisas na minha mochila e Charlie lia suas anotações, não pude deixar de me gabar um pouco. *Viu isso, Charlie Yates? Sou menos imprestável do que você pensava.*

Isso era alguma coisa da qual se vangloriar?

Eu adoraria ficar ali, mas me lembrei de que precisava estar no aeroporto de manhã. Por isso, fui obrigada a encerrar a noite me inclinando para Charlie e dizendo:

— Desculpe. Você pode me explicar como funciona o Uber?

NOVE

NA MANHÃ SEGUINTE, com as malas prontas para o aeroporto, tentei fazer café para mim na cozinha de Charlie.

Um erro enorme.

— Nããão! — Ele chegou de supetão. — É que... Quer saber? Não... — Ele pôs o corpo entre mim e a cafeteira. — Eu vou fazer isso. Ela é temperamental. Você precisa de um pouco... de um pouco de café?

Ahã. Tudo bem.

— Gostaria — respondi. — Mas eu posso tomar no aeroporto.

— Não, não... Eu terei prazer de fazer um café. Queria conversar com você, afinal.

Ele começou a girar uns botões e abriu a água.

— *Latte?* — perguntou. — *Cappuccino? Macchiato?*

— Só... o que for mais fácil — eu respondi.

Charlie pôs a mão na massa, dizendo por cima do ombro:

— Esta é a única coisa que minha mulher me deixava fazer na cozinha. — Em seguida, se corrigiu: — *Ex*-mulher.

Ele estava de conversa-fiada comigo?

— Então, você já arrumou as malas? — ele perguntou depois.

Franzi a testa. Olhei para minhas coisas do meu lado.

— Sim. O carro chega em vinte minutos.

— E você avisou seu... — ele hesitou. — Você avisou o pessoal em casa que está voltando? Seu marido? Ou sei lá...

Que pergunta estranha. Logan já não tinha dito a ele os fatos mais básicos da minha vida?

Endireitei um pouco mais o corpo.

— Eu não tenho "marido ou sei lá..." — respondi. — Moro com meu pai.

— Com seu pai? — Charlie perguntou num tom como se quisesse insinuar algo como "*Você não está meio velha para isso?*".

— Sou a cuidadora dele — respondi.

Charlie se virou.

Eu encontrei os olhos dele e prossegui:

— Ele sofreu um acidente num acampamento há muitos anos, e agora precisa de cuidados em tempo integral.

Charlie compreendeu.

— Ah... — ele balbuciou e, em seguida, perguntou: — Quem está com ele agora?

— Minha irmã mais nova.

Não acrescentei: *uma amadora*.

Eu não tinha ideia de como eles estavam. Eles haviam me proibido de ligar e de enviar mensagens até que eu estivesse acomodada. "Nem tente!", Sylvie dissera. "Vamos ignorar completamente."

No fim, eu nem tive tempo para sequer pensar em ligar. Em vez disso, acordei às quatro da manhã, antes de o alarme disparar, porque meu coração estava batendo tão forte no meu peito, de tanta ansiedade por ter deixado meu pai, que juro que estava provocando ondulações no colchão.

Depois, continuei acordada na cama, preocupada.

Eu tinha mostrado para a Sylvie onde guardávamos a meclizina? Será que meu pai tinha tomado o propranolol? O que eles tinham comido no jantar? Por favor, Senhor, me diga que ela não o deixou comer batatas fritas. Ela preencheu a tabela? Ele estava bem? Será que estavam no pronto-socorro? Estavam todos vivos?

— Então... — Charlie tentou de novo. — Você os avisou de que estava voltando?

— Ainda não — respondi. Em seguida, olhei bem nos olhos dele, para ser franca. — Não consigo suportar a humilhação.

Charlie meneou a cabeça, de maneira atenciosa.

— Porque eu estava pensando que, em vez de voltar, você poderia... ficar — ele disse.

— Ficar onde?

— Aqui.

— Ficar aqui e fazer o quê?

Ser a governanta dele? Aparar a grama para ele? Consertar o iate dele?

— Fique aqui e reescreva o roteiro comigo.

Franzi a testa. Tudo o que pude pensar em dizer foi:

— Por quê?

Até onde eu sabia, esse cara estava totalmente contra a ideia de que eu ficasse aqui.

— Por causa da noite passada — Charlie respondeu.

— Porque eu disse que o seu roteiro era horrível?

Charlie fez que sim com a cabeça e falou:

— Isso. E porque você estava certa.

Uau! Que tal isso? Um autor pomposo que conseguia reconhecer que outra pessoa estava certa. Não se via isso todo dia.

Charlie prosseguiu:

— Você estava certa a respeito de tudo. Eu enxerguei com clareza depois que você me disse. Fazia muito tempo que eu não pensava em escrever do ponto de vista de outra pessoa. Me pareceu estranhamente bom. Bom o suficiente para me manter acordado metade da noite lendo você.

Isso me soou esquisito.

— Me *lendo*?

— Lendo o seu trabalho. Seus escritos. As coisas que o Logan me enviou e suplicou que eu lesse e eu nunca tinha lido. Seus dois roteiros e o que você enviou para a Warner Bros.

— Ele lhe enviou esses roteiros?

— Várias vezes. Mas você não tem ideia de quantos roteiros as pessoas me enviam. Além disso, eu estava ocupado. E era um tolo que pensava que sabia tudo o que havia para saber...

A cafeteira apitou e, enquanto ia até ela, Charlie acrescentou:

— ... sobre produção de roteiro... não sobre a vida. E, claro, assim que ele disse *comédia romântica*, meus olhos se reviraram com tanta energia que eu não consegui interpretar mais nada.

Dei uma olhada nele.

— Claro.

Se Charlie havia percebido o sarcasmo, ele o ignorou.

— Mas, então, na noite passada... Você estava tão... — E depois ele completou, com uma ligeira encolhida de ombros, como se soubesse que a palavra era demais, mas era a única adequada, dizendo: — Deslumbrante.

Deslumbrante. Eu tentava assimilar isso enquanto ele despejava o café na xícara.

— Você ficou acordado a metade da noite lendo meus textos?

Era quase impossível imaginar isso... Charlie Yates... *lendo minhas coisas*. E dizendo a palavra *deslumbrante*.

— E achei bom — Charlie completou.

— O que você achou bom?

Ele não podia querer dizer o que eu tanto queria que ele dissesse.

— O seu texto.

Oh, céus. *Ele gostou da minha escrita*.

— Bom mesmo. Quero dizer... comédia romântica não é exatamente o meu gênero favorito...

— Você deixou isso extremamente claro — eu comentei.

— Mas quase me fez acreditar no amor. E eu não acredito em nada.

Charlie pôs nossas canecas sobre a mesa de jantar, e eu me sentei de frente para ele.

— Então... — eu disse. — Você leu o que escrevi e agora quer...

— Contratar você — Charlie completou. — Sério. Para reescrever.

Meu cérebro estremeceu com a chicotada. Por mais empolgada que eu estivesse quando cheguei aqui ontem, hoje de manhã, meu sentimento era diametralmente oposto: eu estava louca para voltar para casa — de volta ao território seguro e amistoso com gente que não me acha inútil.

Como Charlie achava.

Mas isso foi ontem.

Tentei fazer a mudança: hoje, ao que tudo indica, ele acha que eu sou deslumbrante. Além disso, agora, depois de ler minhas coisas, eu sou *alguém que ele quer contratar*.

— Você quer me contratar? — perguntei. — Para a reescrita?

— Sim, mas só por uma semana.

— Uma semana? — perguntei de novo. Logan tinha dito *seis semanas*. — É impossível consertar esse roteiro em uma semana.

— Eu não quero consertá-lo. Apenas quero torná-lo aceitável.

Sacudi a cabeça, como se dissesse "*Não faz sentido*!".

— Logan não lhe explicou toda a transação? — Charlie perguntou em seguida. — Por que eu escrevi esse negócio, para começo de conversa?

Eu me lembrei.

— É como uma troca? Com algum executivo? Você escreve isso para ele, e ele vai produzir o seu roteiro da máfia?

— Sim. Mas não é o executivo que quer esse roteiro. É a amante dele.

Que coisa estranha, que palavra antiquada.

— A *amante* dele?

Charlie fez que sim.

— Ela adora esse filme e quer protagonizar o *remake* — ele disse. — É insistente demais e está importunando o homem. Ele quer dar algo a ela.

— Então, você está me dizendo que não é um projeto verdadeiro.

Charlie assentiu.

— Nunca vai ser executado — ele disse.

Mexi meu café.

— Não precisa ser bom — Charlie falou. — Só precisa ser bom o suficiente para passar no critério dele.

— Parece que ela também não gostou da sua primeira versão.

Charlie negou com um aceno de cabeça.

— Então, estamos fazendo tudo isso por um projeto de vaidade?

— Estamos fazendo tudo isso para eu conseguir ter meu filme de máfia produzido.

— Será que o mundo precisa mesmo de outro filme de máfia?

— Não sei do mundo — disse Charlie —, mas sei do que *eu* preciso. — Em seguida, inclinando-se para a frente, como se de fato estivesse falando algo delicado e vital sobre si mesmo, ele me olhou nos olhos e disse: — Eu só preciso fazer algo de que eu me orgulhe.

Então, meu telefone tocou. Olhei lá embaixo. O carro estava lá fora.

Eis a questão. Sinceramente, naquele momento, eu só queria voltar para casa.

— Charlie... — eu falei. — Não.

Depois disso, eu me levantei e fui até onde estavam as minhas malas.

Charlie me acompanhou.

— Não?

Coloquei a mochila nas costas e agarrei as malas, erguendo a de rodinha quebrada para que não rangesse.

— Não.

Charlie pegou as duas malas e parou na minha frente.

— Você está dizendo "não"?

Eu *estava* dizendo "não"? Eu estava me negando a trabalhar com Charlie Yates? Isso era loucura. Mas aí estava.

— Estou dizendo não, Charlie. Eu não quero fazer isso.

— Ontem, você queria fazer.

— Ontem, você nem mesmo ia me contratar!

— Ontem, eu não sabia quanto você é competente.

— Bem, ontem, eu não sabia que era um projeto falso.

Chegamos à calçada da frente e, como não diminuí o passo, Charlie largou minha bagagem, como se estivesse dizendo "*Carregue suas próprias porcarias, então...*". Dei a volta e peguei a bagagem, deixando a rodinha quebrada raspar no chão e chiar até o Uber, que já estava ali parado.

No entanto, Charlie continuou me seguindo.

— Você não quer trabalhar comigo? É um dinheiro praticamente de graça! Você já está aqui, afinal! Isso é uma oportunidade incrível para você! Vamos fazer alguns ajustes mínimos nessa porcaria de roteiro, cobrar nossos cheques e seguir a vida. Você sabe quanto eu sou famoso?

Eu tinha chegado ao carro. Eu me virei para encará-lo.

— Muito inspirador.

— Inspiração não é algo assim tão bom como dizem.

O motorista do Uber abriu o porta-malas e saiu do carro, mas Charlie levantou a mão como quem diz "*Pare!*" e, depois, se virou na minha direção.

— Por que você não pode me ajudar? — Charlie perguntou, inclinando-se mais e se aproximando.

Eu não estava me fazendo de difícil. A verdade era que eu queria mesmo voltar para casa. A mansão, a cafeteira intocável, o projeto falso para alguma amante estranha. Simplesmente não davam para mim.

— Olhe... — eu disse, na esperança de que isso acabasse com o Charlie. — Eu moro num apartamento horrível com meu pai semiparalisado. Trabalho o tempo todo. Não tenho dinheiro, não tenho amigos e nem sequer tenho contato visual com alguém atraente há mais de um ano. Tudo o que consegui é minha produção de texto, meu amor por comédias românticas e minha dignidade humana essencial... e não vou sacrificar nada disso por esse seu projeto estranho e triste. Faço *falta em casa*. Eu estava disposta a sair para fazer algo grandioso e inspirador, mas não me disponho a abandonar minha família por um roteiro abominável que nem mesmo importa.

Isso deveria bastar. Certo?

Eu me virei para entrar no carro, mas Charlie me agarrou pelo pulso para me fazer voltar.

— O que eu preciso fazer para você ficar?

Então, olhei no fundo dos olhos dele e citei Charlie para o próprio Charlie:

— Eu só preciso fazer alguma coisa de que eu me orgulhe.

Para minha surpresa, isso funcionou. Charlie piscou.

— Certo! — Depois, ele começou a assentir com a cabeça. — Certo. OK. Você quer escrevê-lo, de fato? Nós vamos escrevê-lo a sério.

— Eu não quero escrevê-lo, de verdade, Charlie. Quero voltar para casa.

— Me diga quais são suas condições — Charlie propôs em seguida.

— Quê?

— Qualquer coisa. Como você quiser fazer... É assim que faremos.

Deixei escapar um longo suspiro.

— Por que você está fazendo isso, Charlie?

Charlie endireitou os ombros como se estivesse se preparando para dizer algo verdadeiro:

— Porque na noite passada, quando eu estava lendo suas coisas, eu desejei trabalhar com você. E eu não desejava nada, absolutamente nada, há muito, muito tempo.

DEZ

O MOTORISTA DO Uber já tinha nos deixado para trás na entrada da garagem de Charlie quando meu telefone tocou.

Eram o meu pai e a Sylvie no FaceTime.

A primeira coisa que pensei não foi bem um pensamento. Foi apenas uma reviravolta no estômago.

Será que ela deu o remédio errado para ele? Ele teve alguma queda? Enganchou o andador no tapete de novo?

Respondi ali mesmo no pátio, esquecendo tanto da bagagem nos meus pés quanto de Charlie parado ao meu lado.

No entanto, assim que atendi, percebi que era só uma chamada comum: meu pai e Sylvie, de cabeças juntas, se espremendo para caber no enquadramento, meu pai tocando "Bom dia" na flautinha e Sylvie chacoalhando a maraca e cantando.

O pânico deu lugar ao alívio, e eu fiquei tão contente de ver o rosto deles que, quando a música terminou, meu pai se aproximou para me olhar e perguntou:

— O que está acontecendo, querida?

Oh, céus... Eu estava chorando?

Coloquei a mão no rosto. Estava molhado.

— Nada! — Eu respondi, dando um tapinha na minha bochecha. — Estou só feliz por ver vocês.

Forcei um sorrisão.

Afinal, teoricamente, não havia nada de errado, agora.

— E esse é o seu roteirista? — meu pai quis saber, apontando através da câmera.

— *Pai* — eu protestei, como que dizendo "*Sem essa...*".

Ele não era *meu* roteirista.

Entretanto, quando me virei, percebi que Charlie estava mais próximo do que eu imaginava e, enquanto ele mudava o foco de sua atenção para o rosto do meu pai na tela do celular, percebi que ele estava desviando a atenção *de* mim.

Será que ele estava me observando chorar?

Eu estava indo de mal a pior.

— Olá, senhor — Charlie cumprimentou o meu pai, ligando a chavinha do seu charme. — Estou muito feliz de trabalhar com a sua filha. Ela é uma tremenda escritora.

— Bom, com certeza, ela pensa o mesmo de você — meu pai replicou —, a julgar por todo o... — Ele franziu a testa, olhando para Sylvie... — Como eles chamam isso? — Então, ele logo se lembrou: — FANGIRLING*.

— Pai! — Eu protestei.

— Estou lhe dizendo, jovem — meu pai continuou —, se eu ganhasse uma moedinha a cada vez que essa garota lê um trecho de um roteiro seu em voz alta para mim durante o jantar, eu teria uma imensa montanha de moedinhas.

Charlie ergueu as sobrancelhas, como se não tivesse se dado conta de que minha admiração por ele se estendia a *ler roteiros de suas obras em voz alta*.

---

* Fangirling é um termo que se refere a alguém que é fã de forma excessiva de uma pessoa, um produto ou uma empresa. É o feminino de fanboy. (N. da T.)

Eu nem sabia como protestar contra isso. Ou seja, aquilo era verdade.

— Conta para o Charlie Yates sobre sua tatuagem do rosto dele! — Sylvie falou em seguida.

O olhar de surpresa de Charlie se transformou em um cenho franzido de preocupação — mas eu balancei a cabeça, como se dissesse "*Droga! Não!*".

— Ela está brincando — eu disse. Em seguida, para esclarecer, eu concluí: — Eu *não* tenho uma tatuagem do seu rosto.

— Mas você tem, sim, uma foto dele colada acima de sua escrivaninha — Sylvie disse.

Eu devia negar isso também.

— Mas isso é *apenas para motivação da escrita*.

— Com certeza — Sylvie disse.

— Como está indo o roteiro? — meu pai perguntou, orgulhoso.

— Ainda não começamos — respondi, agradecida pela mudança de assunto.

Charlie interveio:

— Estamos acertando detalhes.

Assumi o controle da conversa e tirei o foco de mim.

— Como vocês estão? Como estão as coisas aí? Como estão as taxas de sódio do papai?

— Sabia que você ia perguntar! — Sylvie disse e, em seguida, segurou um *post-it* com o número 716 escrito. — Total geral de miligramas de ontem — ela respondeu, como que dizendo *Boom!* E depois aproximou a mão da tela com os cinco dedos estendidos, abertos.

Toquei com a minha mão também aberta no celular.

— Pare de se preocupar — meu pai disse em seguida. — Nós estamos bem. A senhora Otsuka nos convidou para jantar, hoje à noite.

Apontei o dedo para o papai e disse:

— Nada de *shoyu*.

Meu pai pareceu ofendido por eu ter dito isso.

— Eu não ousaria — ele retrucou.

— Nós estamos muito mais preocupados com *você* — Sylvie disse.

— Eu também estou bem — eu disse em seguida, sem muita certeza de que era verdade.

Depois, antes mesmo de eu conseguir me controlar, ou, Deus me livre, de começar a *chorar de novo*, um carro estacionou na entrada da garagem.

A BMW do Logan.

— Que diabos ele está fazendo aqui? — perguntei enquanto eu e Charlie olhávamos surpresos para o carro.

Então, meu pai disse:

— Não queremos atrapalhar vocês! Sabemos que vocês têm uma bela vida hollywoodiana para cuidar.

Enviei beijos pelo telefone e, quando desliguei, Charlie e Logan estavam se encarando.

Fui até onde eles estavam e, quando Logan viu meu rosto choroso, perguntou:

— O que você fez para ela, cara?

— Eu estou bem — respondi. — Meu pai e Sylvie acabaram de ligar.

— Seu pai está bem? — Logan perguntou, de súbito. Então, ele entendeu.

— Está tudo bem — respondi. — Só me deu saudades de casa.

Logan entendeu isso também.

— Por que você não respondeu às minhas mensagens ontem? — ele perguntou.

— Porque eu estava com raiva de você — respondi.

— E o que está acontecendo aqui? — perguntou Logan, olhando para mim e para Charlie como se percebesse que havia uma aliança recém-formada.

Charlie deu um longo suspiro e então confessou:

— Estamos trabalhando juntos.

— Quê?! — Logan deu uma gargalhada e começou a dar soquinhos no ar. — Eu sabia! Eu sabia!

— Isso não significa que você está perdoado — eu disse.

— Ah, eu acho que significa que estou absolutamente perdoado. Acho que as palavras que estamos procurando são "Muito obrigado!". E a isso… — Logan se curvou. — … eu respondo "De nada!".

Eu e Charlie nos olhamos. Em seguida, Charlie disse:

— Seus métodos foram extremamente problemáticos.

— Bem, sim. Eu tenho dois clientes problemáticos — Logan reagiu.

Então, ele pediu a Charlie que confirmasse:

— Ela vai trabalhar na reescrita?

Charlie fez que sim com a cabeça.

— Sim, vai. A menos que ela mude de ideia.

Logan olhou para mim e disse:

— Não mude de ideia. Eu quase morri para que isso se concretizasse.

— Não pretendo — respondi, erguendo as mãos. Depois, acrescentei: — Não no momento.

— Certo! — Logan disse. — Então, vamos.

Charlie franziu a testa e perguntou:

— Vamos aonde?

— Para o *brunch* — Logan respondeu. — Comemorar. — Então, como percebeu que estávamos hesitantes, ele acrescentou: — E conversar sobre o contrato. Porque não vai acontecer nenhum, absolutamente nenhum trabalho de escrita aqui enquanto não legalizarmos tudo isso.

FOMOS A UM desses lugares de brunch chiques do tipo para ver e ser visto que Logan adorava e Charlie detestava (um lugar para o qual minha roupa de aeroporto dificilmente seria adequada), e a primeira coisa que vi enquanto a recepcionista nos guiava — e, por favor, vá em frente e respire fundo agora para se preparar — foi…

Jack Stapleton.

Não estou brincando.

Jack. Stapleton.

O ator queridíssimo, Jack Stapleton. O homem mais *sexy* do mundo, Jack Stapleton. O cara do *outdoor* bem na frente do restaurante, Jack Stapleton.

De aparência um pouco *melhor* na vida real. Vestindo calças informais, sem meias, e uma camisa Oxford que lhe caía como se fosse de seda. E tomando *brunch* — sinto muito (se, por acaso, você tiver em mãos um cilindro de oxigênio, por favor, inale) — com Meryl Streep.

A própria, juro. Num restaurante de verdade. Comendo comida de verdade.

Vou lhe dar um minuto.

Eu mesma precisei de um minuto, para ser sincera, mas, antes de começar a falar, Jack Stapleton olhou para cima, viu Charlie, se levantou, se aproximou e *envolveu* Charlie num grande abraço de urso.

— E aí, amigo — Jack disse de um modo afetuoso ao dar um tapinha nas costas de Charlie sem o soltar.

O abraço durou tanto que eu e Logan ficamos olhando em volta. Foi quando meus olhos se cruzaram com os de Meryl Streep, ainda sentada no lugar dela.

— Olá — ela me cumprimentou, erguendo o garfo num misto de aceno e brinde incrivelmente genial.

Será que esse era o cumprimento com garfo mais fantástico que eu já tinha presenciado na vida? Não tive tempo para refletir, porque, antes de eu conseguir me deter, estava lançando uma explosão de palavras sem pausa nem pontuação:

— Olá, Meryl Streep, eu adoro todo o seu trabalho e sou louca por você.

Ao que ela respondeu:

— Obrigada! — Como se as pessoas dissessem exatamente isso a ela todo dia.

O que deve ser verdade, não é? A quem queremos enganar?

O abração de urso entre Yates e Stapleton mudou para um abraço lateral, com Jack Stapleton, mais alto alguns centímetros que Charlie, inclinando a cabeça e tentando fazer algumas perguntas particulares, apesar de todos nós estarmos olhando explicitamente. Todas as perguntas dele pareciam uma sequência de outra conversa de que ninguém mais participou.

— Como você está, cara? — Jack Stapleton perguntou.

— Indo — respondeu Charlie.

— Continua tudo bem?

— Continua tudo bem, sim.

— Você está seguindo todas as regras deles?

Charlie balançou a cabeça positivamente e disse:

— Estou tentando.

— Como está o roteiro?

— Pode... — Charlie olhou na minha direção — ... melhorar.

— Você sabe que pode contar comigo. De dia ou de noite.

— Você também pode contar comigo, cara. A qualquer hora.

Mais um abraço de urso, mais tapinhas nas costas e um momento muito surreal em que Jack Stapleton virou para mim, estendeu a mão e me olhou diretamente nos olhos, como se fosse um tratamento de eletrochoque, e disse:

— Muito prazer em conhecê-la. Sou o Jack.

Depois, não havia nada a fazer a não ser ficar sentada à mesa sem expressão até que o Logan abanou a mão na frente do meu rosto, dizendo:

— Olá? — Antes de, enfim, se virar para o garçom e dizer: — Precisamos de mais um minuto.

Eu estava mais longe — no aspecto emocional, espiritual e cinematográfico — do meu pequeno apartamento na minha cidade do que conseguia compreender. Jack Stapleton acabara de *apertar minha mão como um colega*. Meryl Streep tinha me *acenado-brindado com o garfo cheio de torta de frutas*.

Era outro universo. Com pouquíssimo oxigênio. Ou talvez com oxigênio demais.

Quando o garçom voltou, eu ainda não tinha olhado o cardápio.

Logan pediu por mim. Ovos árabes com manteiga.

Depois, Charlie se virou para mim e perguntou:

— Você está bem? Encontrar o Jack é muito...

Eu podia o ter corrigido com base no princípio feminista e dito que estava igualmente incapacitada por *dois* atores mundialmente famosos. Mas eu tinha um assunto mais urgente.

— Você e Jack Stapleton são amigos? — perguntei. — Amigos de verdade?

Charlie acenou com a cabeça, confirmando.

— Eu sou amigo de verdade de Jack Stapleton.

— Mas... Por quê?

Charlie encolheu os ombros.

— Escrevi *The Destroyers*, que...

— Você lançou a carreira dele — eu completei. — Eu sei. Mas todos os roteiristas ficam amigos íntimos dos protagonistas de seus filmes?

Nesse instante, Logan engasgou com sua sangria do *brunch*.

— Ele ainda não era uma estrela quando o conheci — Charlie disse. — Era um ator esforçado, que procurava não desperdiçar sua grande oportunidade.

— Mas como vocês ficaram amigos?

— Como as pessoas se tornam amigas? Ele estava passando por tempos difíceis, e eu fiquei ao lado dele... e depois eu passei por tempos difíceis e ele ficou ao meu lado. — Então, ele acrescentou: — Nós dois gostamos de jogar Warhammer 40K. — Depois, para o caso de não ser suficiente, ele arrematou: — Além disso, durante um bom tempo, ele não tinha carro, por isso, precisava de muitas caronas.

Inacreditável.

— Isso aconteceu mesmo? Nós acabamos de encontrar por acaso com Jack Stapleton e Meryl Streep tomando *brunch*?

— Aqui é Los Angeles — Charlie respondeu. — Você vai ter de se acostumar com isso.

— Eles estão filmando juntos — Logan explicou. — Um romance sobre um jovem que se apaixona por uma mulher mais velha e embarca numa viagem erótica com ela.

— Vou assistir a esse filme feito doida — eu disse.

Mas Logan balançou a cabeça negativamente.

— Não, não vai.

— Por que não? — retruquei como se dissesse "*Não me diga o que deve ser objeto de minha obsessão*!".

— No final, ela é atropelada por um ônibus.

Resmunguei entredentes em sinal de reprovação.

— Como você sabe?

— O roteirista é cliente meu.

— Excelente. Então, por favor, pode pedir a essa pessoa que *não mate a Meryl Streep*?

— Ele disse que é mais realista.

— *Sério?* — perguntei. — Quantas pessoas você conhece que foram atropeladas por um ônibus?

Foi nesse momento que Charlie interveio.

— De qualquer modo, não é um romance.

— O quê? — Logan perguntou.

Charlie balançou a cabeça.

— Aprendi isso ontem — ele disse, inclinando a cabeça para mim. Depois, com um ar malicioso, concluiu: — Não é um romance se todos não tiverem um orgasmo.

— Não é isso… — eu comecei a falar e fui interrompida por Logan.

— Ah, acho que esse filme é cheio de orgasmos — ele disse.

— Se não tem um *final feliz*... — eu corrigi. Então, achei necessário explicar: — Um final *emocionalmente* feliz. — Como esta conversa tinha começado? Para ser ainda mais clara, eu falei: — Um final com o casal feliz junto. E que Meryl Streep viva e fique bem.

— Quantos anos a Meryl Streep tem, afinal? — Logan questionou.

Eu me endireitei na cadeira e afirmei:

— Ela é atemporal.

— A questão é... — disse Charlie. — Se o autor mata a Meryl Streep, não pode ser um romance... com ou sem orgasmos.

Logan franziu a testa, como se dissesse "*Ah!*". Depois, se virou para o meu lado e falou:

— Vou ajustar a minha terminologia. O que é isso, senão um romance?

Eles estavam me provocando? De qualquer modo, mantive o foco:

— É uma história de amor trágica; ou uma viagem erótica trágica. É preciso avisar o público, assim, as pessoas sabem no que estão embarcando.

— A vida real não vem com avisos — Logan alegou, feito um amador.

— Por isso que a ficção é *melhor* que a vida real — repliquei.

Brindamos a isso com os coquetéis do *brunch*.

Porém, justo enquanto fazíamos isso, justo quando eu estava me sentindo um pouco mais valiosa na conversa, um tipo com boné de beisebol virado para trás veio até nossa mesa segurando um *bloody mary* e levantou o copo num brinde dizendo:

— Lo! Gan! — e depois derramou meio copo de suco de tomate na toalha branca da mesa.

Logan e Charlie se entreolharam e, de algum modo, naquele segundo, só pela *vibe* — e pelo boné de beisebol virado para trás —, adivinhei quem era.

— Essa é a garota? — Gesticulando com a bebida na minha direção, o Boné de Beisebol perguntou a ninguém especificamente.

O que eu era? *Uma menina de dez anos?* Esperei que alguém... Charlie? Logan? Uma garçonete que estivesse por perto?... o corrigisse com "mulher", mas ninguém fez isso.

Nem eu mesma.

Em seguida, ele se inclinou na minha direção e disse:

— Você deve ser a ex-namorada do Logan.

Então, eu repliquei:

— Você deve ser o Jablowmie.

A intenção era que fosse um insulto, mas ele sorriu, tragou a bebida e, depois, levantou o copo vazio, fazendo mais um brinde.

— Parabéns pelo novo trabalho! O nepotismo é ótimo, né?

Isso vinha do neto de Christopher Heywood e do estimado autor da série *Beer Tower*. Virei a cabeça e disse:

— Você deve saber melhor que eu.

Ele assentiu com um aceno de cabeça, como se dissesse *Touché*. Depois, falou:

— Vejo que você já está ocupada em encerrar a carreira do Charlie.

Isso não estava acontecendo, estava?

— Belo boné — eu falei. — Onde você comprou ... assim, com essa aba para trás?

— OK, OK — Logan interveio, num tom igual a "*Chega!*".

Baixei os olhos me sentindo meio acuada, pensando que eu devia ter pegado um caminho mais elevado, mas logo percebi Charlie me observando e, quando olhei na direção dele, vi que ele sorria com os olhos.

Mas o T.J. não tinha acabado.

— *Essa* é sua especialista em romance? — Ele perguntou ao Logan. Depois, me olhou de cima a baixo e disse: — Sem querer ofender, mas ela, alguma vez, já namorou?

— Já chega — Charlie disse, se levantando e jogando o guardanapo sobre a mesa. — Pare com isso.

Charlie era mais alto do que eu imaginava?

Foi bom ser defendida. Mas o T.J. tinha razão. Eu *não* tinha muita experiência com romances na vida real. Apenas uma olhada rápida no meu passado deixava tristemente claro: o meu melhor amigo de sempre do colégio com quem experimentei o sexo pela primeira vez — mais como experiência científica do que qualquer outra coisa — e que mais tarde se assumiu *gay*. O colega professor com quem comecei a sair justo quando ele ia tirar um período sabático de dois anos no Alasca e que me deu um fora assim que retornou. Algumas tentativas de namoro que nunca foram adiante porque eu sempre estava ou cuidando do meu pai, ou preocupada com ele, ou a caminho do pronto-socorro.

Mas isso não quer dizer que eu nunca me apaixonei. Eu não economizava nas minhas paixonites. Tive uma quedinha pelo carinha do açougue do supermercado e pelo médico que costurou meu pai depois da última queda dele, e pelo garoto fofo que trabalhava na manutenção do nosso prédio.

Eu me apaixonava o tempo todo. Só que... ninguém me correspondia.

A ficção era, de certo modo, tudo o que eu tinha na área do romance.

Mas isso não era uma fraqueza. Era um ponto forte.

Eu tinha a teoria de que somos atraídos para as histórias de que precisamos na vida. Seja o que for que desejamos — aventura, empolgação, emoção, vínculo —, recorremos a histórias que nos ajudam a encontrar esse desejo. Não importa os problemas que estamos enfrentando — às vezes, dúvidas tão profundas que nem sequer sabemos que estamos buscando respostas para elas —, procuramos as respostas nas histórias.

As histórias de amor me elevaram, me alegraram e me mostraram o poder da bondade humana durante anos. Eu sabia muito sobre o amor. Muito mais, aposto, que toda essa gente que o tem como certo.

Por isso, não me importei. Eu sabia quem eu era.

E não era alguém capaz de me sentir insultada por um tipo chamado T.J. já no seu terceiro *bloody mary*.

Entretanto, adorei que Charlie tenha se posicionado em minha defesa. Literalmente.

Logan estava ocupado tentando fazer T.J. parar com aquela atitude.

— A sua mesa está esperando você, Teej.

T.J. se virou para olhar e, sem dúvida, viu que estava.

Quando ele se virou de novo, olhou direto para mim e disse:

— Bem-vinda a Hollywood! — Então, antes de ir embora, ele acrescentou: — Você vai precisar alisar esse cabelo.

DEPOIS DISSO, LOGAN e Charlie voltaram deliberadamente ao normal, discutindo o projeto de escrita do roteiro, como se nada tivesse acontecido.

— Vamos precisar de um contrato sério — Charlie disse. — Não confio mais em você. Talvez eu devesse arranjar outro empresário.

— Funcionou, não? — Logan disse, completamente despreocupado. — Você, enfim, leu as coisas dela.

— Mas e se não tivesse funcionado? — Charlie apontou para mim. — Você teria acabado com ela.

— Acha que eu não conheço você? Você não é tão mau como finge ser.

— Foi um risco — Charlie replicou.

— Tudo é um risco. Ela precisava de um empurrão, e você também. E, se acha que eu ia deixar o que aconteceu simplesmente impedir para sempre você de escrever, você não estava prestando atenção.

— O que aconteceu? — eu perguntei.

Os dois me olharam e, depois, olharam um para o outro.

Então, eu perguntei de novo:

— Você disse que não ia deixar "o que aconteceu" impedir Charlie de escrever. O que foi que aconteceu?

Charlie franziu o cenho, como se não quisesse falar sobre o assunto naquele momento… nem nunca.

— Você deve contar para ela, Charlie — Logan falou. — Isso explica muita coisa.

— Na verdade, não é uma conversa para o *brunch* — Charlie replicou.

— Posso falar para ela depois, na sua ausência, se você preferir — Logan sugeriu.

Charlie suspirou. Depois, ele se voltou para mim e disse:

— Há alguns anos, fiquei doente. E, mesmo estando completa e plenamente, melhor agora, não produzi muito depois disso.

— Nenhum texto — Logan corrigiu de forma educada.

— Nenhum — Charlie reconheceu.

Logan se inclinou, como se estivesse falando de um diagnóstico sombrio.

— Ele teve *yips*.

Franzi a testa.

— O que é "yips"? — perguntei.

Charlie fez uma careta como se não gostasse de ouvir esse termo usado para se referir a ele.

— É uma palavra utilizada nos esportes — ele explicou —, para dizer que um atleta tem um súbito e inexplicável…

— Problema de desempenho — Logan completou.

Charlie parecia estarrecido.

— Eu não tive problema de desempenho.

Logan corrigiu:

— Uma falta repentina de competência.

— Ah — exclamei, como se estivéssemos só aprendendo vocabulário. — Então, é como o bloqueio dos escritores…

Charlie me olhou feio, como se dissesse "*Não ouse!*".

Parei no meio da frase.

Logan se apressou em preencher o vazio.

— Nós não usamos as palavras para o equivalente nos escritores. Apenas dizemos os *yips*.

— Eu não tive *yips* — Charlie protestou. — Eu só... não estava escrevendo.

— Não estava escrevendo *nada*? — perguntei.

— Escrevi uma coisa desde que fiquei doente quatro anos atrás — Charlie comentou a título de resposta. Depois, ele acrescentou: — O roteiro que fez você vir aqui emendar.

Então... absolutamente nenhum roteiro.

Charlie acrescentou:

— Tudo o que foi publicado nestes últimos anos tem sido coisa antiga.

— É por isso que você está tentando dar andamento àquele negócio de máfia? — perguntei em seguida. — É porque você não tem mais nada?

— Eu também adoro coisa de máfia — Charlie replicou.

— É por isso que a comédia romântica está inacreditavelmente tão ruim? — perguntei depois. — Porque você se esqueceu como se produz um roteiro?

— É ruim porque eu não queria escrevê-lo. E não gosto de comédias românticas.

— Mas você... Repassei mentalmente uma centena de diferentes protestos. — Você pode fazer *qualquer coisa* boa.

— Talvez — disse Charlie. — Mas eu preciso acreditar no que faço.

Uau. Por favor, me diga que eu não acabei de concordar em trabalhar numa comédia romântica com um desses homens que não acreditam no amor. Eu quase não consegui perguntar.

— Você acreditava em robôs canibais quando escreveu sobre eles?

Ele percebeu aonde eu queria chegar.

— Não — ele respondeu.

— E alienígenas? Você acreditava neles quando escreveu *The Destroyers*?

Agora, ele estava sendo evasivo.

— Olha, o universo é muito grande.

— Estou pensando naquele *alien* com tromba de elefante. Você acredita que *esse alien* pode estar por aí em algum lugar, vivendo a vida dele?

Charlie entendeu o que eu queria dizer.

— Não exatamente, não.

— Então, o que você está me dizendo é que você consegue dar o salto imaginário para embarcar com um alienígena de outra galáxia que, não sei por que motivo, desenvolveu uma tromba funcional e visualmente idêntica à dos elefantes da Terra, mas simplesmente não consegue entender dois seres humanos comuns se apaixonando um pelo outro?

Dei um instante para todos nós refletirmos.

— É apenas diferente — Charlie disse.

Logan acenou afirmativamente com a cabeça concordando.

— Ele perdeu a magia dele.

— Não perdi — Charlie retrucou, batendo no meio do peito com os nós dos dedos. — Eu só não consigo encontrar.

— Sim — Logan disse. — É isso que significa "perdido".

— Certo — Charlie concordou. — Eu estava pensando no sentido de "morto", de "perdido". Como "perdido no mar" ou "sinto muito por sua perda".

Logan meneou a cabeça e disse:

— Escritores...

— Pregando para convertido — eu disse, impassível e tranquila.

Mas, por dentro, eu estava em alerta máximo. Charlie Yates tinha perdido sua magia? Como isso era possível? Esse homem era o rei da magia. Seria isso um sinal do apocalipse?

Foi nesse momento que encontrei os olhos de Charlie e perguntei:

— Mas, agora, você está bem melhor de saúde, não está?

— Como novo — Charlie respondeu.

— O que você teve? — perguntei.

Charlie baixou os olhos, como se precisasse verificar algo no sapato, e depois, olhando a distância, como se pudesse ver alguém que conhecia, num tom para lá de informal, como se tudo que viesse em seguida fosse tão chato que nem merecia mais perguntas complementares... ele respondeu simplesmente:

— Sarcoma de tecidos moles.

ONZE

TER IDO TOMAR *brunch* com Charlie Yates me obrigou a me desfazer rapidamente da versão fantasiosa que eu acalentara dele durante tanto tempo. Alguns segundos depois de Charlie ter pronunciado a palavra "sarcoma", Logan se afastou da mesa para atender a uma ligação, e a próxima coisa que percebi foi que Charlie estava afastando sua cadeira e dizendo:

— Vou tirar água do joelho.

Isso. Exatamente.

O Charlie Yates da minha *fantasia* jamais diria isso.

Sozinha na mesa, sem ninguém que me distraísse, meu coração decidiu bater forte e daquele jeito estranho, como andava fazendo por esses dias.

Bati no osso do meu peito, como se dissesse "*Vamos lá, amiga. Você conseguiu!*".

Mas meu coração se sentiu insultado.

Ele claramente não permitia isso.

Nem eu.

Ali estava eu — não graças ao Logan — no restaurante de *brunch* mais chique que já tinha visto, respirando o mesmo ar que Meryl Streep, com... não sei, a *energia da palma* de Jack Stapleton ainda revestindo minha mão com aquele louco aperto, eu só havia tomado um coquetel de *brunch* que vinha com uma flor comestível e meu roteirista herói de toda a vida tinha acabado de zoar comigo a respeito de orgasmos.

Estou querendo dizer: "O *que é isso?!*".

Senti-me invadida pela síndrome do impostor e, então, me levantei só para fazer alguma coisa e comecei a me dirigir ao banheiro — no caminho, parei um garçom para avisar que não iríamos sair sem pagar depois de comer, que não se preocupasse, pois voltaríamos à mesa assim que tivéssemos encerrado as transações importantes de negócios e feito xixi.

Ele fez um gesto afirmativo e inexpressivo, dizendo:

— Vou avisar o pessoal.

Então, entrei no banheiro de restaurante mais opulento da história — não estou brincando —, completo, com uma pequena fonte de água *e* uma lareira, além de uma pia longa em forma de bebedouro, repleta de pedras ônix pretas. Enquanto eu lavava as mãos e imaginava como a equipe de faxina limpava todas aquelas pedras — *uma por uma?* —, de repente, ouvi a voz do Logan alta e clara, quase como se ele estivesse no banheiro comigo.

— Eu sabia que você ia gostar do que ela escreve — Logan dizia.

Eu me virei. Olhei em volta do banheiro feminino. Vazio.

— Eu apostei — Logan prosseguiu, no mesmo tom alto — e estava certo.

— Você disse — a voz de Charlie concordava — e estava mesmo certo.

Foi então que percebi que a pia cheia de pedras em forma de bebedouro não era apenas para o banheiro das mulheres. Era compartilhada com o banheiro masculino. Abaixo do espelho, na minha frente, consegui ver água correndo das torneiras do outro lado da parede. E as mãos do Logan se ensaboando, e o par de mãos perto das dele que deviam ser as do Charlie.

— O diálogo — Charlie prosseguiu —, o ritmo verbal e o senso de estrutura dela... Tudo excelente.

Oh, meu Deus. Eu estava ouvindo às escondidas Charlie Yates dizendo coisas agradáveis sobre mim?

Eu devia ter puxado o celular para gravar esse momento, mas estava com medo de me mexer. Se eu podia ver as mãos deles, eles podiam ver as minhas.

— E ela é engraçada pra caralho — Charlie disse.

A síndrome de impostor se dissipou. Charlie Yates, o deus roteirista, tinha acabado de usar *um palavrão intensificador* para definir quanto eu sou engraçada.

Será que esse era o melhor momento da minha vida? Eu deveria roubar uma dessas pedras da pia como lembrança?

Mas, então, Charlie continuou falando.

— Só tenho um problema… — ele disse.

Não, Charlie! Não tenha nenhum problema!

— O melado.

Franzi a testa. *O melado?*

Assim como eu, Logan também perguntou:

— O melado? — Como se ele também estivesse franzindo a testa.

— Sim, cara. Essas histórias de amor. São muito melosas.

Ah, não. O melhor dia da minha vida foi cancelado.

— E nem é um melado com mel legítimo — Charlie prosseguiu —, como o de flor de laranjeira, por exemplo. É um xarope de caldo de cana barato, vendido em bisnagas de plástico em qualquer supermercado. Não passa de um melado de qualidade ruim.

Oh, céus!

— Os homens dessas histórias? — Charlie continuou. — Eles não param de *chorar*.

— Chorar? — Logan perguntou.

— Choram muito. *Muito* mesmo. É bem estranho, não é? Homem não chora.

— Às vezes, eu choro — Logan disse.

— Você chora? — Charlie perguntou, como se estivesse mudando a opinião dele sobre o Logan. — Não suporto esses tipos. Eu logo penso "*Se controle! Corta essa! Vá carpir um terreno!*".

— Chorar faz bem — Logan disse. — Purifica. Agora, até existe um *yoga* do choro.

Longo silêncio.

— De todo modo — Charlie prosseguiu, fechando a torneira dele —, não consigo levá-la a sério. Por que alguém escreve sobre isso?

— Por que alguém escreve sobre alguma coisa? — Logan contestou.

— Só estou pensando — Charlie continuou — que nossos interesses são... essencialmente diferentes.

Eu conseguia imaginar Logan franzindo a testa.

— Isso significa que você não vai trabalhar com ela?

Prendi a respiração.

— Não! Eu vou trabalhar com ela — Charlie reiterou. — Mas só um pouco.

— Um pouco?

— Ela quer trabalhar nesse roteiro até que fique maravilhoso. Eu quero trabalhar nele até que fique aceitável. Ela quer que esse filme se realize. Eu quero que esse filme *jamais seja produzido*. Quero melhorá-lo o suficiente para eu poder tirar meu roteiro sobre máfia da gaveta. Depois, eu a dispenso.

— Mas vocês dois não tinham acabado de me falar que concordaram em deixar o roteiro bom? — Logan perguntou.

— Sim, isso foi o que eu *disse* — Charlie falou e fez uma pausa para que Logan completasse mentalmente "*Mas não é isso que vai acontecer*...".

— Mas isso é... — Logan começou a falar e parou.

O quê?, pensei. *Mentir? Trapacear? Ser um canalha?*

Logan continuou:

— Não foi isso que você prometeu.

— Eu vou me desvencilhar de algum jeito — Charlie disse.

— Você precisa dizer isso a ela — Logan replicou.

— Se eu a avisar, ela não vai ficar.

— Então, eu vou ter de contar para ela.

— Não vai ser mais meu empresário, se contar para ela.

— Mas isso é... — Logan começou a falar e parou de novo.

Uma tremenda traição?

— É chato, não é legal — Logan concluiu. — Absolutamente desagradável.

— Tem um monte de coisas na minha vida que eu não posso controlar — Charlie se justificou. — Eu posso viver até os cem anos ou talvez morra no ano que vem. Mas posso lhe garantir uma terrível verdade. A única coisa de que me orgulho é a minha carreira. E não vou transformá-la em melado de cana barato escrevendo uma comédia romântica a sério.

Assenti para mim mesma diante dessas palavras. *Tudo bem*, pensei. *Certo*.

Acho que, enfim, eu estava desistindo.

DOZE

AQUI EU TENHO de fazer uma breve pausa para contar a vocês uma coisa de fato bem triste.

Peço desculpas de antemão.

Gostaria de poder nos poupar de todo esse pesar.

Se houvesse algum meio de pular isso, juro que eu pularia.

Mas vocês precisam saber primeiro o que aconteceu para entender o que ocorreu depois.

Enquanto não souberem o antes, não vão entender o depois. Por que deixar o meu pai foi tão doloroso para mim, ou por que eu nunca fui para a universidade — em vez disso, fiz o bacharelado e o mestrado *on-line* —, ou por que desperdicei tantas promessas, ou por que eu me dispus — até *preferi* — abrir mão de tanta coisa em favor de minha irmã, ou quão importante era para mim tentar começar a levar a sério minha carreira de escritora.

E também vão entender por que foi muito idiota da parte de Charlie se referir de forma leviana à minha "carreira fracassada", como se a opinião dele fosse a única interpretação possível. Como se uma olhada superficial em algo pudesse ser a história toda. Como se minha vida — minha dor, minha tristeza, meus sacrifícios — fosse qualquer coisa que um observador fortuito mal informado tivesse algum direito de julgar.

Tenho de contar a vocês o que venho evitando dizer.

Fiquem comigo. Vamos superar isso — e ficaremos mais fortes depois, como todos nós sempre ficamos, por enfrentar dificuldades e encontrar meios de seguir em frente.

E mais: dar testemunho do sofrimento de outros? Não sei se existe alguma coisa mais bondosa que isso. E bondade é uma forma de coragem emocional. Não sei se isso é de conhecimento comum, mas a coragem emocional é sua própria recompensa.

Por fim, eu juro: todos estão bem agora. Mais ou menos. A maioria.

Com evidentes exceções.

Eu estava bem, pelo menos até esse momento. Mesmo. Sinceramente. De verdade.

Certo, o *suficiente*, pelo menos.

Eu demorei quase dez anos para me recuperar, afinal.

Nossa... Faz tanto tempo assim?

Faz dez anos que fizemos uma viagem para acampar em família no Yosemite para comemorar minha formatura do Ensino Médio — e a bolsa de estudos literários que eu tinha ganhado para a Smith College.

Dez anos do deslizamento de rochas que acabou com nossa família, da forma como era antes.

Dez anos passados do momento em que eu estava sentada num afloramento rochoso enquanto meu pai segurava minha mãe, mantendo as cordas dos arnês dela apertadas, e ela escalava a parede da rocha, e eu e minha irmã, Sylvie, tomávamos banho de sol... e saboreávamos Frutiritas de morango, e ela me pedia que lhe dissesse que o sétimo ano seria melhor que o sexto.

Mas eu fui muito mesquinha.

"Não prometo isso", eu disse a ela. "O Ensino Médio é uma porcaria."

"Emma", Sylvie disse fazendo beicinho. "Fala sério!"

Mas eu não mudei de ideia.

"Mergulha na tristeza", eu disse a ela, me sentindo sábia, adulta e petulante. "Faz bem. Fortalece o seu sistema imunológico emocional."

Tão tola e presunçosa.

Aquela manhã — a última de nossa vida normal — está estranhamente viva na minha mente até hoje. Ainda consigo enxergar a luz do sol cor de mel incidindo sobre nossas pernas. Consigo ver as meias desemparelhadas, uma roxa e outra rosa, saindo por cima das botas de caminhada da Sylvie. Consigo ver o curativo esfiapado no joelho dela e os brincos de Hello Kitty por causa dos quais eu sempre zombava de minha irmã e o esmalte rosa-choque meio descascado nas unhas dela enquanto Sylvie tomava um gole da sua garrafa de água.

Que criançona boba.

Eu me lembro de mim também — aquela estranha que eu era. A brisa me fazia cócegas no pescoço com as mechas que escapavam do meu rabo de cavalo. Eu mal podia esperar o fim do verão e o início da faculdade. Eu me lembro de que meu namorado do Ensino Médio — o Logan — tinha proposto que permanecêssemos juntos mesmo mudando para lados opostos do país para estudar, e eu lhe disse que "ia pensar nisso". Como eu estava ansiosa para crescer...

Mais que tudo, eu me lembro daquela sensação que eu tinha, como o nascer do sol em meu corpo, de que minha vida, enfim, estava de fato, de verdade, para começar.

Consigo me situar no momento daquela manhã numa visão 3D nítida, como se, de algum modo, ainda estivesse acontecendo, de novo e de novo, num círculo infinito — meu pai ainda segurando a corda de apoio, e minha mãe subindo cada vez mais alto no paredão da rocha, o som do vento muito alto ao fundo, como um rio caudaloso ali perto.

Todos nós completamente bem. Melhor que isso: felizes.

Se a minha vida fosse um roteiro de cinema, eu terminaria a história bem aqui e mandaria rolar os créditos... e depois talvez rebobinasse e a assistisse de novo.

Mas a vida real não é um círculo ininterrupto, é? Sempre há o momento seguinte.

Depois disso, só me lembro melhor dos *sons*.

Uma série de estalos vindos do alto da parede da rocha quase como fogos de artifício.

Em seguida, um *barulho* sobrenatural bem na base das rochas.

Não vi minha mãe cair.

Tampouco vi a pedra que atingiu meu pai.

O restante da memória se constrói apenas com o andaime que montamos depois: um pedaço de rochas se soltou, como uma miniavalanche. Uma das pedras atingiu meu pai na cabeça e o deixou inconsciente, antes mesmo que ele soubesse o que estava acontecendo. Quando ele caiu no chão, é claro que a corda de segurança lhe escapou das mãos. E a que altura estava minha mãe naquele momento? A uns trezentos metros, talvez? Às vezes, olho para a linha dos telhados dos edifícios e tento recriar o episódio. Será que ela caiu da altura de três andares? Quatro? *Cinco*?

Tenho certeza de que meu pai sabe. Mas jamais vou perguntar isso a ele.

Eu não vi em câmera lenta, como se veria num filme, embora eu estivesse lá. Terminou antes mesmo que eu soubesse o que aconteceu. Depois, não havia nada a fazer a não ser correr para o ponto em que os dois estavam caídos, sangrando, inconscientes, retorcidos como nenhum corpo jamais deveria estar.

Eu tinha voltado à pedra onde Sylvie estava sentada antes de ela sequer se mover. "Não vai lá", eu disse. "Fique aqui!" Estávamos a uma altura muito elevada para o celular funcionar, por isso eu disse: "Vou buscar ajuda!".

Mas ela não me ouvia.

— Mamãe? — Sylvie sussurrou, olhando naquela direção.

Peguei o rosto de Sylvie entre as minhas mãos e o virei para o meu.

— Não saia desta pedra. Não ande por aí e não toque neles, certo? Isso pode agravar os ferimentos deles.

— Certo — Sylvie respondeu, ainda sussurrando e com os olhos vidrados.

— Eu vou voltar aqui — informei.

Então, passou pela cabeça dela que eu estava indo embora. Sua voz tremia de pânico.

— Mas o que eu faço? — ela perguntou.

— Converse com eles — eu disse. — Continue conversando. Diga que estou indo procurar socorro. Diga que eu volto logo. Diga que vai ficar tudo bem.

Não ia ficar tudo bem. Isso já estava claro.

— Não me deixe — Sylvie implorou.

— Eu tenho que fazer isso — eu disse. — Seja forte e não pare de conversar com eles.

O que mais eu poderia fazer? Então, eu saí.

Desci a trilha correndo. À toda velocidade — sem mochila, nem as comidas e a água eu levei. Tropecei numa raiz em certo ponto, mas me levantei depressa para continuar correndo, e então eu descobri que tinha torcido o tornozelo e nem tinha sentido.

Eu não sabia quanto tempo havia demorado para chegar ao início da trilha — não tinha nenhum senso de tempo —, mas, quando encontrei uma senhora com um celular funcionando, eu estava quase sem fôlego para falar.

— Houve uma queda de rochas — eu disse, ofegante, apontando o caminho. — Minha mãe estava escalando. Meus pais estão feridos. — E depois, enquanto ela estava ligando para pedir ajuda, eu me ouvi dizer a única coisa que me restava e de que eu tinha certeza: — É grave. É grave. É grave.

EIS UMA VERDADE imutável: minha mãe não sobreviveu à queda.

A equipe do resgate disse que ela provavelmente deve ter morrido com o impacto da queda. Na hora que eles chegaram, ela já tinha morrido — e meu pai estava em estado crítico. Uma equipe de socorristas amarrou meu pai em uma maca e o preparou para o transporte de helicóptero até o pronto-socorro. Outra equipe, a de recuperação, ficou para remover o corpo da minha mãe.

Eles enviaram a Sylvie e eu com meu pai. Era preciso tomar decisões.

Sylvie não queria abandonar nossa mãe. Ela gritava — um grito selvagem de pânico — e tentava ir até onde ela estava.

Ela ficou tão furiosa comigo por isso, por eu ter deixado minha mãe para trás. Sozinha.

Anos depois, eu lhe perguntei sobre isso, queria saber se ela ainda estava com raiva de mim.

— Nunca fiquei com raiva de você — ela respondeu, como se eu estivesse louca.

— Sim, ficou — eu disse. — Você arranhou o meu rosto.

Sylvie franziu o cenho, como se isso não se parecesse com uma atitude dela. Depois, disse:

— Não me lembro de nada daquele dia.

Talvez isso seja uma bênção. Eu não lhe desejaria essas lembranças. O som de minha mãe batendo na base daquela rocha, às vezes, ainda me acordava à noite. E depois eu me levantava e ia verificar o meu pai dormindo no outro quarto.

Meu bondoso pai, que sobrevivera.

ANTES DO DESLIZAMENTO das rochas, meu pai e minha mãe eram músicos. Eles tocavam juntos na sinfônica. Ele era violoncelista, e ela tocava clarinete. No trabalho, eles eram amáveis e profissionais. Em casa, faziam troça um com o outro, e o tempo todo faziam duetos musicais.

Meu pai sobreviveu naquele dia, sim, mas nunca mais tocou violoncelo outra vez.

Depois de quase dez anos e mais fisioterapia e terapia ocupacional que nenhum de nós podia imaginar, ficaram duas sequelas que ele não conseguiu superar; uma delas é a hemiplegia esquerda, que nunca mais se resolveu. Ele conseguia usar esse lado, mas com muita dificuldade. Conseguia andar, mas muito devagar e com a ajuda do andador. Esse lado inteiro — inclusive os dedos que ele usava para manejar os trastes de seu violoncelo — ficou enrijecido, com espasmos e tremores.

Mas não era esse o mal que nos mantinha reféns. O pior era a doença de Ménière, que perturbava o equilíbrio dele, e também as súbitas quedas, que me punham sempre em alerta máximo.

Quando ocorriam as quedas, ele caía com força; às vezes, batia a cabeça. Mesmo os dias de baixa intensidade o deixavam fora de combate. Tinha de ficar deitado na cama o dia todo, se segurando nas bordas, porque se sentia como se estivesse numa pequena jangada sendo arremessada num oceano imenso. Alguns meses eram piores que outros e, às vezes, ele passava longos períodos se sentindo bem. Mas nunca sabia quando teria outro ataque, por isso não dirigia mais e não podia ficar sozinho.

Ele precisava de alguém cuidando dele 24 horas por dia, durante 7 dias por semana, e, até o dia em que embarquei no avião para Los Angeles, esse alguém sempre fui eu.

O plano, conforme vocês já ouviram na queixa do Logan, era que eu assumisse os primeiros dez anos e Sylvie, os segundos — e imaginar como seria dali em diante. Sylvie tinha 12 anos quando perdemos nossa mãe, e a única coisa que me importava naqueles primeiros anos — ou talvez até fosse minha razão para seguir em frente — era dar a ela a melhor infância que eu pudesse, apesar de tudo.

Ser o mais maternal possível no lugar de nossa mãe.

Eu lhe fazia biscoitos, a levava de carro às festas e a acompanhava a sessões de maquiagem no *shopping*. Ajudava a desfiar os *jeans*. Supervisionava suas lições de casa. Lavava suas roupas. Eu me concentrava de tal forma em

Sylvie e em meu pai que quase me esquecia de mim mesma. Eu só baixava a cabeça e prosseguia.

De muitas maneiras, era um alívio.

Eu fazia minha vida girar em torno da vida de *Sylvie*.

Talvez ficar tão ocupada tenha sido uma tábua de salvação do meu próprio luto. Mas eu me dispus a ser uma coadjuvante em minha própria história.

Sylvie era a protagonista, e eu era a irmã confiável que a ajudava a brilhar.

Eu também queria brilhar, do meu jeito. Eu não desisti de todos os meus sonhos. Continuei escrevendo e continuei estudando narrativas e fantasiando sobre um futuro distante em que eu concretizaria tudo. Mas eu pensava — e me preocupava — muito mais com Sylvie, além de meu pai. E talvez, de certo modo, eu tenha começado a desejar que minhas fantasias em relação ao futuro continuassem a ser fantasias.

Certo? Porque, se as fantasias se concretizassem, elas não seriam mais fantasias. E eu fantasiaria com o quê, depois?

Tudo isso para dizer que eu estava muito confortável em viver assim.

E tudo o que havia acontecido desde que cheguei a Los Angeles? Foi tudo, menos confortável. E, sem dúvida, foi o oposto de fantasia.

Claro que eu tinha de agarrar essa oportunidade. Claro que eu devia ficar aqui e fazer isso! Seja lá o que "isso" pudesse vir a ser. Não havia nenhuma opção razoável. Quando, enfim, se tem uma chance, é preciso agarrá-la.

Mas uma coisa era viver os sonhos na teoria e outra completamente diferente era *fazer isso de verdade* de modo desajeitado, desastrado e apavorado.

TREZE

DE VOLTA À casa de Charlie, eu me sentia estranhamente entusiasmada.

Eu não era obrigada a fazer o trabalho. Podia largar tudo e voltar para casa.

Charlie queria ter começado na mesma hora, mas, *um*, Logan tinha dito para não escrever nada antes de termos um contrato escrito; *dois*, eu estava desistindo.

Eu não tinha dito isso ao Charlie ainda, claro.

Charlie se sentou à sua pesada mesa de jantar com um estilo que lembrava o de uma casa de campo pensando claramente que eu ia seguir o exemplo dele.

Mas eu não o acompanhei.

Ao contrário, eu estava caminhando pela sala de estar dele, examinando bibelôs, suportes de livros e tigelas decorativas de cerâmica como se eu tivesse todo o tempo do mundo. O que, de fato, eu tinha.

— Ei — Charlie me chamou. — Podemos nos concentrar?

— Esta casa é muito bacana — eu comentei. — Você tem bom gosto.

— Eu não. É o gosto da minha mulher. Minha *ex*-mulher. — Então, ele fez uma pausa. — Não era nem o gosto dela, na verdade. Foi tudo ideia do seu decorador.

— Bom, então — eu disse —, meus cumprimentos ao decorador de sua ex-mulher.

— Será que você pode...? — Charlie começou a falar e parou.

Nesse momento, eu estava abrindo uma gaveta que ficava na parte de baixo do raque da TV dele. *Vazia*.

— O que você está fazendo? — Charlie perguntou.

— Estou analisando meu novo local de trabalho. Abri uma segunda gaveta. *Vazia*.

Foi quando abri uma terceira gaveta. Essa...

Essa terceira...

Estava cheia de Oscars.

Congelei. Fiquei olhando.

Então... Quando Charlie disse que tinha uma "gaveta inteira de Oscars"... não era uma figura de linguagem.

Eu estava diante de uma gaveta literalmente inteira de Oscars.

Na verdade, não apenas Oscars. Todos os tipos de estatuetas, misturadas como o butim em um baú de pirata. Era como se elas não tivessem sido colocadas ali, mas, sim, despejadas, ou como se tivessem caído ou sido jogadas.

— O que é isso? — perguntei, num tom como se eu estivesse falando com uma criança travessa e tivesse encontrado a sua caixa de doces roubados.

— São apenas... coisas — Charlie respondeu, *também* como se ele fosse um menino travesso e eu tivesse encontrado sua caixa de doces roubados.

Eu olhei para o conteúdo da gaveta. Sim, havia Oscars de verdade — aquelas estatuazinhas douradas. Mas, também, os célebres Globos de Ouro, que eram literalmente miniaturas de globos dourados. Também havia uma mixórdia de estatuetas de cristal, de bronze e de prata com inscrições do tipo IMPRENSA ESTRANGEIRA DE HOLLYWOOD, CÍRCULO DE CRÍTICOS DE CINEMA DE NOVA YORK, ASSOCIAÇÃO DE ROTEIRISTAS DOS ESTADOS

Unidos, Festival de cinema de Hollywood, e isso era só a camada de cima. Esses eram apenas os troféus que consegui contar.

Olhei para cima. Charlie estava me observando.

— Esses prêmios são seus? — perguntei.

Charlie acenou, assentindo.

— Tipo... fatos reais? Esses são os prêmios que você recebeu, subindo no palco de *black tie*, das mãos de um ator mundialmente famoso?

De novo, Charlie fez que sim.

— Por que estão aqui?

Charlie deu de ombros.

— Charlie — insisti, ficando cada vez mais angustiada. — Por que esses prêmios, pelos quais a maioria dos roteiristas venderia um órgão, estão largados nessa gaveta, como se fossem bugigangas?

— São apenas... — Charlie respondeu, como se estivesse tentando pensar numa resposta. — Deixei-os aí para guardá-los num único lugar.

Meneei a cabeça.

— Num único lugar? Essa é a melhor resposta que lhe ocorreu? Que tal o console da lareira, uma estante, uma cristaleira antiga ou um cofre? Que tal qualquer lugar que não seja uma gaveta esquecida, como se estivessem jogados no lixo?

Charlie não respondeu, por isso, olhei para baixo. Depois, observei:

— Esse prêmio da Associação de Mulheres Críticas de Cinema perdeu a asinha!

Charlie teve o bom senso de parecer intimidado. Mas, depois, ele disse:

— Olhe, nenhuma dessas coisas tem significado para mim.

A única coisa que consegui fazer foi piscar.

— É tudo teatro — Charlie disse.

— Você está me dizendo que não se importa de ter ganhado todos esses prêmios? — perguntei.

— Me importo, sim — ele respondeu. — Só não me importo a ponto de os exibir numa estante de troféus feito um idiota.

— Então, você vai apenas guardá-los fora da vista e quebrar as asas deles?

— Parece que você está levando isso para o lado pessoal... — Charlie começou.

— Estou! Estou levando para o lado pessoal! Você tem ideia do que eu daria por pelo menos um desses prêmios? E você está tratando todos eles como se fossem lixo? Olhe! — Peguei um Oscar e o segurei, mostrando para ele. Eu me surpreendi com o peso da estatueta. — Veja como esta aqui está arranhada!

— Não tem importância! — Charlie respondeu.

— Não tem importância? Não importa você ter arranhado a estatueta da maior honraria da sua profissão? Essas estatuetas são feitas de bronze sólido e banhadas em ouro 24 quilates! Assisti a um documentário sobre isso! Você não tem a mais remota ideia de quanto você é sortudo. Eu vou passar a minha vida inteira escrevendo, me esforçando e sendo obcecada por filmes e jamais vou sequer chegar perto de uma dessas, e você... — Olhei de novo para aquela gaveta e me faltaram palavras.

— Você o quer? — Charlie perguntou em seguida. — Pega! É seu, tudo bem? Agora, estamos quites!

— Mas nós *não* estamos empatados. Porque eu não ganhei este prêmio!

— Na verdade, ninguém ganha nada!

— Diga isso a sua cafeteira de mil dólares!

Charlie franziu o cenho, como se nunca tivesse feito essa associação.

O que só me deixou com mais raiva.

Como ele ousava não reconhecer o valor daquilo tudo? Como ele ousava ficar ali numa mansão cheia de prêmios, agindo como se nada importasse!

— Você quer que eu aceite esta estatueta? — perguntei. — Eu vou aceitar! E vou pintá-la com *spray* rosa-chiclete e escrever meu nome nela com marca-texto vermelho e encher de coraçõezinhos! Depois, vou dizer para todo mundo que ganhei um prêmio da Academia por uma comédia romântica tão romântica que se chamava *Roteiristas do Amor*!

Eu queria muito terminar no mesmo instante com "*Desisto!*", sair correndo, com o Oscar e tudo, e nunca mais voltar.

Mas acho que eu queria mais uma oportunidade de escrever com o Charlie. Porque, em vez disso, eu simplesmente guardei o Oscar de volta com os outros e depois saí pela porta dos fundos sem dizer mais nenhuma palavra.

CHARLIE ME DEU um minuto, alguns na verdade, para eu me acalmar. Depois, ele também foi para fora em silêncio e parou do meu lado enquanto eu olhava para a piscina dele.

Por fim, perguntei:

— Você tem uma piscina com trampolim alto? — Meu tom era mais calmo agora, mas ainda tinha subtons de insulto.

— Sim — Charlie respondeu. — Veio com a casa.

— Um *trampolim alto* veio com a casa? Eles ainda fabricam esses trampolins?

— É antigo — Charlie disse. — Esta casa foi de Esther Williams.

Eu me virei para olhá-lo.

— A *sereia americana*, Esther Williams?

Charlie ficou surpreso com o fato de eu a conhecer.

— Sim. Ela morava aqui. Nos anos 50. E construiu esta piscina. Você sabe quem foi Esther Williams?

— Quer saber se eu a conheço? Eu assisti a todos os filmes dela, sem exceção.

— Para criar a sua comédia romântica de sereia?

Ai! Então, eu me lembrei: ele tinha lido esse meu roteiro. Ele tinha lido *e chamado de melado de cana barato*. Ele não merecia morar na casa da Esther Williams.

No entanto, ter ficado do lado de fora da casa foi restaurador. O dia estava quente... e ensolarado.

Talvez precisássemos de uma mudança de atividade.

— Devíamos ir nadar — eu disse, em seguida.

Mas Charlie fez que não com a cabeça.

— Eu não nado — ele disse.

Eu me virei para ele e perguntei:

— Nunca?

Ele deu de ombros, como se estivesse pronto para me dizer alguma coisa essencialmente chata.

— Eu tive um quase afogamento quando era criança.

— Por que você tem uma casa com piscina, se você não nada?

— Minha mulher queria. *Ex-mulher*.

— Ela nadava?

— Ela também não nadava, para ser sincero.

— Então, por que ela queria uma piscina?

— Ela gostava da ideia de nadar — Charlie disse —, mas não gostava de bagunçar o penteado.

Eu pensei nos meus próprios cabelos, isso porque eles estavam pré-desalinhados. Talvez isso fosse um tipo de bênção.

Consegui sentir Charlie olhando para os meus cachos, puxados para trás, como sempre, no rabinho de cavalo com scrunchie.

— Aposto que você não tem esse problema — ele comentou.

Ele estaria me elogiando ou me ofendendo?

— A natação é meu esporte — eu respondi, seguindo adiante. — Nado todo dia quando estou em casa. É a única coisa que faço por mim. Toda manhã, às 5h...

— Nossa! — Charlie exclamou.

— ... dou sessenta voltas na piscina.

— Toda manhã? — Charlie me provocou, como se eu estivesse exagerando.

— Sim.

— Mesmo nos fins de semana?

— Sim.

— Não é cansativo?

Encolhi os ombros.

— A vida é cansativa. Nadar é apenas nadar.

Depois, me virei para voltar para dentro.

— Aonde você vai? — Charlie quis saber.

Eu me virei e respondi:

— Vou pegar meu maiô.

— Você trouxe um maiô?

— Sim.

— Por quê?

— Para nadar.

— Como você sabia que eu tenho uma piscina?

— Eu nem sabia que ia ficar aqui! Mas eu sabia que ia encontrar uma piscina em algum lugar.

— Você não pode nadar aqui — Charlie me disse.

— Por que não?

— A piscina está interditada.

— Interditada? — eu perguntei.

— Não é para nadar — Charlie disse.

— Sua *piscina* não é para nadar?

— Faz tempo que ninguém a limpa.

Olhei para a água, estava brilhando como uma nascente da montanha.

Charlie acrescentou:

— E não é segura. Sabe? Não foi construída conforme as normas. Esse trampolim é uma armadilha mortal.

— Imagino que a *Esther Williams* sabia construir um trampolim — comentei.

— Ela era profissional.

Suspirei e coloquei as mãos no quadril.

— Você está me dizendo que eu nunca vou poder nadar na sua piscina?

— Quase isso.

— Mas por quê?

— Porque sim.

Nada dessa conversa fazia sentido. Mas a ideia de eu entrar naquela piscina claramente deixou Charlie chateado. E talvez eu ainda estivesse com raiva por causa de todo aquele número de comédia sobre melado barato lá no banheiro do restaurante, mas quanto mais infeliz eu o deixava, mais feliz eu me sentia.

Comecei a caminhar em direção ao trampolim, na outra extremidade.

— O que você está fazendo? — Charlie gritou.

— Estou verificando o trampolim.

— Eu já disse para você... não pode nadar.

— Eu não vou nadar — repliquei. — Só vou saltar um pouco.

— Você vai *saltar um pouco*? — Charlie perguntou, começando a correr para vir atrás de mim.

No entanto, quando ele chegou perto, eu já tinha subido metade da escada para o trampolim. Ele me agarrou pelos tornozelos, mas eu dei um chute nas mãos dele, e ele caiu no chão.

Assim que me soltei dele, ele me disse:

— Desça daí. O trampolim também está interditado.

— Eu participava de competições de natação no colégio. Sou praticamente uma anfíbia. Relaxa.

Charlie me observou enquanto eu chegava ao topo. Depois, caminhei até a extremidade, completamente vestida e de tênis:

— Desce! — ele ordenou.

Mas o que eu podia dizer? Aquele salto familiar do trampolim sempre me fazia tão bem. Além disso, eu não gostava de receber ordens.

Então, em vez de obedecê-lo, eu me posicionei de costas na beirada, apoiada só com a ponta dos pés, os calcanhares pairando acima da água, e consegui um bom ritmo.

Charlie estava na metade da escada, horrorizado, esticando o pescoço, subindo pelos degraus.

— Por favor, não faça isso!

— Por que isso está estressando tanto você? Não é problema seu.

— É, sim. Porque, se você cair na água... eu não vou conseguir salvá-la.

— Eu não vou cair.

— Você não sabe. Faz uma década que ninguém toca nesta tábua. Ela pode se partir como um palito.

— Ela não vai quebrar — repliquei. — E, mesmo se se quebrasse, eu não ia precisar que você me salvasse.

— Isso se você não cair na água de um jeito errado. Andei pesquisando sobre isso. Se você cair de uma certa altura num ângulo errado, pode estourar seus órgãos internos.

Continuei saltitando.

— Esse é o termo técnico? "Órgãos estourados"?

— E *eu não nado* — Charlie prosseguiu. — Por isso, se acontecer, eu só vou ficar aqui olhando você se afogar. E não estou com vontade de fazer isso hoje.

— Se eu estourar meus órgãos internos — eu disse —, vou ter problemas maiores do que o fato de você não saber nadar.

— Eu *sei* nadar — Charlie me corrigiu. — Apenas não nado.

— Dá na mesma.

— Desce daí — Charlie ordenou.

— Não.

— A piscina é minha.

— As vísceras são minhas.

Nesse momento, eu vi a expressão de Charlie mudar um pouco.

— Tudo bem — ele disse, dando de ombros, como se tivesse tomado a súbita decisão de não se importar mais.

— Tudo bem? — eu perguntei.

— Tanto faz — ele disse, então, quase como se tivesse mudado de personagem, e começou a caminhar de volta para a casa.

Eu não sabia se era porque eu tinha lido tudo o que esse homem já tinha escrito ou visto muitas vezes todas as entrevistas disponíveis no YouTube, ou estudado a estrutura de todos os roteiros dele como um estudioso de Shakespeare obcecado por pentâmetros jâmbicos... mas ao me balançar ali no trampolim de Charlie completamente vestida, observando seu rosto repentina e completamente desinteressado... um pensamento intrusivo começou a me bater na consciência:

Quando Charlie Yates está com medo de alguma coisa, ele finge que não se importa.

Voltei ao meu raciocínio: ele fazia isso em seus roteiros. Seus heróis eram sempre impassíveis, sempre inabaláveis diante dos horrores da vida — eram homens que se apresentavam para a batalha, iam ao encontro da companhia sitiada para reforçá-la, obedeciam às ordens do capitão para recuar e diziam "Retirada? Caramba! Acabamos de chegar aqui!".

Seus heróis eram homens que ficavam *mais serenos* diante do medo.

Ele criava personagens assim, mas ele também *era* um homem assim. Com os repórteres, por exemplo, nas entrevistas. Se eles chegassem muito perto de um tema em que ele não queria tocar (sua mãe, por exemplo, pedindo detalhes sobre a separação dos pais dele quando ele tinha 8 anos), ele inclinava a cabeça com um meio-sorriso e dizia algo totalmente blasé, tipo, "Eu devia ser um tremendo de um chato...".

Ele também tinha feito isso encolhendo os ombros, havia pouco, quando falara sobre quase se afogar, e no *brunch*, olhando para as meias quando mencionou, de um modo informal, o *sarcoma de tecido mole*.

A indiferença como arma. O desinteresse como arma. Tachar de melado barato como arma.

Será que eu estava certa? Eu tinha acabado de descobrir algo da essência de Charlie Yates?

— Ei, Charlie! — eu o chamei.

Ele se virou e me olhou, cerrando os olhos.

Eu me sentei bem ali, na beirada do trampolim. Depois, balancei as pernas na beirada.

Charlie olhou aterrorizado.

— O que você está fazendo?

— Estou sentada.

— Estou vendo.

— Só quero lhe fazer uma pergunta.

Charlie suspirou.

— Qual é a pergunta?

Fiz uma pausa e em seguida perguntei:

— Por que a sua mulher o deixou?

Foi uma pergunta infernal. No mesmo segundo que perguntei, porém, eu sabia que estava certa. O rosto dele mudou para uma expressão extremamente indiferente. Em seguida, veio a encolhida de ombros. Então, ele respondeu:

— Acho que ela se cansou das minhas merdas. — E ainda acrescentou: — Também não a culpo.

Aí estava.

Charlie Yates deu uma pista.

Nas coisas que ele agia como se não importassem nada, essas eram as que mais importavam.

O que aconteceria se eu ultrapassasse essa barreira da indiferença dele?

— Me fale do dia em que ela foi embora — provoquei.

— Não — Charlie respondeu. Depois, ele disse: — Por que você quer saber?

— Eu não vou descer daqui enquanto você não falar.

— Talvez eu deva ir embora e deixar você aí.

— Talvez você deva. Mas, então, com certeza, eu vou mergulhar de cabeça aí. E talvez estoure algum, ou mais de um, órgão interno.

Charlie apertou os olhos para me analisar. Por fim, ele perguntou:

— Precisa ser assim? Eu tenho de lhe falar sobre isso? Não tem outro jeito de você descer daí?

Eu me senti muito cruel, mas eu tinha de saber se estava certa. Lentamente, como se não houvesse espaço para negociação, fiz que sim com a cabeça.

Charlie suspirou.

Depois, ele olhou em volta como se estivesse procurando uma rota de fuga.

Então, franziu o cenho e olhou para cima, para aquela louca balançando os pés em seu trampolim... e a expressão dele ficou extremamente indiferente. Olhou para o lado como se estivesse esperando um ônibus ou alguma coisa e, em seguida, num tom como se ninguém neste mundo jamais tivesse feito uma declaração mais chata, ele disse:

— Minha esposa me deixou no dia em que eu descobri que tinha câncer.

CATORZE

FOI ASSIM QUE decidi ficar.

Mais especificamente, foi assim que decidi tentar converter Charlie Yates num fã de comédias românticas. Tarefa difícil. Difícil demais, talvez. Mas aquela breve epifania sobre ele mudou tudo.

De repente, fiquei curiosa a respeito dele de um modo novo.

Curiosa o suficiente para decidir ficar.

Eu podia desistir a qualquer momento, afinal. Mas eu bem que podia passar um tempinho na mansão de Esther Williams.

Sendo assim, eu desci pela escada do trampolim e segui Charlie até a mesa de jantar; então, me sentei de frente para ele, para dar início às negociações de um modo sério — a partir da nova posição de estar feliz por poder voltar para casa, mas também querendo ficar, se ele me desse o que eu queria.

O que eu queria: consertar o roteiro.

Percebi quanto Charlie estava indiferente a todo o projeto... Pelo que ele havia dito, eu imaginava que talvez, possivelmente, em algum lugar bem no fundo, que ele jamais admitiria, Charlie também quisesse.

E talvez — só talvez —, nesse mesmo lugar bem no fundo, nós pudéssemos encontrar algo mais interessante e mais complexo do que apenas desdém. Alguma coisa rica e revigorante para curar a *yips* dele. E impulsionar minha carreira no processo.

Valia a pena olhar, enfim.

Será que eu estava sonhando alto demais? Eu sabia muito sobre Charlie agora para ser otimista demais. Mas, pelo menos, eu tinha uma oportunidade. Eu só precisava ir com calma.

No caminho da piscina até a mesa de jantar, eu tinha decidido algumas coisas sobre certas metas de longo prazo:

- Guiar Charlie por uma jornada que cure seu esnobismo em relação às comédias românticas.
- Escrevermos um roteiro incrível juntos.
- Ver esse roteiro produzido e transformado num filme excelente, que faça as pessoas do mundo inteiro rirem muito e terem esperança.
- Deixar de ser uma redatora fracassada.

E como se atingem as metas de longo prazo? Com metas de curto prazo:

- Não ser demitida.
- Controlar a Sylvie a distância, com atenção, para que meu pai sobreviva durante esse tempo.
- Refazer completamente, do zero, aquele roteiro pavoroso sem dar nenhuma chance ao Charlie de me deter.

Fácil.

SE VOCÊ ME permite, vou saltar para a parte boa: as negociações correram bem.

Eu disse ao Charlie — com a confiança de alguém que estava pronta para simplesmente *ir embora* — que eu ia ficar apenas se ele concordasse em: *primeiro*, trocar seu final infeliz, profundamente desestruturado e insultuoso por um decente, satisfatório e alegre; e, *depois*, pesquisar de fato as coisas malucas que ele tinha incluído naquele roteiro — nadar pelado, *line dancing* e o beijo.

— Tudo bem — Charlie disse.

— Tudo bem o quê?

— Tudo bem para tudo.

— Tudo bem mudar o final?

— Você me convenceu disso.

— E tudo bem fazer toda essa pesquisa?

— Sim. Tudo bem.

— Você compreende que isso significa fazer todas essas coisas, de fato, comigo, para pesquisar?

— Eu não vou nadar pelado com você — Charlie disse depois, como se tudo aquilo fosse um plano elaborado para o fazer ficar nu.

— Eu também não vou nadar pelada com você — eu disse.

— Ótimo — Charlie falou, parecendo bem desinteressado.

— E você não precisa nadar — completei —, mas precisa entrar na piscina.

Charlie permaneceu quieto, como se estivesse pensando em uma saída.

— Quanto tempo faz? — perguntei.

— Desde a última vez que eu nadei?

— Desde que você entrou em algum corpo de água. Até mesmo numa banheira?

Charlie olhou para cima, como se estivesse calculando, e então disse:

— Vinte e oito anos. Mais ou menos.

Assenti com a cabeça, como se dissesse "*Exatamente!*".

— Ninguém pode escrever sobre a sensação de entrar na água se não se lembra de como é isso.

A mandíbula de Charlie ficou tensa enquanto ele pensava nisso.

Prossegui:

— Comédia romântica tem a ver com apaixonar-se.

— Eu sei disso.

— E se apaixonar tem a ver com ter sentimentos.

— Não discordo.

— E não se pode escrever sobre sentimentos... nem ajudar a plateia a experimentá-los... se nós mesmos não os vivenciamos.

Observe que eu não acrescentei: "*Você também vai ter de repensar o seu ponto de vista tóxico e não revisado de que o amor não existe!*".

— Eu tenho sentimentos — Charlie disse.

— Excelente — eu falei. — Então, vai ser fácil.

No fim, Charlie concordou com todas as minhas exigências — exceto uma. Uma que parecia tão óbvia que eu a apresentei apenas no final.

— E precisamos mudar o título — avisei.

E foi aí que ele estabeleceu seu limite.

— Não podemos fazer isso — Charlie disse. — O título permanece. Foi uma exigência da amante.

Não briguei com ele. Não naquele momento.

Logan pediu ao seu advogado que elaborasse um contrato simples e bem padronizado — um contrato que dissesse basicamente que tudo o que eu tinha de fazer era entregar um "trabalho acabado". Não era necessário ser bom — apenas tinha de ser acabado.

— O que acontece se não terminarmos? — perguntei ao Logan.

— Se vocês não terminarem o trabalho por algum motivo... Se você for embora ou se ele a despedir... nesse caso, é uma quebra de contrato.

— E eu não recebo?

— E você não recebe nada.

— Isso parece extremo. Considerando que ele nem me quer aqui.

— É bem padrão, honestamente. Extremo é o Charlie.

— Então, eu não vou receber enquanto não terminarmos... e, se não terminarmos, eu não recebo nada.

Logan acenou afirmativamente com a cabeça.

— Sim, é isso mesmo. Muito simples — ele disse.

— Simples? — perguntei.

— Não é fácil, mas é simples — Logan disse, encolhendo os ombros. — Só não quebre o contrato.

Eu não ia quebrar, isso era certeza.

Tínhamos seis semanas para escrever o roteiro. Eu *não seria despedida* em seis semanas?

Era isso o que descobriríamos em seguida.

NAQUELA NOITE, EU deveria ter dormido em paz, aninhada debaixo dos lençóis de um milhão de fios indicados pelo decorador da ex-mulher de Charlie, no pomposo quarto de hóspedes dele, com o novo plano negociado, para meu deleite.

Em vez disso, porém, eu despertei às duas da manhã — acordei sendo sacudida pelo meu colchão.

Seria um terremoto? Era uma probabilidade em Los Angeles, não era? Mas o que é que se faz durante um terremoto? A gente foge pelas janelas? Se esconde em um nicho? Corre para fora — batendo os braços como uma ave sem asas?

Eu não tinha a menor ideia.

Vesti meu robe de algodão estampado sobre o meu pijama, composto de uma camiseta e uma calça de yoga (parando para pegar chinelos, caso tivéssemos de correr para um lugar seguro), e fui correndo, aos tropeções, em direção à ala onde ficava o quarto do Charlie para acordá-lo e perguntar.

No meio do caminho, no entanto, ali, na sala de jantar, estava o Charlie. Acordado. *Trabalhando*, pelo que pareceu. Sem nenhum sinal de pânico — até que me viu e, então, fechou o *laptop* bem rápido.

OK. *Isso* chamou a minha atenção.

— O que você está fazendo? — perguntei.

— Nada — ele respondeu.

— Está com um ar suspeito — repliquei.

— O que *você* está fazendo? — Charlie perguntou em seguida, e isso me trouxe de volta ao terremoto.

O que eu *estava* fazendo?

— Quero fazer uma pergunta.

— Que pergunta?

— Está… tendo um terremoto?

— Tendo um terremoto? — Charlie repetiu.

Olhei ao redor.

— Eu despertei, e tudo estava… tremendo.

Então, Charlie franziu a testa.

— Terremoto nenhum — ele respondeu.

— Terremoto nenhum? — repeti.

Será que ele já estava acostumado com terremotos?

Charlie balançou a cabeça.

— Necas. Nenhum.

Que humilhante.

— Entendi — eu disse, apontando para ele como se estivesse dizendo que entendi a piada. Apesar de não ter a mínima ideia de que piada era essa.

Naquele instante, vi meu reflexo na janela escura — completamente desalinhada, com o robe torto, cabelos soltos e ondulantes, com um ar selvagem, parecendo uma medusa furiosa. Os chinelos, reparei então, estavam nos pés contrários.

— Será que você não sonhou com um terremoto? — Charlie perguntou.

Podíamos concordar com isso.

— Claro — eu respondi. — Pode ser.

Foi nesse momento que ouvi um sonzinho vibrante, baixei os olhos e notei pela primeira vez um objeto felpudo em forma de celeiro sobre a mesa, ao lado do *laptop* do Charlie.

— O que é isso? — perguntei.

— O que é o quê? — Charlie indagou.

Então, eu me aproximei, seguindo o som vibrante. Quando cheguei pertinho das portinhas do celeiro, vi uma criatura lá dentro. Olhando para mim. Uma bolinha peluda fofinha.

— O que é isso? — perguntei.

— Um porquinho-da-índia — Charlie respondeu, num tom como quem diz "*É óbvio!*".

Mas eu não tinha certeza.

— É mesmo?

Minha prima tinha um porquinho-da-índia quando éramos crianças. Esse bicho do Charlie parecia... diferente. E quando digo *diferente* eu quero dizer que esse parecia um espanador de pó. Branco e amarelo, com uns pelos brotando e ondulando para além das patas. Na verdade, a maior parte dele era formada de pelos. Dois olhos castanhos brilhantes.

Fiquei olhando para ele.

— É um peruano de pelo longo — Charlie explicou. — O nome dele é Cuthbert.

— É seu? — Eu perguntei num tom meio perplexo que também podia significar "*O que um homem adulto faz com um porquinho-da-índia como animal de estimação chamado Cuthbert?*".

— Um pouco — Charlie respondeu. — Não de fato. Não mais. Ele é da minha mulher. Ex-mulher. Ela o resgatou, a ele e ao irmão, quando ainda éramos casados... meio que sem me consultar. Depois, os levou com ela, quando se mudou. Embora, em teoria, tenhamos a guarda compartilhada.

Olhei para o bichinho e então olhei para o Charlie.

— Ele estava aqui esse tempo todo?

Charlie acenou de maneira afirmativa com a cabeça.

— Estou sendo *baby-sitter* de porquinho. Só enquanto minha mulher está fora da cidade.

— Ex-mulher — corrigi. Depois, perguntei: — Por que ele está nessa cocheira minúscula de tecido?

— Eles gostam de ficar nessas barraquinhas, escondidos. Minha ex--mulher tem uma coleção inteira dessas barraquinhas. Uma em forma de circo, outra em forma de iglu e outra, de colmeia. Tem até uma em forma de *trailer*.

— Mas... Ele não escapa?

Charlie fez que não com um aceno de cabeça.

— Ele fica assim durante horas.

— Você disse que ele tem um irmão? — perguntei, olhando em volta.

— O irmão dele morreu não faz muito tempo — Charlie respondeu. — Por isso, ele está bem deprimido. Eles são animais gregários.

Olhei para o Cuthbert, e o Cuthbert olhou para mim.

— Posso pegá-lo? — eu pedi.

Charlie negou.

— Eles não gostam de ser carregados — ele explicou. — Isso os faz achar que estão sendo arrebatados por uma águia.

— Como é possível saber como um porquinho-da-índia se sente? Em relação a qualquer coisa?

Então, Charlie Yates, o *baby-sitter* de porquinho-da-índia de guarda compartilhada com a ex-mulher, disse:

— Eu sei o que sei.

Isso foi, sem dúvida, um choque. Charlie Yates com um animalzinho de estimação.

Mas Charlie não estava nem um pouco chocado.

Ele me observou enquanto eu observava o Cuthbert durante um minuto, mais ou menos, e depois disse, como num sussurro de palco:

— São duas da manhã. Volte para a cama.

MAS EU NÃO voltei para a cama.

Em vez disso, voltei para o meu quarto, observei no espelho o meu reflexo de noiva de Frankenstein e, depois, tentei me desvencilhar da humilhação sofrida prendendo os cabelos, escovando os dentes e amarrando direito o robe — procurei me fazer apresentável de forma retroativa.

Em algum momento em meio a tudo isso, percebi que o terremoto ainda estava acontecendo.

Tudo ainda estava tremendo, quero dizer.

Mas não era tudo, era só *eu*.

Mais especificamente, era o meu coração. Batendo daquele jeito novo e louco, mais uma vez. Coloquei a mão sobre ele e o senti pulsando diversas vezes sob a palma da minha mão, como se eu tivesse prendido ali alguma fera mágica e ela estivesse desesperada para sair.

Sem muita hesitação, voltei para onde Charlie estava. Dessa vez, com os chinelos nos pés corretos.

Nessa minha segunda aparição, Charlie se levantou — como se *uma* interrupção aleatória no meio da noite fosse tolerável, mas *duas* fosse motivo de alarme. Ele estava de calças de moletom, só então eu notei, e uma camiseta com uma citação de Stephen King que dizia: A ESTRADA DO INFERNO É PAVIMENTADA COM ADVÉRBIOS.

Será que aquele pijama era dele? Era um visual muito estranho. Mas por que eu achava que ele dormia com camisa Oxford e calça de veludo cotelê?

— Me desculpe — eu disse, me aproximando dele. — Posso lhe fazer mais uma pergunta?

— Claro — ele respondeu.

Diminuí a distância entre nós — bem mais animada agora que tinha escovado os dentes e ajeitado meus cabelos — e olhei para o rosto curioso de Charlie.

Coloquei minha mão sobre meu peito como se estivesse prestes a fazer o juramento à bandeira.

— Você pode pôr sua mão aqui assim? — perguntei.

Charlie fez que sim e pôs a mão sobre o próprio coração.

— Não em você — eu corrigi. — Em mim.

Bati com a palma da mão no meu peito para mostrar a ele onde era.

Charlie me olhou com os olhos meio arregalados.

— Você quer que eu ponha minha mão... — Ele baixou os olhos. — Aí?

— É para fins médicos — eu disse. — Acho que estou com um problema.

— É um problema para o qual podemos usar *palavras*?

— Sim — respondi. — Mas também preciso de uma avaliação física. Se você não se importa.

Ele se importou. Evidentemente, se importou.

Mesmo assim, fez o que eu pedi. Aproximou a mão de mim com a energia de alguém que tinha de alcançar e... pescar... alguma coisa de dentro de uma lata de lixo.

Foi diminuindo a velocidade à medida que se aproximava, como se fosse se acovardar. Por isso, agarrei a mão dele, puxei-a pelo restante do caminho, pressionei a palma da mão dele contra o meu peito e a segurei ali.

— Está sentindo isso? — perguntei.

Charlie me olhou meio apavorado.

— Sentindo o quê? — ele perguntou.

— Me diz você.

Charlie ficou em silêncio por um minuto, manteve o olhar nas nossas mãos. Depois, perguntou:

— A gente está falando sobre os batimentos do seu coração?

Agora, estávamos nos entendendo.

— Sim — eu respondi. — Exatamente. Foi isso que me despertou e me fez levantar da cama.

— Você acordou com os batimentos do seu coração?

Concordei com a cabeça, como se dissesse "*Que loucura, né?*".

— Estava batendo com tanta força que chacoalhava a cama — eu disse.

— Foi por isso que você achou que estava tendo um terremoto?

— Mas continua ainda. Você sentiu. Não sentiu?

— Senti… alguma coisa.

— Você acha que estou tendo um ataque cardíaco?

— Não entendo muito de ataques cardíacos.

— Posso sentir o seu? — Eu pedi.

— Sentir o meu o quê?

— Seu coração — respondi enquanto estendia a minha mão livre para pressionar o peito dele.

Charlie piscou como se não estivesse conseguindo acompanhar o que estava acontecendo.

— Seu coração está batendo também — eu disse.

— Sim, bem — ele replicou —, é isso que o coração faz.

— Mas com pancadas, quero dizer. Muito forte. Como o meu.

Será que nós dois podíamos ter um ataque cardíaco juntos? Isso parecia improvável, no âmbito estatístico. Teríamos sido… sei lá… *envenenados* ou algo assim?

— Está batendo forte agora — Charlie concordou. — Mas não estava. Antes.

— Antes? — perguntei.

— Antes de você vir aqui assim de robe com os… cabelos e… colocar minha mão em seu peito. Não estava. Batendo forte.

Oh!

— Só para você saber — ele acrescentou —, para fins médicos.

— Entendo — repliquei.

Talvez devêssemos parar de ficar tocando o peito um do outro nesse momento. Isso estava bem claro. Mas eu não conseguia imaginar como fazer a transição.

— Pode ver no Google para mim? — perguntei, por fim.

— Ver no Google?

— Os sintomas de um ataque cardíaco. Em mulheres.

Percebi os pulmões dele se esvaziando de alívio quando ele se afastou para pegar o *laptop*.

— Sim, claro — ele disse.

— Estou proibida de pesquisar sintomas médicos no Google — comentei para preencher o silêncio enquanto Charlie rolava a tela.

— Proibida? — ele perguntou, ainda rolando a tela.

— Quando meu pai sofreu aquele acidente, eu criei o hábito de pesquisar no Google de modo frenético cada mínimo sintoma que ele tinha. Meio que se transformou num ciclo vicioso de hipocondria.

Charlie ergueu os olhos.

— Hipocondria? Mas o seu pai estava doente de fato.

— Mas eu mergulhava nessas pesquisas sem fim. Se o ombro dele doesse, eu procurava "dor no ombro" e, duas horas depois, eu já estava convencida de que ele tinha o mal de Parkinson e esclerose múltipla e câncer no ombro.

— Isso não é culpa sua — Charlie comentou, voltando a rolar a página. — Isso é só porque você é escritora.

Eu não tinha pensado nisso.

— É? — perguntei.

— Acreditar em coisas irreais? Fazer algo do nada? Ligar pontos que não precisam *nem querem* ser ligados? É isso o que os melhores escritores fazem.

Era bom ouvir Charlie Yates me incluir entre *os melhores escritores*, embora eu achasse estranho.

Também era até melhor saber — de um modo estranho e inesperado — que eu tinha acabado de fazer o coração dele bater mais acelerado.

Então, Charlie se levantou da cadeira com meu diagnóstico.

— A internet não acha que você está tendo um ataque cardíaco — ele afirmou.

— Não acha?

— Não acha. Mas acha, sim, que você está com ansiedade.

— Ah! — Precipitei-me. Depois, percebendo que Charlie estava com a cabeça inclinada, eu disse: — Este é o menor nível de ansiedade que tenho em dez anos.

Nenhum argumento.

— Eu sou a pessoa certa para falar sobre isso — Charlie acrescentou — porque lidei com muita ansiedade quando estive doente.

Franzi a testa como se estivesse achando que ele estava maluco.

— Eu não tenho ansiedade. Só fico preocupada o tempo todo — eu falei.

Charlie fez uma pausa de um segundo e então disse:

— Apenas vou deixar que essas palavras ecoem pela sala.

Tudo bem. Entendi o que ele queria dizer.

— Mas só porque eu tenho coisas reais com as quais me preocupar — eu disse.

Charlie fez um gesto do tipo "deixa pra lá".

— A gente não precisa rotular isso — ele arrematou.

— Obrigada.

— O fato é que... — ele começou a falar de novo. — A internet quer que você respire devagar, pelo nariz, inspire cinco segundos e meio e expire outros cinco segundos e meio.

— Cinco *e meio*? — perguntei para confirmar. — É isso que o doutor Web disse para fazer?

Charlie confirmou com a cabeça.

— Não dá para discutir com a internet, eu acho.

— Verdade — Charlie disse. — Agora, comece a respirar.

Em seguida, depois de ter me observado fazer uns poucos exercícios de respiração, ele disse:

— A internet também quer que você me pergunte o que eu estava escondendo no meu *laptop* quando você entrou.

Isso foi inesperado. Fechei a cara para o Charlie.

— Você não precisa... eu não tenho... — Eu gaguejei e, em seguida, falei: — Você *quer* que eu lhe pergunte isso?

Charlie balançou a cabeça, confirmando.

— Imagino que você vai gostar de saber — ele disse.

Eu imaginava que não ia. Mas tudo bem.

— O que você estava escondendo?

Contornei a mesa de jantar, e quando ele puxou uma cadeira para perto da sua e bateu de leve no assento, indicando para que eu me sentasse ali, eu me acomodei ao lado dele. Então, ele abriu o *laptop* e ampliou a tela.

Espiei com os olhos semicerrados, pois temia precisar fechá-los depressa.

Mas era só uma imagem ilustrada de um quintal dos fundos.

— O que é isso? — perguntei.

— É um videogame em que a gente lava as coisas com uma mangueira de alta pressão — Charlie respondeu.

Depois, ele pressionou algumas teclas, e um jato de água começou a esguichar como se Charlie estivesse segurando a mangueira.

Charlie virou a mangueira para uma calçada cinza e sombria, e, à medida que ia passando, a água ia deixando para trás uma área limpa e clara. A mangueira também emitia um ruído profundo, convidativo ao silêncio, e assim que toda a sujeira marrom ia embora, o jogo emitia um som bem prazeroso — *ding* — e lhe dava alguns pontos.

— Era *isso* que você estava fazendo quando eu entrei aqui?

— Sim.

— Você estava jogando um videogame em que lavava uma calçada virtual com mangueira de alta pressão?

— Não apenas uma calçada — Charlie disse, indicando o pátio ao lado. — O quintal todo.

— Mas... — eu comecei a falar e parei. Então, tudo o que consegui pensar em dizer em seguida foi: — Por quê?

Charlie balançou a cabeça, como se dissesse "*Boa pergunta!*". Depois, ele respondeu:

— Porque é legal. E o Cuthbert gosta disso.

Charlie começou a jogar de novo para eu ver como o porquinho-da-índia se acalmava com o jogo. Mas, olhando para a tela e o porquinho, não consegui ver nenhuma diferença perceptível. Cuthbert estava sentado ali como uma bolinha peluda antes de Charlie começar a lavar a lateral daquela casinha de cachorro virtual e então continuou sentado lá exatamente como a mesma bolinha peluda.

— Você tem certeza de que é o Cuthbert que acha isso tranquilizador? — perguntei.

— Isso importa? — Charlie indagou, mantendo o foco.

E, sem perceber, também fui fisgada. Assisti ao Charlie terminar de lavar o pátio, em seguida, as canaletas, e depois o muro atrás da cerca viva e então toda a mobília do pátio... até altas horas da madrugada — sem perceber o tempo passar. Eu ouvia aquele chiadinho do jato da mangueira e avisava quando ele deixava escapar algum ponto e continuei sentada de maneira amigável, hipnotizada, ao lado do roteirista mais amado do mundo enquanto ele terminava de lavar o restante do quintal e passava de fase.

Foi nesse momento que Charlie se virou e viu nós dois, eu e o Cuthbert, o observando.

— Notícia boa — Charlie disse.

— Qual? — perguntei.

— Acho que o Cuthbert gostou de você.

QUINZE

QUANDO, ENFIM, VOLTEI para a cama, meu terremoto tinha acalmado e eu dormi profundamente — até despertar de novo, às cinco, com um sobressalto.

E um sentimento de pavor de que meu pai pudesse não estar bem.

Sei que é uma preocupação nada específica: uma vaga sensação de que alguém talvez não estivesse bem. No entanto, eu já havia tido muita preocupação com meu pai nos últimos dez anos. Era como se meu coração tivesse sido comprimido numa bola apertada de preocupação todo esse tempo e, agora — mesmo sem nada específico com que me preocupar —, ele não conseguisse relaxar.

Eu tinha passado oficialmente minhas obrigações preocupantes para Sylvie. Sabia que ela era competente e madura. Acreditava que ela conseguiria cuidar das coisas. A maioria. Mais ou menos. Eu só não sabia como não ser a pessoa que sempre se preocupava com meu pai.

Talvez fosse isso que meu coração andava fazendo ultimamente com aquelas pancadas. Tentando desatar seus próprios nós; ou talvez eu só estivesse morrendo.

Talvez eu devesse pesquisar no Google, só dessa vez.

Era isso que eu estava querendo saber — na cama, no escuro, às cinco da manhã — quando o celular tocou. E era a Sylvie — me chamando no FaceTime.

— Eu sabia! — eu disse, me sentando na cama. — O que deu errado?

— Não há nada de errado — Sylvie respondeu.

Ali estava minha irmã, dentro do retângulo do meu iPhone, com sua *vibe* tranquila confirmando o que ela dizia. Sylvie estava em nosso quarto, sentada na minha cama, na parte de baixo do beliche, com os cabelos puxados para trás, arrumadinhos, como se tivesse acabado de lavar o rosto.

Os meus cabelos, ao contrário — não pude deixar de notar no retângulo menor da videochamada —, tinham se soltado do rabo de cavalo com que eu tinha ido dormir; a minha cara assustada e mais o desgrenhamento dos meus cachos me davam a aparência de quem tinha acabado de enfiar o dedo na tomada.

— Não há nada de errado? — perguntei. — Então, por que você está me ligando?

— Para dizer isso.

— As pessoas não ligam para dizer que não há nada errado — retruquei.

— As pessoas *normais* não ligam para dizer isso — Sylvie disse —, mas somos eu e você.

Ela tinha razão.

— Mas são cinco da manhã.

— São *sete* da manhã aqui.

De novo, ela estava certa. A cada segundo, Sylvie tinha mais razão.

— Será que podemos *não* fazer chamada de vídeo a esta hora? — pedi em seguida. — Não estou preparada para a câmera.

— Mas eu quero ver você!

Antes que eu pudesse reagir, outro rosto se espremeu no quadro da Sylvie. O rosto do namorado dela, o Salvador, com o rabo de cavalo desalinhado, como se ele também tivesse acabado de acordar.

— Eu acho que você está ótima — Salvador me disse.

Eu tinha conversado por vídeo com Salvador algumas vezes. Eles namoravam desde o segundo ano da faculdade.

— Oi, Salvador — eu o cumprimentei.

— Oi, mana — Salvador respondeu.

Depois, falei para a Sylvie:

— O Salvador está aí? Na nossa casa?

Sylvie demorou um minuto para se despedir do Salvador, que saiu para tomar banho. Então, ela disse:

— Ele está ficando com a gente.

Eu não queria ficar alarmada. Eu gostava do Salvador. Era um ótimo namorado para Sylvie — maduro, atencioso e compreensivo. No último Halloween, ele tinha esculpido com os dentes a frase EU TE AMO para ela na abóbora.

Mas namorado dormir em nosso apartamento não fazia parte do plano.

— Eu pensei que ele fosse passar as férias de verão no Brasil, com a avó dele — comentei.

— Mudança de planos.

— Desde quando?

— Desde que entrou na pós-graduação, aqui.

— Ele começou a pós?

— Não, vai começar só em agosto. Mas está fazendo as disciplinas de pré-requisito neste verão.

Em seguida, temerosa, fiz uma pergunta cuja resposta eu já intuía.

— Ele vai ficar aí só um ou dois dias, não é? Até encontrar um lugar para ficar?

— Hummm — Sylvie respondeu.

— Ele não pode ficar com você aí por muito tempo — eu disse.

— É que temos uma cama vazia aqui — Sylvie argumentou.

— Essa cama é minha — eu disse.

— Sim, e quando você voltar... seja quando for... nós o mandaremos embora.

Ela não estava entendendo o que eu queria dizer. Eu não estava preocupada com a minha cama.

— Sylvie, ele não pode ficar aí — eu afirmei.

— Por que não? O papai não se importa. Ele gosta do Salvador.

— Nós *todos* gostamos do Salvador — eu disse.

— Então, qual *é* o problema?

— Ele é uma distração — eu disse.

— Ele não é uma distração — Sylvie contestou. — Ele me ajuda.

— Ele é bonito demais para ajudar.

— Posso só lembrar você de que o mestrado que ele vai começar é para ser assistente médico? Ele é profissional da área médica.

— Não, ainda não é.

— A questão é: ele é uma boa pessoa para ter por perto.

— Sylvie, o Salvador não pode ficar aí — eu disse, consciente de que eu não tinha nenhum poder verdadeiro além da voz severa. — O papai dá trabalho em tempo integral, 24 horas por dia, 7 dias por semana. Não dá para *estar apaixonada* e fazer esse trabalho direito ao mesmo tempo. Você acha que, se houvesse um meio de fazer isso, eu não teria imaginado antes?

— Tudo bem — Sylvie disse.

Eu não esperava que ela desistisse tão rápido.

— Tudo bem?

— Sim... Tudo bem. Vamos providenciar outro lugar para o Salvador ficar. Quero dizer... ele está fazendo o yoga matinal com o papai, dobrando as roupas tiradas do varal e levando o papai lá embaixo para ajudar a senhora Otsuka no jardim comunitário, mas tudo bem. Ele também está sendo *baby-sitter* do neto da senhora Otsuka, o Kenji, que está passando o verão com ela e é meio tímido, e *adorável*. Mas não é nada muito importante. Eu vou mandar o Salvador embora.

— Tá bom — eu disse. Sem sentimento de culpa.

— Tudo bem — Sylvie respondeu.

— Ótimo — eu disse.

— Perfeito — Sylvie falou.

Em seguida, depois de uma pausa, para mudar de assunto, ela disse:

— Gostei de conhecer o seu roteirista, ontem, na vida real.

— Chamada de vídeo não é vida real — eu afirmei.

— É quase isso.

— E ele não é o *meu* roteirista — continuei.

Mas Sylvie ignorou isso.

— Ele é fofo! — ela disse. — Você deveria se casar com ele e ter bebezinhos roteiristas.

— Sylvie!

— Eles iam fumar cachimbinhos pequenos, usar jaquetinhas de *tweed* e conversar sobre metáforas.

— Sylvie...

— Eu gostei da *vibe* dele, sabe? E tem algo na expressão dele... Uma simpatia. O jeito que os olhos dele se enrugam nos cantos.

— Sylvie, nós somos colegas de trabalho. Por favor, não faça planos mentais de nos unir.

— Tarde demais — ela disse.

Então, Sylvie se recostou no travesseiro.

— Me fala de Hollywood — ela me pediu em seguida.

— Tem sido... — eu comecei a falar e fiquei pensando no que dizer. — Uma viagem.

Então, eu a coloquei a par de tudo... disse que o Charlie não estava sabendo que eu vinha, depois, que não ia me contratar, que ele *fez anotações* enquanto eu fazia picadinho do roteiro dele, que, por fim, leu meus textos e, por acaso, gostou e, então, me contratou, mas não exatamente a sério. Eu contei a ela todas as voltas e reviravoltas, terminando com o grande clímax de ter apertado a mão do Jack Stapleton, e ergui minha mão para ela ver no celular, como prova. Sylvie franziu a testa, suspirou e vibrou com tudo isso — e quando chegamos à parte da mão, ela disse:

— Você precisa fazer uma tatuagem na palma da mão escrita "Jack Stapleton esteve aqui!".

— Ótima ideia — eu disse.

Próxima pergunta:

— Como é morar na mansão de Charlie Yates?

Pensei nisso.

— Silencioso — respondi. — Meio solitário, talvez... Não estou acostumada com todo esse espaço. E luxo. Parece um hotel. Eu tive de pôr um *podcast* de fundo só para adormecer.

— Me diz que você não está sentindo saudades de casa.

— Sinto um pouco — eu admiti. — Ninguém canta por aqui, nem toca cítara, nem lê em voz alta, feito um audiolivro humano, para me entreter enquanto faço o jantar. A cozinha desta casa parece que nunca foi tocada. Parece um modelo de cozinha num *showroom*. Não tem... — Eu procurei uma palavra boa e, por fim, escolhi: — Graça.

— Talvez você só precise criar a sua própria graça — Sylvie sugeriu.

— Escrever o roteiro vai ter graça — eu disse, mas depois parei e pensei. — Ou vai ser um pesadelo. Na verdade, não sei qual dos dois.

— Como escrever um roteiro com seu roteirista preferido poderia ser um pesadelo? — Sylvie perguntou.

— Bem... Parece que ele é um daqueles caras que não acredita no amor — eu falei.

— Argh — Sylvie exclamou.

— E, com base em tudo o que coletei, antes mesmo de darmos o pontapé inicial para uma escrita decente, tive de o obrigar a ter aulas de *line dancing*, curá-lo do medo de água e o convencer de que os vínculos humanos de fato importam.

— Moleza — Sylvie disse.

— Tudo isso sem o consentimento dele — eu completei.

— Você nasceu para fazer isso — Sylvie arrematou.

— Nasci?

— Apenas faça como se *ele* fosse Sylvie — ela me disse.

— Como se ele fosse Sylvie?

— Simplesmente aja como se você estivesse no comando. Como você sempre fez comigo.

— É diferente — eu disse. — Com você, eu *estava* no comando.

— Mas como você conseguiu que eu fizesse tudo aquilo que eu não queria fazer?

— Só agi como se não houvesse outra opção.

— Exatamente.

— Ele não é criança, Sylvie. Ele é um homem-feito. Não posso induzi-lo com um truque mental de Jedi a fazer qualquer coisa que eu quiser.

— Bem no fundo, todo mundo é criança — Sylvie observou. — Use a sua voz de professora. Aposto que ele vai se surpreender.

ENTÃO, EU DECIDI tentar.

Por que não? Eu não tinha nenhuma ideia melhor.

Quando terminei a ligação com a Sylvie, eram seis da manhã. Vesti meu maiô, amarrei os cabelos... e então virei a chavinha para o modo professora. Caminhei confiante para o quarto de Charlie e bati com força na porta.

Depois de alguns minutos, Charlie abriu a porta com uma das barras de elástico da calça de moletom acima da panturrilha, a camiseta de trás para a frente, o cabelo para cima, todo despenteado, e um olho fechado como um comandante de navio.

— Que roupa é essa? — Foram as primeiras palavras que lhe saíram da boca quando ele me olhou de cima a baixo. — Você está praticamente nua.

Voz de professora. Voz de professora.

— Eu não estou nua. Estou de maiô. Para ir nadar.

— Por baixo, quero dizer. Você está nua.

— Que novidade! Todo mundo fica nu por baixo de qualquer roupa.

— Não estou reclamando — Charlie disse. — Só que é... muito braço e muita perna.

— O que eu deveria usar? Uma roupa de banho do século 18?

— Talvez você só devesse voltar para a cama. Problema resolvido.

— Você não pode ficar tão perturbado por causa de um maiô Speedo.

— Faz muito tempo que não fico perto de uma mulher ao vivo.

— Não é culpa minha.

— Mas é culpa sua estar aqui, agora.

— É hora de se levantar.

— Por quê?

Confiança! Voz de professora! Faça como você faria com a Sylvie!

— Porque este é o horário. Eu nado logo de manhã cedo.

— Ainda estou tentando entender o que eu tenho a ver com isso.

— Você deve vir comigo.

Ao ouvir isso, Charlie voltou para a cama. Mas eu o peguei pelo braço e o arrastei para fora — pela sala de estar, pelas portas francesas, até a borda da piscina.

— O que estamos fazendo, de novo? — Charlie perguntou, como se eu já tivesse explicado.

— Terapia de exposição.

Charlie olhou para a piscina.

— Eu não vou entrar aí — ele disse.

— Claro que não — eu falei. — *Eu* vou. Você só vai me fazer companhia e registrar o fato de que eu não estou me afogando.

— E se você *estiver* se afogando?

— Nem vou me dignar a responder a isso — repliquei. Em seguida, dei um tapinha na borda da piscina na parte mais alta da escadinha. — Sente-se bem aqui e ponha os pés no primeiro degrau.

Charlie olhou para mim, depois olhou para a piscina, olhou para mim de novo, depois para a piscina.

— Só os pés?

— Só os pés.

— E vou fazer isso por quê?

— Porque você não pode passar a vida toda com medo da piscina.

— Medo de *água* — Charlie corrigiu. — Não da piscina.

— E também porque você concordou com isso. Quando negociamos nossas condições.

— Eu fiz isso?

Voz de professora.

— Fez.

Charlie suspirou. Depois, para minha máxima surpresa, ele… *fez o que eu mandei.* Arregaçou as calças de moletom e, então, pôs os pés onde eu falei. Talvez ele estivesse muito sonolento para discutir comigo.

— Caramba! Está fria — ele reclamou, mas se sentou.

— Você vai se acostumar — eu disse.

— Eu ainda nem tomei café — Charlie disse. — Nem sequer escovei os dentes.

— Depois — eu disse, não querendo lhe dar a chance de escapar.

— Também não fiz xixi!

— Você tem licença para fazer xixi nos arbustos — eu falei e, então, mergulhei antes que ele conseguisse fazer mais objeções.

A verdade é que… funcionou. Ele ficou. Ficou sentado ali o tempo todo, com os pés na água, enquanto eu nadava sessenta voltas em *freestyle.*

Quando terminei, ele estava de olhos abertos, mas não havia mudado mais nada.

Eu saí da água e perguntei:

— E aí? Como foi?

E de novo aquela cara desinteressada.

— Como foi o quê?

Devia ter sido estressante.

— Passar esse tempo na piscina — eu falei.

— Eu não diria que foi "na piscina".

— Aposto que seus pés discordariam de você.

Charlie me olhou como se eu fosse completamente louca.

— De qualquer modo… — eu disse, batendo no ombro da camiseta dele com a mão molhada. — Você foi muito bem!

DEZESSEIS

E ENTÃO, NAQUELA primeira semana, nós criamos uma rotina: nadar em primeiro lugar, em seguida, chuveiro, café, depois nos sentarmos um de frente para o outro na mesa de jantar do Charlie com nossos laptops um de costas para o outro, rodeados por nossos diferentes acessórios de escrita favoritos e amuletos — tentando nos ignorar um ao outro, mas sem conseguir por completo. Encontramos um recurso de compartilhamento de arquivos no Final Draft que nenhum dos dois jamais tinha usado e nos obrigamos a aprender a usar e nos acostumar com ele.

Minha esperança, no início, era que pudéssemos apenas trabalhar em silêncio, como estávamos acostumados, e que enviássemos as alterações e as perguntas um para o outro pela internet, sem ter de fazer nenhum ajuste em nosso modo normal de fazer as coisas. Mas, claro, não houve jeito de ser assim.

O que eu quero dizer é que havia um porquinho-da-índia em cima da mesa de jantar.

Toda manhã, de um modo ritual, Charlie tirava Cuthbert da gaiola e o carregava para o celeirinho dele, onde ele se acomodava e passava o dia alternando entre descansar e cochilar.

— Acho que o roedor vai ser uma distração para mim — eu disse, logo da primeira vez que isso aconteceu.

— Não o chame de roedor.

Franzi a testa.

— Ele não é… um roedor?

— O fato é que ele está passando por um período difícil neste momento.

Mas talvez Cuthbert fosse um bom mediador. Escrever na mesma sala, ao mesmo tempo, com outra pessoa não era, que fique registrado, meu jeito normal de fazer as coisas.

Tampouco o de Charlie.

— Em geral, faço isso em completo isolamento humano — ele disse em determinado momento. — Sempre acho que o título de minha autobiografia deve ser "*Sozinho por Muito Tempo*".

Acenei positivamente, como se dissesse "*Legal!*". Em seguida, curiosa para saber se todos os roteiristas tinham um título de autobiografia desse tipo, fui em frente e disse:

— O meu é "*Um Dia Você Vai Me Agradecer*".

Outro ser humano na sala. Enquanto eu tentava escrever. Muito estranho.

Eu me senti um pouco vulnerável, por exemplo, para tirar meu moletom da sorte. Esse moletom tem um capuz que faz a cabeça da gente parecer um morangão com folhinhas verdes aplicadas no topo. Quando o Charlie o viu pela primeira vez, ele disse:

— Que… Uau. Isso é incrível.

— É meu moletom da sorte — eu disse, esperando que ele não comentasse que o blusão não tinha me trazido muita sorte. Depois, com a voz mais baixa, eu acrescentei: — Foi minha mãe que me deu.

— Sem julgamentos — Charlie disse. — Eu mesmo tenho um lenço da sorte.

Olhei para o bolso dele, estava vazio.

— É para os *shows* de premiação — Charlie explicou e tocou no ponto em que eu estava olhando. — Minha mulher me deu antes da minha primeira indicação... e eu recebi o prêmio. Por isso, usei o lenço na vez seguinte e ganhei de novo. E, agora, estou preso. Toda vez que eu uso o lenço, eu ganho o prêmio. Por isso, tenho de continuar usando.

— É um lenço poderoso — comentei.

— Não é? — Charlie concordou. — Depois que ela foi embora, achei que deveria ter algo diferente, mas não quero interromper minha sequência.

Outros comportamentos secretos de escritor se revelaram enquanto trabalhávamos juntos: eu alisava os cantos das páginas enquanto lia, e Charlie batia distraído os calcanhares no assoalho. Charlie só escrevia com caneta esferográfica Bic, mastigando a tampa e soprando-a, o que... quem diria... produzia um som de assobio.

Charlie se revelou uma pessoa da tinta azul, enquanto eu sou exclusivamente da preta. Uma explicação para vocês, não escritores: azul *versus* preto é uma questão essencial de identidade. Muito parecida com Coca *versus* Pepsi ou Beatles *versus* Stones, ou cadernos pautados universitários, com espaço menor entre as linhas, *versus* os cadernos pautados comuns, com espaço maior entre as linhas. Alguém pode ser um tipo de pessoa ou o outro, mas não os dois.

Não consegui evitar julgar um pouco o Charlie — e percebi que ele também me julgava, em contrapartida.

Também devo acrescentar que ele é o tipo de pessoa adepto de caneta de ponta fina, enquanto eu faço parte da comunidade de ponta grossa há anos, e jamais me arrependi.

Um milímetro e seis décimos ou nada, *baby*.

Olhando em retrospectiva, vi que a ideia de que podíamos fazer todo o nosso trabalho de escrita de um modo elegante, virtual, digital e não humano não se sustentava. Não demorou muito, a mesa de jantar ficou coberta de papel amassado, cenas marcadas impressas, embalagens de salgadinhos, latas de refrigerantes, cadernos espirais, garrafas de água, não um, mas dois grampeadores, dois estojos, uma caixa de lenço de papel, uma impressora ligada num longo fio de extensão, vários protetores labiais, marca-textos e xícaras de café velhas — tanto de louça quanto descartáveis.

Eu particularmente gostava mais desse jeito. Sinais visíveis de progresso.

Tenho a impressão de que Charlie também gostava.

E, apesar de nós dois usarmos fones de ouvido, nós os tirávamos quase o tempo todo para conversar. Cheguei ao ponto de sentir o Charlie puxando os fones dele para fazer uma pergunta ou ler um trecho de diálogo. E... posso dizer? Ele tinha mesmo de tomar cuidado com o ritmo quando lia para mim em voz alta porque eu ficava tão envolvida que, se demorasse muito, eu interrompia com o que imaginava que seria a próxima linha.

Depois, Charlie me olhava e dizia: "Não. Mas talvez isso seja melhor!".

Eu, por minha vez, queria saber se ele tinha caído no sono na mesa ou algo assim. Porque nenhum escritor jamais acha que o que outra pessoa escreveu *pode ser melhor*.

Incrível.

A rotina evoluía. Trabalhávamos a manhã inteira e, depois, um pouco no início da tarde. Quando nós dois começávamos a perder o pique, eu ia a pé até a cafeteria do bairro — a apenas dois quarteirões para quem sabe o caminho — a fim de mudar de ambiente e dar um tempo só para mim. Charlie fazia reuniões presenciais e por telefone com uma série de pessoas de Hollywood que parecia uma lista de convidados para as premiações do Oscar.

Na maior parte do tempo, éramos incrivelmente amigáveis. Para um cara que não se importava nem um pouco com o projeto em que estávamos trabalhando, ele parecia estar curtindo bastante — o suficiente para me fazer pensar que podia haver uma sobreposição no diagrama de Venn dos círculos individuais da vida de cada um de nós: a alegria de brincar com as palavras.

Talvez o projeto não tivesse importância.

Talvez o ato de escrever fosse tão divertido que ele não conseguia deixar de se deleitar.

Para ser sincera, eu também estava me divertindo.

Estar longe de casa não era tão difícil quanto eu temia.

Para surpresa de ninguém, Salvador nunca conseguiu encontrar um lugar só para ele, e ele e Sylvie me ligavam por chamada de vídeo, ainda de pijamas, toda manhã bem cedinho com o Boletim do Papai: totais diários de sódio, atualizações de recargas, prova visual de cor e tabelas adesivas fielmente preenchidas. Salvador levava meu pai à academia do fim da rua duas vezes por semana para ele treinar musculação e tinha aperfeiçoado um pão artesanal de baixo teor de sódio. Salvador também tocava violão, o que meu pai curtia muito, e os três estavam fazendo *jam sessions* toda noite depois do jantar, com Sylvie no vocal e no pandeiro.

Eu era obrigada a reconhecer, conforme os dias se passavam e as boas notícias chegavam, que duas pessoas fazendo todo o trabalho de cuidados talvez fosse bem melhor que uma só. E, pelo visto, era mais divertido também. Os três até se aventuraram, num sábado, no mercado dos agricultores: compraram um cesto cheio de vegetais orgânicos e fizeram massa primavera a partir do zero, sem nenhum ingrediente pré-pronto.

Sylvie me enviou uma *selfie* do grupo deles em nossa mesa de jantar comendo *linguine* e fazendo uma festa.

Essas notícias me ajudavam a me preocupar menos. Um pouco. Quanto menos eu ficava preocupada, mais eu percebia quanto era bom não me sentir preocupada. Foi impressionante como me adaptei rápido à minha nova vida de luxo na mansão do Charlie Yates. Eu estava bem, eles estavam bem — todos estavam bem.

Era muito difícil se adaptar àquilo?

A única coisa de que senti falta no início foi cozinhar. Charlie não era… como dizer isso? Um *gourmet*.

No meu segundo dia ali, tomei o maior susto da minha vida quando abri a geladeira dele e vi que… não havia nada dentro… a não ser fiambre.

Sim. Sacos de fiambre desfiado comprados na mercearia.

Eu me apoiei na porta da geladeira aberta.

— O que é isso aqui? — perguntei, quando Charlie olhou.

— Na geladeira? — ele perguntou.

— Não tem comida nenhuma — eu disse.

— Tem, sim — Charlie replicou, se aproximando. — Tem *pastrame*. E carne enlatada, e presunto Floresta Negra. — Ele espiou no fundo da geladeira e disse: — E aquelas azeitonas de coquetel.

— Não tem mais nada? É isso?

— Tem alguma cerveja na porta.

— Mas… — Eu só continuei olhando para toda aquela carne. — O que você faz com isso?

— Eu como — Charlie disse com toda a naturalidade, como se as pessoas fizessem isso.

— Você come toda essa carne pura? — eu perguntei. — Tipo… assim… punhados de carne?

— *Garfadas* — Charlie corrigiu, se sentindo ofendido. — Porém, para ser sincero, na maioria das vezes, eu as como diretamente do saco.

— Charlie, isso não é saudável para você.

— Tudo bem — disse Charlie. — O povo *maasai* do Quênia viveu com saúde perfeita durante séculos comendo quase nada além de carne.

— Mas não *pastrame*, certo?

— Certo.

Houve uma pausa.

— Também tenho cereal, se você quiser — Charlie me ofereceu, acenando em direção a uma pequena despensa no canto.

— Mas você não tem leite — eu comentei, verificando a geladeira de novo. — O que você põe no cereal?

— Água — disse Charlie, como se isso tivesse alguma lógica.

Inclinei a cabeça e, então, tentando fingir que o estilo de vida dele baseado na ingestão de carne ultraprocessada fosse tão válido quanto qualquer outro, perguntei:

— Você se importa se… eu comprar outros alimentos?

— Nem um pouco — Charlie respondeu.

— Eu cozinho muito na minha casa… — eu disse depois, ainda tentando normalizar as coisas.

Charlie concordou com um aceno de cabeça.

— Por isso, provavelmente, vou fazer o jantar para mim toda noite.

Charlie encolheu os ombros, como se estivesse considerando aquilo como algo razoável.

— E tenho prazer de dividir — acrescentei. — A menos que você prefira… suas pilhas de carne.

E, assim, isso passou a ser outra parte da rotina — comecei a fazer o jantar todas as noites. E todas as noites Charlie ficava por perto, me observando, como se *uma pessoa fazer o jantar* fosse uma completa novidade. E ele agia como um completo cético, fazendo comentários do tipo "Você não se corta…" e "Uma vez, vomitei por ter comido salsinha…" e "Você está chorando ou é só o efeito da cebola?".

Depois, quando a comida enfim ficava pronta, ele punha dois lugares na mesa da cozinha perto da janela e enchia os copos com água gelada e dizia "sim" para tudo o que eu oferecia, e comia com entusiasmo — fazendo barulhinhos enquanto mastigava e engolia, e repetia, como alguém que…

Bem, como alguém que se esquecera da alegria do antigo ritual humano de *jantar*.

— Você é uma cozinheira fantástica! — Charlie exclamava várias vezes enquanto mastigava, como se não conseguisse acreditar.

Era bom deixá-lo admirado.

Era bom fazer algo tão *valorizado*. Meu pai e Sylvie me valorizavam, claro, e todos nós concordávamos que eu sabia cozinhar. Mas eles já estavam muito acostumados comigo. A empolgação já havia passado.

Para o Charlie, cada bocado era uma novidade. Tudo era novo, surpreendente e pura bênção gustativa.

Ele começou a me acompanhar na ida à mercearia toda tarde e me ajudava a encontrar os ingredientes necessários para as receitas. Além de comprar delicinhas culinárias para o Cuthbert, como alface lisa e pimentões, para suplementar o feno e a ração de ervilha dele.

Esse Charlie era tão diferente do Charlie que eu conheci no dia em que cheguei — aquele que me chamou de amadora com tanto desdém.

Esse Charlie era solícito. Entusiasmado e grato. E uma companhia simplesmente divertida. Me fez pensar em quanto era agradável fazer uma coisa tão comum como ir ao mercado com alguém a fim de comprar os ingredientes de uma refeição que os dois logo iriam fazer juntos. Pensei no companheirismo e na prazerosa expectativa, na camaradagem fácil, nas conversas fortuitas sobre alguma coisa ou sobre nada — a música do sistema de som ou a psicologia dos rótulos de vinho, ou a importância social dos bolinhos recheados.

Posso acrescentar mais alguma coisa? Enquanto eu preparava o jantar, Charlie se aplicava de maneira adorável e entusiasmada ao eterno projeto de tentar fazer Cuthbert comer algo.

Falar é mais fácil do que fazer.

— Ele não está comendo desde que perdeu o irmão — Charlie já havia explicado isso antes. — Os porquinhos-da-índia são muito sensíveis.

Eu olhava para o Cuthbert, empoleirado debaixo daquela cabeleira rebelde como se alguém tivesse jogado uma peruca em cima dele.

— Para mim, ele parece bem — eu dizia.

— Ele devia estar devorando o pimentão — Charlie disse, e nós dois olhamos para o pedaço de pimentão intocado bem na frente do nariz do Cuthbert.

Depois, olhei por acaso por cima e, de novo, vi Charlie cortando o pimentão em forma de estrela, tocando um Cânone de Pachelbel nos seus fones de ouvido, para o Cuthbert ficar a fim de comer e trocando os pratos porque, ao que parece, a textura de Limoges em comparação com a de Fiestaware pode afetar a experiência gustativa de um porquinho-da-índia.

"Sensível" não é o bastante nem para começar a descrever esse bichinho.

Às vezes, eu ouvia as conversas deles.

— Eu sei que você sente falta dele, amigão — Charlie dizia. — É difícil. Eu entendo.

Num dia bem complicado, Charlie cortava a cenoura com o ralador em fatias fininhas como uma folha e as dispunha como se fossem um *origami* em forma de flor de cenoura, ou cantarolava "Bohemian Rhapsody" *a cappella* enquanto esperava começarem as mordiscadas, ou fazia as duas coisas.

— Você tem uma voz muito boa — eu disse ao Charlie.

Charlie encolheu os ombros e explicou:

— Ele gosta do Freddie Mercury.

Eu não queria parecer insensível, mas, a certa altura, perguntei ao Charlie:

— Será que, se ficasse com bastante fome, ele não comeria?

Charlie balançou a cabeça, negando, como se dissesse "*Essa é uma ideia equivocada e comum!*".

— Se ele passar muito tempo sem comer, a saúde dele pode começar a se deteriorar. E o problema dos porquinhos-da-índia é que eles são presas. Por isso, quando ficam doentes, eles se escondem. Porque o mais fraco da manada sempre é o primeiro a ser pego.

— Cuthbert, ninguém aqui vai ser caçado — eu disse, num tom de reprimenda carinhosa.

Nós dois olhamos para o Cuthbert. Depois, Charlie disse:

— Acho que ele não vai acreditar nisso.

UMA NOITE, JÁ fazia mais de duas semanas que eu estava lá e já me sentia bem em casa, eu e Charlie tínhamos acabado de voltar de mais uma ida ao mercado quando ouvimos os sons altos do alarme da porta da frente de Charlie se desativando e, em seguida, a voz de uma mulher chamando:

— Charlie!

Eu estava dando latas de polpa de tomate para Charlie armazenar numa prateleira alta da despensa. No momento em que a voz dela soou, Charlie me agarrou pelo braço e me puxou para dentro da despensa com ele.

Em seguida, puxou a porta até que a trancou.

— O que você está... — eu comecei a falar, mas parei.

Charlie balançou a cabeça como um louco e pôs um dedo nos lábios.

O lugar não era grande. Estávamos encurralados por prateleiras de comida, com espaço de apenas dois centímetros entre os nossos corpos. Isso, de imediato, me fez sentir a energia eletromagnética em volta do corpo de Charlie... e acho que Charlie de repente também sentiu a minha.

Passei a sussurrar.

— Por que estamos nos escondendo na despensa?

— É a Margaux — Charlie respondeu sussurrando.

— Quem é Margaux?

— Minha ex-mulher.

Claro. Margaux. Eles tinham sido um casal famoso bem-sucedido durante um breve período, o ano em que o filme dele *Forty Miles to Hell* e o documentário dela *Women Aren't Funny* — que era apenas uma hora e meia de mulheres comediantes fazendo monólogos engraçados sobre esse mesmo tema — estavam arrasando no circuito de festivais de cinema e premiações.

Na verdade, eu tinha lido alguns artigos sobre ela ao longo dos anos. Minha grande conclusão — e, por favor, não se alarmem — foi que ela, usando as suas próprias palavras, "não gostava de ficção".

Dou um minuto a vocês.

Essa mulher, que tinha sido casada com um dos roteiristas de ficção mais famosos do mundo, *não gostava de ficção*. Se bem me lembro, ela havia dito que "simplesmente não conseguia se interessar por histórias de ficção" porque "elas não são reais". De fato, um dos artigos terminava com sua pergunta retórica: "São todas inventadas. Todas de mentira. Como poderiam ser interessantes?".

Portanto, sim, esse casamento provavelmente estava condenado desde o primeiro dia.

Não sei se há sinais de alerta maiores do que esse.

Enfim... Agora, ela estava aqui. Na casa do Charlie.

— O que ela está fazendo aqui? — perguntei.

Eles não eram divorciados?

— Ela veio buscar o Cuthbert — Charlie respondeu.

— E ela já foi entrando, assim, na sua casa? — perguntei.

— Ela ainda tem o código.

Isso suscitava mais perguntas do que ele responderia, mas tudo bem.

— Eu achava que vocês dois não fossem tão íntimos.

— Nós não somos.

Em seguida, Charlie ouviu um som que eu não ouvi e ficou tenso, com os olhos bem abertos, como se dissesse "*Oh, céus! Ela está vindo nesta direção...*".

Certeza! Eu parei de falar, conseguíamos ouvi-la. Ela devia estar conversando com alguém pelo telefone.

— O carro dele está aqui — ela dizia —, mas ele não está respondendo.

Depois, ela o chamou de novo:

— Charlie? Você está em casa?

Olhei para o Charlie como que dizendo "*Talvez devamos nos entregar!*".

Ele olhou para mim como que dizendo "*Jamais vou me render!*".

Ouvi a ex-mulher dele deixar as chaves sobre o balcão da cozinha e depois passar para outra parte da casa.

Quando a voz dela desapareceu, eu cochichei:

— Acho que devemos fugir.

— Para onde? — Charlie respondeu sussurrando. — Ela vai voltar a qualquer instante.

— Envia uma mensagem para ela! Diga que saiu.

— Assim, só enviar aleatoriamente uma mensagem sobre meu paradeiro? — Charlie questionou. — Eu *nunca* envio mensagem a ela.

— Você acha que ela vai receber sua mensagem e pensar "*Que estranho. Ele nunca me envia mensagens. Deve estar escondido na despensa!*"?

— Só estou dizendo que ela vai achar estranho.

— Toda essa situação é estranha!

Charlie concordou e pôs a mão no bolso para pegar o celular. Mas, logo depois, balançou a cabeça, negando.

— O que foi?

— Não estou com o celular aqui.

Nesse momento, ouvimos a ex-mulher dele voltando.

— Claramente, ele está me evitando — ela dizia. Então, fez uma pausa. — Mas é estranho. O lugar está um caos. Tem coisas em cima da mesa de jantar... como se ele estivesse escrevendo de novo. E os pratos na pia... e, argh, uma caixa de Twinkies. Como ele espera ser saudável se alimentando como um adolescente no Ensino Médio? — Houve outra pausa. Depois: — Isso nem parece coisa dele, sinceramente. Tem um *buquê de flores* em cima da mesa da cozinha.

Eu e Charlie nos olhamos e prendemos a respiração — unidos em permanecer escondidos — quando ouvimos o som das chaves que ela estava pegando do balcão e depois os passos dela indo embora.

No instante em que ouvimos o som da porta da frente se fechando depois da saída dela, saímos disparados da despensa ao mesmo tempo, como cavalos selvagens se precipitando pela porteira, numa velocidade arriscada. Não tenho bem certeza de como ocorreu, mas, de algum modo, consegui ficar presa num saco de supermercado caído no chão do lado de fora da porta — um pé enroscado na sacola, acho, e outro pisando *em cima* dele? — bem quando Charlie se virou para me fazer uma pergunta que agora está perdida para sempre na história.

Só me lembro disto: Charlie se virando bem no momento em que eu tive a sensação de que alguém tinha amarrado o cadarço de um dos meus tênis no cadarço do outro pé — e eu fui lançada num tranco para cima do peito dele, empurrando-o para trás.

Depois, caímos no chão.

Com muita força.

Senti um joelho bater no piso de ardósia como um martelo no momento em que Charlie aterrissava emitindo uma série de *uis* e pancadas.

Depois, ele rolou de lado e apertou o cóccix com a mão, grunhindo de dor.

Eu tinha caído com o rosto na axila dele. Então, me levantei para dar uma olhada no rosto dele.

— Você está bem? — perguntei.

O rosto do Charlie estava vermelho, e sua jugular estava saltada. Tudo o que ele conseguiu dizer foi:

— Caramba! Está doendo!

— Nossa... Sinto muito! Você caiu em cima do cóccix? Aconteceu isso comigo uma vez quando eu era escoteira. Este chão também não é nada macio, diga-se de passagem. — Dei um tapinha no chão para confirmar. — Acha que quebrou?

— O piso? — Charlie resmungou como se eu fosse louca.

— Seu cóccix! — respondi, como se ele fosse mais louco ainda. — Será que é melhor eu levar você para o hospital? O que eles podem fazer por um cóccix quebrado... né? Eles não podem engessar.

Charlie voltou a gemer.

— Gelo — eu decidi e corri para o congelador.

Voltei com um saco de legumes congelados e o pressionei nas nádegas de Charlie.

— O que você está fazendo? — ele perguntou.

— Só... tira a mão — eu pedi.

— Você está querendo pôr ervilhas congeladas no meu traseiro?

— São *vegetais mistos à juliana* — eu disse, como que dizendo "*Me desculpe*!".

— Tira isso daí já — ele disse, agarrando o saquinho.

— Temos de aplicar gelo na região! — insisti.

— Emma... Pare com isso. Eu estou bem.

— Não parece que você está bem.

A essa altura, estávamos basicamente lutando pelo acesso à bunda do Charlie, e eu tentava recuperar o saco de legumes quando ele teve a brilhante ideia de rolar para me impedir de continuar. Quando dei por mim, tínhamos conseguido rasgar o saco, espalhar os legumes picados pelo chão da cozinha e, no meio da luta, acho que meu cotovelo cedeu, porque eu caí em cima dele, de novo.

Depois disso, paramos um pouco e ficamos cara a cara, com nossos olhares fixos, as respirações sincronizadas e nossas expressões perfeitamente combinadas, como que nos perguntando "*Isso acabou de acontecer... de novo?*".

Então, Charlie rompeu o silêncio.

— Você fez tudo isso de propósito, não fez?

De propósito?

— Não, eu... — Olhei em volta. — Eu tropecei num saco de supermercado.

Apontei para o saquinho, para provar, mas Charlie nem olhou.

Eu ainda estava em cima dele, com um braço preso sob o quadril dele. Charlie fechou os olhos. Depois, abriu e olhou direto nos meus.

— Ou talvez você só quisesse provar que não existe nada de romântico em pessoas caírem uma em cima da outra.

Pisquei.

— Não preciso provar isso. É uma verdade empírica. Não tem de ser provada.

No entanto, mal eu disse isso, no mesmo instante, me dei conta de todo o contato físico que tínhamos acabado de ter um com o outro — e de que eu ainda estava deitada em cima dele. Então, eu pensei, de repente, em como ele devia estar sentindo o meu corpo, debruçado sobre o dele daquele jeito. E que, a não ser nos jogos de Twister ou em estranhos acidentes de esqui, não havia muitas situações na vida cotidiana em que as pessoas ficavam uma em cima da outra sem motivo algum.

Em qualquer outra circunstância, seria uma situação muito diferente.

E, como eu já havia pensado *nisso*, não conseguia "*des*-pensar".

Se eu estivesse interpretando o *clima* de forma correta, Charlie, de repente, também não estava *não* pensando nisso.

Começaram a brotar perguntas em minha mente como estrelas no céu. O ambiente fico muito silencioso? Meu joelho arranhado parou de latejar? Estar com meu rosto tão próximo do dele estaria causando algum tipo de reação química em meu corpo? E, talvez mais importante, Charlie Yates tinha os cílios mais grossos e exuberantes que eu já tinha visto em um homem?

Como eu não os tinha notado antes?

Espere...

Em que eu estava pensando?

Eu estava mesmo insistindo esse tempo todo em afirmar que não havia nada sequer remotamente romântico no fato de duas pessoas caírem uma em cima da outra por acaso?

Porque isso estava *funcionando*.

Será que eu tinha acabado de provar que eu estava enganada? Diante do Grande Charlie Yates?

Isso não ia acabar bem.

Em seguida, meu coração esquisito aproveitou o momento para voltar a pulsar com força.

— É o seu ou o meu? — perguntei.

— O quê? — Charlie quis saber.

— Essas pulsações aceleradas.

— Meu coração não está palpitando — Charlie respondeu.

Encostei a mão no peito dele.

— Sim, está, sim — eu disse. Em seguida, por uma questão de justiça, encostei a mão no meu. — Mas o meu coração está pulsando mais forte.

Por que isso continua acontecendo?

Por um instante, fiquei presa nessa questão científica, mas, depois, olhei para o Charlie e vi que ele estava balançando a cabeça para mim como se eu fosse a pessoa mais alterada da Terra.

— Emma? — ele me chamou.

— O quê? — respondi, como se pudesse ser algo importante.

— Pode sair de cima de mim agora?

Oh, meu Deus! O cóccix fraturado dele! O que eu estava *fazendo*?

Contudo, antes que eu pudesse me levantar, ouvimos um som, vindo do outro lado da cozinha, que nos paralisou no mesmo lugar um pouco mais. A voz de uma mulher, semelhante à de uma professora primária irritada, perguntava:

— Que raio está acontecendo aqui?

No segundo seguinte — que pareceram dez horas —, eu nem precisei ver a expressão irônica "*Muito obrigado por este momento*!" na cara do Charlie para saber que era, claro, a mulher dele.

Perdão… A *ex*-mulher.

QUANDO EU E Charlie nos levantamos — Charlie agora, com certeza, não estava apertando o cóccix —, ela nos observava, de braços cruzados, como se tivesse acabado de encontrar uma dupla de adolescentes travessos.

— O que vocês estão fazendo? — ela perguntou.

Eu já tinha visto o rosto dela, claro. Eu a tinha visto em muitas fotos de tapete vermelho com o Charlie — sempre de preto e com saltos altos sobre-humanos, mesmo sendo alta, os dois sorrindo como se nada, nem mesmo uma diferença de altura insuperável, os pudesse surpreender. Com os cabelos escuros e lisos, habitualmente puxados para trás num coque baixo, ela sempre foi, como estava nesse exato instante, empertigada, sofisticada e elegante como um visom.

O meu oposto, é o que eu quero dizer.

Eu não sou baixa, mas com certeza não sou alta. E provavelmente lhe ocorreriam mil e uma palavras para me descrever antes de chegar a "sofisticada". E se havia uma coisa que eu nunca, jamais fui é "elegante". Meus cachos são a prova disso.

— Estávamos apenas… — Charlie olhou para mim — fazendo laboratório.

Ela cruzou os braços e olhou para os legumes espalhados.

— Esse é o nome disso, agora?

Que expressão era aquela no rosto de Charlie? Eu nunca tinha visto ele assim antes. Ele estava constrangido? Sentindo-se culpado? Estava acontecendo algo entre esses dois que eu não conseguia entender.

A ex-mulher do Charlie me olhou e, tocando a própria clavícula, disse:

— Eu sou a Margaux! — Como se isso explicasse tudo.

— Eu sou... — comecei a falar e parei.

Mas Charlie se adiantou.

— Ela é apenas uma escritora. Está aqui para fazer um... texto.

Hã? Isso doeu um pouco. *Apenas uma escritora.*

Margaux inclinou a cabeça como se dissesse "*Se você está dizendo...*". Depois, ela falou:

— Era para nós jantarmos quando eu viesse pegar o Cuthbert, hoje à noite, Charlie. Você se esqueceu?

— Claro que não — Charlie respondeu.

Hum, pensei. Era para *nós* jantarmos hoje à noite. Do que Charlie estava falando agora?

— Já estávamos acabando — Charlie explicou a Margaux, como se estivéssemos trabalhando muito, fazendo uma coisa importante.

Margaux acenou com a cabeça indicando que compreendia, com um ar do tipo "*Tudo bem! Eu permito isso...*".

Em seguida, ela olhou Charlie de cima a baixo.

— Já estamos atrasados, então... — ela disse.

— Certo — Charlie falou. Depois, ele me olhou como se tivesse esquecido que eu estava lá. — Acho que você deve ir. Sei que o seu carro tinha aquele... aquele... pneu furado. Por que não pega minha Blazer e a traz de volta amanhã... para continuarmos o nosso dia de trabalho?

Imaginei que estávamos escondendo da ex-mulher dele toda a história de que estávamos *morando juntos*.

— Posso pegar um Uber — eu repliquei.

— Não — Charlie interrompeu, estranhamente ansioso por se livrar de mim. — A Blazer é mais rápida.

— Tudo bem, então — eu concordei.

Por que será que eu estava me sentindo tão rejeitada? Charlie tinha o direito de sair para jantar com a ex-mulher. Não tínhamos planos, de fato. Estávamos apenas comendo juntos em virtude das circunstâncias. E, por certo, ele não tinha de contar todos os detalhes da vida dele para ela — e talvez eu fosse um desses detalhes de que ele não queria falar. Tudo bem. Justo. E, em teoria, ele não tinha dito nada de errado sobre mim.

Eu *era* apenas uma escritora.

É exatamente o que eu era.

Mas por que *ser colocada de lado* para que Charlie fosse à cidade com essa mulher alta, magra, de cabelos lisos e com pedicure e manicure perfeitas me deixou tão chateada?

Ah, tudo bem, eu poderia resolver isso mais tarde.

Eles estavam esperando que eu saísse.

— Vou deixar a maior parte do que escrevi aqui — eu disse, tentando não exagerar na representação. — Já que vamos escrever mais de novo quando eu voltar... amanhã.

Foi um diálogo medonho.

— As chaves estão na mesa do *hall* da frente — Charlie me disse.

Eu sabia disso, mas respondi:

— Ah, tudo bem — como se fosse novidade. Depois, fiz um breve sinal vago na direção deles, como eu imaginava que alguém que de repente *não* era a garota escolhida fizesse, e disse: — Até mais! — Com uma alegria tão forçada que sem querer acrescentei um tom de loucura.

Eu estava indo para o carro, mas me dei conta de que havia esquecido minha bolsa. Dei meia-volta em direção à casa e estava a alguns instantes de pegá-la de cima da mesa de jantar quando ouvi Charlie e a aterradora Margaux ainda na cozinha. Falando sobre mim.

E peguei a seguinte cena: Margaux estava fazendo compressa com um saco de milho congelado no cóccix do Charlie.

Ele não estava oferecendo resistência.

Acho que ele estava à vontade com os legumes congelados da mulher.

Da ex-mulher.

— Aquilo era claramente mais que laboratório — Margaux estava dizendo, com um tom de provocação na voz.

— O que você sabe sobre laboratório? — Charlie perguntou.

— Não é preciso ser roteirista para interpretar aquela situação.

Charlie pôs a mão no milho congelado para assumir o controle e deu um passo para trás, para se apoiar no balcão.

— Não interprete a situação, certo? Não interprete nada.

— Eu aprovo. Ela é encantadora. Adoro aqueles cabelos loucos.

— Não chame os cabelos dela de loucos.

— O fato de você ficar tão irritado só prova que estou certa.

— Você não tem direito de estar certa, ou errada, sobre nada disso, Margaux.

— Olha, só estou dizendo que é evidente que você gosta dela.

— Eu não *gosto* dela! — Charlie replicou.

No entanto, a voz de Margaux estava permeada de provocações.

— Você tem certeza disso?

— Ela caiu em cima de mim, entendeu? Acontece! Às vezes, os objetos colidem uns com os outros no espaço!

— Às vezes... — Margaux disse, se deleitando com a insinuação, obviamente desfrutando disso.

— Eu não fiz nada! — Charlie disse.

Claro que não.

— Você tem todo o meu apoio — Margaux disse. — Já passou da hora de você se libertar do fantasma do nosso relacionamento.

— Não há fantasma nenhum... e não há nada para você apoiar — Charlie insistia, como se jamais tivesse ouvido algo mais ridículo. — Ela não é ninguém importante. Apenas uma escritora. Uma escritora frustrada, na verdade. Uma pessoa com um passado trágico com quem Logan me pediu para trabalhar. Por um breve tempo. Como um favor pessoal. Ela não tem emprego, não tem dinheiro e absolutamente não há nada a favor dela. Ela vai embora assim que terminarmos, e eu nunca mais vou vê-la de novo. Portanto, não transforme isso num problema, OK?

Fiquei bem quieta.

As palavras eram duras, mas o tom da voz era pior.

Tão exasperante. Tão frio. Tão desdenhoso. Como se de fato não houvesse nenhum assunto menos interessante e menos importante que eu.

Havia um boa lição de escrita aí: ser demitida é pior que ser desprezada. Num outro estado de ânimo, eu teria parado para pensar: claro que *não ser importante* é pior. Significa que nem perceberam você. Significa que nem vale a pena ficar com raiva da gente. Significa que *não se é literalmente alguém*.

Será que era isso mesmo que Charlie achava de mim?

Pensei no que Charlie tinha falado, pensei em como ele era bom em fingir que não lhe importavam as coisas que importavam.

Eu me senti tentada a ter esperança de que ele estivesse fingindo.

A questão, porém, era que não parecia que ele estava fingindo.

Mais importante: o que era mais provável... que eu era importante para o Charlie? Ou que eu ia me envolver num exercício emocional complexo para me convencer equivocadamente de que eu era? Conectando pontos que... "não precisavam nem queriam ser conectados".

Essa não era a primeira vez que ele havia dito esse tipo de coisa, afinal. Ele tinha verbalizado tudo isso para o Logan quando eu cheguei ali. Nada do que ele disse devia me surpreender. Mas isso foi antes de ele ter lido meus textos e me pedir para ficar. Antes de trabalharmos juntos. E de morarmos juntos. Antes de ele ter me reanimado do desmaio e consultado meu ataque cardíaco no Google e usado a palavra "deslumbrante". Será que nada havia mudado para ele? Ele não havia mudado nem um pouco?

Apenas uma escritora. Uma escritora frustrada.

Se ele estava representando, tinha se equivocado na vocação.

Uma coisa era certa. Eu não ia ficar ali esperando para descobrir.

DEZESSETE

O DIA SEGUINTE era, entre outras coisas, meu aniversário.

Acordei com uma saudade imensa de casa.

Na noite anterior, eu fiquei dirigindo até a meia-noite, daquele jeito hostil que a gente abraça a independência depois de ser rejeitada: *Tudo bem. Tanto faz. Eu nunca me preocupei, enfim.*

Eu aumentei muito o volume da música. Deixei as janelas baixadas. Queimei toda a gasolina do Charlie e não enchi o tanque de novo. Mantive o celular desligado de modo que eu estaria claramente indisponível se Charlie quisesse me encontrar.

Só voltei a ligar o celular quando já estava na cama.

E, depois, só checava para ver se tinha mensagens da Sylvie ou do meu pai, ou de alguma pessoa com quem de fato eu me importasse. Embora eu tenha notado, olhando por cima, que também não havia chegado nenhuma mensagem do Charlie.

Não que eu estivesse esperando.

Era tudo tão estranho... Eu não deveria ter ficado tão magoada com as coisas que Charlie disse. Três semanas antes, eu nem conhecia esse homem. Minha vida estava bem, naquela época, e — registre-se — ainda estava bem, agora. Considerando todo o panorama, *melhor que bem*, na verdade. Meu pai estava bem de saúde. Sylvie estava cumprindo muito bem os seus deveres. Eu estava em Los Angeles vivendo um sonho pessoal que jamais pensei em sequer chegar perto de realizar.

Eu estava KILL N IT [Arrasando], como dizia a placa do carro do Logan.

Seja lá o que significasse isso.

Eu deveria estar me sentindo grata! Eu deveria estar contente. Deveria estar feliz!

No entanto, quando a luz da manhã me encontrou, eu era o oposto disso tudo.

Se estivesse em casa, eu teria acordado cedo e ido dar um mergulho refrescante sozinha. Então, eu teria voltado para casa e feito *donuts* de biscoito enlatado — o prato típico das manhãs de aniversário da minha família — com cobertura de chocolate caseiro e granulado. E meu pai tocaria uma versão maluca de "Parabéns a você" numa variação aleatória de instrumentos excêntricos, e depois cantaríamos juntos para fazer algumas harmonias loucas improvisadas.

Como fazíamos todo ano.

Nada de mais. Apenas um jeito modesto e agradável de começar o dia do aniversário — um dia que eu nunca tinha valorizado tanto até que me vi sozinha na mansão de Charlie Yates.

Completamente sozinha, e *apenas uma escritora*.

De todo modo, eu não ia acordar o Charlie para ir à piscina nessa manhã. Na verdade, ele tinha progredido muito — descia para se sentar em degraus cada vez mais fundos, até começar a ficar em pé e caminhar. Era o que ele fazia agora nas manhãs: caminhava com a água na cintura, na parte rasa, de uma ponta à outra, para a frente e para trás, o tempo todo, até eu terminar as minhas voltas.

Eu nem me importava que ele estivesse lá. Na maioria das vezes.

Mas não hoje. Hoje, meu presente para mim mesma era um nado matinal sozinha. Se ele podia ir a um encontro sozinho com sua pavorosa ex-mulher, eu, com certeza, podia nadar sozinha, sem ele me aborrecendo.

Não seria permitido nenhum escritor mal-humorado, com cabelos desgrenhados e fobia de piscina.

NO CAMINHO PARA a piscina, a primeira coisa que notei foi que o celeiro do Cuthbert não estava em cima da mesa da cozinha. Margaux de fato tinha levado ele de volta, o que deixou meu dia ainda mais triste. Eu tinha estranhado tanto, no início, que Charlie tinha um porquinho-da-índia, mas agora era mais estranho ele não ter o bichinho.

Impressionante como nosso ponto de vista muda.

A segunda coisa que notei foi que Charlie não estava mais dormindo, como eu havia imaginado.

Ele já estava acordado.

E vestido.

E na cozinha... preparando alguma coisa.

Estava de avental e aquecendo óleo de fritura no fogão. Havia açúcar de confeiteiro espalhado por todo o piso, como se ele tivesse rasgado o saquinho sem tirar as luvas térmicas.

— O que você está fazendo? — perguntei, chegando mais perto.

Então, Charlie se virou na minha direção, e eu percebi que ele estava segurando um cilindro de biscoitos enlatados.

Você sabe o que quero dizer com biscoitos enlatados, não? Na verdade, eles não vêm numa lata. Vêm envoltos num tubo de cartolina, que se abre com a ponta de uma colher. Já viu desses biscoitos? Só pergunto porque sempre pensei que todo mundo já tivesse visto, até que vi o Charlie com o tubo de biscoitos numa mão... e *um abridor de lata* na outra.

Um abridor de lata... incrustado na tampa metálica da embalagem dos biscoitos.

Quando Charlie me viu olhando, manteve o controle da situação com ambas as mãos e também olhou. Depois, acenou com a cabeça, como se estivesse de pleno acordo.

— Quem projetou essas coisas, hein?

Inclinei a cabeça, como se simplesmente não conseguisse ver o que eu estava vendo.

Isto é, as instruções estavam *impressas no rótulo*.

— Consigo tirar as tampas — Charlie prosseguiu, como se estivesse confuso —, mas não consigo tirar os biscoitos. — Então, ele se virou para apontar para um balcão cheio de restos de biscoitos que ele tinha esfaqueado com um garfo e esmagado com pinças — mutilados ali onde foram abatidos.

— É massa de biscoito na luminária? — perguntei.

Charlie olhou para cima com um ar sombrio.

— Foi um problema de alavancagem.

— O problema é maior do que um erro de alavancagem.

— Deve haver um jeito melhor, não é? — disse Charlie, como alguém que não tinha a mínima ideia de que, *sim*, já havia, de fato, um modo muito melhor.

Lembrete: esse homem já tinha sido capa da *Rolling Stone* — duas vezes.

Ele olhava para o tubo de biscoitos.

— Será que eu devo pegar um machadinho na garagem?

— O que está acontecendo agora? — perguntei.

Charlie fez uma pausa.

— Estou fazendo o café da manhã para você.

— Por quê? — perguntei.

— Porque é seu aniversário — Charlie respondeu.

— Como você sabe disso?

— Seu pai me mandou um e-mail.

— Como meu pai tinha o seu e-mail?

Ninguém tinha o e-mail do Charlie. *Eu* mal consegui.

— Ele pegou com o Logan — Charlie respondeu.

— Mas... Por quê?

— Para me enviar esta receita. Para fazer a massa de biscoitos enlatados.

Espere. Meu pai tinha chantageado Charlie Yates para que fizesse *donuts* de aniversário para mim? Ele não sabia que eu era *apenas uma escritora*?

Balancei a cabeça.

— Oh, céus. Me desculpe — eu disse.

Charlie franziu o rosto quando eu me aproximei.

— Desculpar de quê?

— Meu pai é um bobo — respondi, sentindo um nó na garganta. — Ele não devia ter feito isso.

— Não devia...?

— Ter chantageado você para me fazer os *donuts* — respondi, tirando o tubo da mão do Charlie. — Meu pai... Ele me ama — eu disse. — E ele imagina que todo mundo também me ama.

Atirei os biscoitos na lata de lixo. Fiz uma cesta de três pontos do outro lado da cozinha.

— Ei! — Charlie protestou. — Estou fazendo uma coisa aqui!

— Não faça nada — eu disse. — Estou encerrando isso.

— Mas comprei três sacos de açúcar de confeiteiro — Charlie explicou, como se isso fosse algum contraponto.

Eu já estava indo.

— Aonde você vai? — Charlie perguntou.

Huummm... Eu estava de maiô. Indo na direção da piscina. Mas tudo bem, eu respondi:

— Estou indo nadar. Sozinha. — Depois, olhei rapidamente para a cozinha e disse: — Deixe tudo isso aí. Vou limpar quando eu voltar.

CHARLIE NÃO DEIXOU tudo aquilo ali.

Quando voltei da minha natação, enrolada no roupão felpudo, com os cabelos enxugados com a toalha, puxados para trás num coque úmido e muito menos refrescada do que pretendia... a cozinha estava *pior*. Havia granulado por todo o balcão, pó de cacau por toda parte, como se a embalagem tivesse explodido, latas de biscoito abertas e massa de biscoito por cima de tudo, e vestígios de fumaça no ar, como se Charlie tivesse colocado fogo em algumas coisas.

Mas na mesa pequena da cozinha, como era de esperar, havia um pratinho de biscoitos meio bem-sucedidos. Com velinhas em cima.

Missão cumprida.

Quando Charlie me viu entrar, ele pegou uma caixa de fósforos e correu para acender as velas... mas eu o detive.

— Por favor, me diga que você não tirou esses biscoitos da lata de lixo.

— Não — Charlie respondeu, aproximando-se da geladeira e abrindo a porta. — Por precaução, comprei uns trinta tubos.

Havia tubos de biscoitos alinhados nas prateleiras da geladeira suficientes para nos manter alimentados por praticamente todo o restante de nossa vida.

— Eu não pedi para você deixar tudo isso aí? — perguntei.

Charlie fez uma pausa e observou meu rosto.

— Parece que você não está muito feliz. Por quê? Será que secretamente você detesta biscoito, mas não consegue dizer ao seu pai e, agora, isso virou um problema?

— Eu adoro biscoitos — eu disse, balançando a cabeça.

— Então, é de *aniversário* que você não gosta?

— Também adoro aniversários.

— Então, o que está acontecendo?

— Eu só... — Eu nem sabia o que dizer. — Eu só acho que deveríamos começar a trabalhar.

Oh, não... meus olhos estavam ficando marejados? Por causa do Charlie ter me chamado de "ninguém"? Isso não estava certo. Eu deveria estar com saudades de casa, ou cansada, ou talvez sentindo as emoções que todos sentem quando ficam um ano mais velhos e se deparam com a implacável marcha do tempo e a inevitabilidade da morte. Certo? Isso deveria ser apenas um choro normal de aniversário. As pessoas não choram involuntariamente no próprio aniversário?

Eu precisava me recompor.

Eu me virei para ir embora... mas Charlie me agarrou pela cintura e me deteve.

— Ei... — ele disse.

Olhei para cima, para tentar secar as lágrimas.

— É por causa... — ele começou a falar, mas, então, mudou de ideia. — Isso não seria por... ter encontrado Margaux ontem. Seria?

— Acho que é apenas saudades de casa — respondi, tentando enganar a nós dois.

Mas Charlie continuou, por precaução.

— Porque não foi um encontro romântico nem nada. Foi só um encontro, uma conversa. Ela me obriga a fazer isso de tempos em tempos, porque sente remorso do modo como me deixou... Não *porque* foi embora, mas pelo momento. E ela não acredita que eu sei me cuidar sozinho para não adoecer... O que é justo, na verdade. Ela aparece e me arrasta para fora, nós nos sentamos a uma mesa e ela me interroga para saber se estou me cuidando bem e quanto, se é que estou me cuidando. Saca planilhas de saúde e verifica se fiz todas as minhas consultas de acompanhamento. E nada disso tem a ver comigo. Diz respeito a ela. À culpa dela... É um modo de ela tentar encontrar um meio de se sentir melhor em relação às suas escolhas. Detesto ir a esses encontros. Eu os temo. Minha mulher e a doença que tive são as duas últimas coisas em que eu desejo pensar.

— Consegue imaginar? — Charlie prosseguiu. — Ontem, pela primeira vez, eu não temi o encontro. — Ele sacudiu a cabeça admirado, como se estivesse me contando algo impossível. Em seguida, disse: — Eu me esqueci completamente que isso estava acontecendo. Eu estava saindo com você, passeando pela mercearia e rindo de você porque nunca comeu torta frita... e logo depois estávamos guardando os enlatados na despensa de um jeito comum e à vontade, e eu estava simplesmente... Não sei. Feliz? Acho que eu estava feliz. Então, ela apareceu como a rainha dos desmancha-prazeres. Foi por *isso* que eu puxei você para dentro da despensa. Foi por *isso* que eu me escondi. E, quando ela voltou e nos encontrou, eu fingi que você era apenas alguma colaboradora casual... apenas porque eu não queria que o que eu sinto por você e o que sinto por ela se misturassem. Faz sentido?

Eu não sabia. Fazia sentido?

Charlie assentiu com a cabeça, como se não compreender aquilo fosse válido.

— Não sei explicar — ele continuou. — Mas uma coisa é certa: não estou fazendo biscoitos de aniversário para você porque seu pai tenha me feito sentir culpa. Estou fazendo esses biscoitos para você porque estou grato por você estar aqui... por tudo o que a sua presença está fazendo em minha vida. E quero mesmo, de verdade, que você tenha um feliz aniversário.

Ai. Uma dessas minhas lágrimas indesejadas transbordou. E Charlie, como que por reflexo, estendeu a mão e a secou. Como você faria por alguém com quem se importasse.

— Além disso — Charlie continuou —, eu queimei uma centena de biscoitos antes de pegar o jeito. Por isso, esses carinhas aí são, de fato, um milagre.

Olhei para o Charlie com aquele sorriso hesitante de quem está tentando mudar de clima emocional.

Alguma coisa estava me abalando, me fazendo tremer. Talvez eu não fosse apenas uma escritora para ele, ou talvez ele estivesse feliz por eu estar na vida dele, ou porque eu estava fazendo algumas coisas por ele — assim como ele estava fazendo algumas coisas por mim.

— Você precisa comer um — Charlie disse em seguida, pondo o braço em volta dos meus ombros e me virando para os biscoitos que nos aguardavam. — Muitos biscoitos deram a vida por este momento.

Então, eu ri de verdade. Apesar de como eu estava me sentindo.

Eu me sentei à mesa e deixei Charlie cantar para mim uma versão desafinada e chiada de "Parabéns a você". Soprei as velas. Mas foi só quando provei um biscoito, apenas por educação, que eu me senti melhor de fato...

Porque aquela massa... estava *boa*.

— Charlie, está perfeito — eu comentei de boca cheia, balançando a cabeça, sem acreditar.

Eu não estava mentindo. Estava crocante por fora e macio por dentro. Era a mistura perfeita de consistência massuda e cremosa, molinha e crocante, e docinha como pão doce.

Foi como comer de verdade um pedacinho de conforto.

— Está? — Charlie perguntou.

— Como você fez isso? — eu o questionei.

Charlie parecia tão surpreso quanto eu.

— O seu pai disse que era fácil — ele respondeu —, e foi mesmo, depois de quinhentas tentativas.

— Acertou na mosca — eu disse, dando outra mordida.

Charlie se empertigou e me observou mastigar, como se estivesse muito orgulhoso de si.

— Esses biscoitinhos são a primeira coisa que eu já cozinhei do zero.

Eu inclinei a cabeça.

— Não é bem isso que "do zero" significa, mas vou deixar passar.

— Agora, você vai ter de fazer desses para mim no meu aniversário — Charlie me disse.

— Quando é o seu aniversário? — perguntei.

— Em outubro — ele respondeu.

Encolhi os ombros.

— Em outubro, eu já terei ido embora há um bom tempo.

Charlie assentiu, como se isso fosse um bom argumento. Então, ele me olhou por um instante e, depois, como se estivesse fazendo uma sugestão, disse:

— Eu vou estar curado do câncer antes de você ir embora.

Tentei entender.

— Você vai estar curado do câncer? Antes de eu ir embora?

— Alguns dias antes de você partir será o aniversário de cinco anos do meu último tratamento — Charlie disse. — Então, vou poder me considerar oficialmente curado.

— Ah — exclamei, concordando.

Eu não tinha me dado conta de que ele ainda não estava curado. Cinco anos é muito tempo.

— É melhor que aniversário, na verdade — Charlie prosseguiu. — Toda vez que vou fazer o *checkup*, continuo esperando más notícias... de que tenha dado metástase, de que tenha voltado. Mas continuo bem. Na época, parecia impossível que eu estivesse doente. Agora, parece impossível que eu esteja bem. Foi por isso que a Margaux veio aqui... para ter certeza de que eu não perderia esse último *checkup*.

— Você não vai perder, né?

Ele acenou com a cabeça.

— Não vou. Estou pronto. Tenho pensado em como vou comemorar. Algumas pessoas tiram férias, outras plantam uma árvore. Um cara que conheço fez uma tatuagem. Eu estava pensando em, talvez, fazer algo bem ousado. Mergulhar saltando de um penhasco, ou participar de uma corrida de touros, ou mergulhar de *snorkel* em uma gaiola de tubarão.

— As opções são muitas.

Ele me olhou nos olhos.

— Mas agora eu acho que talvez eu só queira ficar por aqui e comer biscoitos caseiros.

Será que ainda estávamos falando sobre biscoitos? Algo no jeito que ele me olhava me fez pensar que ele queria dizer mais alguma coisa.

— Ai, caramba! — Charlie disse. — Eu me esqueci do chantili!

Então, ele tirou da geladeira um *spray* de chantili e o chacoalhou enquanto voltava para a mesa.

— Seu pai disse que isto é essencial.

Ele tirou a tampa e aproximou o bico do prato de *donuts*.

— O chantili não é para isso — eu o corrigi.

Charlie parou e olhou para cima.

Eu me levantei e peguei a latinha da mão dele. Depois, esguichei um bocado do creme nas costas da minha mão e coloquei a lata no chão.

— É para fazer isto — eu disse, erguendo a mão com o chantili, e então bati no pulso com a outra mão.

Um bocado de creme subiu no ar, eu abri a boca, me posicionei abaixo e o apanhei na descida.

Por um instante, juro, Charlie me olhou como se eu fosse a mulher mais incrível que jamais existiu.

Eu meio que concordei.

Depois, ele pegou a latinha do chão e imitou o que eu havia acabado de fazer: lançou o chantili bem, mas ele passou do ponto e estatelou no teto em vez de descer.

— Com menos força — eu disse.

Ele tentou de novo e, dessa vez, conseguiu um belo arco, mas o creme errou a boca dele e caiu na bochecha. Ele limpou e lambeu o dedo.

— Não tire os olhos da bolinha de creme — eu disse, num tom como se fosse um técnico. — *Seja* o bocado!

Charlie tentou de novo e perdeu de novo. A bolinha de creme caiu no chão; depois, no balcão, no topo da mesa e, não sei como, na janela, até chegar perto do rosto dele de novo.

Fiz mais algumas demonstrações:

— É tudo uma questão de *timing* — eu disse. — Assim que lança, você precisa se deslocar para a posição. Volta! Sem medo! Você é um vencedor!

Quando, por fim, conseguiu pegar uma bolinha de chantili, Charlie ficou tão empolgado que me abraçou. Depois, ele se ofereceu para esguichar direto da lata na minha boca.

Oferta que aceitei de bom grado.

Ficamos grudentos, o chão ficou grudento... até o teto estava grudento. Mas íamos limpar tudo depois. De repente, a vida ganhou um brilho que parecia impossível — o tipo de brilho que parece que vai permanecer assim para sempre.

Era meu primeiro aniversário longe de casa. Charlie tinha feito biscoitos para mim porque *estava grato por eu estar ali*. Ele estava quase oficialmente curado, e nós estávamos cobertos de chantili, e esses biscoitinhos estavam tão mais gostosos que qualquer coisa assada por um homem que achava que se abrem biscoitos enlatados com um abridor de lata tinha o direito de ser. E bem ali, num momento de entusiasmo, sem nenhuma noção de que poderia me arrepender, eu disse:

— Por que não fazemos uma refeição completa disso?

— Uma refeição completa de quê?

— Seu aniversário sem câncer. Por que não preparar um jantar grandioso e elegante para comemorar? E então poderemos comer os biscoitos de sobremesa.

Charlie ergueu seu biscoito comido pela metade para fazer um brinde.

— Combinado. É um encontro — ele disse.

Então, eu bati o meu biscoito comido pela metade no biscoito dele e disse:

— Combinado.

DEZOITO

DEPOIS DE QUATRO semanas morando com o Charlie, dia após dia, eu tinha de admitir: ficávamos bem juntos.

Éramos bons escrevendo juntos e bons vivendo juntos.

Considerando como tudo tinha começado, eu podia esperar que o processo todo de reescrita fosse ser um conflito interminável, de discussões e insultos mútuos. Charlie podia muito bem ter decidido se sentir ofendido por uma zé-ninguém vinda do nada querendo lhe dizer o que fazer. Podia ter se obstinado e brigado comigo em relação a cada coisinha.

No entanto... ele não fez isso.

Eu me revesti com armadura para um campo de batalha... e acabamos nos dando bem um com o outro. Fazendo um piquenique num campo florido.

Ensaiei muitas teorias para explicar isso. Talvez Charlie tenha, de fato, entendido que a sua versão do roteiro era ruim. Talvez tenha genuinamente gostado da minha sinceridade quando rasguei o roteiro em tiras. Quem sabe estivesse falando a verdade quando disse que gostava dos meus escritos. Pode ser que seu ego não fosse assim tão impossível de mudar, como todos alegavam.

É possível que eu tenha me apaixonado loucamente por seus roteiros por uma razão. Talvez tivéssemos em comum uma espécie de ritmo linguístico essencial, uma visão de mundo cômica ou um arcabouço moral que se inclinasse mais para sermos amigos que inimigos.

Talvez nós dois apenas gostássemos de escrever... exatamente na mesma medida.

Talvez a escrita fosse a linguagem de amor que tínhamos em comum.

Há uma anedota de que os escritores "não gostam de escrever, eles gostam de ter *escrito*", e isso pode até se aplicar a alguns escritores, mas não se aplica a mim e a Charlie. Nós gostávamos do processo. Gostávamos das palavras. Gostávamos de brincar com elas e experimentar coisas novas. Gostávamos de sílabas, consoantes e síncopes. Gostávamos de decidir entre usar travessões ou vírgulas. Gostávamos de imaginar para onde a narrativa precisava ir e depois dar uma ajuda para ela chegar lá.

Não era propriamente fácil, mas era divertido.

Era um trabalho visto como brincadeira. Prova disso é que, um dia, quando devíamos estar escrevendo, em vez disso, Charlie quis me levar à feira livre de Mulholland Drive — e jurou que, com certeza, estaríamos trabalhando ao conversar sobre a incessante história do ir e vir, e eu acreditei. E, sem dúvida, era isso que faríamos.

Só que nunca chegamos à feira.

Ventava muito e a estrada era fascinante. Tinha sido construída na década de 1920 para ser uma via panorâmica, e era ladeada por uma série de entradas de garagens ocultas de famosos. Charlie estava mais do que feliz por percorrê-la com os vidros do carro baixados, com óculos escuros e o rádio a todo volume com músicas dos anos 1970.

Eu, ao contrário, estava apavorada.

Não sei quem projetou essa estrada, mas deve ter sido antes da invenção da segurança. *Ou de acostamentos*. Era um zigue-zague entre um vale íngreme de um lado e um cânion profundo do outro. Só havia grades de proteção nos pontos mais letais. Contornamos várias vezes curvas e curvas em que a beira da estrada chegava a tocar declives de trinta metros. Comecei a ofegar e me retrair.

À medida que ziguezagueávamos ao longo das duas vias estreitas, comecei a sentir enjoo com o movimento. As subidas, as descidas e os vaivéns eram demais para o meu ouvido interno. Charlie dirigia destemido — com uma mão frouxa no volante — como sempre.

E acho que é o que ele sempre fazia, mesmo.

Quando calhou de Charlie olhar para mim e me ver apoiada na porta com medo, ele perguntou:

— Você não gosta das colinas de Hollywood?

— Sou de uma cidade de altitude zero — eu respondi.

— Não se preocupe. Sempre dirijo aqui.

— Por que não tem mais... grades de segurança?

Ao ouvir a pergunta, Charlie passou os olhos pela estrada e, como se fosse a primeira vez, notou o sistema fraquíssimo de grades de proteção.

— Porque as pessoas tomam muito cuidado, imagino — ele respondeu num tom como que dizendo "*Hein?!*".

Fazíamos a curva numa direção e avistávamos uma ravina profunda à direita; depois, uma curva em outra direção e víamos o vale de Los Angeles à esquerda. Durante todo esse tempo, eu me apoiava no painel e pisava com insistência num pedal de freio imaginário.

— Você é uma péssima passageira — Charlie me disse.

— Sou ótima passageira — repliquei. — Numa estrada normal.

— Tente curtir a paisagem. Acabamos de passar pela casa do Jack Nicholson.

— Vou curtir mais tarde. Depois que sobrevivermos.

— Quer saber por que você não devia se preocupar agora?

— Por quê?

— Porque a coisa ruim com que a gente está se preocupando nunca é a coisa ruim que acontece.

Assimilei isso.

— Sempre é alguma outra coisa ruim que não se espera. Certo? Por isso, você estar preocupada com a possibilidade de despencarmos e morrermos significa que, em vez disso, com certeza, vai haver um terremoto, ou um ataque de drones, ou do Godzilla.

— Então, você está dizendo que a certeza é de que vai acontecer mesmo uma coisa terrível.

Charlie encolheu os ombros.

— O pessimismo sempre é uma aposta segura.

Eu estava prestes a contestar isso quando — naquele exato momento — um gato alaranjado saiu à toda de uns arbustos baixos na beira da estrada e a atravessou na nossa frente.

Estávamos passando por um trecho da rodovia que tinha uma colina íngreme à esquerda e... hã... como dizer, *absolutamente nada* à direita. Apenas uma estrada sinuosa que descia de uma forma tão brusca para um cânion que não se conseguia ver nenhuma margem. E sem nenhum acostamento.

Havia apenas uma grade de proteção de alumínio ridiculamente baixa para nos proteger.

O gato surgiu do nada da ladeira, atravessou a estrada correndo, passou por debaixo da grade de proteção e desapareceu. Charlie tocou no freio, mas o gato já tinha ido como um raio. Porém, antes de sequer conseguirmos expirar, exatamente do mesmo lugar nos mesmos arbustos baixos, saltou outro animal, muito maior.

A princípio, achei que fosse um cachorro. Era do tamanho de um labrador amarelo. Mas não era.

Dessa vez, Charlie pisou no freio de verdade — com força suficiente para eu ir para a frente e bater forte contra meu cinto de segurança, como se tivesse sido atingida por uma tábua de madeira.

E foi aí que começou o caos.

O segundo animal desapareceu tão rapidamente quanto o primeiro, mas ele era muito maior e mais rápido, e estava mais próximo. Se Charlie não tivesse pisado no freio, com certeza teríamos batido nele.

Quem sabe... atropelá-lo teria sido pior.

De qualquer modo, foi bem ruim.

Estávamos numa curva tão fechada que a parada brusca fez as rodas traseiras derraparem. Então, a pesada Blazer dos anos 1970 começou a patinar num giro de 360 graus do calçamento como se estivéssemos num carrinho de parque de diversões.

O pior brinquedo de parquinho de todos os tempos.

Eu me lembro de Charlie e eu... os dois... gritando enquanto o mundo fora do carro passava pelas janelas, e Charlie se esforçando no volante, desesperado, tentando recuperar a tração. Também me lembro do ponto exato em que os pneus cantaram no asfalto e não sei se foi a manobra de Charlie ou apenas um acidente da física, mas, quando o carro se endireitou, percebi que estávamos guinando em direção à grade de proteção. A mísera grade de proteção, de talvez 60 centímetros de altura, obviamente fora do padrão.

Essa grade era a única coisa entre nós e um barranco profundo na beira da estrada.

Tudo desapareceu, exceto a grade, e eu tive a impressão de que ela estava vindo em nossa direção, em vez do contrário.

Nós batemos na grade. As rodas dianteiras cruzaram a linha branca pintada na beira da estrada como uma linha de chegada — a frente da Blazer atingiu a grade de metal emitindo ruídos terríveis e barulhos profundos como trovões enquanto o metal se dobrava com a força do impacto.

O eixo dianteiro atravessou completamente a borda de um acostamento de terra até pararmos.

No mesmo instante, eu me senti muito mal por ter subestimado aquela pobre grade de proteção.

Ela nos segurou. Graças a Deus, ela nos segurou.

Quebramos por completo os dois postes em que nos chocamos, mas o cinto horizontal nos prendeu como se fosse uma focinheira e não nos soltou.

No silêncio que se seguiu, com o vento assobiando pelo eixo abaixo de nós, liguei os pontos e consegui entender nossa posição: os pneus traseiros ainda estavam na estrada, o chassi da Blazer estava apoiado no acostamento, e as duas rodas dianteiras estavam totalmente apoiadas na margem.

À nossa frente, e ao redor, havia só o céu imenso e vazio. Lá embaixo, um vale que eu não conseguia enxergar, nem ousava procurar.

A propósito, a visão do céu estava espetacular — azul ciano pontilhado de nuvens brancas.

— Isso aconteceu mesmo? — murmurei.

— Acho que a boa notícia é que... não atropelamos o cachorro — Charlie disse.

— Aquilo não era um cachorro, Charlie — repliquei.

— Não era? — Charlie perguntou. — Achei que fosse um dogue alemão, ou até mesmo um veado.

— Era muito parecido com um *leão da montanha* para ser um veado.

— Leão da montanha? Isso é loucura!

— Foi você que me falou de leões da montanha!

— Sim, mas é porque eu queria assustar você.

— Conseguiu.

Então, o carro se moveu um pouco.

Nós dois congelamos e ficamos olhando fixamente um para o outro, como se nos perguntássemos "*Será que só imaginamos isso?*".

Em seguida, falando baixinho, sussurrando, Charlie disse:

— Acho que estamos balançando sobre o eixo.

— Vamos sair — eu respondi num sussurro. — Dá para a gente sair?

Charlie balançou a cabeça quase de forma imperceptível.

— Não tem como sair. Precisamos chamar o resgate.

— Onde está o seu celular? — perguntei baixinho.

Em câmera lenta, Charlie estendeu a mão para tirar o celular do bolso da frente do casaco e ligar para o 911. Ouvi, ainda congelada, enquanto ele explicava calmamente todos os detalhes ao operador.

Depois de desligar, Charlie disse:

— Mais ou menos, dez minutos — sem sussurrar, de um jeito que suspeitei que fosse para querer dizer que, de algum modo, estávamos muito bem para falar a pleno volume. Depois, como eu não disse nada, ele acrescentou: — Graças a essa grade de proteção.

— Charlie... — eu disse, também com voz não sussurrante, mas sem plena certeza de que a vibração de minhas cordas vocais não seria suficiente para alterar nossa posição. — Aquela coisa pode ceder a qualquer segundo.

— Tudo o que temos de fazer é esperar o socorro — Charlie disse, mantendo a voz suave como chocolate cremoso com leite.

Mas de repente, como que para minar todo o seu empenho, Charlie tossiu. E tossiu de novo.

Eu não sabia se a tosse estava balançando o carro ou se era só a minha imaginação, mas eu disse:

— Não faça isso, Charlie.

Reagindo, Charlie tossiu de novo.

— Ei — eu disse. — Você está querendo nos matar?

— É alergia — Charlie falou.

— Você é alérgico a quê? A nos precipitar para a morte?

— Nós não vamos cair no abismo — Charlie disse, como se eu estivesse sendo muito mais ridícula do que, de fato, estava. — E nós não vamos morrer.

Mas no silêncio, enquanto esperávamos que ele tossisse de novo, eu imaginava.

Por fim, eu disse:

— Estou com uma sensação inquietante de que vou surtar.

— Surtar de um jeito *calmo*? — Charlie perguntou. — Ou de um jeito que chacoalhe o carro?

— É confuso — eu respondi. — Mas a espera, com certeza, está me incomodando.

Charlie me analisou durante um segundo e, depois, disse, do nada:

— Dei meu primeiro beijo na sétima série. Você sabia?

Franzi a testa, como que perguntando "*Como eu saberia?*" e, além disso, "O *que isso importa?*".

— Era uma amiga da minha irmã, na festa do pijama do aniversário dela — ele disse e, depois, num tom como se apenas pronunciar o nome evocasse um mundo inteiro: — Mary Marino. Ela tinha, e digo isso com muito respeito, seios *fabulosos*.

— Por que estamos falando disso?

— Ela saiu da festa — Charlie prosseguiu — e me pediu que déssemos um passeio, e eu aceitei. Fomos até um parque vazio e nos sentamos um ao lado do outro num banco e conversamos, mas não me lembro de nada do que conversamos. Só me lembro de que ela continuou se inclinando e se aproximando de mim, me olhando e franzindo os lábios. Eu não estava entendendo a mensagem. Continuei achando que o aparelho dela a estava incomodando. Por fim, ela se virou e me encarou como se eu fosse o maior chato do mundo e disse: "Você vai me beijar ou não?".

— Gostei dessa garota — comentei. — Ela é um exemplo para nós todos.

— Então, eu a beijei — Charlie prosseguiu. — E ela disse "É isso?", e eu percebi que ela havia ficado decepcionada, mas eu não tinha nenhuma ideia de como fazer nada diferente. Enquanto eu pensava, ela me disse que ia voltar para a festa… e que eu deveria esperar dez minutos para ninguém perceber.

— Você nunca imaginou o que fez de errado?

— Acho que eu a beijei como a gente beija a avó.

— Nossa…

— Quando foi seu primeiro beijo? — Charlie me perguntou.

— No segundo ano — respondi. — O garoto do outro lado da rua. Eu o fiz subir comigo na prateleira de cima do armário do meu quarto, dei um beijo na bochecha dele e, depois, o fiz jurar segredo para sempre.

— E...? Ele guardou segredo?

— Importa alguma coisa se ele se esqueceu completamente disso?

— OK. Próxima pergunta — Charlie continuou. — Me pergunta alguma coisa bem interessante para nos manter distraídos.

Então, eu apenas disse:

— Me fala do seu câncer.

Era uma pergunta um tanto imprópria. Eu nunca teria perguntado se nós não estivéssemos à beira da morte.

— Claro — Charlie respondeu, muito descontraído. — O que você quer saber?

— O que aconteceu?

— Tive um caroço no antebraço, que eu achei que era um lugar estranho para um caroço. Perguntei ao médico sobre isso num *checkup*, mais a título de conversa que de outra coisa. Eu ainda estava naquela idade que a gente se acha invencível. Mas, só pela mudança no semblante dele quando começou a me examinar, eu soube.

— Você soube que estava com câncer?

— Sim. Mas eu sou pessimista, por isso, também não confiava em mim. Em todas as situações difíceis, começo pensando na morte e depois vou fazendo o caminho oposto.

— Você está começando pela morte agora? — perguntei.

— Não.

— Por que não?

— Porque você está aqui e vai ficar bem. E, se você vai ficar bem, eu vou ficar bem. Portanto, isso nem é uma pergunta.

— Esse é o pior raciocínio que já vi.

— A questão é que eu sabia que estava preocupado apenas porque é só isso que eu faço. Não porque houvesse algo de fato com que me preocupar.

— Mas, no fim, você tinha razão?

Charlie fez que sim com a cabeça.

— A biópsia comprovou que era maligno. Por isso, começar com a morte acabou sendo uma abordagem certa.

— Mas você não morreu.

— Ainda não. Me dê um tempo.

— E foi quando a sua mulher o deixou?

— Sim — Charlie respondeu. — No dia em que peguei o resultado da biópsia. Mas ela já estava planejando isso havia semanas, se é que isso torna as coisas menos ruins.

— Ela estava planejando deixar você enquanto você aguardava os resultados da biópsia?

— A favor dela, devo dizer que eu não tinha contado a ela sobre a biópsia.

— Você não contou nada a ela? Nem sobre o caroço no braço, nem que tinha ido ao médico?

— Nada — Charlie respondeu.

— Por que não?

— Só achei… que era muito íntimo.

— Mas a esposa não seria alguém com quem você deveria conversar sobre coisas íntimas?

— Isso lhe diz muito sobre o nosso relacionamento.

— Vocês não eram íntimos?

— Nossas vidas só não se cruzavam tanto quanto deveriam.

— Mas não é esse o motivo de ser casado com alguém? Os dois interagirem?

— Acho que é por isso que não estamos mais casados.

— Então… — Eu ainda estava tentando entender aquilo. — Você contou a ela que estava com câncer, e ela lhe disse que queria o divórcio?

— Mais ou menos. Mas não nessa ordem. Quando ela chegou em casa, naquela noite, eu disse "Tenho uma coisa para lhe contar...", e ela disse "Também tenho uma coisa para lhe contar!", então, ficamos naquele "Fala você primeiro!", "Não, você fala primeiro!" durante algum tempo e, depois, por fim, decidimos falar ao mesmo tempo. Assim, eu disse "Estou com câncer!" exatamente no instante em que ela falou "Eu quero o divórcio!".

Engoli em seco.

— Cruel — eu disse, por fim.

— Sim.

— Ela tentou voltar atrás depois disso, mas eu disse "Não se pode voltar atrás. A coisa já está aí!".

— Então, você... passou por tudo sozinho?

— Minha irmã veio ficar alguns dias comigo, mas meu pai não estava em bom estado de saúde também e não podia viajar. Logan me ajudou. E eu e Jack jogamos muitos videogames.

— E a sua mãe?

— Ela foi embora quando eu era criança — ele falou. Em seguida, como se estivesse deduzindo algo pela primeira vez, franziu a testa e disse: — Quando eu estava doente, na verdade.

— Quando você estava *doente?*

— Nunca falei sobre isso.

— Por quê?

— Porque faz minha mãe parecer muito horrível, o que, de fato, era verdade. Mas o meu pai também não era exatamente um sonho.

— Você não precisa me contar.

Charlie me olhou como se estivesse decidindo.

— Eu vou lhe contar. Só não, digamos, não conte isso em nenhuma entrevista.

— Ninguém vai me entrevistar, Charlie.

Charlie inclinou a cabeça.

— Ainda — ele disse. Depois, continuou: — Eu tinha 8 anos e era obcecado por Harry Houdini. Tinha visto aquele filme sobre ele... Você sabe aquele em que ele se desvencilha de todas as cordas debaixo d'água?

Fiz que sim com a cabeça.

— Eu e minha irmã íamos fazer uma versão infantil desse filme com a filmadora do nosso pai. Eu ia fazer o truque, e ela ia filmar. Estudamos a cena e fizemos anotações. Eu tinha treinado para desatar os nós umas quinhentas vezes com um cronômetro. Então, numa noite, amarramos minhas mãos e meus pés, e eu pulei na piscina, mas usamos a corda errada, e ela inchou logo depois que foi molhada. Eu não consegui desatar os nós. Minha irmã estava com o cronômetro e, como não me viu retornar à superfície depois de vinte segundos, ela correu para chamar o meu pai, mas nossos pais estavam tendo uma briga homérica, como faziam, às vezes, e ela não conseguiu ter a atenção deles de imediato. Na hora em que meu pai me puxou para fora da piscina, eu já tinha engolido bastante água e estava muito agoniado.

— Puxa! — eu exclamei. — Não é de estranhar que você tenha medo de água.

— Depois de uns cinco minutos, eu fiquei bem, e eles me puseram na cama. Porém, mais tarde, naquela noite, eu despertei e não conseguia parar de vomitar. Descobrimos que eu havia tido aquilo que chamam de "afogamento secundário", em que os pulmões têm uma espécie de reação tardia. Eu tive de passar a noite na UTI pediátrica repondo líquidos e recebendo oxigênio. Mas o problema era que meus pais não estavam apenas brigando. Eles estavam se separando. Minha mãe estava indo embora. Por isso, quando acordei e vi que só meu pai estava lá, eu meio que entendi.

Senti uma onda de indignação.

— Espera! Sua mãe deixou seu pai *na noite em que o filho dela quase se afogou?*

— Em defesa dela, devo dizer que minha noção de tempo não era muito boa.

— Mas... Mesmo assim, como ela *pôde?* — protestei, como se esse momento tivesse sido mal escrito e precisássemos revisá-lo.

Mas Charlie estava chegando a uma conclusão mais importante.

— Talvez seja por isso que eu não queria contar para a Margaux que eu estava doente. — Charlie me olhou, franzindo a testa: — Será que pode ser isso?

— Ah, sim. Alô! Isso é bobeira de livro didático sobre inconsciente. Você não teve aula de psicologia na faculdade?

— Então... — Charlie continuou, ainda encaixando as peças do quebra-cabeça. — Minha mãe foi embora quando eu estava doente, e minha mulher me deixou quando eu estava doente.

— Mas, agora, você está *morrendo* — eu disse, apontando para o vale abaixo dos nossos olhos. — E outra mulher na sua vida... — apontei para mim — não está indo a lugar algum.

Ergui as sobrancelhas, como se estivesse dizendo "O *que você acha?*". Como se, quebrando o paradigma, eu o consertasse.

Mas Charlie replicou:

— Só porque você não pode sair daqui.

— Você não sabe.

Dei um tempo para Charlie processar o que eu havia dito. Tinha sido uma experiência de quase-morte muito produtiva até ali.

Depois, para continuar com as distrações, eu disse:

— Eu também não tenho mãe.

Charlie me olhou nos olhos.

— Ela deixou você?

— Ela morreu — respondi. — No mesmo acidente do acampamento em que meu pai se feriu.

— Oh — Charlie lamentou, com a voz baixa e suave como um murmúrio. — Sinto muito.

— Sabe de uma coisa? — eu disse. — Está tudo bem. Eu estou bem. Eu me lembro do meu pai dizendo, várias e várias vezes nos anos depois que ela morreu, "Nós vamos ficar bem. Nós sabemos fazer isso!". E ele não estava errado.

— Como... passar pelo luto?

— Como se resignar?

— Não é fácil.

— Não. E demora muito tempo. Meu pai continuava afirmando que o luto era um processo natural, parte da experiência humana, e que acabaríamos ficando bem. No início, não acreditei nele. Mas ele estava certo. Agora, está tudo bem. Não fico triste quando me lembro dela. Tenho saudade, mas de um jeito que não dói. Você vai conseguir isso também, afinal.

— Seu pai parece muito sábio.

Apenas assenti com a cabeça.

— Ganhei na loteria de pai, com certeza. — Depois, acrescentei algo que eu jamais tinha dito em voz alta antes... uma coisa que era tão assustadora de verbalizar que fez minhas impressões sobre a situação pela qual estávamos passando no momento, balançando acima de um enorme vale lá embaixo, seguros apenas por uma faixa de metal da grade de proteção, parecerem suaves. — A viagem para o acampamento foi escolha minha — eu confessei ao Charlie. — Os outros, minha mãe inclusive, votaram na viagem à praia.

DEZENOVE

PARECIA QUE HAVIAM se passado dez horas quando chegou o primeiro carro de bombeiros, mas foram apenas dez minutos.

Nada como ficar pendurada acima da morte iminente para dobrar o *continuum* espaço-tempo.

Logo que chegaram, os bombeiros conversaram conosco pelas janelas abertas, explicando que iam estabilizar a Blazer, enrolando cabos em volta do eixo de cada roda traseira, e içá-la em direção ao caminhão dos bombeiros. Eles garantiram que iriam nos amarrar e nos ajudar a sair assim que o carro estivesse estabilizado.

Considerando tudo, quando os profissionais assumiram, as coisas ficaram bem mais fáceis. Nem precisamos tomar nenhuma decisão depois disso. Só tivemos de seguir instruções.

O que fizemos de bom grado.

Alguns minutos depois, estávamos fora do carro, sãos e salvos.

A Blazer estava praticamente ilesa, mas ainda assim foi levada para a oficina por um guincho, para avaliação. Os policiais nos deram carona até o posto deles, onde poderíamos chamar um carro para nos pegar.

Visto que oficialmente não estávamos mortos, senti uma euforia como a força de um vendaval, que me fez agradecer a todos, apertando as mãos e os abraçando.

Aconteceu. Estávamos vivos E, agora, tínhamos mais uma história para contar.

Mas Charlie não se recuperou tão depressa.

Ele tinha sido tão afável no carro, tentando me manter calma. Entretanto, assim que fomos resgatados, ele ficou completamente calado, franziu a testa e não queria mais falar. Ficou assim a tarde toda, depois que chegamos em casa e durante o jantar.

Também continuou tossindo depois disso, como se essa fosse sua nova mania. O que pareceu um pouco forçado.

Tudo o que eu queria era me sentir melhor... e tudo o que Charlie queria, ao que parecia, era se sentir pior.

Continuei tentando conversar e fazer brincadeiras, para comemorar o fato de não termos morrido.

Podia apostar com certeza que ele havia esquecido que tínhamos nos inscrito para pesquisar uma aula de *line dancing* do outro lado da cidade naquela noite, mas o humor dele nesse momento não me dava segurança de lembrá-lo disso.

Por fim, decidi apenas fingir que estávamos de acordo.

— Vamos — eu disse a Charlie depois do jantar.

Ele estava tirando os pratos da mesa. Leu minha linguagem corporal...

— Vamos aonde? — ele perguntou.

— Hoje à noite, temos aula de *line dancing* — eu disse.

— Aula de *line dancing*?

— Para o roteiro.

Mas Charlie meneou a cabeça.

— Não — ele disse.

— Sim — eu contestei. — Eu marquei na agenda digital.

— Nós não vamos à aula de *line dancing* hoje à noite — Charlie disse.

— Por que não?

— Porque nós quase morremos hoje!

— Sim, certo — eu respondi. — Mas não morremos. E não é muito fácil encontrar aula de *line dancing* por aqui.

Eu esperava que Charlie se rendesse. Contudo, ele não se rendeu. Então, acrescentei:

— E começa daqui a uma hora, por isso, já deveríamos ter saído.

Bati no pulso para enfatizar a urgência do tempo.

No entanto, Charlie não se deixou levar pelo meu ímpeto. Ele me deu uma olhada e disse:

— Não vou à aula de *line dancing*.

Droga.

— Por que não? — perguntei.

Erro tático clássico: dar-lhe uma chance de embasar sua objeção.

Mas ele não a aproveitou.

— Porque sim — ele disse, enfim.

— Por que você está tão bravo, agora?

— Porque eu quase matei você, hoje!

— Não foi culpa minha!

— Não é de você que estou com raiva!

— Olha… — eu disse. — Acabou. Estamos vivos. Vamos sair para dançar e comemorar.

— Não vou a lugar nenhum.

— Como assim? Nunca mais?

— Quero dizer… Me dê um ou dois dias.

— Mas a aula é *hoje à noite*.

— Não me importa.

— Você precisa ir!

— Eu não preciso fazer nada.

— Mas a cena de *line dancing* é uma droga.

— Você está se esquecendo de que esse projeto nunca vai seguir adiante.

— E você está se esquecendo de que prometeu que iria torná-lo bom, de qualquer modo.

— Está bom o bastante.

Ele ia mesmo recusar?

Apontei-lhe o dedo:

— Você é um... — Não conseguia encontrar o termo adequado, por isso, tive de inventar um: — Um *quebra-promessa*... É isso que você é! Você disse que ia fazer a pesquisa e o laboratório.

— Posso assistir a vídeos na internet para fazer o laboratório.

— Ver vídeos não é a mesma coisa.

— É bem parecido.

— Por que você está lutando contra isso? Você gosta de laboratório de imersão. Fez isso para todos os roteiros que escreveu. Você tocou uma boiada em Montana para *The Last Gunslinger*! Viveu num *bunker* durante três meses quando estava escrevendo *Forty Miles to Hell!* Ficou tão nauseado no treinamento de gravidade zero para *The Destroyers* que vomitou três vezes!

Charlie ficou impressionado com o fato de eu saber tudo isso.

— Três vezes *que você ficou sabendo.*

— É exatamente isso que eu quero dizer!

Mas Charlie balançou a cabeça.

— Aqueles roteiros eram todos diferentes.

— Por quê?

— Porque aqueles filmes eram importantes.

Isso doeu, confesso.

Eu esperaria um comentário assim antes, quando cheguei ali. Mas estávamos trabalhando nessa coisa havia semanas. Falando sobre esses personagens como se fossem pessoas de verdade. Escrevendo cenas engraçadas de verdade. Nos divertindo. A cena em que eles caíam um em cima do outro que escrevemos *depois que nós caímos um em cima do outro* na vida real, que agora incorporava vegetais congelados? Era puro deleite.

O prazer não contava?

Acho que não.

Suspirei.

— É por isso que o seu roteiro está uma porcaria.

— Porque eu não quero ir à aula de *line dancing*?

— Porque você não acredita no amor.

Charlie bufou, expressando desdém.

— *Você* acredita no amor? — ele perguntou.

— Claro que acredito no amor. É a melhor coisa que os seres humanos já inventaram. Há *livros* sobre isso. — E, como se livros não fossem suficientes, eu disse: — Há TED Talks sobre o amor!

— Se você acreditasse realmente — Charlie disse —, agora, não deveria estar casada e com uns dez filhos?

Isso foi tão baixo.

— Eu tenho que cuidar do meu pai. *Não posso* me casar e ter dez filhos.

Com certeza, ele queria ganhar e resolver isso de uma vez por todas.

— Mas o amor não supera tudo? O amor não encontra um jeito? Não deveriam aparecer alguns animaizinhos selvagens de desenho animado e ajudar você a encontrar o seu "Felizes para Sempre"?

Meus olhos faiscaram.

— Não use um termo de romance contra mim!

— Foi você que me ensinou isso!

— Você é assim tão cético? — perguntei. — Você acha, de verdade, que o amor não existe? Ou apenas quer fazer um discurso que soe bem? Porque, se você, de fato, acha que o amor é uma coisa inventada pela Hallmark para vender cartões de felicitações e comemorativos, você deveria apenas queimar esse roteiro agora mesmo. A última coisa de que o mundo precisa é mais uma comédia romântica de merda. Produzida ou não produzida.

— Acredito que existem os *hormônios* — Charlie disse, então. — E acredito que existe bondade. E afeição. E, às vezes, altruísmo. E desejo. E acredito que, de vez em quando, essas coisas podem surgir de uma vez e tirar a gente do sério por um tempo. Mas é aleatório. É como o clima. Não é uma coisa a qual todos nós devemos aspirar, ou com a qual devemos contar. É algo que vem e vai, quer gostemos, quer não. E, depois, um dia, você conta à sua mulher os resultados da sua biópsia, e ela lhe diz que quer o divórcio.

Uau.

— Então, você está amargurado — eu disse.

— Sim. Completamente. Mas também sou realista.

— E está solitário.

— Não há o que discutir. No entanto, também sou sincero. Eu não vou sair por aí criando fantasias de algodão-doce para pessoas crédulas que não sabem que não é assim que a vida funciona.

— Como a vida funciona?

— As pessoas amam a gente durante um tempo... quando é conveniente para elas... e depois se vão.

— Nem todo mundo é assim.

— Mas não há nenhuma garantia.

— Não há garantia de nada! — eu disse. — Você preferiria cancelar a esperança por completo a arriscar a possibilidade de se decepcionar?

— A *certeza* de me decepcionar — Charlie me corrigiu.

Suspirei.

— Mas você não percebe que, se você conclui que é assim, então, não pode ser de nenhum outro jeito?

— Não sou eu que faço as regras.

— Todos nós fazemos as regras... o tempo todo.

— Apenas não consigo acreditar em uma total ficção, como essa.

Eu me senti muito desconcertada.

— Mas você é... *um autor de ficção* — argumentei.

— Não desse tipo de ficção, eu creio.

— Então, você deveria escrever alguma outra coisa.

— Não consigo escrever outra coisa! Não consigo escrever absolutamente nada.

— Este é o seu problema. Está justamente aí.

— Não me diga qual é o meu problema.

— *Seu problema* — eu disse — é que você não pode dizer não para tudo — prossegui — e ao mesmo tempo dizer sim. Não pode cancelar uma emoção sem cancelar todas as outras. Você não pode *odiar o amor*, não sem odiar também todos os outros sentimentos. As histórias existem *pelas emoções que elas criam*, e você não pode escrever histórias se não sente emoções. Esse roteiro é uma oportunidade para você. Você pode fazer *qualquer coisa* boa... — Agora, eu estava quase implorando. — Mas não pode fazer com perfeição se não acreditar no que faz. Não pode trazer uma história à vida sem que você mesmo venha para a vida.

Essa era minha proposta, era minha chance.

Mas eu errei.

Charlie se recusou a entender o que eu queria dizer. A reação dele só exalou desdém.

— E você quer que eu venha para a vida *praticando line dancing*?

Por que era tão difícil combater o desprezo dele?

Tudo o que eu sabia era que esse tinha sido meu melhor e mais sincero argumento.

Se Charlie não conseguia ouvi-*lo*, então, não havia nada mais a dizer.

— Tudo bem — eu disse.

Baixei os olhos e suspirei.

Charlie me olhou.

— Você não precisa ir — eu disse. — Pode ficar aqui e... fazer o que você faz nesta grande mansão sozinho. Mas *eu vou*. — Depois, na remota

esperança de que isso o deixasse só um pouquinho triste, acrescentei:
— Eu vou. E talvez eu encontre um caubói de um metro e oitenta... com uma fivela de cinto em forma de ferradura e aquele queixo másculo anguloso com uma covinha... e permita que ele me pague cervejas a noite inteira. E, quem sabe, ele tenha um bigode grande e louco de Sam Elliott e um passado trágico repleto de mágoas e talvez nós dois nos consolemos um ao outro durante a noite, até o sol nascer.

De uma forma estranha, isso funcionou.

Ele ficou com raiva.

— Não ouse.

— Tente me deter — eu repliquei, andando em direção à porta da frente. Depois, por cima do ombro, pegando um molho de chaves do gancho, eu arrematei: — E vou pegar aleatoriamente um carro da sua garagem. Eu te vejo amanhã. Talvez...

No entanto, eu nem tinha chegado à entrada quando ouvi os passos de Charlie, rápidos e fortes, vindo atrás de mim. Então, ele passou depressa à minha frente, agarrando as chaves da minha mão enquanto se adiantava, virando para trás para olhar triunfante, erguendo as chaves acima da cabeça.

Saltei para pegá-las, mas não consegui alcançar.

— Você é um babaca — eu o xinguei, mudando de tática e abrindo a mão para bater no ombro dele. — Me dá as chaves!

Eu lhe dei mais alguns tapas no ombro e, depois, como ele não se mexia — e bater nele não me fazia me sentir melhor —, desisti.

Derrotada, saquei o celular.

— Tudo bem, vou chamar um Uber.

Foi quando Charlie baixou o braço, e eu olhei para cima e o vi segurando as chaves — também derrotado.

— Eu vou! — ele disse, enfim, com a voz mais tranquila, o que parecia uma rendição.

Mas a mudança foi tão repentina que eu tive de perguntar para confirmar.

— Você vai aonde?

Ele fechou os olhos como se estivesse selando o nosso destino e disse:

— *Line dancing*.

Então, antes que eu conseguisse decidir se devia agradecê-lo ou bater nele de novo, ele abriu os olhos, se aproximou, se inclinou, apontou para mim e disse:

— Nada de caubóis de um metro e oitenta para você.

VINTE

CALHOU QUE O instrutor era um caubói de um metro e oitenta.

Quando Charlie o viu no palquinho no fundo do bar — vestido de vaqueiro, com botas e um chapéu de palha Stetson legítimo —, eu o ouvi dizer, em voz alta:

— Oh, céus. Ele é um caipira.

— Não acho que ele seja um caipira — repliquei. — Uma vez, num casamento, um caipira se declarou para mim, e a *vibe* dele era bem diferente.

Charlie me olhou.

— Isso é verdade?

— Era um dos padrinhos — confirmei, acenando com a cabeça. — Quer saber o que ele disse?

Charlie cerrou os olhos.

— Eu quero?

— Ele me convidou para o quarto do hotel e disse "Vermelho na cabeça... fogo na cama!".

— Por favor, me diga que essa cantada não funcionou.

Dei um olhar do tipo "*Fala sério*!" para o Charlie.

— Eu respondi, de forma educada, "Não, obrigada!". Então, ele deu de ombros como se fosse uma perda para mim e disse "Você está perdendo a viagem da sua vida!".

— Aposto que estava mesmo — Charlie comentou.

— Não no bom sentido.

— Mas é de admirar o otimismo dele — Charlie comentou.

— Ele também desmaiou no banheiro feminino naquela noite — acrescentei. — E entrou numa briga de socos numa pista de boliche. Além de ter se declarado para a mãe da noiva.

— Você *tem mesmo* experiência com caipiras — Charlie exclamou.

Depois que registramos a entrada no bar, fomos informados dos dois drinques mínimos, bebemos num gole só as duas doses do coquetel chamado Santo Remédio e fomos para a pista de dança lotada.

O instrutor estava se preparando para começar, mexendo no sistema de som e usando sua roupa de caubói tão apertada que ele parecia ter sido embalado a vácuo.

Se esse cara fosse um caipira — olhei pelo salão —, pelo menos, poderíamos dizer que era um caipira *gostoso*. Possivelmente, um caipira ator desempregado só à espera de uma oportunidade com sua *line dancing*. Que, de repente, percebi, poderíamos ser eu e Charlie.

Dei uma cotovelada no Charlie.

— Devíamos escalar esse cara para as cenas de *line dancing*.

Charlie, cuja expressão estava ocupada na personificação da tristeza, respondeu:

— O roteirista não escala os atores do filme. É para isso que servem os *agentes de elenco*.

— Mas aposto que *você* poderia, se quisesse — repliquei.

— Esse cara não é ator — Charlie disse. — Ele é primo consanguíneo de alguém.

— Então, marque um ponto para a consanguinidade — eu disse, deixando meus olhos voltarem flutuando para a orientação do instrutor.

— Você está de olho nele? — Charlie perguntou.

Sim. Eu estava, sim.

— Inacreditável — Charlie disse. — Nós não acabamos de combinar que... *nada de caubóis*?

— Olha... — eu disse. — Eu não *solicitei* um... — Voltei a olhar para o instrutor a fim de procurar alguma referência e parei boquiaberta. — Um caipira de um metro e noventa de altura com uma bunda de zagueiro, usando um cinto com uma cabeça de touro de chifres longos na fivela e botas de avestruz. Mas aconteceu. O que eu deveria fazer?

— Minha opinião sobre você está despencando — Charlie disse. — *Este* é o seu tipo?

— Eu tenho muitos tipos, obrigada. Caubóis *sexys*. Lenhadores *sexys*. Lobisomens *sexys* com passado trágico. Fantasmas *sexys*.

— *Fantasmas sexys*?

— É o único tipo de fantasma de que eu gosto.

— E os caipiras *sexys*? — Charlie perguntou, virando a cabeça para o instrutor. — Ou um *sexy* fumante de cachimbo de sabugo de milho? Ou um cara *sexy* que respira pela boca?

— Esse homem pode respirar do jeito que quiser — eu respondi.

Isso estava chateando Charlie de verdade.

— Esse cara... — ele replicou — não é *sexy*. Ele deve ter vindo para Los Angeles num cortador de grama, comendo manteiga frita e *nuggets* de esquilo.

— Acho que você não pode debochar das escolhas alimentares dele, não é, homem do pastrame?

— Tenha um pouco de respeito por si mesma — Charlie me censurou.

Voltei a olhar para aquele vaqueiro.

— Acho que estou me respeitando muito bem.

Foi então que nosso instrutor, finalmente pronto, ajustou o microfone de cabeça e olhou para a plateia. Em seguida, começou a falar. Descobrimos que ele não era nem um pouco caipira.

Era italiano.

— *Ciao a tutti* — disse o instrutor.

Eu e o Charlie nos olhamos como que nos perguntando "O *quê?*".

Depois, olhamos para o cavalete com o pôster da aula. Tinha a foto do instrutor. O nome dele era Lorenzo Ferrari. Era de Veneza.

— Será que ele ficou *mais gato?* — perguntei, olhando ao redor para todas aquelas mulheres do salão, que se faziam a mesma pergunta.

— Você só pode estar brincando comigo — Charlie disse.

Mas isso foi um divisor de águas. Nosso instrutor não era um caipira. Era um italiano lindo de morrer *fantasiado* de caipira.

Depois, mesmo quando ele começou a explicar a lição e falar que aprenderíamos três danças simples naquela noite — ele daria a "instrução", primeiro, e, então, ligaria a música para dançarmos pra valer —, eu não conseguia me concentrar. A voz dele era uma deliciosa massagem.

Eu tinha feito Charlie vir até ali para lhe provar que *line dancing* não era *sexy*?

Não dá para ganhar perdendo, imagino.

Culpa da Itália.

— Tente se concentrar — Charlie disse, cutucando o meu ombro para me fazer sair do transe.

Mas eu lhes digo uma coisa: *line dancing* não é tão fácil quanto parece.

Eu sempre meio que suspeitei que eu talvez fosse um gênio secreto da dança. Não da *line dancing* propriamente, mas... por conta de todos os movimentos que eu tinha treinado na cozinha anos a fio enquanto cozinhava... eu alimentava uma fantasia secreta de que talvez, se alguma vez eu *de fato* tentasse dançar, deixaria todos boquiabertos.

Dez minutos naquela oportunidade me corrigiram.

Eu não era secretamente genial.

Eu era péssima.

Precisaríamos de uma palavra mais humilhante para péssima.

Enquanto Lorenzo nos dirigia nos passos da primeira dança, eu conseguia acompanhar muito bem, desde que eu o observasse, mas, assim que todos nós nos virávamos para a parede, o que acontece muito na *line dancing*, eu me esquecia de tudo. Me dava um branco. Eu acabava esticando o pescoço por cima do ombro para tentar mantê-lo na minha mira. E isso não funcionou muito bem.

Eu me enrolava toda; depois, pisava nos próprios pés e, então, trombava com Charlie. Às vezes, com tanta força que o fazia tossir de novo.

— Pare de ficar olhando para trás — Charlie disse.

— Meu aprendizado é visual.

— Basta olhar para mim. Estou bem aqui.

— Mas o *instrutor* é ele — eu repliquei. — E ele é italiano.

Estávamos aprendendo uma dança chamada sapateado canadense, que começava fácil: um toque de calcanhar, de ponta dos pés, e então uma pisada muito prazerosa, mas depois se transformou numa série de volteios que me desconcertou. Esses passos também me obrigaram a admitir que eu jamais conseguiria dominar plenamente minha esquerda e minha direita.

Será que eu era a pior do salão?

De longe.

Eu estava descontrolada como um carrinho de bate-bate, colidindo com todo mundo — principalmente com o Charlie.

Toda vez que eu me chocava com ele, Charlie dizia: "Pô!".

— Me desculpe — eu dizia e lhe tocava no lugar da batida.

Eu era tão ruim que o próprio Lorenzo acabou descendo do palco para me ajudar. Mas me deparar com aquele rosto e aqueles ombros e a fivela, tão próximos, só me fizeram piorar.

— É arrastar o pé com um quarto de volta na *jazz box* — Lorenzo disse num tom agradável, como se estivesse esclarecendo as coisas.

Tive de procurar "*jazz box*" no Google.

— Minhas pernas continuam se enroscando — eu disse.

Nisso, Lorenzo — oh, céus! — olhou para as minhas pernas.

Fiquei bem quieta.

Depois, ele disse:

— Amarre os sapatos — numa voz que me fez ter plena certeza de que nunca mais eu ia pensar em cadarços do mesmo jeito.

Por meio segundo, me perguntei se Lorenzo Ferrari, o Adônis da *line dancing*, poderia se ajoelhar de verdade e amarrar os meus sapatos.

Foi quando olhei para baixo e constatei que Charlie já estava ali abaixado.

Charlie Yates. Ajoelhado na minha frente. No chão de um salão de dança. E agora estava amarrando o cadarço do meu tênis com nós duplos com um brusco mas inconfundível afeto.

Não vou mentir. Por mais que nosso instrutor fosse clara, legítima e inevitavelmente *sexy* e por mais que eu gostasse de provocar Charlie a respeito disso... Por maior que fosse o olhar cobiçoso de Lorenzo Ferrari, não faria sequer uma fração do que aquela visão de Charlie amarrando meus sapatos fez.

Bem ali, por um segundo, pareceu que a música havia desaparecido, assim como Lorenzo e todos os outros dançarinos também, enquanto Charlie prendia o meu olhar, e eu, o dele. E no meu peito acontecia uma coisa oposta a todos os batimentos e às palpitações do meu coração nos últimos tempos.

Ao contrário, uma coisa oposta... um suspiro.

Como se meu coração estivesse soltando um suspiro de cinco segundos e meio.

Uma coisa absoluta e inegavelmente romântica.

Embora fosse muito evidente o que ele estava fazendo, eu perguntei:

— O que você está fazendo?

Eu esperava uma reação desdenhosa, como "Amarrando seu sapato, sua tonta!". Em vez disso, no entanto, ele respondeu:

— Estou me desculpando.

— De quê?

Ele inclinou a cabeça para a direção da casa dele.

— Por ter sido um babaca, antes — ele respondeu.

— Você está se desculpando? Num salão de *line dancing*?

Era esse momento que fomos buscar ali. Era o momento real que daria vida ao fictício. Era a diferença entre as coisas imaginárias e as reais.

Caso encerrado: tínhamos de pôr isso no roteiro. Assim que conseguisse imaginar como explicar isso ao Charlie sem confessar por completo o que ele acabara de me fazer.

Enquanto Lorenzo se dirigia à próxima mulher que esperava ajuda, Charlie se levantou, balançou a cabeça para mim e disse:

— Nós duplos... não apenas lacinhos. — Como se ele me desse dicas de amarração de sapato o tempo todo, mas eu nunca ouvisse.

Ele se inclinou e puxou a perna da calça para me mostrar o laço do cadarço dele, com os nós duplos, como exemplo a imitar.

Olhei para baixo e descobri que estávamos usando os mesmos tênis. All Star preto de cano baixo.

— Combinamos! — eu exclamei.

— Você não é muito observadora — Charlie replicou. — Nós estamos combinando esse tempo todo.

— Estamos? — perguntei, me sentindo completamente encantada com esse fato, como se fosse uma espécie de destino.

Mas, então, uma mulher com uma blusa de franjas e botões perolados se inclinou e apontou para os nossos pés.

— Vocês não conseguem girar com esses tênis — ela disse.

Nós dois olhamos para cima.

— As solas de borracha — ela explicou. — Vão torcer os joelhos de vocês.

— Precisamos de outros sapatos? — perguntei a ela, estranhamente consternada com a perspectiva de não mais combinarmos.

Mas a mulher negou com a cabeça.

— Basta cortar um par de meias velhas — ela nos ensinou — e esticá-las sobre as pontas dos pés, como polainas.

Eu me virei para o Charlie, como que dizendo "*Brilhante!*".

— Polainas! — eu exclamei, levantando a mão para um "toca aqui".

Mas não houve "toca aqui" da parte de Charlie. Ele só fez que não com a cabeça.

— Eu vou fazer esse laboratório — ele disse — e vou deixar você trombar comigo uma centena de vezes, e vou observar você lançar olhares para o italiano, e dar nó duplo no cadarço do seu tênis a noite toda...

Nesse momento, alguém atrás de nós nos empurrou um contra o outro, e os olhos de Charlie percorreram meu rosto por um instante, ajustando-se àquela distância menor, antes de ele terminar o que estava falando:

— Mas jamais... — ele pausou para dar ênfase — ... *jamais* colocarei polainas nos meus tênis.

NA METADE DA aula, Lorenzo nos deu um intervalo, e eu e Charlie fomos para o bar.

— Então, qual é o veredicto? — Charlie perguntou. — É...?

— É o quê? — eu perguntei.

— A *line dancing* é romântica? Agora, que nós a estamos praticando. Você diria que é...?

— O que *você* acha? — eu perguntei

— Não sei. Não tenho certeza de que eu sei o que a palavra significa.

— Você não sabe o que significa *romântico*? — questionei. — Fala sério.

— Acho que estou falando sério. É como se eu não conseguisse me lembrar direito.

— Você não consegue se lembrar do *sentimento do amor*?

— Você sabe como pode haver uma memória sensorial? Por exemplo, se você tentar imaginar como é pôr uma colherada de sorvete na boca, pode evocar a experiência mental dessa sensação?

— Sim.

— Pode-se fazer isso com o amor?

— Claro que sim!

— Mas... Como?

Essa pergunta era verdadeira?

— Basta... — Como explicar isso? — Basta pensar em alguém que ama e você vai... sentir.

— Como é isso?

— Você está me perguntando como é o *amor*?

— Só estou querendo saber se, para você, é o mesmo que é para mim.

Ele parecia sério... Como se a pergunta fosse verdadeira. Eu podia tê-lo envergonhado por tentar escrever uma comédia romântica *sem conseguir se lembrar de como é o amor*. Mas decidi corresponder à sinceridade.

Imaginei meu pai, Sylvie e Salvador sentados à nossa mesa de jantar. Depois, assimilei a visão em minha mente.

— É caloroso — eu disse, de olhos fechados. — Parece auspicioso e adorável. Radiante e reconfortante. — Então, ciente de que havia a possibilidade de ele zombar de mim por eu ter falado "do coração", chamando de clichê, eu prossegui e disse: — É como se o coração da gente estivesse brilhando.

Porque é verdade. *É* assim que é.

Às vezes, os clichês são clichês por algum motivo.

Eu esperava ouvir algo cético da parte dele.

No entanto, quando abri os olhos, Charlie estava meneando a cabeça, como se estivesse negando.

— Não consigo sentir meu coração — ele disse.

Depois, talvez porque fosse a única reação em que consegui pensar, levantei a mão e a pressionei contra o peito dele.

— Consegue sentir, agora? — eu perguntei.

— Sim — Charlie respondeu. — Mas não está brilhando.

— O que ele está fazendo? — indaguei.

Charlie baixou os olhos, como se estivesse pensando, e então falou:

— Sabe quando os pássaros cometem suicídio?

Franzi a testa.

— Não acho... que seja parecido com isso — eu disse.

Charlie reorganizou a ideia:

— Sabe quando um pássaro vê o próprio reflexo numa janela e pensa que é outro pássaro e, então, começa a se lançar com força no vidro diversas vezes, tentando atacar, até que se machuca de uma forma tão grave que morre?

Ahã.

— É mais ou menos isso o que você sente? — perguntei.

Charlie fez que sim.

— Acho que meu coração está fazendo isso — ele disse.

VINTE E UM

É MUITO HUMILHANTE confessar isso, mas, na tarde seguinte, quando Charlie teve uma reunião com a tal amante para quem estávamos fazendo o roteiro e ele me disse para sumir, não houve dúvida: eu fiquei com ciúme, foi estranho.

— Eu não posso ficar? — perguntei.

— Confie em mim, você não vai querer ficar.

— Você não sabe.

— Essa mulher a comeria viva — Charlie disse.

— Ela não come *você* vivo.

— Não — Charlie concordou —, mas ela flerta comigo, o que, de algum modo estranho, é semelhante.

Estávamos na nossa sexta e última semana de escrita, o que significava que eu só conhecia Charlie havia cinco semanas. Cinco insignificantes semanas de toda a minha vida. Por que a ideia de alguma amante de outra pessoa flertar com Charlie me perturbou tanto?

— Acho que nós dois deveríamos ficar aqui — eu disse.

— A questão é que há outro problema — Charlie respondeu.

— Qual?

— A amante — Charlie disse, encolhendo os ombros como se quisesse se desculpar — é a madrasta do T.J. Heywood.

Franzi o cenho.

— A amante...?

Charlie balançou a cabeça concordando.

— ... é casada com o pai do T.J. e o está traindo com esse executivo da United Pictures.

Entendi.

— A amante é a senhora Jablowmie?

— Senhora Jablowmie *Sênior* — Charlie corrigiu. — Não existe uma senhora *T.J.* Jablowmie atual.

— Estou chocada!

Então, não me segurei. Peguei o celular e procurei, no Google, pai de T.J. "+ esposa" e obtive milhares de fotos de uma mulher que parecia ainda estar no Ensino Médio.

— Quantos anos ela tem? — perguntei.

— Na verdade, ela é mais nova que o T.J., coisa que ela menciona muito.

— Uau! — exclamei. — Não é de admirar que ele odeie mulheres.

— Ele odeia?

— Não odeia?

Charlie refletiu.

— Sim. Acho que sim.

— Então... — eu comecei a falar, ainda processando a informação. — Essa adolescente é casada com a lenda dos diretores, o maduro Chris Heywood, mas ela também dorme com esse ainda *mais* maduro executivo que quer que você faça esse roteiro de máfia... ao mesmo tempo?

Charlie assentiu.

— É basicamente isso — ele disse.

— E todo mundo aceita isso numa boa?

— Tanto quanto é possível nesta cidade.

Acenei com a cabeça.

— Ela deve ser uma tremenda multitarefa.

— Então, essa é a incerteza — Charlie disse. — É possível que o T.J. venha para a reunião.

— Ah — eu exclamei. De repente, Charlie estava certo. Eu não precisava ficar. — Mas por que vocês precisam se encontrar pessoalmente? Não podem se comunicar por e-mail?

Charlie encolheu os ombros.

— Ela quer vir aqui em casa — ele disse, como se fosse por isso.

Isso me incomodava. Muito.

— Ela não vai tentar seduzir você, vai?

— O quê?! — A própria ideia provocou um ataque de tosse nele. — Não! — Quando se recobrou, Charlie disse: — Desligue o cérebro e vá até a cafeteria. Talvez você encontre o Spielberg.

Na primeira vez que fui a essa cafeteria, Charlie me disse:

— Este lugar é lotado de pessoas da indústria do cinema.

E toda vez que ia lá, desde então, eu esperava ver uma dessas pessoas, *qualquer uma*.

Isso virou uma piadinha.

— Quem você viu? — Charlie perguntava toda vez que eu chegava em casa.

— Alfred Hitchcok — eu dizia; ou Robert Altman, ou Fellini.

E ficávamos tão inexpressivos que nem ríamos.

Na verdade, eu jamais vi uma pessoa da indústria cinematográfica ali, e me pergunto se Charlie não inventou isso.

Mas acabou que Charlie tinha razão.

Naquele dia, enquanto Charlie estava se reunindo com a senhora Jablowmie, e possivelmente até com o próprio Tejota, e eu no café, trabalhando no meu *laptop* e devorando tranquilamente um *muffin* de banana, quem entrou lá se não a rainha soberana de todo o pessoal da indústria... a única e inigualável Donna Cole.

Não estou brincando. Donna Cole!

Donna Cole. Diretora de *Time of My Live*. E *The Lovers*. E *Can't Win for Losing*.

Donna Cole, cuja máxima mais célebre — "A coisa mais essencial que se pode aprender a fazer é contar a própria história!" — era a frase central do meu mural de sonhos lá em casa. Bem ao lado da icônica foto dela no tapete vermelho num vestido branco Wayman & Micah, com o cabelo afro natural, alto, ousado e estonteante, como se ela fosse a santa padroeira da moda, da sabedoria, da comédia romântica, tudo ao mesmo tempo.

Fazia muito tempo que eu a admirava, e com tanto ardor... a distância.

Agora, ela estava aqui. Tão perto...

Pertíssimo.

Tão perto que parei de respirar quando a vi e não me lembrei de voltar a respirar de novo até que comecei a me sentir tonta.

Para ser sincera, minha principal fantasia era chegar a Los Angeles, encontrar com ela por puro acidente, sem perseguição, e bater um papo agradável, ter aquela conversa rápida de apresentação de *The Accidental Mermaid* e, depois, quando ela parecesse intrigada, eu teria por acaso um exemplar desse discurso de apresentação na minha bolsa.

Uma fantasia comum de roteiristas aspirantes de fora da indústria: encontrar seu próprio Spielberg individual por acaso. Comum, mas quase impossível. Um momento como esse jamais aconteceria.

Mas... e se acontecesse?

Não ia acontecer. Não podia.

No entanto, isso não significa que eu não carregava comigo um exemplar do roteiro de 93 páginas para todo lugar que eu fosse desde o dia que o terminei — caso, de algum modo, isso acontecesse. Como se as coisas impossíveis fossem totalmente bem-vindas.

A pior das hipóteses, eu havia percebido desde o início, não seria eu carregar o roteiro por toda parte, como uma viciada em esperança, descontrolada, durante anos, sem jamais ter a oportunidade de o entregar. A pior das hipóteses seria eu *realmente encontrar a Donna Cole*, mas não ter o roteiro comigo porque havia desistido muito cedo…

… E, por isso, perder minha chance.

Manter a esperança durante muito tempo era uma coisa.

Desistir cedo demais era outra completamente diferente.

Você sabe o que é um discurso de apresentação, não é? É a descrição em uma linha de seu roteiro preparada para o caso de se encontrar com o diretor de seus sonhos no elevador.

Não sei quantos discursos de apresentação de fato ocorreram — no elevador ou em qualquer outro lugar —, mas eu tinha certeza de que era fundamental escrevê-los… e memorizá-los. Há capítulos inteiros dedicados a eles nos livros sobre roteiros.

Quero dizer, se não se consegue resumir o próprio roteiro, quem, diabos, conseguiria?

Meu discurso de elevador para *The Accidental Mermaid* é este: "Uma mulher não sabe que é sereia até cair do barco do seu novo e mesquinho chefe e ver brotar em si uma cauda. Agora, ela precisa lidar com a nova identidade, mantendo seu emprego dos sonhos, e conseguir fazer com que seu chefe se apaixone por ela antes que o tempo passe e as pernas dela desapareçam para sempre…".

Você iria assistir ao filme, não iria? Se eu conseguisse garantir que nenhuma Meryl Streep se machucasse?

E se a Donna Cole pudesse fazer esse filme *de olhos fechados*. Vestir o Jack Stapleton num terno *slim-fit* de executivo e colocar uma cauda na Katie Palmer… e *voilà*! O próximo *blockbuster* do verão.

Na verdade, os *blockbusters* atuais são, em sua maioria, os filmes da Marvel.

Talvez seja melhor dizer "*Voilà*! Sua próxima comédia de baixo orçamento, de sucesso moderado, centrada nos personagens e amada por uma parte não tão pequena da população...".

Isso não seria sonhar muito alto, seria?

Talvez fosse.

Porque, mesmo depois de toda aquela esperança vigilante, implacável, descontrolada, quase masoquista, que eu me recusei a abandonar por tanto tempo... no dia em que eu de fato tive minha oportunidade impossível...

Eu tinha deixado minha mochila na casa do Charlie.

Eu me obriguei a fazer o exercício de cinco minutos e meio de respiração.

Donna Cole.

Ela estava ali. Acho que o impossível cria suas próprias regras.

Chorei muito assistindo a *My Beloved Stranger*. Tinha praticamente decorado *Good as Gone*. E adorava seu *sexy remake The Best of Things* — danem-se todos aqueles críticos esnobes.

E *ali estava ela* no mundo real. Mais baixa, contudo, não sei por quê, muito mais alta que jamais imaginei ser possível, sobrenatural e, ainda assim, totalmente normal, divina e, contudo, tão humana... e usando um vestido envelope Dior informal, porém elegante, e rodeada, claro, de um bando de gente de aparência importante.

Qual era o meu discurso de elevador, mesmo? Eu tinha treinado tanto que ele estava praticamente tatuado em meu cérebro.

Vasculhei a memória. Mas o discurso simplesmente... tinha desaparecido.

Hora de pensar rápido.

Peguei o celular, devagar e com calma, mantendo um olho na Donna Cole o tempo inteiro como um fotógrafo de fauna silvestre rastreia uma ave rara que pode bater asas a qualquer momento.

HEI! — mandei mensagem para o Charlie. Está ocupado?

A resposta dele veio de imediato.

O que aconteceu?

Emergência

O que está acontecendo?

Preciso da minha mochila, você pode me trazer?
É URGENTE!

Onde você está?

Na cafeteria.

E então... nada

Será que ele tinha atendido a outra chamada no telefone? Perdeu o interesse? Tinha caído nas armadilhas predatórias da senhora Jablowmie?

A reunião teria terminado... e agora ele estava vindo pra cá? Ou ainda não tinha acabado, e eu tinha de sair correndo até a casa dele e voltar antes que a Donna Cole fosse embora?

Fechei o *laptop* e tampei a caneta. Depois, hesitei sem saber direito o que fazer.

Passavam-se os minutos. Donna Cole fez o pedido no balcão e, então, se sentou numa banqueta ali por perto.

Passaram-se mais alguns minutos.

E mais alguns.

Talvez Charlie não viesse. Quem saberia dizer o que a amante poderia estar fazendo com ele agora?

Eu me levantei. Não aguentava mais. Precisava fazer alguma coisa.

Mas, nesse momento, a porta da cafeteria se abriu bruscamente — era o Charlie. Com o cabelo desgrenhado, a camisa para fora da calça, com minha mochila no ombro, sem fôlego, como se tivesse corrido. Ele percorreu o salão com os olhos até me ver e, então, correu até onde eu estava.

— Aqui — ele disse, empurrando a mochila para mim. — Aí tem... — Ele sacudiu a cabeça. — Um inalador ou algo assim? O que está acontecendo? Do que você precisa? Você se machucou?

Ah! Ele pensou que eu estivesse tendo uma emergência *médica*.

Ooops.

— Nada disso — respondi, balançando as mãos para o ajudar a se recompor. — Só tem meu roteiro nela.

Ao ouvir isso, Charlie tossiu.

— Seu... o quê?

— Meu roteiro de sereia.

Ele balançou a cabeça.

— *Essa* é a sua emergência?

— Sim. Puxei o zíper e tirei o roteiro de lá de dentro.

— Pensei que você estivesse... — Charlie disse, ainda ofegante. — Machucada ou doente, ou algo assim.

Só de pensar nisso, Charlie tossiu um pouco mais.

— Shh... — eu fiz, olhando na direção de Donna Cole. — O que há com você e essa tosse?

— Não estou fazendo isso de propósito — Charlie disse.

— Parece performático.

— Muito engraçado vindo da mulher que acabou de me fazer sair no meio da minha reunião para correr até aqui.

Isso pareceu estranhamente comovente.

— Você saiu no meio da reunião?

— Pensei que você estivesse morrendo. Imaginei você como um peixe se debatendo em terra firme.

Inclinei a cabeça, pensando "*Que imagem estranha...*". Então, eu disse:

— Eu estou bem.

— Dá para perceber.

Olhei na direção de Donna Cole de novo. Eu podia explicar tudo isso mais tarde. Aí, eu perguntei ao Charlie:

— Como eu estou?

Charlie passou de perplexo a desconcertado.

— Como está sua *aparência*?

Dei um tapinha na cabeça.

— Está tudo certinho? O scrunchie está em ordem?

— Você está... — Charlie começou a falar, mas, em seguida, ele estendeu a mão para colocar um pequeno cacho meu para trás da minha orelha, e então ele terminou a frase com: — Encantadora, de verdade.

Eu me contentaria com "*... não está parecendo uma louca*", mas "Encantadora, de verdade!" funciona também.

Mirei na banqueta como um herói em um filme de ação. Hora de fazer isso.

— Muito obrigada, mais uma vez, Charlie — eu disse e, assim, meio empolgada, sem querer, saltei nas pontas dos pés e o beijei no rosto — só percebendo, em meio a tudo isso, que dentro do café talvez não fosse muito apropriado.

— Me desculpe — gritei de novo, acenando para ele enquanto ele piscava atrás de mim. — Foi sem querer.

Aí, eu me virei e trombei com a lendária presença de Donna Cole... e uma mesa do pessoal do cinema. Quando toda essa gente apareceu? A memória está um pouco confusa, mas Katie Palmer estava lá. E aquela garota que estrelou aquela coisa sobre o trapezista, e a atriz que sempre fazia o papel da melhor amiga brincalhona em tudo. Droga... qual é o nome dela mesmo? Gosto muito dela!

Foi quando notei, aninhado no meio deles, de todas as pessoas do mundo... o T.J. Heywood. Com o boné de beisebol virado para trás e tudo.

Como ele *ousa* estar sentado à mesa com a minha diretora favorita?

Alguma coisa da imagem dele com aquela energia de machinho branco preconceituoso me deu uma pancada de realidade como se fosse uma paulada.

Que merda!

Esta não era uma versão fantasiosa da minha vida. T.J. Heywood jamais podia ter uma ponta nela. Tinha de ser realidade, onde T.J. pudesse ir para onde ele quisesse.

Esse grupo estaria reunido para quê? Para fazer o *Beer Tower 3* só de mulheres de biquíni?

Não. Donna Cole *jamais* deixaria isso acontecer.

Uma coisa estava clara, porém. Essas pessoas estavam ali de verdade. Juntas numa mesa. Uma mesa em que o T.J. Heywood tinha permissão para estar. E eu não.

Congelei.

Erro de cálculo.

Quero assinalar que, à exceção do boné do T.J., ninguém ali estava fazendo nada errado. Essas pessoas estavam apenas tomando café.

Eu era a errada.

Naquele momento, meu clima mudou.

Toda a alegria que eu estava sentindo um segundo antes simplesmente desapareceu quando eu compreendi que, sim, Donna Cole estava aqui neste café e, sim, eu *também* estava aqui neste café, mas não havia nenhum motivo verdadeiro para eu conversar com ela. Ela não tinha a mínima ideia de quem eu era, nem se importaria se tivesse, e, como todos os outros da mesa, não tinha interesse em ser abordada por uma redatora triste e desesperada.

Argh. Quem aquela escritora patética pensou que fosse?

Não havia uma história famosa da Amy Poehler grávida de nove meses, que adormeceu no metrô e acordou com um roteiro não solicitado sobre sua barriga?

Oh, céus. Eu seria aquela pessoa do metrô?

Eu não podia ser como aquela pessoa do metrô.

Mas também não podia deixar Donna Cole simplesmente escapar da minha vida.

Houve um intervalo estranho, em que todas as pessoas na mesa ignoraram a figura envergonhada ao lado delas com um roteiro na mão. Um momento em que eu deveria ter girado 180 graus sobre os calcanhares e fugido.

Mas meus pés não conseguiram se mover. É verdade. Era como se eles tivessem sido soldados no chão com um maçarico.

Então, o período de carência expirou. A conversa parou, e todos daquela verdadeira limusine da realeza de Hollywood se viraram na minha direção e esperaram, como um coro silencioso dizendo "*Quem, diabos, é você?*".

Uma humilhação que me consumia como fogo começou nos meus pés e me tomou o corpo inteiro. Minhas roupas ficaram quentes. A gola da minha blusa ficou úmida.

Hora de dizer alguma coisa... Qualquer coisa.

— Me desculpem interromper — eu disse.

Depois, vacilei quando vislumbrei de repente a expressão de Donna Cole, que talvez fosse mais bem definida como "*Sério? Que diabos?*". E a de Katie Palmer era semelhante. Aí eu vi o T.J. se deleitando com um risinho triunfante, calculando quanto aquele momento ia confirmar de maneira satisfatória cada pensamento maldoso que ele tinha.

Não havia saída a não ser passar por isso. Fui em frente.

— Eu queria apenas...

Mas o que eu *queria* fazer? Empurrar o meu roteiro indesejado para Donna Cole? Implorar-lhe que me amasse? Cair no choro? Desaparecer na bruma da vergonha? *Morrer*?

— Eu queria apenas... — eu tentei de novo. E então eu disse: — Na verdade, não quero dizer...

— Você está precisando de alguma coisa? — Donna Cole me perguntou.

Oh, céus. Oh, céus. O que eu estava pensando ao vir até aqui? A humilhação me agarrou pelo pescoço. Meus pulmões se esvaziaram.

Cancelar! Cancelar!

Eu quis muito me virar e sair correndo de lá, deixando apenas o rastro da vergonha traçado, como nos desenhos animados. Mas meus pés ainda não se moviam. E eu só fiquei pensando que minha única opção era me abaixar no chão e sair de lá engatinhando quando, de repente, o olhar de Donna Cole se voltou para o lado e o rosto dela se iluminou com um sorriso.

Eu me virei, e ali estava Charlie. Com as mãos nos bolsos, o cabelo espetado em dez direções, o ar todo *despreocupado*, mas com um sorriso largo, como se soubesse exatamente quanto ele é fofo.

— Charlie! — Donna Cole disse, se levantando e estendendo os braços para abraçá-lo.

— Donna... — Charlie correspondeu, se inclinando para lhe dar um beijo no rosto. — Radiante como sempre.

— Não estou? — ela replicou, encolhendo os ombros de satisfação. Ela o observou. — Você está um charme.

Charlie consentiu com um aceno de cabeça.

— Comecei a fazer *line dancing*.

— Adoro... — ela disse. Então, se aproximando mais dele, perguntou: — O que anda escrevendo agora?

— Estou escrevendo uma comédia romântica — Charlie anunciou, em voz alta e orgulhoso.

— O quê?! — Donna Cole quase se engasgou, surpresa total com um toque de alegria.

Charlie confirmou com a cabeça. Aí, graças a Deus, ele me puxou de lado, pôs seus braços firmes, do tipo "nada jamais vai poder te magoar de novo", sobre meus ombros e disse:

— Sob a tutela desta garota aqui.

Charlie, eu o beijaria. Ooops, espera. Eu já o beijei.

Senti todos os olhares se voltarem para mim, nesse momento, debaixo da proteção leal do braço de Charlie Yates.

— Mas... — Charlie prosseguiu —, acho que vocês já se conhecem.

Donna Cole me olhou com novos olhos.

— Tínhamos acabado... de nos conhecer.

— Ótimo! — Charlie exclamou, deixando tudo bem com sua grandiosa energia de "Somos todos pessoas impressionantes!". — Emma Wheeler, esta é a célebre Donna Cole. Donna Cole, esta é a minha escritora favorita, a Emma Wheeler.

Donna Cole inclinou a cabeça.

— Sua nova escritora favorita, hein?

Nem olhei para ver a reação do Jablowmie àquela declaração.

Charlie concordou com Donna Cole, erguendo uma sobrancelha, como se estivesse dizendo "*É melhor você acreditar*!". Então, ele disse, como se não fosse apenas uma opinião, mas um fato:

— Ela é muito boa.

Donna Cole olhou para mim e para Charlie e retrucou:

— É mesmo?

Charlie confirmou. Em seguida, ele disse:

— Como eu não via há... — Então, ele parou e pensou por um instante. — Não. Ela é... Alguém como eu nunca tinha visto.

Donna Cole me olhou como se dissesse "*Interessante...*". Depois, se mudou para a banqueta e deu um tapinha no assento ao lado dela.

— Sente-se conosco — ela disse.

— Não — Charlie falou, me apertando com mais força. — Ela é minha, hoje. Mas Logan Scott pode ajudar vocês.

Donna Cole cerrou os olhos, aprovando.

— Bom saber — ela quase sussurrou.

— De todo modo... — Charlie disse, olhando para as pessoas em volta de toda a mesa. — Foi ótimo ver vocês.

Então, aconteceu uma coisa engraçada: T.J. se levantou, claramente querendo ressaltar seu *status* de o único *brother* do grupo, e se inclinou na mesa, no impulso de dar um soquinho no punho de Charlie, que se esquivou, fazendo T.J. perder o equilíbrio.

Vendo o punho dele se agitar na direção do seu rosto, Charlie se afastou de repente para o lado e acabou batendo a testa na maçã do meu rosto.

Não tão forte. Mas, sim... doeu.

Fiz um *ai* e baixei o rosto entre as mãos enquanto Charlie se virava para mim.

— Uau... Ei, ei... Você está bem?

Ele estava me observando agora, tocando minhas mãos, empurrando-as devagar para as afastar e ele poder ver melhor.

— Estou bem — eu disse, com a cabeça baixa. — Está tudo bem.

— Quero ver — Charlie pediu, com a voz amável, como se não houvesse mais ninguém ali.

Deixei que ele afastasse minhas mãos para poder olhar melhor de perto, enquanto o T.J, que tinha acabado de empurrar e derrubar todo o café na mesa, saiu se desculpando e limpando a mesa com guardanapos de papel.

Quando terminou a confusão, Charlie fez seu próximo e decisivo gesto. Tirou o roteiro da minha mão e o colocou debaixo do braço de uma forma possessiva, como se fosse algo precioso e emocionante, destinado apenas a ele — e como se ele estivesse o dia todo esperando com angustiante expectativa para pôr as mãos nele.

Em seguida, apontou para mim com impaciência e disse:

— Você fez aquela apresentação rápida que gostaria de fazer?

A pergunta foi telepática. Eu entendi exatamente o que Charlie estava me dizendo. De repente, eu compreendi que *não* era legal entregar o roteiro para a Donna Cole assim, do nada, mas seria muito bacana

— extremamente legal, na verdade — dizer a ela que eu amava o trabalho dela. Mais tarde, eu agradeceria centenas de vezes ao Charlie por ter me ajudado a encontrar minha voz naquele momento.

Claro, claro. Fazia todo o sentido.

O primeiro encontro da gente com alguém nunca deve ser marcado por um *pedido*. Deve ser marcado por uma *doação*.

Não havia muito que eu pudesse oferecer a Donna Cole, a não ser admiração. Mas eu tinha isso de sobra. Olhei nos olhos dela e disse:

— Eu só queria dizer que eu sou uma fã incondicional do seu trabalho. — Então, acrescentei: — A cena do sanduíche de manteiga de amendoim em *The Lovers* é a melhor coisa que já me aconteceu.

Eu estava segura. Donna sorriu. Foi seu primeiro sorriso verdadeiro, sem relação com Charlie, naquele tempo todo.

Depois, quando Charlie começou a nos afastar do grupo, Donna tocou o meu braço e disse:

— Pode esperar um segundinho?

Olhei para o Charlie, como se estivesse dizendo "*Você se importa?*".

Ele assentiu com a cabeça, como se dissesse "*Vai em frente!*". Então, olhou para minha mesa e disse:

— Vou esperar você ali.

Segura essa, Hollywood. Eu era alguém que Charlie Yates ia esperar.

Donna Cole aguardou até que Charlie estivesse fora do alcance da voz. Em seguida, ela disse:

— Uma pergunta rápida.

Assenti.

— Claro. Pode perguntar o que quiser.

Então, ela se inclinou, chegou mais perto e perguntou:

— Charles Yates está apaixonado por você?

— O quê?

Donna Cole só me olhou, como se dissesse "*Nós duas acabamos de ver o jeito que ele tocou no seu rosto...*". E esperou.

— Não! — respondi, por fim. — Nós só... Apenas... somos colegas escritores. Fazendo... roteiros juntos.

Ela acenou com a cabeça, como se estivesse dizendo "*Entendi...*". Mas, depois, acrescentou:

— É que eu nunca o tinha visto tocar uma mulher daquele jeito, nem olhar daquele jeito ou *socorrer* uma mulher daquele jeito. — Então, ela refletiu a respeito. — Na verdade, eu nunca o vi salvar *ninguém*. Em nenhuma circunstância. Por motivo algum.

— Não estamos... — eu disse. — Só estamos...

Donna olhou para a mesa.

— Vocês a ouviram, pessoal. Nada de fofoca!

Mas é claro que nada gera mais fofoca do que dizer "Nada de fofoca!".

A julgar pelo modo como as pessoas na mesa sorriam para mim agora, ser o suposto interesse amoroso de Charlie Yates talvez não fosse algo ruim... se eu não duvidasse de que isso fosse verdade.

— Tudo bem, então — eu disse. — Bom. Foi ótimo conhecê-la.

Ela estendeu os braços e segurou uma de minhas mãos entre as mãos dela.

— Também achei muito bom conhecer você, de verdade. Qualquer amigo de Charlie é um verdadeiro amigo meu. — Depois, antes de ir embora, apertou a minha mão de forma calorosa, me puxou para mais perto, a fim de beijar o meu rosto, e sussurrou: — Não parta o coração dele, OK? Ele é muito mais meigo do que parece.

VINTE E DOIS

— EM QUE... — Charlie queria saber, no caminho de volta para casa — você estava pensando? — Ele andava na minha frente, questionando-se, perplexo. — Que raios estava acontecendo lá?

Eu não soube o que responder.

— Donna Cole — ele prosseguiu — é brilhante, talentosa, e a melhor... e também não pensa duas vezes antes de arrancar o seu coração pulsante, espremê-lo como a uma esponja, na sua frente, até você morrer.

— Verdade?! — exclamei.

Ela sempre me pareceu tão gentil na foto do tapete vermelho do meu mural dos sonhos.

— Não no sentido literal. Mas ela também não é alguém com quem se brinque.

— Eu não estava brincando.

— Você não estava brincando? — Charlie me provocou, diminuindo o passo para eu o alcançar. — Você foi até ela por impulso... com seu original nas mãos... sem nenhum plano, nenhuma estratégia, nenhuma previsão e sem a mínima ideia de que o T.J. Heywood Jablowmie Terceiro poderia estar na mesa dela, e depois ficou do lado dela como uma *stalker* lunática... e isso *não era* brincadeira?

Por fim, estávamos cara a cara.

— Parece que você está bravo comigo — comentei.

Charlie inclinou a cabeça como se não tivesse entendido. Em seguida, começou a andar de novo.

— Acho que estou meio bravo com você — ele falou.

— Eu estava tentando aproveitar o momento — eu disse.

— Não é assim que se aproveita uma oportunidade — Charlie disse.

— Não é assim que *se* aproveita uma oportunidade — repliquei.

— Você não pode se aproximar de Donna Cole numa cafeteria, Emma. Não é assim que funciona.

— Eu não podia fazer nada — eu disse.

— Sim, você podia.

— Eu tinha que tentar — eu falei.

— Mas não é assim que se faz.

— Não é assim que se faz *para você* — eu respondi. — Você é famoso, galante e querido.

— Você acabou de me chamar de *galante*?

— A questão é que há pessoas andando por aí nesta cidade, agora, usando camisetas com frases dos seus diálogos. Há diretores implorando para conseguir seus roteiros. Donna Cole se ilumina como uma estrela de primeira grandeza quando vê você. Sua vida é fácil, e foi assim desde o começo. Você tem noção de quão sortudo você é pelo fato de um roteiro que você escreveu *na faculdade* ter decolado? Que *The Destroyers* catapultou você para o estrelato dos roteiristas? Ninguém consegue isso com tanta facilidade! Você é um tremendo de um unicórnio. Nós não jogamos de acordo com as mesmas regras. Eu não posso simplesmente ter o meu empresário ligando para o assessor de outra pessoa e dizendo "*c'est la vie...*" se as coisas não derem certo. Nada foi fácil para mim. Nunca! Tenho que ralar. Tenho que tirar alguma coisa de cada oportunidade.

— Mas você não faz isso.

— Como?

— Você conseguiu aquele estágio na Warner Bros. e nem foi.

— Eu não deixei de ir apenas porque eu não queria ir — eu disse. — Eu não fui porque *eu não podia ir*. Porque descobri, logo depois que consegui o estágio, que meu pai precisava passar por outra cirurgia que ninguém havia previsto e que não tinha ninguém para cuidar dele.

Então, Charlie baixou os olhos, e eu pude vê-lo se arrepender das conjecturas que fez a meu respeito. Gostaria de enviar um trechinho desse momento para minha pessoa recém-chegada a Los Angeles, presa no carro de Charlie Yates enquanto ele me repreendia por não ser suficientemente ávida pelo sucesso.

— Ah — exclamou Charlie, parecendo humilhado de um modo convincente. — Eu não sabia disso.

— Claro que não. Como saberia? Você estava ocupado demais enfiando estatuetas naquela sua gaveta de prêmios.

Charlie olhou para mim.

— O fato é que você sempre teve tudo muito fácil. Ouvi dizer que, uma vez, você atendeu ao telefone no palco, numa cerimônia de premiação, enquanto recebia um prêmio!

— Era uma ligação muito importante.

Olhei para ele.

— Também foi uma casualidade — Charlie completou. — Eu tinha deixado o toque ligado.

— Mas você *atendeu*!

Ele meio que encolheu os ombros como se dissesse "*Era uma questão justa...*".

— Talvez tenha sido uma atitude questionável — ele concluiu.

— Sim. E nem me surpreende. Porque assisti àquela entrevista sua a Terry Gross no Kennedy Center em que você ficou o tempo todo bebendo uma vitamina de frutas.

— Eu deveria ter ficado com fome?

— Deveria ter respeitado o público! E Terry Gross, aliás!

— Eu ofereci um gole a ela — Charlie disse.

Eu resmunguei, sentindo-me frustrada.

— A plateia achou aquilo engraçado! E Terry Gross também, a propósito. Você pode se safar de qualquer coisa se todos já tiverem resolvido gostar de você. As pessoas adoram quando a gente quebra as regras.

— Tudo o que você disse agora comprova a minha teoria.

Charlie decidiu voltar ao assunto inicial.

— De todo aquele desastre lá, com a Donna Cole, só não entendo por que você apenas não me pediu que eu apresentasse você a ela.

Fiz uma pausa.

Agora, Charlie tinha de *ouvir* o *meu* silêncio.

Essa ideia jamais havia me ocorrido.

Por fim, eu disse:

— Eu não imaginei que havia essa opção.

— Por que isso não seria uma opção? — ele perguntou.

— Acho que estou acostumada a... fazer tudo sozinha.

— Mas você não está sozinha — Charlie replicou.

Encolhi os ombros.

— Talvez não neste momento. Mas em geral, na vida, eu estou sempre sozinha.

— Você tem o seu pai — Charlie disse.

— Meu pai não é escritor.

— Acontece que eu estava bem ali.

Isso parecia uma coisa bem esquisita com a qual se irritar.

— Olhe... — eu disse. — Eu só espero que você não me demita antes de terminarmos a reescrita do roteiro que você insiste em afirmar que não é importante.

Charlie franziu a testa ao ouvir isso.

— Seja como for, vamos terminar na semana que vem — eu disse em seguida.

— Você acha que terminaremos na semana que vem e pronto? Simplesmente terminaremos?

— Claro — respondi.

— Como você consegue pensar assim?

— Bem, por algum motivo, eu ouvi sem querer sua conversa no banheiro — eu disse.

Charlie fechou a cara.

— Não sei o que isso quer dizer, mas não deve ser bom.

— Foi no primeiro dia... No *brunch* com o Logan. Por meio daquele estranho lavatório de pedra. Você dizia que esse roteiro estava condenado desde o início. Eu sei o que acontecerá assim que tivermos terminado. Você dará a nova versão à dona amante, ela dará um sinal verde para aquela sua história de máfia, o mundo acrescentará ao panteão mais um filme com gângsteres dos anos 70 vestindo calças boca de sino bege, e eu pegarei o trem expresso de volta para a obscuridade.

Charlie franziu o cenho de novo, como se não soubesse ao certo a que parte de tudo isso ele devia se opor. Por fim, ele disse:

— Você ouviu isso... mas você ficou, mesmo assim?

— Sim.

— Mas... Por quê?

Encolhi os ombros. Não havia outra resposta.

— Porque eu simplesmente... amo você.

Oh, céus! Isso saiu errado!

— Não *você*! — Corrigi rapidamente, com o pânico aumentando em minha voz. — Não você... tipo *você* você. *Você* significa *sua escrita*. Você... tipo o que você *faz*. Seu trabalho. Suas histórias! Seu gênio. Não *você*! Óbvio! Claro! — E, bem neste momento, desisti e deixei minha voz baixar e cair num suspiro de derrota. — Você sabe o que eu quis dizer.

— Eu entendi — Charlie disse. — Não se preocupe.

— Além disso — acrescentei, só para mudar de assunto —, eu esperava fazer você mudar de opinião.

— Sobre o quê?

Hã... Sobre tudo! Esperança! Amor! Bondade humana!

— Sobre comédias românticas — respondi.

Charlie não reagiu a isso. Apenas continuou andando. Nossos pés, agora, estavam perfeitamente sincronizados, tocando o asfalto ao mesmo tempo, e já se avistava a casa de Charlie. Em seguida, porém, antes de chegarmos à casa, Charlie disse uma coisa tão estranha que acabei pensando nisso por alguns dias.

Charlie disse, assim, do nada:

— Eu ouvi o que a Donna Cole perguntou a você, a propósito.

— O que a Donna Cole me perguntou?

— Bem no fim. Quando ela perguntou se eu estava apaixonado por você.

— Ah. Sim. Aquilo foi embaraçoso.

— Não se preocupe. Isso significa que ela gostou de você.

— É?

— Sim. Foi de propósito. Ela estava deixando a mesa toda curiosa a seu respeito. Fazendo de você uma suspeita. Transformando você em um mistério a ser desvendado.

— Hã? — eu disse.

— Ela estava lhe fazendo um favor. Questão de *status*.

— Achei que ela estivesse apenas brincando comigo.

— Talvez um pouco, também.

Então, já em frente à casa dele, Charlie chutou uma pedrinha e a observou rolar rua abaixo.

— A propósito, não estou — ele acrescentou.

— Não está o quê?

— Apaixonado por você.

— Ah — eu exclamei. Depois, para o caso de minha voz ter soado estranha, acrescentei: — Claro que não!

— Procurei no Google — Charlie continuou — e descobri que não estou.

— Você pesquisou no Google para saber se está ou não apaixonado por mim?

— Procurei no Google para saber quanto tempo demora para as pessoas se apaixonarem.

— E...? — perguntei. — Quanto tempo demora?

— Oitenta e oito dias — Charlie respondeu de forma categórica. — E nós só nos conhecemos há trinta e um dias. Então, problema resolvido.

Por que Charlie estava procurando isso no Google? E que cientista maluco apareceu com esse número? E qual problema, exatamente, estávamos resolvendo?

— Queria já ter conhecimento disso lá na cafeteria — comentei, em seguida. — Teria sido um excelente argumento.

NA TARDE SEGUINTE, chegamos ao Ato Três, e havia apenas duas coisas — imensas, intransponíveis — erradas no Ato Três: o final estava totalmente errado, e o beijo estava horrível.

Estávamos quase terminando a reescrita. Dali a uma semana, eu guardaria na mochila todos os meus materiais de trabalho e voltaria para casa. Agora, estávamos caminhando rápido para a linha de chegada. Mas eu havia guardado a parte mais difícil para o final.

Com "a parte mais difícil" eu queria dizer *o beijo*. Toda aquela coisa física, na verdade. Charlie tinha feito tão errado que parecia não haver jeito de lhe explicar como fazer certo.

— Está boa — Charlie insistia em dizer.

— Não está boa — eu continuava afirmando. — Tudo o que você escreveu é: "Ele entra de repente. Eles se beijam". É isso.

— É o suficiente.

— Não é.

— Não vou dizer ao diretor o que fazer.

— Entendo que não seja trabalho nosso entrar lá com a didascália*. Mas você precisa dar alguma coisa a eles.

Ele já sabia disso. Um bom roteiro tinha de fazer os leitores vislumbrarem isso em sua mente. E um bom roteiro de comédia romântica deveria fazer os leitores sentirem isso também.

Peguei meu *laptop* e o coloquei na frente dele.

— O que você está fazendo? — Charlie começou a questionar, mas, depois, viu todas as minhas abas abertas com comédia romântica ao lado de comédia romântica. — São...? — ele ia começar a falar de novo e parou.

— Compilações de beijos de filmes — respondi, como se dissesse "*Óbvio!*".

— Onde você encontrou esses roteiros? — Charlie perguntou.

— No YouTube — respondi, tipo, *Dããã*.

Mas Charlie balançou a cabeça.

— Você sabe... as melhores compilações — provoquei. — "Os melhores beijos cinematográficos de todos os tempos"? "Os beijos mais extasiantes da história do cinema"? "Os beijos mais reassistíveis de todos os tempos"?

— Reassistíveis? — Charlie perguntou, como se não pudesse imaginar o que isso significava.

— Os beijos que você vê e revê várias vezes.

Charlie apenas franziu a testa.

— Beijos tão bons que se assiste ao filme de novo só pelo beijo.

Charlie meneou a cabeça.

---

* Na Grécia antiga, conjunto de instruções ou indicações que os autores dramáticos davam aos atores que lhes representavam as obras. (N. da T.)

— Beijos tão bons que você volta o vídeo algumas vezes antes mesmo de terminar o filme.

Nesse momento, Charlie me olhou como se eu estivesse completamente louca.

— Ninguém faz isso — ele disse.

— Oi! Como não? *Todo mundo* faz isso.

— Eu nunca assisti a um beijo mais de uma vez.

— Isso é porque você se recusa a se permitir ser feliz.

Charlie suspirou.

— Isso é importante — eu disse.

Charlie cerrou os olhos.

— É mesmo?

— Existe exatamente apenas *um beijo* no seu roteiro atual, e ele é a trágica árvore de Natal do Charlie Brown dos beijos de cinema.

Eu tinha uma coleção completa selecionada de clipes de beijos dramáticos do mundo todo favoritada no YouTube?

Sim. Quem não tem?

Não quero me exibir nem nada, mas, se esses clipes fossem obras de arte, eu poderia ter inaugurado meu próprio museu impressionante.

Eu tinha clipes do mundo inteiro: da Turquia, do Japão, do Azerbaijão e da Islândia. Era praticamente um projeto de antropologia — escolhendo os melhores trabalhos humanos de beijo. Eu também os tinha subdividido em categorias de estilo: inesperado, gentil, embriagado, o primeiro, fingido, com raiva, de ensaio, roubado, esquecido e de despedida. Sem falar de beijos a cavalo, em telhados e de batida na parede.

Durante todo esse tempo, Charlie ficou muito quieto, como um prisioneiro.

— Por que você está implicando comigo por isso? — perguntei.

— Eu não estou implicando com você — ele respondeu. — Só não estou escrevendo uma cena de amor inteira, imensa, de dez páginas.

— *Uma* página — eu disse.

— Você faz isso — ele disse.

— Nós devíamos fazer juntos.

— Eu vou reescrever o final do casamento — disse Charlie, como se pudesse escapar.

— Hã? — eu disse. — Mas aí *também* vai haver um beijo.

Charlie deixou os ombros caírem, como se dissesse "*Sério?*".

— Sim — respondi. — Esse primeiro beijo nos dá a noção do que é possível... mas eles não chegam ao final feliz enquanto não chegam ao final feliz.

Charlie meneou a cabeça.

— Apenas preste atenção, certo? — eu disse. — Talvez você aprenda alguma coisa.

Puxei uma cadeira para perto dele e o fiz assistir a todos os clipes. O beijo catarata em *Enchanted Forest*. O beijo em frente ao estádio inteiro em *Can't Win for Losing*. O beijo no telhado em *The Lovers*, a obra-prima de Donna Cole. Assistimos às cenas no meu *laptop* enquanto eu me apoiava no ombro do Charlie, procurando mantê-lo no lugar. Vimos pessoas se beijando em lagos, em nevascas, em edifícios em chamas e enquanto se transformavam em lobisomem. Vimos reflexos de lentes, manhãs nubladas e chuva torrencial. Vimos beijos lentos e carinhosos que lembravam velas se derretendo e vimos batidas apaixonadas na parede que pareciam uma possessão. Vimos bocas e mãos, e pescoços inclinados para trás.

Depois, como *grand finale*, pedi a Charlie que fizesse uma leitura atenta comigo de Ji Chang Wook descrevendo um beijo perfeito de um cara bacana num drama coreano — reduzindo a velocidade do clipe a fim de ver quadro a quadro e pausando para assinalar "nuances, subtextos e linguagem corporal das emoções na jornada do beijo".

A essa altura, Charlie já estava exausto demais para discutir comigo.

— Primeiro, ele finge que está zoando com ela — eu disse. — Depois, ele põe as mãos nos bolsos e faz uma pose informal, porém, masculina.

Então, ela se aproxima mais e ele chega mais perto. O tempo todo, ele age como se não estivesse tão interessado. Mas, agora, veja: ele se aproximou tanto dela que as coxas dele estão tocando as coxas dela e seu torso está tocando o dela... no entanto, o mais genial é que ele ainda está com as mãos nos bolsos.

Charlie me olhou como se dissesse "*Por que isso importaria?*".

— Não há nada mais *sexy* do que um homem começar um beijo com as mãos nos bolsos — eu disse, tipo, "*Se liga!*".

Charlie fechou a cara.

— A gola rolê apertada também ajuda.

— Ah — Charlie exclamou com sarcasmo.

Mas nesse momento eu tinha a superioridade moral. Estava guardando para o mundo um beijo de cada vez.

— Observe como ele se inclina — eu disse, enquanto Ji Chang Wook baixava mais a cabeça. — Com certeza, esse é o ângulo geométrico exato de máximo desejo.

— Quantas vezes você assistiu a esse clipe?

Mas isso não era sobre mim. Isso era sobre a arte de escrever... capturando a emoção humana. Charlie *não se importava com a arte?*

— Precisamos ver de novo? — perguntei.

— Não — Charlie respondeu. — Acho que entendi.

Mas, com certeza, ele não tinha entendido.

Porque, se *tivesse entendido*, não teria discutido comigo quando eu disse que deveríamos lançar mão do beijo com mãos no bolso para o *grand finale*.

— Não é nosso trabalho... — Charlie continuava afirmando — dizer ao diretor como montar a cena.

— Não vamos dizer a ele *ou a ela* o que fazer — continuei explicando. — Vamos apenas escrever isso de um jeito tão visceral que ela, ou ele, vai fazer isso do modo correto naturalmente.

— Você não entende como o cinema funciona.

— Bem, você não entende como os beijos funcionam.

Acabamos discutindo isso durante todo o dia de escrita, pelo caminho todo do mercadinho, aonde fomos comprar os ingredientes do jantar, e também no caminho de volta para casa. Discutimos enquanto cozinhávamos, Charlie do meu lado, apresentando um contraponto atrás do outro, como se jamais fosse ceder.

Era como se ele gostasse de me provocar. Como se gostasse de me deixar nervosa.

Como se talvez ele nem *quisesse* terminar o roteiro.

— Sabe do que você precisa? — eu disse, por fim, enquanto espiava o forno para verificar se o frango assado com ervas provençais estava pronto. — Você precisa beijar alguém.

— O quê? — Charlie recuou fisicamente como se pudesse se esquivar das palavras.

— Sim, é isso — respondi fechando a porta do forno. Eu gostava mais da ideia falada em voz alta. — Você precisa se lembrar do que é beijar.

— Eu sei o que é beijar! — Charlie retrucou, agora, passando da ofensiva para a defensiva.

— *Como* é? — perguntei, sentindo cada vez mais prazer de ver como eu estava certa. — Claro que não se pode escrever uma cena de beijo totalmente imersiva! Não quando o coração é um pássaro suicida.

— Estou arrependido de ter contado isso a você.

— Quem você pode convidar? — perguntei em seguida, me levantando para ir me sentar na bancada, pronta para começar a trabalhar nessa ideia.

Mas Charlie só entendeu o que viu: eu sentada na bancada da cozinha dele.

— Margaux jamais deixou ninguém se sentar no balcão.

Acenei com a cabeça como se isso fosse bom.

— Estamos quebrando todas as regras esta noite, Charlie. Estamos deixando nossas antigas limitações para trás. Agora, me dê alguns nomes.

— Nomes de quê?

— De pessoas que você beijaria.

Charlie piscou.

— Pessoas que eu...?

— Beijaria, beijaria — completei, num tom como se dissesse "*Coopere!*". — Deve haver mulheres na sua vida que poderiam ajudar você nisso. Amigas do colégio. Divorciadas. Ou... que tal alguma das atrizes que eu vi acompanhando você no tapete vermelho?

Charlie ficou completamente horrorizado.

— Você quer que eu beije pessoas de verdade... na vida real?

— Você só vai precisar de uma. Que tal a Liza McGee? Ela é fofa.

Charlie não conseguia disfarçar seu espanto.

— Ela tem uns 19 anos!

Encolhi os ombros.

— Essa idade é permitida por lei.

— Você não está falando sério. Eu *trabalho* com essas pessoas.

— Charlie, isso *é* trabalho. É laboratório. — Depois, antes que ele fizesse outro protesto, eu disse: — E a Brooklyn Garcia?

— Ela acabou de ter um bebê! E me odeia.

Avistei um bloco de papel do outro lado da bancada e me estiquei para pegá-lo.

— O que você está fazendo? — Charlie perguntou.

— Vou fazer uma lista — respondi.

— De mulheres para eu me declarar? — ele indagou.

— De potenciais contatos — respondi, como se fosse coisa do nível de Woodward e Bernstein.*

---

* Principais repórteres do caso Watergate. (N. da T.)

Escrevi Brooklyn Garcia e Liza McGee. Depois, risquei as duas. Continuei com a ponta da caneta no papel.

— Vamos fazer um *brainstorming* de algumas potenciais colaboradoras.

— Não vou fazer isso — Charlie disse. — Não vou convidar mulheres de forma aleatória e pedir que me beijem.

— Para fazer *laboratório*! — repliquei, como se isso melhorasse as coisas.

— Isso é repugnante.

— É para o bem da arte.

— Esse roteiro nem é propriamente arte.

— Poderia ser, se você o levasse a sério. — Então, tive uma ideia. — Que tal sua ex-mulher?

— O quê?!

— Você já a beijou antes — eu disse, tipo, "*Que novidade*!".

— Você perdeu o juízo.

— Estou apenas tentando ajudar você a superar esse bloqueio mental.

— Não é assim que se faz. Não vou me declarar a atrizes aleatoriamente, nem... Deus me livre... à minha ex-mulher, fazer uma coisa que ninguém na face da Terra pode sequer começar a entender a não ser outro roteirista.

A ideia era acabar com a discussão.

Entretanto, assim que ele disse isso, nós dois sabíamos qual seria minha próxima sugestão.

— Então, isso resolve — eu disse.

— Resolve o quê? — Charlie perguntou. — Como?

— Eu — respondi, sem nem parar para pensar.

— Você o quê? — Charlie perguntou.

— Eu sou o outro roteirista.

— Eu não quis dizer...

— Você acabou de dizer que ninguém entenderia isso a não ser outro roteirista. E acho que você já sabe disso, mas, por via das dúvidas... — Apontei para mim. — *Eu* sou a outra escritora.

Se eu tivesse parado para pensar nisso por algum tempo, nunca, jamais, teria feito a proposta. Mas me deixei levar pelo impulso. Tínhamos discutido a tarde toda. Ele tinha ridicularizado os beijos, a mim e ao *próprio amor* o dia todo. Eu queria superar isso. Queria livrá-lo daquela ideia obstinada. Minha ideia do laboratório de beijo era boa — embora eu também entendesse que, para qualquer pessoa deste mundo, pareceria meio louca.

Foi a resposta perfeita.

Se a última pessoa que Charlie tinha beijado era a mulher que o abandonou quando ele teve câncer, talvez ele precisasse de algo — qualquer coisa — que substituísse essa última associação. Eu não era nenhuma *pin-up*, tudo bem. Mas eu devia ser melhor que o câncer.

Eu teria recomendado que ele procurasse uma namorada, mas não tínhamos tempo para isso.

Numa emergência, eu poderia desempenhar esse papel.

— É uma excelente ideia — eu disse a Charlie.

— Absolutamente não.

— Esse é o passo avançado que você precisa dar.

— Não preciso de passo avançado.

— Precisa, sim.

Charlie agora estava recuando.

— Emma, isso é loucura. Nós trabalhamos juntos.

— Exatamente — repliquei. — Por isso que é perfeito.

— Isso não... — Charlie disse meneando a cabeça. — Isso não é...

— Posso fazer isso. Para escrever meu roteiro de sereia, fiz aulas de mergulho por duas semanas com um instrutor muito mão-boba chamado Karl. Cinco minutos de beijo não é nada.

— *Cinco minutos* de *beijo?* — Charlie se admirou, como se eu tivesse acabado de lhe propor correr uma maratona.

— A questão é que… você está certo.

— Estou certo?

— Eu sou mesmo a melhor pessoa para este trabalho. E, por mim, tudo bem fazer isso. Então, vamos lá.

Mas Charlie estava sacudindo a cabeça com uma *vibe* frenética, tipo, *nem no inferno*.

— Não é nada de mais — eu disse.

— Não podemos — disse Charlie.

— *Podemos*.

Dei um passo na direção dele, mas ele deu um passo para trás. Então, eu me aproximei mais, e ele recuou.

— Emma? Não. Ei… É uma péssima ideia. Ei! Estou falando sério.

Nisso, Charlie agarrou na bancada uma pinça de pegar macarrão e a levantou como se fosse uma arma.

Uma arma de autodefesa.

Uma coisa nessa cena me deteve.

De repente, eu a observei de um ponto de vista diferente: uma roteirista predadora avançando sobre seu colega enquanto ele se defendia com um utensílio de cozinha.

Nossa! Ele não estava brincando. Esse cara não queria *mesmo* me beijar. De jeito nenhum.

A ponto de brandir um par de pinças de pegar massa.

A ferroada da rejeição me atingiu, e eu fiquei parada por um instante, sem saber como reagir.

Baixei os olhos. Olhando para o chão, eu disse:

— Você está mesmo horrorizado com essa ideia.

— Horrorizado não…

— Com repugnância, então, imagino.

— Não, eu…

Eu não conseguia olhar nos olhos dele. Em vez disso, entrecerrei os olhos na direção da janela.

— Não tinha ideia de que eu era uma opção tão repugnante.

— Que é isso, Emma? Não é nada disso.

Mas pareceu mesmo que *era*. Pelo menos, eu me senti assim.

— OK — eu disse, sentindo tudo ecoar. — Tudo bem.

Dei meia-volta e saí da cozinha.

Eu nem sabia aonde estava indo, para ser sincera.

Que rejeição, hein?

Charlie não quis me beijar nem para laboratório.

Mas exatamente quão sem graça eu sou para não preencher nem os requisitos para o laboratório de beijo?

Quanto uma mulher precisa ser desprezível para um homem tentar se defender dela com um utensílio de cozinha?

Mais tarde, eu poderia me debruçar sobre perguntas feministas como "Por que cargas-d'água, de todas as pessoas do mundo, Charlie Yates tinha se tornado o *árbitro da minha atração pessoal*?". Agora, só uma coisa estava clara para mim: eu estava completamente disposta a beijá-lo. Mas Charlie Yates — com toda a certeza, sem sombra de dúvida — *não* estava nem um pouco disposto a me beijar.

Tudo bem. Tudo bem.

A rejeição havia se transformado em humilhação causticante. Tudo o que me ocorria para detê-la era fugir daquele espaço. Eu queria fingir que não me preocupava, mas me sentia tão rejeitada que nem conseguia fazer isso.

— Emma... — Charlie disse, me seguindo.

— Eu entendi. Tudo bem — respondi, andando mais depressa. — Eu só preciso... Eu só preciso... — Mas minha mente estava confusa. O que eu precisava fazer? Que problema urgente, surgido do nada, podia servir de motivo fictício para eu ir embora?

Não havia nenhum. Nada convincente, enfim.

— Emma... — Charlie me chamou de novo, com um tom de voz do tipo, "*Não...*".

Não o quê? Não se magoe? Não faça drama?

Não vá embora?

Charlie estava se aproximando de mim, e eu não sabia mais o que fazer quando ele me alcançasse.

Só precisava de um minuto para me recompor e esconder todos os meus sentimentos atrás de uma máscara de indiferença — um minuto que Charlie não estava me dando. O que parecia imensamente indelicado.

Um minuto para eu me esconder! Será que era pedir muito?

Nesse momento, no entanto, Charlie pegou meu braço e o puxou.

Eu parei e o deixei me virar na direção dele.

Eu podia ter me livrado do domínio dele e ter saído correndo, eu acho. Mas o jogo já havia terminado. Eu era roteirista, não atriz. Minha mágoa, minha decepção e minhas infinitas vulnerabilidades estavam explícitas e podiam ser vistas de todas as maneiras possíveis.

O que Charlie via no meu rosto só confirmava tudo isso para ele.

Eu o observei me interpretando em tempo real.

— Será que eu... desapontei você naquele momento? — Charlie me perguntou.

Baixei os olhos.

— Não — eu respondi, mas, na verdade, era um evidente *sim*.

— Eu magoei você?

Balancei a cabeça, mas não olhei nos olhos dele.

— Você *queria* fazer aquele laboratório de beijo?

— Não. — Foi um "não" nada convincente.

— Emma... — Charlie começou a falar, assimilando todas essas novas informações.

Por fim, levantei os olhos.

Charlie estava se inclinando, com preocupação. E intensidade. E talvez com uma nova e completa compreensão de quem ele passou a ser para mim.

Ele deu um passo à frente... e então era minha vez de dar um passo para trás.

— Você está com pena de mim, agora? — perguntei.

Ele deu outro passo e se aproximou mais. Dessa vez, eu recuei para o batente da porta da cozinha.

— Tudo bem — insisti. — Eu não ligo. — Mas eu era uma péssima mentirosa.

Quando ele deu o passo derradeiro, não havia mais nenhum espaço para onde eu pudesse fugir.

Ele preencheu todo o espaço e se inclinou para mais perto de mim.

— Eu não queria beijar você... — ele começou a falar, mas eu o interrompi.

— Siiim. Já entendi. Obrigada.

Mas Charlie negou bruscamente com a cabeça, como se eu não o tivesse deixado terminar.

— Por meio de um laboratório.

Eu parei e fiquei bem quieta.

— Eu não queria beijar você *para fazer laboratório* — Charlie repetiu, me observando para ver seu eu tinha entendido.

Será que eu tinha entendido?

Nenhum de nós sabia ao certo.

Charlie esperou mais um pouco — e ficou aguardando minha expressão mudar para "entendi".

No entanto, eu tinha medo de tentar entender. E se eu estivesse errada?

Então, Charlie desistiu de esperar.

Em vez disso, ele segurou meu rosto entre as mãos e o levantou para eu olhar nos olhos dele.

Em seguida, mudou o olhar dos meus olhos para meus lábios. Não estava só olhando, estava *observando*. Era como se ele estivesse assimilando tudo sobre meus lábios: cor, textura e forma. Aquilo era sensual, me atraía, e juro que eu sentia, era como se ele estivesse roçando a pele dos meus lábios com nada mais que a intensidade do olhar.

Então, ele se inclinou para mais perto, mantendo o foco preciso como *laser* nesse único lugar diante dele.

A expectativa era cruel.

Eu observava a boca do Charlie enquanto ele se aproximava.

Em seguida, assim que nos tocamos, ele pôs as mãos nos meus cabelos e me aproximou mais dele.

E eu estendi os braços ao redor do pescoço dele.

E o beijo simplesmente assumiu o controle.

A boca de Charlie era macia, firme e suave, tudo ao mesmo tempo. O calor e a ternura de tudo isso se misturaram com o despertar da minha consciência do que *estava acontecendo: Charlie Yates estava me beijando.* Todos os meus sentidos foram arrebatados por uma euforia onírica. Eu me sentia como a relva alta ondulada pelo vento.

Eu estava simplesmente extasiada quando Charlie se afastou um pouco e abriu os olhos para observar minha reação, como se quisesse saber… *Estava bom?*

Hum. Isso era mesmo uma pergunta? Precisaríamos de uma palavra melhor para designar "bom".

Estendi a mão atrás do pescoço do Charlie para o puxar de volta.

Eu estava criticando o Charlie por ter se esquecido de como se beija?

Porque, em primeiro lugar, não tenho certeza de que alguma vez eu soube.

Existe alguma coisa num beijo que une todos os opostos. O desejo e a conquista. O anseio e o poder. Todas essas emoções dissonantes que normalmente se chocam uma com a outra, se agrupando, enfim, numa harmonia requintada e rara.

Eu me lembro de ter pressionado meus lábios contra os lábios dele e mergulhado numa sensação de estar perdida — submersa no toque e na intimidade. Eu me lembro de nossos braços se enroscando e se entretecendo, puxando mais forte e buscando. Lembro que minhas mãos queriam sentir tudo o que encontrassem: a barba por fazer no pescoço dele, os músculos de seus ombros e seu torso másculo por debaixo da camiseta.

Ele era real.

Mais que isso, porém: ele fazia com que eu me sentisse real.

O beijo acendeu uma emoção que se espalhou por mim como um bálsamo, aliviando toda a tensão, curando as feridas e expulsando toda a solidão.

Eu já tinha saído com outras pessoas antes. Tivera alguns relacionamentos breves. Mas nunca havia sentido nada como aquilo.

Então, me ocorreu um pensamento: *talvez isso seja amor.*

Caramba! Pode mesmo ser amor.

Mas, em seguida, antes que eu decidisse se isso era bom ou um desastre, o *timer* do forno com o nosso jantar soou.

Alto. Desafinado. Insistente.

Ignoramos até onde deu. Então, nos separamos — ele tão desgrenhado quanto eu me sentia.

Fui até o forno, mas demorei um pouco para encontrar as luvas térmicas, que estavam na bancada bem na minha frente. Tirei o frango do forno e o coloquei em cima do fogão por um instante enquanto tentava me recompor.

Achei que Charlie estava fazendo o mesmo.

Pois, assim que me virei para ele, sem saber como mudar o foco *de seja lá o que tenha sido* para fazer uma coisa prosaica como servir e comer o jantar... Charlie disse, acenando lentamente com a cabeça:

— Agora, eu entendi.

— Entendeu o quê? — eu perguntei

Charlie me olhou nos olhos.

— Entendi por que estamos reescrevendo essa história.

VINTE E TRÊS

NA MANHÃ SEGUINTE, na chamada de vídeo, Sylvie e Salvador estavam meio consternados.

— Vocês deram um beijo totalmente épico e depois só comeram frango assado? — Sylvie me perguntou mais de uma vez.

— Com ervas provençais — respondi, em nossa defesa.

— Vocês não... sei lá... confessaram um monte de sentimentos? — minha irmã perguntou.

— Ou tiveram uma noite de paixão? — Salvador insinuou.

— Não! — respondi. — Não. Foi o primeiro beijo!

Mas Sylvie estava dizendo que isso era mentira.

— Vocês estão morando juntos há semanas.

— Mas como colegas de profissão.

— Então... — Sylvie continuou. — O beijo foi real? Ou foi laboratório?

— Foi real — respondi.

Sylvie e Salvador se olharam como seu eu fosse uma espécie de manteiga derretida no amor. Daí ela perguntou:

— Tem certeza?

— Foi real para mim — respondi. — E para ele também... acredito. Com base em indícios não verbais.

Sylvie franziu o rosto.

— Ele disse que não queria me beijar para fazer laboratório... e depois me beijou. Portanto, isso indica que não foi laboratório.

Mas Sylvie continuou franzindo a testa.

— O que foi?

— Mas isso não podia ter sido parte do laboratório? — ela perguntou. — Fingir que não era laboratório?

— Não! — respondi. — Isso é loucura!

Mas essa não seria também uma boa questão?

Agora, estávamos ruminando isso.

— Isso é ridículo — Sylvie disse, por fim. — Pergunte para ele.

— Perguntar para ele?! — Suspirei horrorizada. — Jamais vou perguntar a ele!

— Você não quer saber?

— Quero desesperadamente — respondi. — Mas vou ficar obcecada com isso em particular, como uma pessoa normal.

— Por que vocês não têm uma conversa? Diga a ele que gosta dele e descubra se ele gosta de você!

— Por favor — eu disse. — Se as relações humanas funcionassem assim, eu estaria sem trabalho.

Sylvie pensou um minuto antes de dizer:

— Acho que é hora de traçar um plano B.

— Que plano B?

— Estou enviando pra você pelo FedEx o meu vestido mais justo e sensual e minha sandália de tiras finas.

— Pra quê?

Sylvie se inclinou bem perto da câmera, tipo, *Dããã*.

— Use os dois juntos e veja o que acontece.

— Assim, vestir um vestido justo por motivo nenhum e andar pela casa dele como uma lunática?

— Como uma lunática *sexy* — Sylvie corrigiu. — É um vestido longo com um decote V profundo, feito de seda estampada com folhas tropicais gigantes. Você nunca usou nada assim na sua vida. Vai descobrir um lado seu completamente novo.

— Que desculpa plausível eu teria para usar uma roupa assim? — perguntei.

— Você é roteirista — disse Sylvie. — Invente alguma coisa.

✦ ✦ ✦

ARGH. COMO ESPERADO, eu e Sylvie ruminamos sobre aquele beijo adorável e esgotamos seu brilho com excesso de processamento.

Tinha sido só parte do laboratório?

Na ocasião, eu não tinha pensado assim. Mas o fato de não ter tido mais nenhuma consequência refuta essa opinião. Nos beijamos loucamente… e depois jantamos. Não pareceu estranho naquele momento, mas, quanto mais eu ruminava, mais insegura ficava.

Talvez eu não quisesse mesmo saber.

Enviei uma mensagem de texto muito animada ao Charlie, dizendo: Dia de folga da natação, hoje! Curta o sono até mais tarde!

Em seguida, tomei um banho, arrumei o cabelo do melhor jeito que pude e passei uma camada discreta de batom e um pouquinho de delineador nos olhos — o suficiente para tentar ficar mais bonita sem parecer que estava tentando fazer isso. Depois, experimentei dez roupas diferentes até decidir usar as minhas roupas de roteirista de sempre por baixo do meu moletom com capuz de morango de sempre. Assim, se aquele beijo arrasador de ontem à noite tinha sido, afinal, apenas laboratório da parte de Charlie, eu teria uma negação plausível.

Para mim, não tinha sido laboratório.

Mas eu nunca, jamais, confessaria isso — a não ser que para o Charlie também não tivesse sido só laboratório.

Apareci na mesa de trabalho e não consegui identificar se Charlie tinha passado algum produto nos cabelos ou se eles estavam apenas úmidos. Se estava usando loção pós-barba ou se o cheiro era só do desodorante dele. Se estava olhando para mim mais do que de costume ou apenas o normal.

Uma coisa era certa: havia um buquê de peônias em cima da mesa.

— Lindas flores — comentei ao me sentar.

Charlie olhou por cima, como se não as tivesse notado.

— Sim.

— Elas já estavam aí ontem?

— Acho que não.

— Tem alguma ideia de como elas foram parar aí?

Charlie fez que sim.

— Nosso café tinha acabado, ontem de manhã, por isso tive de ir ao mercado.

— Peônia é minha flor favorita.

Ao ouvir isso, Charlie levantou os olhos.

— É mesmo? Eu me perguntei isso.

— Você se perguntou?

— Sim. Porque você sempre olha para elas com desejo quando estamos no mercado, mas nunca as compra.

Franzi o nariz.

— Um ramalhete custa uns nove dólares — eu disse.

— Então, você queria comprar peônias, mas não comprava porque elas são muito caras?

— Não é o tipo de flor que a gente compra para si mesma.

Charlie ficou quieto por um instante, e eu percebi que ele estava reprimindo um sorriso.

— Então, fico feliz de ter comprado as flores para você.

TRABALHAMOS O DIA todo, e eu não posso falar por Charlie, mas eu tive uma sensação de expectativa o dia inteiro. O beijo de ontem, as peônias, o jeito que ele olhava por cima da tela do *laptop* dele — esses fatos esvoaçavam pela minha consciência como borboletas de esperança.

Todos os sinais indicavam que *não tinha sido laboratório*.

Era de admirar que eu conseguisse me concentrar.

Mas, depois, no fim da tarde, Charlie recebeu uma ligação.

O celular dele começou a tocar, e ele olhou para o aparelho durante um segundo antes de atender.

— É o Charlie — ele atendeu.

Depois, eu juro, fazia apenas alguns segundos que ele estava escutando quando, de repente, reagindo a alguma coisa que ouviu, ele teve um forte acesso de tosse seca, quase como se estivesse cuspindo para dentro.

Ele teve de largar o telefone, de tão intenso que foi o acesso de tosse.

— Desculpe — Charlie disse, quando já tinha se acalmado e pegado de novo o celular. — Podia repetir o que estava falando?

Então, ouviu durante um bom minuto… e, enquanto ouvia, a expressão dele ficava cada vez mais triste, e eu me peguei prestando o máximo de atenção, tentando imaginar o que a pessoa do outro lado estava dizendo. Mas, da parte de Charlie, nada me dava uma pista concreta.

— Sim, fiz — Charlie disse, agora em pé e começando a andar. — Foi só por… — ele começou a falar e continuou: — Isso mesmo. — Em seguida, pareceu que o corpo todo dele estava afundando, antes de ele dizer: — Você está brincando, não está? Por favor, me diga que está brincando. — Depois, ele saiu em direção às portas francesas e… não há outro modo de descrever… se atirou no jardim.

Não ousei o acompanhar, apenas o observei do lado de dentro.

Eu estava tomada de curiosidade sobre o que estava acontecendo, mas ele foi para o lado mais distante da piscina, a fim de caminhar, por isso, não consegui ouvir mais nada. Tudo o que eu podia fazer era observar a linguagem corporal dele e tentar ler seus lábios.

Nada disso deu resultado.

Será que ele estava discutindo com alguém? Tentando convencer alguém de algo? Se esforçando para se acalmar, mas não conseguia?

O principal: do que se tratava, afinal? Seria a amante do executivo dizendo que não queria mais o roteiro? O próprio produtor dizendo que não haveria o filme de máfia? Seria a ex-mulher do Charlie? O contador dele? Algum parente com uma notícia ruim?

Eu nunca tinha visto Charlie agir daquele jeito, nem de longe.

Quanto mais andava e discutia, mais ele tossia — enquanto suas respirações se estendiam e tropeçavam umas nas outras. Quando a chamada, enfim, terminou, ele soltou os braços e deixou o telefone despencar da orelha, e permaneceu ali se agitando... depois, pegou seu celular caríssimo e o lançou para o outro lado do quintal.

Então, de novo, começou a andar pra lá e pra cá, na lateral da piscina, puxando e soltando os cabelos, se virando para um lado e, depois, para trás, como se não visse nada ao seu redor.

Não sei o que havia acontecido, mas não era nada bom.

E, assim que decidi sair e perguntar se ele estava bem, Charlie voltou correndo para dentro da casa, foi direto para o armário de bebidas, serviu-se do maior copo de uísque que eu já tinha visto e bebeu tudo de uma vez.

— Charlie? — eu o chamei. — Você está bem?

Que pergunta! Claro que ele não estava.

Charlie se virou ao ouvir minha voz, como se tivesse esquecido que eu existia, e então veio direto até mim tão rápido que eu dei alguns passos para trás antes de ele me agarrar num abraço sufocante — e me segurar sem soltar durante um longo tempo, respirando fundo e expirando —, mais parecia estar se segurando em mim para salvar a vida do que qualquer outra coisa.

Foi quando, de repente, eu me perguntei: será que ele está doente de novo?

Antes que eu conseguisse perguntar, ele voltou para pegar mais uma bebida.

— O que está acontecendo, Charlie? — perguntei depois, do outro lado da sala. — É… Você está doente? É isso?

Essa pergunta o deixou muito irritado.

— Eu lhe *disse* — Charlie resmungou. — É *só uma alergia*.

— Não — eu disse. — Eu quis dizer *doente* doente.

Às vezes, a gente intui um coisa por impulso e acaba descobrindo que acertou.

Mas não dessa vez.

Charlie me lançou um revirar de olhos olímpico que não envolveu apenas o seu rosto, mas o pescoço e os ombros também. Então, ele disse:

— Nem todo mundo morre o tempo todo, Emma.

A voz dele tinha uma amargura que eu nunca tinha ouvido antes.

— Eu sei. Eu só…

— Não vamos acrescentar a sua hipocondria paranoica a este problema, tudo bem? Já é bem ruim sem você despejando um caminhão cheio de loucura.

Eu pisquei.

Isso não tinha a ver comigo, claro. Eu tinha acabado de entrar num mau momento de mistério pessoal do Charlie e sofri alguns efeitos colaterais. Mas a maldade ainda me machucava. Me afastei um pouco e então disse:

— Eu só queria saber se você está bem.

— Sabe de uma coisa? Você não precisa saber de tudo. Sim, você está morando na minha casa e, sim, estamos passando bastante tempo juntos e, sim, nós nos entendemos quase estupidamente bem… mas isso não lhe dá o direito de se intrometer em cada cantinho da minha existência. Às vezes, eu vou ter de lidar com umas porcarias que não são da sua conta.

— Tudo bem — eu reagi.

— Ótimo — Charlie replicou.

— Então, não me conte — eu disse.

— Não vou contar.

— Eu só queria ajudar.

— Aí está, é bem isso — Charlie disse. — Eu não preciso da sua ajuda e, com toda a certeza, não quero que você me ajude. Então, por que você não se afasta?

ELE SAIU DEPOIS disso, e eu só o vi de novo após a meia-noite.

Passei o dia "trabalhando", mas completamente incapaz de me concentrar, indo até a porta da frente toda vez que ouvia um carro passar. Ele tinha saído sem o carro e também tinha deixado o celular no quintal dos fundos, e eu não conseguia imaginar como uma pessoa sem telefone nem carro podia ficar tanto tempo fora em Los Angeles.

Se não era porque ele estava doente de novo, o que era?

Liguei para o Logan, mas ele não sabia. Liguei para a Sylvie, para tentar entender, mas éramos apenas pássaros doidos trocando teorias malucas. Será que ele tinha um filho secreto? Estaria sendo falsamente acusado de homicídio? Será que os consultores financeiros dele haviam lhe roubado todo o dinheiro?

— Aposto que a ex-mulher dele está se casando de novo — Sylvie disse.

Mas eu franzi o nariz.

— Ele nem gosta dela — eu disse. — Eu estou dizendo que foi uma coisa grande. Algo *catastrófico*. — Mas o quê?

EU TINHA ADORMECIDO no sofá quando Charlie, enfim, chegou... e tocou a campainha umas vinte vezes.

Ouvi o som no meu sonho durante um minuto antes de me dar conta de que era de verdade. Então, me arrastei até a porta e a abri.

Acho que ele continuou tocando a campainha mesmo depois que eu atendi, mas tudo de que me recordo foi a visão do rosto dele… coberto de sangue. Um olho roxo inchado, um lábio cortado e um verdadeiro cavanhaque de sangue que havia jorrado do nariz recém-esmurrado.

— Charlie! — exclamei ofegante ao vê-lo. — O que aconteceu?

Mas Charlie só apertou os olhos me olhando.

— O que aconteceu com o quê?

— Com o seu rosto! Parece que alguém bateu em você com um porrete.

Charlie tocou o rosto, como se precisasse refrescar a memória.

— Ah — ele disse. — Foi uma briga de bar.

— Briga de bar?! — perguntei, como se nada pudesse ser mais ridículo.

Os roteiristas *imaginam* brigas de bar. Jamais *participam* delas de verdade.

— Por que você não está dormindo? — ele perguntou, então.

— Porque você acabou de me acordar.

Ele se virou como se estivesse procurando a si mesmo.

— Eu acordei você?

Suspirei.

— Sim. Quando tocou a campainha sem parar durante dez minutos.

— Eu sou o pior… — Charlie disse, ao se lembrar. — Outro motivo para você ficar longe de mim.

— Quem entra numa briga de bar? — perguntei. — Isso é coisa de TV. Não algo do mundo real, que pessoas reais fazem.

Charlie deu de ombros.

— Um sujeito chamou o Jack Stapleton de “amador supervalorizado”.

— Por isso, você o *atacou*?

— Eu queria *discutir verbalmente* com ele — Charlie disse —, mas ele não era muito bom com palavras.

— Você tentou uma batalha de inteligência num bar.

— A coisa esquentou rapidamente.

— Charlie — eu disse. — Você é um idiota.

Charlie concordou com a cabeça.

— Talvez eu estivesse querendo uma briga.

— Você é famoso demais para se meter em brigas de bar — eu disse.

— Não era um lugar frequentado por *paparazzi*.

Charlie tinha se apertado contra o batente da porta enquanto tocava a campainha — e assim que tentou se soltar para entrar, tropeçou, caiu para a frente, tentou se agarrar e acabou se pendurando em mim e despencando.

— Ei! — exclamei, esmagada sob o peso dele. — Saia de cima de mim!

Por baixo do meu queixo, ele tentava negociar comigo com uma voz abafada:

— Trinta segundos. — Depois, levantou a cabeça para ver minha reação. — Tudo bem?

Ele estava olhando para mim intensamente, esperando uma resposta.

Talvez não fosse um olhar intenso. Talvez ele só estivesse tentando encontrar o foco.

— Vamos entrar, Charlie — eu disse. — Precisamos pensar no que vamos fazer no seu rosto.

Mas Charlie não se moveu.

— Você sempre diz que as pessoas caírem umas sobre as outras não é romântico, mas sempre é.

Seu rosto ensanguentado. Os olhos inchados. Os arranhões na bochecha. O cheiro de bebida alcoólica e o de cigarro das outras pessoas...

— Nada disso é romântico — eu disse.

Mas eu não tinha certeza de que estava falando a verdade.

— Isso é discutível — Charlie continuou, tropeçando um pouco nas sílabas.

Entrei em ação, passando meu braço em volta dele para arrastá-lo até a cozinha, mas, assim que fiz isso, ele começou a tossir, com uma tosse bem pesada — e eu me perguntei se ele não tinha quebrado alguma costela.

Eu o fiz beber uma garrafa de água enquanto apalpava todo o seu tórax para ver se não sentia nada quebrado ou sensível.

— Estou bem — Charlie continuava dizendo. — Não tem nada quebrado.

Em seguida, gastei um rolo de papel-toalha inteiro para limpar o sangue do rosto dele. Ele me observou o tempo todo.

— Lamento que isso seja nojento — ele comentou.

— Estou me perguntando se não deveríamos ir ao hospital.

— Só sobre o meu cadáver — Charlie esbravejou.

— A questão é justamente essa — repliquei.

— Detesto hospital — Charlie disse.

— Isso não importa — eu falei.

— Parece pior do que é.

Então, procurei no Google "Como saber quando levar alguém para o hospital depois de uma briga de bar", e descobri que muitos sintomas de lesão de cabeça preocupantes eram os mesmos que os de quem está estupidamente bêbado.

— Não vou de jeito nenhum — Charlie teimou. — Isso é uma informação gratuita do Google.

— Eu decido se você vai — afirmei, falando com uma voz firme de comando.

— Vou fazer como os manifestantes fazem, eles se deitam na rua... então, você vai ter que arrastar minha bunda de cem quilos pelo caminho todo.

— Talvez eu faça isso.

— Sim, boa sorte.

Eu já havia arrastado meu pai em muitos locais por vários motivos.

— Sou mais forte do que pareço.

— Verdade — Charlie disse com a voz pastosa. — Acredito.

QUANDO TERMINEI DE limpar o rosto dele, Charlie estava com a aparência bem melhor. Tinha um corte no olho inchado, no lugar em que o punho do agressor lhe socou a pele. Eu me inclinei para mais perto, a fim de espiar.

— Precisa de pontos aqui.

— Não!

— Pode ficar uma cicatriz.

— Não tenho palavras para expressar o quanto não estou nem aí.

Suspirei. Depois, meio que desisti. Sim. Ajudei meu pai muitas vezes, mas o meu pai *queria* que eu o ajudasse. Uma coisa é arrastar um homem incapacitado para o hospital; outra bem diferente é arrastar alguém que não quer ir.

— Beba — insisti, enchendo o copo de água para ele.

Para meu alívio, ele bebeu. Grandes goladas, que deixavam escapar água e escorrer pelo pescoço dele.

Encontrei uma pomada antibiótica e Band-Aid. Depois, enquanto eu estava aplicando os dois, perguntei:

— Que telefonema foi aquele, Charlie?

Como Charlie não respondeu, eu insisti.

— Hoje, mais cedo... Aquela ligação?

Charlie balançou a cabeça.

— Não posso contar pra você.

— Você pode. Pode, sim.

Mas ele balançou a cabeça de novo.

— É uma informação necessária só para quem precisa dela.

— Por quê?

— Porque ela vai arruinar a sua vida.

— Vai *arruinar a minha vida*?

Qual era o grau de bebedeira desse cara?

— Ou talvez seja *minha* vida que será arruinada. Mas isso também não vai deixar você muito feliz.

Depois de colocar o Band-Aid, eu me encaixei debaixo da axila dele feito uma muleta. Em seguida, meio andei, meio o arrastei para o quarto dele.

Ele desmoronou de costas na cama sobre o edredom.

— Você quer vestir o pijama? — perguntei.

Ele continuou de olhos fechados e fez que "não" com a cabeça.

Ele estava com os pés ainda colados no chão, por isso, eu me ajoelhei para desamarrar e tirar os sapatos dele.

Quando terminei, Charlie estava sentado, olhando para baixo, para mim.

— Eu acho... — ele começou a falar, surpreendentemente lúcido por um instante. — Que você é a minha pessoa favorita, a melhor que já conheci.

— Oh — eu disse, voltando a olhar para baixo. — Isso é muito gentil de sua parte.

— E eu conheci... — Agora, menos lúcido, ele fez um gesto grande com os braços, de bêbado. — Todos. No mundo. E você é minha favorita. Dos oito bilhões.

O que palavras assim significam vindas de uma pessoa nesse estado? Eu não tinha a mínima ideia.

— Que loucura é essa? — Charlie perguntou, inclinando-se e se aproximando de mim, a fim de observar meu rosto, como se nele pudesse encontrar a resposta. — Eu conheci você faz seis semanas e já não consigo imaginar minha vida sem você.

— Seis semanas podem ser muito tempo — afirmei.

— Não exatamente seis semanas — Charlie corrigiu em seguida. — Trinta e sete dias.

— Como você sabe disso?

— Eu sei.

— Você é estranhamente bom em contagem, para um roteirista.

Mas Charlie não reagiu. Só deixou seu olhar viajar dos meus olhos para o meu queixo, das minhas bochechas para a minha boca, e repetiu, assimilando a minha imagem como se talvez jamais a visse outra vez.

Por um segundo, eu me perguntei se ele ia me beijar.

Mas depois, em vez disso, ele puxou meu braço e me abraçou forte.

E, antes de me soltar, ele sussurrou:

— O que eu vou fazer, Emma? Você vai me odiar muito amanhã.

VINTE E QUATRO

CHARLIE ESTAVA CERTO.

No final do dia seguinte, eu ia odiá-lo, mesmo.

Mas, no início, eu não acreditei nisso.

A princípio, eu nem imaginava que poderia deixar de gostar dele. Em 48 horas, ele me beijou loucamente como eu jamais tinha sido beijada antes e me comprou peônias; depois, embriagado, me olhou com desejo. Com exceção do mistério daquele telefonema, seguido pela saída impetuosa e pela briga de bar, todos os sinais eram bons.

Todos os sinais a meu respeito, enfim.

Por isso, quando Charlie, finalmente, saiu do quarto dele no dia seguinte, por volta do meio-dia, eu já havia resolvido conversar com ele.

Eu esperava encontrá-lo com uma aparência grosseira. Não havia meio de ele não estar com uma ressaca homérica. Mas ele apareceu na mesa de refeição barbeado, de banho tomado e o mais limpo e arrumado que um roteirista poderia ficar. Na verdade, estava bem galante — exceto pelo olho direito roxo e o Band-Aid pequeno tentando cobrir o corte. Mesmo o lábio cortado conseguiu ficar rosado. Como ele podia estar com tão boa aparência hoje — depois de ontem?

Eu me aproximei e me interpus entre ele e a cadeira antes que ele se sentasse.

— Posso falar com você? — perguntei.

Talvez a leve contração no rosto dele tenha sido um sinal vermelho. Talvez também não seja uma boa ideia se declarar a um homem de ressaca. Mas eu já estava em pé desde as seis da manhã, já havia trocado de roupa três vezes e passado rímel, além de estar nervosa e pronta para terminar logo com aquilo.

Enfim, nunca fui boa em relação a escolher o momento certo.

— O que é? — Charlie perguntou, sem me olhar nos olhos.

— Acordei pensando no que você me disse ontem à noite, que eu era a sua pessoa favorita — comecei.

— Eu disse isso? — Charlie me interrompeu.

Isso me abalou um pouco. Ele não... se lembrava?

— Sim — respondi, olhando para ele mais atentamente, buscando um sinal de reconhecimento. — Você me disse que eu sou a sua pessoa favorita. Do mundo todo.

— Isso não se parece nada comigo — Charlie replicou.

— Bom... — eu disse. — Você falou isso.

— Se você está dizendo...

Essa conversa já estava saindo dos trilhos, mas eu estava tão concentrada no plano que tinha elaborado a manhã inteira, que não conseguia mudar. Simplesmente avancei no que eu tinha decidido fazer, que era confessar a Charlie que eu gostava dele.

— Enfim — continuei —, fiquei pensando em quanto eu tenho adorado ficar aqui com você e trabalharmos juntos. Mas não é apenas o trabalho. É tudo... Sabe? As idas ao mercadinho, a natação de todos os dias, as... — Eu estava começando a perder a coragem. — As traquinagens.

Charlie franziu o rosto como se não tivesse gostado da minha escolha vocabular.

— As traquinagens?

Fiz que sim com a cabeça.

— E o caso é que... quando você me beijou, outro dia, eu já estava inundada... simplesmente dominada, na verdade, por esse sentimento de paixão. No início, pensei que podiam ser apenas os hormônios ou, sabe... apenas uma reação química de ter sido beijada depois de... — Hesitei e, em seguida, terminei dizendo: — Um período de seca épico no departamento amoroso.

Departamento amoroso? Céus! Não foi esse o monólogo elegante que eu tinha escrito em minha mente.

— Mas a questão é que... — Eu tomei fôlego e prossegui. — A questão é... que não passou.

Charlie meneou a cabeça.

— O que não passou?

Respirei fundo para tomar coragem e sustentei o olhar dele.

— A paixão.

Os ombros de Charlie despencaram.

O que não parecia um bom sinal.

Mas eu havia começado e, claro, ia terminar.

Prossegui:

— Parece que eu... meio que... estou atraída por você. Algo forte. Uma coisa divertida, desassossegada, extasiante, como um *crush*.

Charlie fechou os olhos, como se estivesse pensando "*Merda*!".

Até eu começar a confessar, de algum modo estranho, eu tinha certeza de que ele sentia algo forte por mim. Mas enquanto eu estava ali, em tempo real, eu senti a esperança se dissipar como sementes de dente-de-leão ao vento.

Ainda assim, continuei.

— Várias e várias vezes, desde que você apareceu na minha vida, você tem me ajudado e cuidado de mim, e vem sendo uma verdadeira fonte de força. Não sei o que aconteceu ao telefone ontem, mas de uma coisa eu tenho certeza. Também quero ser a pessoa que está presente por você.

Charlie baixou a cabeça e a pressionou com a mão, como se eu tivesse acabado de dizer a última coisa que ele queria ouvir.

— Não importa o que esteja acontecendo — eu disse. — Eu quero te ajudar.

Nisso, Charlie levantou a cabeça e, com uma nova expressão, uma mistura de determinação, estoicismo e completo desinteresse, ele disse:

— Isso não é uma boa ideia.

— Não é uma *ideia*... — eu disse, como se talvez eu conseguisse vencer com um recurso retórico. — É um sentimento.

Mas Charlie apenas meneou a cabeça, dizendo:

— Emma, você não pode.

Reagi também balançando a cabeça e falei:

— Não posso?

— Nós não vamos ter esse tipo de relacionamento.

— Mas... — eu comecei a falar e não sabia o que dizer, eu não sabia ao certo como definir; no entanto, por fim, eu disse: — E o lance do beijo que aconteceu?

Charlie endireitou os ombros e concluiu:

— Foi uma decisão ruim.

Uma *decisão ruim*? O que ele era... um árbitro?

Achei que eu precisava defender aquele melhor beijo da minha vida.

— Eu acho que foi uma boa decisão.

A fala dele estava sem emoção.

— Eu não devia ter feito aquilo.

Eu realmente não estava entendendo.

— Por que não?

— Porque nós... — ele gesticulou entre nós — ... não podemos começar nada.

— Tarde demais! — eu disse. — Já começou.

— Então, precisa parar.

— E se eu não quiser parar?

— Isso não importa.

— Para mim, importa!

— Sinto muito — Charlie disse. Mas ele não parecia arrependido.

Essa seria sua versão das coisas? Ele estava fingindo não se importar *porque se preocupava muito*? Mas por que ele faria isso? Não havia nenhum motivo.

— Charlie... — eu disse, olhando nos olhos dele e dando um passo para chegar mais perto. — O que está acontecendo?

— Nada — ele respondeu. — Eu só... não gosto de você desse jeito.

Senti um nó na garganta de decepção.

— Você não gosta?

— Eu não.

— Não... Nem um pouco? Nada?

Charlie só me olhou.

— Tudo bem — eu disse. — Mas... Então... Por que parece que você gosta de mim, *mesmo* assim?

Charlie balançou a cabeça.

— Talvez seja porque estamos morando juntos. Talvez porque encontramos um ótimo ritmo de escrita. Talvez porque você tenha ficado muito tempo sozinha.

— Eu fiquei... *sozinha muito tempo*?

Essa era a autobiografia *dele*... não a minha.

— Eu não sei, Emma! — Charlie disse, como se alguma coisa tivesse acabado de se quebrar. — Foi um erro. Foi uma porra de um erro!

Com isso — com Charlie Yates *usando a palavra porra* em relação ao nosso beijo lindo, etéreo e transformador —, eu dei um passo para trás.

Mas Charlie estava tenso e exaltado agora.

— Nós não sabemos o que está acontecendo! Não conhecemos o futuro! Tudo o que você quer são respostas, mas eu não as tenho! Eu poderia me mudar para o Alasca amanhã! Poderia velejar pelo mundo!

— Charlie ergueu os braços e agitou as mãos, como se estivesse dizendo "*Quem sabe?*". — Eu poderia voltar com minha ex-mulher.

Ao ouvir isso, eu comecei a tossir sem nenhum motivo. Assim que me recuperei o suficiente para falar, eu disse:

— Com quem você acabou de dizer que poderia voltar?

— *Poderia* — ele reiterou, como se isso fosse uma questão importante.

— Voltar com...?

— Minha ex-mulher — Charlie respondeu, sem pestanejar.

— A malvada? — eu disse, como se houvesse outras opções.

Charlie assentiu, mas falou:

— Na verdade, ela não é uma pessoa má.

— A ex-mulher que deixou você no dia em que você descobriu que estava com câncer?

Ele me olhou.

— Sim, mas...

— A ex-mulher de quem você nem sequer gosta?

Charlie fez um protesto meio covarde:

— É complicado.

— Você se escondeu dela na despensa da cozinha como se ela fosse alguma assombração agourenta!

— Isso acontece no casamento, às vezes — Charlie afirmou.

— Você nem sequer é casado com ela, mais!

O que estava acontecendo? O que se passava? Eu estava muito confusa. Dez minutos antes, eu flutuava no encanto de um beijo de contos de fadas por um cara que eu tinha 99% de certeza que estava exatamente "tão na minha" quanto eu "estava na dele"... e agora ele estava *pensando em* se casar de novo... com alguém que ele não suportava?

Era inacreditável! Mas talvez eu só não quisesse acreditar.

Talvez eu tivesse, de fato, ficado tempo demais sozinha.

— Você está se encontrando com ela?

— Quem?

— A ex-mulher malvada.

— Ainda não — Charlie respondeu. — Mas poderíamos começar... Qualquer dia desses.

Quê?

— Já ouvi muita coisa maluca na minha vida — eu disse em seguida —, mas essa é a mais louca.

Charlie assentiu com a cabeça, como se concordasse. Como se nós *dois* estivéssemos desconcertados.

Mas acho que o resumo da história aqui era que Charlie tinha dito "não". Charlie tinha dito que não estava interessado em mim. Charlie tinha dito que me beijar tinha sido uma *decisão ruim*.

Não era nada confuso. Era simples.

Eu nutria sentimentos por Charlie, mas Charlie — ao que parecia — não sentia nada por mim.

Portanto, isso apenas tinha de ser o fim.

VINTE E CINCO

O QUE ACONTECE em seguida, depois que um roteirista famoso lhe dá um tremendo fora na sala de jantar dele no início do seu dia de produção de texto juntos?

Você, hã...

Você apenas, hã...

Apenas volta ao trabalho.

Você balança a cabeça durante uns segundos, com uma cara sem graça, deixando tudo registrado... e depois anda lentamente pelo longo caminho de volta para o seu lado da mesa, se senta com recato diante de seu próprio *laptop* e começa a digitar no teclado.

Eu queria sair correndo da casa e não voltar nunca mais — e, quem sabe, roubar na saída um dos prêmios dele socados naquela gaveta?

Eu quis fazer isso.

Mas eu fiquei. Pelo contrato.

Passar por tudo isso e, no fim, perder o dinheiro seria o mal maior. Se para receber meu pagamento eu tivesse de ficar até o final, eu ficaria até o fim, até receber o dinheiro.

Uma demonstração de força, pelo menos.

Uma pessoa decente me pagaria o valor proporcional. Eu sairia feliz com noventa por cento do total. Abriria mão dos dez por cento num piscar de olhos para sair dali.

Mas Charlie *era* uma pessoa decente?

Sinceramente, eu não tinha certeza. De nada.

Mais três dias. Tínhamos três dias e uma boa parte do Ato Três por fazer antes de terminarmos. Eu não ia embora. Terminaria meu trabalho aqui como uma profissional lúcida e depois pegaria meu cheque com tranquilidade e voltaria para casa.

O melhor que se pode fazer quando alguém rejeita você de forma categórica é, claro, nunca, jamais voltar a ver essa pessoa. Contudo, como não tinha essa opção, eu precisava descobrir como lidar com isso.

Com o Charlie "Decisão Ruim" Yates.

Era a desigualdade que eu detestava: nós dois, agora, sabíamos, com certeza, que eu o achava especial, desejável e adorável, e ele *não* achava nada disso de mim. Muita gente também não pensa essas coisas de mim, eu dizia para mim mesma, e tudo bem. E eu já tivera paixões não correspondidas antes e sobrevivera. Mas a combinação é que era tão mortal. Ele saber que eu gostava dele e, ainda assim, não gostar de mim.

Charlie havia me rejeitado, e isso era um fato. Nada podia mudar isso.

Mas como eu reagiria a isso? Era escolha minha.

Eu podia deixar que isso me destruísse por completo, ficar sentada do outro lado da mesa o dia inteiro, olhando para o Charlie e me sentindo desamparada, com o rosto cheio de lágrimas; ou podia fingir que não era grande coisa.

Mas *era* grande coisa.

Para mim, pelo menos.

No entanto, se os últimos dez anos tinham me ensinado algo sobre mim, era que eu podia sobreviver a qualquer coisa; ou, pelo menos, podia sobreviver a ser rejeitada por um homem que não conseguia se lembrar de como é o amor.

Mas como eu podia trabalhar assim?

Essa era a pergunta a que eu não conseguia responder. Como eu pensaria em vírgulas, diálogos e estruturas de personagens agora? Como algo que acontecia com pessoas imaginárias poderia se comparar à humilhação que havia encoberto como uma neblina todo o meu cenário emocional? E como exatamente eu ia criar a última coisa da minha lista de afazeres do roteiro: o *bendito final feliz*?

Obrigada por perguntar, porque eu procurei no Google e, agora, eu tenho muitas dicas de como passar de uma rejeição devastadora para um dia de escrita produtivo com um colega: olhe nos olhos dele, porque é isso que fazem os alfas. Erga a cabeça, porque isso evoca senso de orgulho. Conserve os movimentos simples e diretos para mostrar que não está nervosa. Levante as sobrancelhas a fim de parecer despreocupada. Respire fundo várias vezes; isso faz seu peito se elevar e oculta sua alma em pedaços.

Anotei uma lista cifrada para me lembrar. Levantar-se. Erguer-se. Respirar. Estufar o peito.

Depois, passado o ponto principal disso, dei graças em silêncio pela facilidade com que a decepção dá lugar ao desprezo.

Sério? *Esse sujeito?*

Eu lancei um olhar furtivo a Charlie quando começamos a trabalhar. O cabelo dele estava mal dividido e desgrenhado, como se ninguém jamais lhe tivesse ensinado a se pentear. A gola meio virada, faltando um botão, e aquela Oxford estava definindo o limite máximo de amarrotada. Embora, antes, eu sempre tivesse considerado a atitude de Charlie de não se dar ao trabalho de cuidar de suas roupas uma prova positiva de que ele fazia suas próprias regras, hoje, isso me parecia patético. *Sério, cara? Você está com trinta e tantos anos e não pode passar uma camisa?* Além disso, andava com os sapatos desamarrados, as unhas roídas, e nunca tinha aprendido a digitar. Sério. Ele catava milho. Admiravelmente rápido, mas, ainda assim, quando alguém é escritor, não deveria no mínimo aprender a digitar? Isso não era o mínimo?

Viu? Ele não era tão bacana.

Eu estava bem.

Isso era, de certo modo, libertador.

Eu podia voltar para casa sem nenhum vínculo quando tudo isso terminasse e eu retornasse para as muitas e prazerosas atividades que eu fazia em casa.

Sejam quais fossem.

Talvez eu começasse a praticar *line dancing* a sério e deixasse todos admirados por ter ficado tão boa nisso a ponto de ir para a Olimpíada de *Line Dancing*.

Será que existe Olimpíada de *Line Dancing*?

Talvez eu crie uma.

A questão era: só mais três dias.

Seja forte, eu disse para mim mesma. *Você está bem*.

Mas meus olhos me traíam. Todas as outras partes do meu corpo estavam sendo superobedientes: eu estava bem cuidada e serena, meus dedos estavam digitando de forma diligente — ainda que apenas as teclas *asdfgç* de maneira repetida — e meu coração se arrastava apático, mas firme. Apenas meus olhos insubordinados estavam agindo com rebeldia, tanto que tive de fingir espirrar várias vezes para poder limpá-los.

— Alergias — eu disse a Charlie.

— O pior — Charlie concordou.

Sobrancelhas levantadas. Cabeça erguida. Respire fundo.

Não desabe. Não desabe. Não desabe.

TRABALHAMOS O DIA todo e, depois de um tempo, daquele jeito que as histórias nos salvam, comecei a ser arrastada como um barquinho de papel num riacho. A força daquela corrente conhecida ajudava muito.

Aqui vai mais uma dica para ficar bem quando se está presa num espaço pequeno com o homem que a rejeitou: ponha música em alto volume nos fones de ouvido como um adolescente irritado; música alta e *descolada*, porque você é uma pessoa descolada e nenhum sujeito que não a valorize pode tocar essa música.

Na verdade, tenho uma *playlist* chamada "Tranquilidade Descolada" e a deixei rolar. As bandas eram descoladas, as músicas eram descoladas, eu estava tranquila e me sentindo descolada por ouvi-la — e Charlie Yates que fosse para o inferno.

Nem preciso dizer que não houve muita leitura de diálogos em voz alta nesse dia.

Não dividimos lanchinhos e petiscos, não houve bate-papo, nada de colaboração.

Em nenhum momento tirei os fones de ouvido — trabalhei seis horas seguidas sem tocar neles. Usei-os até no banheiro.

Enquanto trabalhávamos, hesitei sobre cancelar ou não o jantar que havia prometido fazer para o Charlie, *hoje à noite*, em comemoração do seu quinto aniversário sem câncer.

Por um lado, por que diabos eu deveria cozinhar para ele? Devia deixá-lo sozinho com seus sacos de fiambre e sair sozinha para comer num restaurante chique. Por outro lado, entretanto, eu *sou* uma excelente cozinheira. Fazer Charlie se lembrar de todas as incontáveis delícias de que ele estava abrindo mão por não se interessar por mim parecia uma boa ideia.

Além disso, ele estava oficialmente curado do câncer. Isso era maior do que meus sentimentos em consequência de uma rejeição insignificante. Seja lá o que Charlie significasse, em particular, para mim neste momento, eu conseguia entender o cenário mais amplo daquilo que ele representava para o mundo em geral.

Sim, eu o detestava. Mas ainda estava *feliz por ele estar vivo*.

Talvez "feliz" fosse um pouco forte.

Eu apoiava de maneira fervorosa a ideia de que ele continuasse existindo.

Algo mais? Sylvie tinha mesmo despachado pelo correio, para a mansão de Charlie, o vestido longo dela com estampa tropical e tirinhas fininhas e as sandálias também de tiras. A encomenda chegou enquanto estávamos trabalhando e tinha um bilhete da Sylvie sem nenhum cumprimento nem assinatura, dizendo apenas: "Faça-o se arrepender de ter nascido!".

Gostei daquelas palavras.

Gostei tanto delas que solucionaram a minha questão.

Eu faria o jantar para o Charlie hoje à noite e usaria o vestido tropical ousado, comemoraria a boa saúde dele como uma pessoa virtuosa e, por fim, salvaria a aparência cozinhando um jantar tão delicioso que o perseguiria para o resto da vida.

Em meio a tudo isso?

Eu usaria aquele vestido.

QUANDO CHARLIE SAIU, no final da tarde, fiquei tão aliviada que nem lhe perguntei aonde ia, porque, de verdade, eu não me importava.

Tampouco lhe perguntei a que horas voltaria.

Claro. Com certeza, numa noite em que se faz o jantar para alguém, é bom saber a que horas o jantar deve ser servido.

Mas ia parecer carência minha perguntar isso.

Afinal, quem se importava, não é?

Em geral, jantávamos às sete, por isso, me planejei para esse horário.

Fui ao mercadinho sozinha e comprei os ingredientes para o bife Wellington (que, todos de minha família concordavam, era o prato mais delicioso, amanteigado, reconfortante e transformador do meu amplo repertório), bem como os vegetais para assar e uma garrafa de espumante da região francesa de Champagne, um champanhe legítimo.

Além do mais, abandonei a ideia de *donuts* de sobremesa, troquei por uma opção mais em moda, uma estilosa torta de limão e alecrim.

Enquanto o bife Wellington estava no forno, eu me revesti com a nítida energia de *me preparar para o baile de formatura*. Até procurei no Google um tutorial para um "rabo de cavalo preso de dentro para fora" e tentei domar meus cabelos. Chamei a Sylvie pelo FaceTime para ela me explicar como se passa sombra nos olhos... e, *voilà:* três tentativas depois, meus olhos estavam, como Sylvie e Salvador disseram, "pelo menos dez por cento mais *sexys* que de costume". As sandálias eram meio número maiores, mas tudo bem. Eu não ia fazer trilha com elas. E, depois, o vestido: quilômetros de volume de tecido estampado de folhagem para baixo da cintura alta — e quase nada na parte de cima, que era estilo biquíni de tirinha. As tiras finas sustentavam dois triângulos simples e se cruzavam sobre as costas nuas, no estilo frente única.

Resumindo, a parte de cima seria ousada mesmo para uma praia de Saint-Tropez, e a parte de baixo dava a impressão de que eu estava usando uma das cortinas de Maria von Trapp — *parecia mesmo uma cortina*.

Mas funcionou de algum modo?

Será que me senti vulnerável e estremecida até a alma usando um vestido que deixava partes inteiras do meu corpo expostas? Sim, sem dúvida. Mas será que também não era um tipo de jogada de poder para ficar tão destemida que nem precisasse de roupa?

Estranhamente, sim.

Vamos dizer apenas que estava a anos-luz do meu moletom de capuz de morango.

Sylvie me fez enviar uma selfie minha no espelho para o nosso grupo. Quando viu a foto, ela me respondeu na hora: "Arrasadora. Perfeita. Exatamente perfeita!".

Eu não queria fazer o Charlie mudar de ideia a meu respeito.

Só queria arruinar um pouco a vida dele.

Então, arrumei a mesa do pátio com os guardanapos de pano mais chiques do decorador da ex-mulher dele e um pequeno exército de velas para iluminação ambiente. Descobri como ligar o som estéreo dele para pôr uma música de fundo e consegui deixar tudo pronto antes do pôr do sol e a tempo de Charlie chegar em casa e encontrar tudo à espera dele como um glorioso presente que ele não poderia guardar.

Tirei o bife Wellington do forno para descansar, tirei meu avental, me sentei à mesa do quintal, adotei um ar *blasé*, como se sempre me vestisse com vestidos longos de estampa de folhagem tropical, e esperei.

E esperei.

As sete horas chegaram e passaram.

Às sete e meia, eu estava me sentindo patética o suficiente para abrir a garrafa de champanhe em sinal de rebeldia, para que, quando Charlie chegasse em casa, pelo menos, eu estivesse fazendo algo divertido.

Fiquei feliz ao descobrir que, por acaso, eu tinha comprado champanhe doce.

Resumindo, era uma delícia.

Gostoso demais. Às nove horas, eu sem querer já tinha bebido a garrafa toda.

Oops.

Devo dizer que eu não sou boa com bebida e não tinha comido nada a noite toda. Por isso, uma garrafa inteira de champanhe no estômago vazio foi... *como dizer*...? Demais.

No momento que percebi que tinha esvaziado a garrafa, já era tarde.

O mundo girava e ondulava, e meus membros pareciam elásticos. Eu me lembrei de que precisava ter cuidado com o vestido preferido da Sylvie, mas nesse momento eu já não me lembrava bem o que exatamente significava "cuidado".

Eu me dei conta de que *estava bêbada* quase ao mesmo tempo que me ocorreu que *eu tinha sido deixada plantada*.

Charlie Yates me deixou plantada.

Esperando para um jantar que eu havia preparado só por vingança.

Os minutos se passavam, mas eu não mandava nenhuma mensagem de texto ao Charlie apenas por princípio. Eu me recusava a deixar transparecer que estava me importando. Tanto faz, tanto faz. Ele podia aparecer ou não — para mim, era a mesma coisa.

Mas, claro, não era.

Eu precisava de um triunfo esta noite. Por isso, me dei a todo esse trabalho. Provar ao mundo — e sobretudo a mim — que, apesar de tudo, eu era incrível.

Mas aquilo não era triunfo. Era o oposto.

E, não sei por que, bem no instante em que eu estava pensando nisso, avistei o trampolim alto me observando do outro lado da piscina.

Eu estava indo em direção à piscina antes mesmo de ter tomado uma decisão. Meu cérebro estava tão distante do meu corpo que eu achava que estava na metade da escada antes de perceber o que estava prestes a fazer.

Um mergulho de cabeça.

Charlie tinha dito que eu não podia. Por isso, agora, para nos punir, eu ia mergulhar.

Não havia nada mais genial que um mergulho de cabeça.

Eu fazia isso o tempo todo no colégio. Em geral, não com vestido frente única e sandálias de tiras depois de uma garrafa de champanhe, mas fazia. Isso era parte das minhas aptidões. Charlie havia me proibido de mergulhar daquele trampolim — *proibido*! Mas Charlie não estava aqui, agora, estava? Se ele quisesse mesmo me manter afastada do trampolim, talvez devesse aparecer para jantar.

Era exatamente a rebeldia de que eu precisava.

Estava pensando nisso quando cheguei ao topo da escada, pisei no trampolim e avistei Charlie saindo do pátio de trás e me olhando boquiaberto, enquanto assimilava o que estava acontecendo.

— Emma, o que você está fazendo? — Charlie gritou, com a voz tomada de pânico, enquanto se aproximava.

— Vou mergulhar de cabeça — respondi, sentindo meus lábios meio inúteis.

Charlie chegou à borda da piscina, olhou para cima e disse:

— Emma, desça.

— Não quero — respondi.

Mas Charlie continuou a andar. Ele chegou à escada e estava começando a subir.

— Você me deixou plantada! — gritei para o alto.

— Eu deixei você plantada?! — Charlie perguntou da escada.

Eu me virei para ficar de frente para a escada e o esperar.

— No seu jantar de cinco anos. Seu livramento do câncer. Sua festa de perfeita saúde. Seu jubileu de cura.

Quando Charlie chegou ao topo, ele disse:

— Eu não sabia que ainda ia ter o jantar.

— Por que não teria? Nós marcamos em nossas agendas digitais!

— Sim — Charlie disse —, mas isso foi antes.

— Antes de quê?

— Antes dessa coisa toda de eu possivelmente voltar com a Margaux.

— Você me acha tão mesquinha?

Só para constar, eu era muito mesquinha.

— Não, eu...

— Você acha que, só porque eu gosto de você... *gostava* de você... mas você não tem absolutamente nenhum interesse por mim, que eu não posso ficar feliz por *você não estar mais com câncer*?

— Eu só acho que eu...

— Onde você estava? — eu o cobrei.

— Fui visitar o Cuthbert.

Fiz uma pausa para nós dois podermos digerir aquilo.

— Você me deixou plantada aqui, esperando, por um porquinho--da-índia?

Mas Charlie se recusou a se intimidar.

— Ele está sem comer de novo.

— E daí?

— Então, a Margaux me pediu para eu ir cantar para ele.

Sério? Eu sou completamente a favor de tratamento humano para os animais, mas *tenha dó*! Dilatei as narinas, olhando para o Charlie, e disse:

— Eu fiquei esperando você durante três horas enquanto você fazia serenata para um roedor.

— Esse julgamento é injusto.

Tudo bem. Que seja.

— Eu fiz bife Wellington para você! — gritei. — Tem ideia de quanto isso custou?

— Vamos comer — Charlie disse, com certeza, esperando que me inspirasse a descer. — Vamos comer esse bife, agora.

— Agora, está frio — respondi. Depois, eu disse: — Está arruinado.

— Carne fria é uma iguaria — Charlie disse, estendendo a mão como se eu fosse segurá-la. — As pessoas vivem comendo carne fria.

— Dê para o Cuthbert — repliquei, pulando no trampolim.

— Eu não... Não é assim...

— O fato é que... — comecei a falar, me virando para ficar de frente para a piscina — eu segui em frente.

— Emma, volte por este caminho, *por favor* — Charlie pediu, e eu percebia um medo verdadeiro na voz dele.

Claro, isso não significava muito. Eu tinha ouvido várias coisas na voz dele.

— O bife Wellington vai ser meu mergulho de cisne... — eu disse.

— Você quer dizer "o canto do cisne"?

Olhei para ele como quem diz "*Não me dirija a palavra!*". Depois, o ignorei.

— Mas eu acho que o mergulho de cabeça vai ser um verdadeiro mergulho de cisne.

— Emma... *não* mergulhe!

— Charlie... *não* me diga o que fazer!

— Emma, estou te implorando. Venha aqui. Parece que você está muito instável.

— São as sandálias. Estão muito grandes.

— Não são as sandálias. É o vinho.

— Champanhe — eu o corrigi.

Bem nesse instante, porém, Charlie deu um passo sobre o trampolim. Eu senti o peso dele.

— O que você está fazendo? — eu perguntei.

— Estou indo pegar você.

— Não faça isso, Charlie. Você tem medo desse negócio.

— Tenho mais medo de que você caia dele.

— Eu não vou cair.

Charlie começou a vir até onde eu estava.

— Pare com isso! — eu disse. — Você tem medo de altura.

— Não tenho medo de altura, tenho medo de água.

Apontei para a piscina ali embaixo e disse:

— O que você acha que é isso aí?

— Eu não posso simplesmente deixar você aqui em cima. Preciso pegá-la.

— Isso é ridículo! Você nem sabe nadar.

— Eu *sei* nadar. Só *não* nado.

— Desça — eu lhe ordenei. — Deixe isso para os profissionais.

— Os profissionais *bêbados*? Com vestido longo?

O vestido longo. Eu tinha quase me esquecido. Então, só porque eu suspeitava que ele diria qualquer coisa que eu quisesse, agora, perguntei:

— Eu não fico maravilhosa nesta coisa?

Daí, Charlie me surpreendeu dizendo:

— Você está tremendamente incrível.

Uau! Tudo bem. Isso foi melhor do que eu esperava.

— Emma... — Charlie disse. — Por favor, venha aqui. Você está muito bêbada.

— Não estou bêbada — contestei. — Só bebi muito.

— Isso é exatamente a definição de "bêbado".

— Por que você está discutindo tanto?

— Por que você não quer vir aqui?

— Porque... eu não quero — eu disse.

Eu achava bom desafiar o Charlie. E perturbá-lo, e preocupá-lo. Será que era isso o que todos os livros sobre criação de filhos que eu li quando estava criando a Sylvie queriam dizer com "comportamentos para chamar a atenção"? Eu não tinha entendido até agora. Eu gostava de ter a plena atenção de alguém, para o bem ou para o mal. Sobretudo alguém que já havia tido a minha atenção.

Eu não tinha notado isso antes até refletir a respeito depois, mas e aquilo em que Charlie era tão bom, de fingir que as coisas não importavam?

Ele não estava fazendo isso agora.

Estava o oposto de indiferente.

Não estava fingindo que não se importava. Estava preocupado de verdade. Muito. Talvez eu gostasse disso também.

Charlie tinha chegado à metade do caminho sobre o trampolim, até a parte em que terminavam as grades laterais. Ele se agarrava nas grades com as juntas dos dedos embranquecidas e, ao mesmo tempo, estendia a outra mão para mim. Olhei para a prancha. Estava estremecendo.

Uh.

Eu podia lhe dar um tremendo de um susto com um mergulho daquela altura.

Talvez isso me bastasse; ou talvez eu tivesse ficado um pouco sóbria, ou só não quisesse estragar o vestido da Sylvie. Mas eu decidi descer.

— Tudo bem — eu disse. — Nada de mergulho de cabeça.

Eu *vi* o suspiro de alívio sair do corpo de Charlie.

— Obrigado — ele disse, se inclinando mais em minha direção.

Mas por que voltar pareceu tão mais difícil que sair?

Talvez porque eu tivesse entendido que Charlie estava certo.

Eu *estava* mais bêbada que qualquer pessoa num trampolim alto tinha o direito de estar.

Isso *era* má ideia.

Uma ideia ruim é muito mais assustadora depois que você se dá conta de quanto ela é ruim.

Dei um passo; em seguida, dobrei os joelhos para absorver o rebote da prancha.

Dei outro passo e repeti o que tinha feito.

Dei o terceiro passo... e, provavelmente deve ter sido o álcool, mas as sandálias grandes demais também não estavam ajudando, a prancha oscilou um pouco, acho que empurrou o salto para o lado quando voltou, e a sandália grande demais estava frouxa a ponto de girar completamente debaixo do meu pé e... resumindo: eu tropecei.

E caí. Na piscina.

VINTE E SEIS

FOI BASICAMENTE UMA barrigada — mas de lado.

Tropecei naquela sandália louca e caí. Não com graça.

Seja lá o que eu tenha feito na queda, *não* foi (acho que estamos todos de acordo) um salto ornamental do tipo mergulho de cisne.

Os detalhes são um pouco confusos, mas houve bater de asas. Movimentos de pernas. E gritos. Em seguida, ouvi um estalo como o de um tiro quando bati o lado do meu corpo na superfície da água com tanta força que arrebentou a costura lateral do vestido longo da minha irmã.

Doeu muito. Também perdi o fôlego. E tudo o que fiz foi afundar por um instante, enroscada de uma forma irremediável nas cortinas de Maria von Trapp.

Naquele momento, eu me senti muito mal pelo que tinha acabado de fazer ao Charlie.

Coitado do Charlie! Ele tinha fobia de água. Desceria pela escada o mais rápido possível enquanto ligaria para o resgate e andaria para lá e para cá na borda da piscina me olhando ondular embaixo da superfície, sem conseguir me salvar.

Minha nossa… Eu estava perdida. Eles não chegariam a tempo.

Era isso. Eu ia morrer na piscina de Esther Williams e me tornar uma nota de rodapé na sua página da Wikipédia: * *Uma roteirista fracassada se afogou na piscina de Williams depois de ter levado um fora de um homem que não sabia nadar. Suas últimas palavras foram: "Bife Wellington não é uma iguaria!"*.

Quais *tinham sido* minhas últimas palavras? Tinham algo a ver com porquinho-da-índia?

Jamais saberemos.

Um fim adequado para mim, de certo modo. Talvez meu roteiro de sereia agora vendesse... com o acréscimo macabro de uma tragédia aquática na vida real.

Seja como for, Charlie ia carregar a culpa avassaladora desse momento para o resto de sua vida. Eu queria vingança, sim, mas não tanto.

Coitado.

Entretanto, antes que eu tivesse a chance de enumerar mais arrependimentos, ou de sentir gratidão por minhas bênçãos, ou de começar a fazer o meu obituário em minha mente, alguém me agarrou pela cintura e começou a me puxar e me arrastar para a superfície.

Charlie.

O braço de Charlie, para ser específica. Abraçado com força em volta de minha cintura enquanto seus outros membros nos impulsionavam pela água.

Uh.

Charlie não estava em pânico na borda da piscina. Ele estava debaixo d'água comigo.

De fato, ele sabia nadar.

Assim que alcançamos a superfície, eu tossi, cuspi e me engasguei, e Charlie me virou de costas e me puxou pelos ombros, enquanto suas pernas faziam movimentos de tesoura até chegar aos degraus da parte rasa.

Ele me apoiou no segundo degrau mais alto, e eu me deitei na borda da piscina, nós dois respirando e tossindo, enquanto Charlie batia com as palmas das mãos no meu ombro molhado, na falta de outro meio de ajuda. Ficamos assim durante alguns minutos, tentando regular nossa respiração. O lado do meu corpo que havia batido na água estava latejando muito, do tornozelo até o ombro.

Que jeito estranho de ficar sóbria.

Mas eu estava viva. Era para eu estar bem afogada agora, e não, de imediato, superconsciente dos tapas molhados das mãos de Charlie no meu ombro nu.

— Você está bem? — Charlie perguntou, então.

Eu me virei para ele e disse:

— Estou bem, e *você*? Está bem?

Como resposta, Charlie tossiu um pouco mais.

— Ai, meu Deus! — eu exclamei. — Você está meio afogado.

Mas Charlie negou com um aceno de cabeça.

— Estou bem. — Enquanto se acomodava, ele virou para examinar meu corpo. — Mas você caiu de barriga.

— Dei uma barrigada *de lado*. — Fiz questão de frisar, como se isso fosse melhor.

— Você pode quebrar uma costela batendo na água ao cair dessa altura. Pode...

— Eu sei, eu sei. Explodir um órgão interno. Você me disse.

Charlie me olhou nos olhos.

— Explodiu alguma coisa?

— Apenas a minha dignidade.

— Bem... — Charlie disse, com um lampejo microscópico de afeto nos olhos. — Isso não é essencial.

— Nem me fale.

Continuamos tomando fôlego por mais um tempo até que Charlie disse:

— Eu sabia que isso ia acontecer.

— Você sabia? Eu não.

Charlie tentava se sacudir para tirar a água do ouvido.

— Eu soube desde o primeiro dia, quando você chegou aqui, que, de algum modo, não sei por que, você me faria saltar daquela altura.

Franzi o rosto.

— Você saltou daquela altura?

Charlie fez que sim.

— Agora? Você pulou logo depois de mim? Foi assim que você entrou na água?

Charlie concordou de novo.

Por que isso era tão comovente?

— Estou muito impressionada, Charlie — eu disse. — Mergulhar daquela altura é assustador até para quem *não tem* medo de água.

— Concordo.

— Mas você saltou mesmo assim.

Charlie agora estava me olhando nos olhos.

— Isso foi uma atitude muito corajosa — prossegui. — Você salvou minha vida. Fez um *salvamento aquático*.

Havia algo eletrizante nisso tudo. O jeito como ele estava se inclinando e chegando mais perto, me examinando, todo encharcado. Contudo, de algum modo tão atento a mim que parecia nem me notar. Concentrado em mim como se não pudesse enxergar mais nada.

— Obrigada — eu disse, com sinceridade.

Mas tudo aquilo tinha sido muito intenso. Charlie teve de interromper aquele momento.

— Você não podia ter tentado morrer de... digamos... de *qualquer* outro modo?

Franzi o nariz.

— Prefiro o pior modo possível. É o meu estilo.

Charlie reagiu balançando a cabeça.

— Tudo menos água, da próxima vez, se não se importa.

— Mas — eu o observei —, eu lhe dei a oportunidade de superar a sua fobia de água.

Charlie sorriu e baixou os olhos.

— Você é um porre.

— O que estou ouvindo — eu disse — é um "muito obrigado".

Nisso, uma brisa soprou pelo quintal, e Charlie percebeu que meu braço estava arrepiado.

— Você está com frio — ele falou.

Ele próprio estava meio roxo.

— Você também — eu repliquei.

— Vamos — ele disse.

— Aonde?

— Para dentro. Nos secar.

Então, ele me envolveu com os braços para me levantar e me puxar para fora da água como se fosse um super-herói encharcado, desgrenhado e de calça de veludo cotelê.

— Isso parece algo que deveríamos estar escrevendo, não fazendo — eu disse bem próxima ao pescoço do Charlie enquanto ele me carregava pelos degraus de volta para a terra firme.

Mas Charlie apenas disse:

— Eu nem saberia por onde começar.

Charlie me levou direto para o quarto dele, me envolveu numa toalha do tamanho de um lençol e me sentou na cama dele enquanto vasculhava a cômoda para encontrar roupas secas para nós. Agora, eu estava tremendo de verdade, por isso fiquei bem quieta e esperei.

— Vou me trocar primeiro bem rápido — ele disse atrás de mim. — Depois, vamos cuidar de você.

— Tudo bem — eu disse batendo um pouco os dentes.

— Não olhe — Charlie ordenou.

Ele estava a poucos metros de mim, a uma distância de fácil visão.

— Não precisa me dizer isso — eu respondi, apertando bem os meus olhos.

Em seguida, houve um grande silêncio, e ouvi batidas, roçados e respingos enquanto Charlie provavelmente estava tirando as roupas encharcadas, se enxugando e as substituindo por roupas secas.

Eu não estava olhando. Jamais olharia.

No início.

No entanto, houve um momento em que imagino que Charlie devia estar fechando a gaveta e prendeu o dedo, porque, em seguida, eu o ouvi gritar e, quando olhei, ele estava pulando e balançando a mão.

Sem camisa.

Ele já estava com as calças completamente vestidas... mas ainda não tinha começado a vestir a camisa.

Foi meio chocante, para ser sincera.

Já havíamos nadado juntos bastante, claro, por isso, eu já tinha visto o tórax e os ombros dele e toda a sua... parte de cima antes. Talvez fosse o contexto dessa vez, o quarto dele, eu ainda não estava totalmente sóbria e ele estava *nu pouco tempo antes*.

— Você *olhou*! — Charlie disse, como se eu fosse uma trapaceira.

— Você *gritou*! — eu retruquei, como se ele fosse um encrenqueiro.

— Eu estava bem.

— Eu não sabia disso.

— Feche os olhos de novo — Charlie ordenou.

— Vista a camisa — eu também ordenei.

Mas eu fechei os olhos. E esperei. Fazendo beicinho.

Quando Charlie chegou na minha frente com um conjunto de moletom para eu vestir, eu estava quase decidida a jamais abrir os olhos de novo.

— Tudo bem, agora — Charlie avisou.

— Não confio em você.

Quando, por fim, eu olhei através dos meus cílios, Charlie estava vestido com um moletom estampado com os dizeres: EU PREFERIA ESTAR COM MEUS AMIGOS IMAGINÁRIOS.

— De quem é essa citação? — perguntei, deixando de lado todo o fingimento e franzindo a testa.

— Na verdade, é minha — Charlie respondeu. — Eu disse isso para minha irmã, certa vez, num jantar de família, e ela mandou imprimir num moletom.

Depois, ele levantou o blusão de moletom que tinha pegado para mim: ROTEIRISTAS FAZEM ISSO NA PÁGINA.

Olhei nos olhos dele, como se perguntasse "*Sério?*".

Charlie deu de ombros.

— Minha irmã continua me dando roupas de ginástica com temas de escritor até hoje.

— Essa aí é... humilhante — eu disse.

— Concordo — Charlie respondeu, me puxando e me colocando em pé para me vestir. — Mas é forrada de lã.

Eu estava tremendo demais para discutir.

— Tudo bem — eu falei.

— Aqui — ele disse, segurando o conjunto.

Mas eu balancei a cabeça.

— Estou com muito frio.

— Você não vai se aquecer enquanto não se secar — Charlie disse.

Eu *estava* tremendo. Disso, eu tinha certeza.

Charlie deve ter olhado este ser humano ainda alcoolizado, tremendo e molhado diante dele e decidiu que não tínhamos nada mais que um caso médico em nossas mãos. Ele não hesitou.

— Eu vou ajudar você, OK? — ele disse.

— Me ajudar a fazer o quê?

— A se vestir.

— O quê?! Não!

— Olhe… — Charlie disse — você não pode ficar assim.

— Eu faço isso — disse, estendendo o braço trêmulo para pegar o moletom.

Mas logo o deixei cair. Nós dois olhamos para baixo onde ele caiu.

— Alguém tem que vestir roupa seca em você — Charlie disse, pegando o moletom do chão. — Faz de conta que eu sou um médico.

— Mas você não é médico.

— Você devia ter pensado nisso antes de ter se catapultado do meu trampolim.

Eu estava mesmo com muito frio.

— Tudo bem — eu concordei, por não encontrar nenhum meio viável de discutir. — Mas você precisa fechar os olhos.

— Como eu faço isso?

— Ecolocalização — eu respondi. — Como os morcegos.

— Emma… — Charlie me censurou. — Isso não…

— Não há meio de eu deixar você *me ver nua* — eu disse, num tom como se pudesse de bom grado morrer de hipotermia, mas jamais permitir isso. — E acho que aquela megera da sua ex-mulher e agora de novo namorada também não ficaria muito feliz de saber que você fez isso.

— Está bem — Charlie concordou. — Vou fechar os olhos.

— Tudo bem — eu falei. — Não espie.

Será que eu estava pensando que Charlie ver meu corpo nu, molhado, arrepiado e quase hipotérmico seria erótico demais para qualquer um de nós?

Porque o que eu acabara de pedir era ainda pior.

Charlie de fato fechou os olhos, e eu não o vi em momento algum tentando trapacear, mas isso significa que ele teve de pôr as mãos por todo o meu corpo para descobrir como tirar de mim aquele vestido longo molhado e emaranhado.

— Acho que rasgou quando eu caí — eu disse.

— Com certeza.

— Como você sabe?

— Você não vai querer saber.

Minha nossa... O que Charlie tinha visto?

Pelo menos, por ora, ele não estava olhando.

Entretanto, já que não conseguia me *enxergar*, ele teve de me *sentir*. Por toda parte. Em locais que eu jamais notara nem imaginara antes, desde a dobra do meu cotovelo, passando pela crista do meu quadril, pela pochete fofinha abaixo do meu umbigo, até... a base do meu pescoço. Além de todo o resto. Acredite, aquelas mãos eram *onipresentes*. À medida que ele ia desembaraçando o pano do vestido molhado e movia os membros para se posicionar melhor, roçava e alisava sem querer lugares inesperados que me davam um tipo de arrepio completamente diferente.

Agarrei as calças e o blusão de moletom folgados para proteger a frente do meu corpo como se fossem uma barreira de proteção entre nós. Mas não era páreo para o toque dele.

Claro, eu estava com frio demais para curtir.

Principalmente.

Assim que o vestido ficou numa pilha encharcada no chão, Charlie teve de voltar até a metade do caminho com as mãos para encontrar o elástico de minha calcinha nos meus quadris e depois descê-lo até meus tornozelos para eu poder tirá-la. Em seguida, teve de voltar as mãos e estendê-las por trás de minha cintura para desabotoar o sutiã decotado e sem alças, cuja mecânica o confundiu completamente.

Acho que ele podia ter me virado para desabotoar os ganchinhos. Mas ele não fez isso. Apenas me envolveu com os braços, e eu fiquei nua e tremendo de frio ali enquanto ele puxava e arrancava os ganchos. A barba cerrada na mandíbula dele roçava na minha bochecha enquanto ele emitia em meus ouvidos suspiros de frustração quase imperceptíveis. Como era o cheiro dele? Um tipo de creme de barbear clássico, talvez? Doce e também meio salgado. Qualquer que fosse, eu queria roubar um pouco daquele cheiro para levar comigo para o Texas.

— Detesto essa geringonça — Charlie disse, se desculpando por demorar tanto.

Eu estava congelando.

— Empurre, *depois*, puxe — murmurei com os lábios trêmulos.

Assim que todas as roupas molhadas foram tiradas, dei as calças de moletom ao Charlie e continuei segurando o blusão, cuidadosamente posicionado na frente do meu tronco como um escudo feito de polímeros. Ele se agachou e ajeitou as calças de um modo que eu pudesse enfiar os pés nelas e, depois, puxá-la até a cintura.

— Já está melhor? — ele perguntou.

— Quase — respondi.

Então, com os olhos ainda fechados, ele segurou o blusão de moletom aberto na forma de "O" para eu poder deslizar para dentro dele.

Assim que o vesti, Charlie abriu os olhos.

—Ei — reclamei. — Eu não disse que você podia abrir os olhos.

— Você precisa calçar meias — Charlie disse, como se fosse um profissional.

Assim, ele pegou um par de meias grossas na gaveta e se agachou ao lado dos meus pés para calçá-las. Eu me apoiei nos ombros dele para me equilibrar.

Quando terminou de me calçar as meias, ele olhou para o vestido molhado e vazio como se, de todas as coisas, isso o estivesse desconcertando.

— Jogue esse vestido fora — eu disse.

— É um vestido incrível — Charlie protestou.

— Está estragado, agora — eu disse.

De muitas formas.

Charlie não discutiu comigo. Lançou o vestido na lata de lixo, mas errou.

— Não consigo acreditar que você me fez fazer isso — Charlie reclamou.

— O quê? — eu perguntei. — Jogar fora o meu vestido?

— Trocar suas roupas sem nada nas minhas mãos.

— Pare de reclamar — eu disse. — Você está bem.

Mas Charlie não estava disposto a parar de reclamar.

— A Emma clássica — ele disse. — Tudo o que você diz que não é romântico *é* romântico. Você disse que não é romântico uma pessoa cair sobre a outra, mas, depois, caiu em cima de mim e eu descobri que era. Disse que *line dancing* não é romântico, mas depois fomos lá e você ficou cobiçando o italiano, e eu pensei que ia perder a cabeça. E agora você me pediu para despir você com meus olhos fechados, como se o fato de eu não poder ver você fosse proibido para menores de 13 anos, mas, em vez disso, eu tive de pôr as mãos por todo o seu corpo. E isso não é melhor, é *muitíssimo pior*.

Quando terminou de falar, ele se levantou e ficou cara a cara comigo.

Os olhos de Charlie estavam sombrios, e parecia que ele estava meio bravo.

— Você está bravo comigo? — perguntei.

— Não — Charlie respondeu, ainda parecendo bravo.

— Achei que você não tivesse sentimentos como esses — eu disse. — Pensei que seu coração fosse um pássaro suicida.

— Eu tenho sentimentos, sim.

— Sim, mas não *aqueles* sentimentos. Lembra? Tive de explicar a você o que é o amor. E você nem gosta de mim assim, como já explicou em termos muito claros. Além de estar voltando com a megera de sua ex-mulher. Nada disso deve ser problema para você. Não devia estar se passando nada aqui além de mecânica e tecelagem.

Charlie agora estava com o rosto bem fechado, como se quisesse dizer umas cinquenta coisas, mas não conseguia decidir entre elas.

Esperei. Também de cara fechada.

Por fim, ele disse:

— Não estou voltando com a Margaux, *OK*? Isso não está acontecendo. Nunca iria acontecer.

— Você disse que iria.

— Eu disse que *talvez*.

— Estamos analisando verbos, agora?

— A questão é que... — Charlie começou a falar, mas então se deteve.

Esperei um segundo e, depois, disse:

— O quê? Qual é a questão?

A voz dele se abrandou.

— A questão é que precisamos pegar um cobertor para você. E secar o seu cabelo.

— Não estou mais com frio — eu disse.

— Sim, está.

— Não, não estou.

Charlie baixou os olhos, olhando para minha boca.

— Seus lábios estão roxos.

Também olhei para a boca dele.

— E daí? Os seus também estão.

— Não era eu que estava tremendo tanto a ponto de não conseguir vestir as próprias roupas.

— Bom, não sou eu que estou furiosa por nada.

Nisso, nós nos fitamos. Por que estávamos brigando?

Olhei de novo para os lábios arroxeados dele, e ele olhou para os meus.

Depois disso, só havia uma coisa a fazer.

Agarrei uma parte do moletom dele bem no pescoço e o puxei para mais perto de mim, para o beijar.

Registre-se que ele correspondeu ao beijo.

Com entusiasmo.

No instante em que nossos lábios se encontraram, ele estava me segurando firme, e eu também o agarrei, e nos devoramos um ao outro feito animais famintos. Talvez tenha sido apenas uma coisa física. Pode ser que esse tipo de coisa aconteça fatalmente se uma mulher deixa que um homem lhe tire o vestido molhado e deslize pernas e braços dela para dentro de seu moletom forrado de lã.

Mas não me importei.

Ele não gostava de mim assim, mas eu não me importava.

Eu ia embora dali a dois dias, mas não me importava.

O coração dele só podia atacar o próprio reflexo, mas eu não me importava.

Este momento, não importava de onde vinha, o que significava, nem o que acarretaria ou não, estava valendo a pena.

Ele me agarrou firme com seus braços, e eu deslizei as mãos por seu queixo e pelos seus cabelos. Tantas perguntas rodopiavam pela minha cabeça que eu nem sequer conseguia prestar atenção. Esse beijo arruinaria todos os outros beijos que já existiram ou *haviam de existir*? Havia algum jeito de me arrastar para dentro do corpo dele? Como, exatamente, eu poderia fazer esse momento durar para sempre?

Eu não estava mais sentindo frio. Com certeza, não.

Dei um passo para trás, na direção da cama, sem interromper o beijo, e Charlie me acompanhou.

Depois, dei mais um passo, e ele também acompanhou esse.

Em seguida, quando minhas panturrilhas tocaram a cama, apertei meus braços ainda mais em volta do pescoço dele para me segurar enquanto eu subia na cama, sem interromper o beijo, e tentava puxá-lo junto comigo.

Contudo, assim que Charlie percebeu o que eu estava fazendo, ele se afastou e se separou, deixando-me ajoelhada ali sozinha.

Ele demorou um pouco para se recompor, respirando com dificuldade. Depois, disse:

— Emma, nós não podemos.

— Claro que podemos.

— Nós já concluímos que não estávamos começando nada.

— Mas, de qualquer modo, parece que continuamos fazendo algo.

— Emma, nós concordamos.

— *Você* concordou — eu retruquei.

Mas, agora, ele estava voltando à razão.

Ele balançou a cabeça.

— Precisamos parar.

— Por quê?

— Você estava bebendo, em primeiro lugar.

— Estou completamente sóbria.

— É exatamente isso que uma pessoa alcoolizada diz.

— A barrigada na água me deixou sóbria.

— Não é assim que funciona.

— Talvez seja a hipotermia...

— Você não está com hipotermia.

— ... ou pode ser a adrenalina. Quem sabe quais reações químicas se passam dentro do corpo humano? Mas eu estou bem. — Encostei o indicador no nariz várias vezes para provar. — Está vendo? Fácil! Estamos bem. Eu consigo andar em linha reta agora. Consigo fazer o quatro. Eu posso até fazer o exame do SAT.

— Emma... — Charlie me interrompeu. — Tem uma garrafa de champanhe vazia caída lá no canteiro de flores.

— Reconheço que é muito álcool — eu disse, tentando parecer bem sóbria. — Mas eu bebi devagar e com responsabilidade durante um período de tempo longo. Como uma pessoa adulta. — Em seguida, para dar um toque de elegância, eu disse: — Como um adulto *francês*.

— Emma... — Charlie disse, meneando a cabeça. — Você não está em condições de consentir... nada.

Argh. Agora ele estava jogando o *consenso* na minha cara?

Como eu poderia argumentar contra isso?

Talvez conseguisse usar meus truques femininos.

Eu *tinha* truques femininos?

Resolvi descobrir.

— Venha aqui — eu disse, acenando para ele se aproximar.

Charlie se inclinou com cautela.

— Eu vou embora daqui a alguns dias — eu disse, querendo criar um clima de cumplicidade. — Jamais teremos de nos ver de novo. Por isso, fiquei me perguntando se você estaria disposto a ir para a cama comigo.

Ainda não acredito que sugeri isso.

— O quê?! — Charlie gritou, se afastando.

— Acho uma ótima ideia — repliquei, me recusando a participar da encenação dele.

— Emma... — Charlie disse, balançando a cabeça. — Será que tenho de explicar a você o que é consenso?

— Eu não vou contar a ninguém — sussurrei.

— Não vai ter nada para contar — Charlie respondeu, também sussurrando.

— Olha... — eu disse, mudando o rumo da conversa. — Eu nunca, na minha vida inteira, tive a oportunidade de dormir com alguém com quem eu quisesse de verdade dormir.

Para ser clara, "com quem eu quisesse de verdade dormir" era um eufemismo para "por quem eu de fato estivesse irremediavelmente meio apaixonada".

Talvez mais que meio.

Mas isso era uma informação indispensável só para quem precisava dela.

— E... — prossegui. — Eu gostaria mesmo, de verdade, de dormir com você. Especificamente.

Charlie fechou os olhos, dando um suspiro do tipo "*Que pesadelo!*".

Mas eu continuei. Era minha oportunidade, e eu a agarrei.

— No meu tipo de vida, oportunidades como esta não surgem com frequência. Talvez eu nunca mais tenha uma oportunidade dessas. Por isso, você estaria me fazendo um favor. Não estou dizendo que precisamos namorar, nem mesmo manter contato. Só por prazer. Só um agradinho.

Só o prazer, nada de preocupação. Afinal, eu não tenho tempo na minha vida para um romance verdadeiro. Minha agenda está lotada de... — eu não conseguia pensar no que estaria lotando minha agenda e, não sei por que, terminei dizendo: — ... preocupação e estresse.

Foi isso. Foi minha jogada.

Por um décimo de segundo, Charlie ficou muito quieto, e eu me perguntei se ele estava tentado.

Observei o rosto dele sério, de escritor, e senti um laivo de esperança.

Mas, então, Charlie disse:

— Absolutamente não. Sem chance.

Eu lhe dei um segundo para mudar de ideia.

Como não mudou, eu disse:

— Charlie?

— O quê?

— Por que você não me corresponde?

Charlie piscou, como se nunca, jamais, tivesse previsto isso.

— É o meu cabelo? — perguntei, já meio que concordando. — É o *frizz*?

— Não! — ele respondeu, como se tivesse ficado ofendido com a pergunta.

— É a cor dele? — puxei um dos cachos para avaliar. — Entendi. O jeito que arranha a parte de trás dos seus olhos. É muito...

Charlie meneou a cabeça.

— Não. Eu gosto dos seus cabelos.

Hum. Certo.

— É o meu moletom de escrita com capuz de morango? — perguntei. — Sei que é maluco. Mas minha... — Meu fôlego inesperadamente quase parou nesse momento. — Minha mãe que me deu.

— O seu moletom de trabalho com capuz de morango é fofo — Charlie disse, com a voz mais branda agora.

Mas eu estava procurando uma resposta.

— Será que é porque rasguei o seu roteiro quando cheguei aqui? Aquilo não deve ter sido nada agradável para você. Ou foi porque eu caçoei do fato de você querer abrir um tubo de *cookies* com um abridor de lata? Ou porque revirei os olhos para o seu filme de máfia? Eu poderia revisar minha opinião sobre ele. Talvez eu não tenha dado uma chance justa para as calças de couro boca de sino. Eu sou muito tagarela... É isso? Muito intrusa? Direta demais? Quem sabe? Se você me dissesse o que é, talvez eu pudesse tentar consertar.

— Para de falar — Charlie me interrompeu. — Você está me deixando irritado.

— Então... é irreparável. É isso que você está dizendo?

— Você não precisa de reparo — Charlie respondeu. — Sou eu quem precisa de conserto. — A voz dele tinha uma objetividade insuportável.

— Você está me perguntando o que há de errado com você — Charlie prosseguiu —, mas você é que deveria estar me dizendo o que há de errado *comigo*. Eu não sou um bom partido, Emma. Tenho insônia. Sou um misantropo. Gosto mais das pessoas da ficção do que das reais. Não tenho dobrado a roupa lavada há uns quatro anos. Isso não é uma rejeição a você. É quase inevitável.

O que ele estava fazendo? Tentando me dissuadir de gostar dele?

Nada disso era impeditivo... mas talvez *ele os mencionar* fosse. Quão indiscutivelmente desinteressado em mim ele devia estar para montar uma tese como essa contra ele mesmo... diante de mim?

Inspirei e expirei por cinco segundos e meio.

— Tudo bem — eu disse, assentindo com a cabeça.

— Tudo bem o quê?

— Tudo bem, eu entendi.

— Entendeu?

Fiz que sim.

— Você não gosta mesmo de mim. — Assenti com a cabeça outra vez. — Vou parar de aborrecer você. Eu me empolguei. Nunca havia tido um parceiro de escrita antes, nem morado com um homem. Eu devo... — e aqui eu o cito de novo — ter ligado os pontos que não precisavam ou não queriam ser ligados.

Charlie desviou o olhar.

— Eu continuei pensando que devíamos estar passando por um mal-entendido. Mas não há nenhum mal-entendido. Certo?

Charlie assentiu e me olhou nos olhos de novo.

— Não há mal-entendido algum.

— Você sabe que eu gosto de você e sabe que estou me *declarando* para você — eu disse. — E qualquer sentimento que eu continue tendo de que você também gosta de mim é apenas uma ilusão que distorce minhas percepções, porque você está dizendo de uma forma simples e clara que não me ama.

Charlie assentiu, como se de fato sentisse muito por isso.

Em seguida, ele disse:

— Estou apenas dizendo "não".

VINTE E SETE

JAMAIS TIVE A oportunidade de despertar — como deveria — mergulhada em humilhação.

Nunca tive a chance de abrir os olhos e me sentir indescritivelmente horrorizada por ter caído bêbada do trampolim de Charles Yates e depois tê-lo obrigado bêbada a me salvar e, ainda bêbada, ter tentado coagi-lo — ele, um homem que claramente *não estava nem um pouco interessado* — a ir para a cama comigo.

Tudo isso era suficiente para manter minha cabeça perturbada de vergonha durante anos.

Mas não havia tempo nem para começar.

Porque, antes de tocar o meu despertador, recebi uma ligação de Sylvie.

Não era daquelas divertidas chamadas de FaceTime. Foi à moda antiga, no meio da noite, uma chamada de emergência no meio da noite.

Às 3h30 da madrugada.

— Sylvie? — atendi, enquanto me atrapalhava com o celular no escuro.

— É o papai — ela disse, e o pânico na voz dela me revelou tudo. — Ele caiu da escada.

— De qual escada?

— A que sobe para o nosso apartamento.

— A escada de *concreto*?

— Neste momento, ele está na UTI. Não acorda. É grave.

— Quão grave? — perguntei.

— Emma, você precisa voltar para casa.

Minha mente se movia como um carro em primeira na rodovia.

— OK — eu disse. — Vou... Eu vou trocar minha passagem.

— Não — Sylvie disse. — Não dá tempo. Me envia suas informações de voo. A mãe do Salvador trabalha na Southwest.

— Certo, certo — eu disse, abrindo o *laptop* e procurando o e-mail de confirmação. Encaminhei e disse: — Feito. E agora?

— Agora, vá para o aeroporto — Sylvie respondeu. — Agora mesmo.

EU NEM TOMEI banho... Não troquei o moletom do Charlie com a inscrição ROTEIRISTAS FAZEM ISSO NA PÁGINA. Escovei os dentes, prendi os cabelos com o scrunchie, soquei tudo o que eu tinha na minha mala e na ainda quebrada maleta de rodinhas, chamei um Uber e saí.

Não tive tempo nem para deixar um bilhete sequer.

Charlie ainda estava dormindo, claro.

Quando eu me sentei no banco de trás do Uber, Sylvie me ligou com uma atualização.

— Conseguimos a troca do voo — ela disse. — Com que rapidez você consegue chegar lá?

— A que horas conseguimos chegar no aeroporto? — perguntei ao motorista.

— Uma hora e quinze — ele me respondeu. — Num dia favorável.

— O voo é às seis — Sylvie informou.

— Não há tempo suficiente — eu disse.

— Tenta — Sylvie me disse. — Não há mais assento vago até o voo noturno.

Ela não disse "*E até lá pode ser tarde demais!*".

Então, me sentindo meio ridícula, eu disse ao motorista:

— Me desculpe, mas, por acaso, você conhece algum atalho para chegarmos lá mais rápido?

Sem tirar os olhos da estrada, ele disse:

— Na verdade, não.

— Estou em cima da hora para o meu voo — eu disse, como se pudéssemos nos unir para uma corrida no estilo Fórmula 1 contra o relógio.

— Eles sabem que você está vindo — disse Sylvie. — Talvez segurem o avião para você.

— As companhias aéreas não seguram um avião para ninguém, Sylvie — eu reagi. — Elas têm regulamentos, normas e exigências. E outros passageiros!

— Mas, quem sabe, dada toda a situação... — Sylvie prosseguiu.

— Qual *é* o problema, em geral? Não tenho a menor ideia do que está acontecendo.

Agora, que tínhamos um tempo, Sylvie respirou fundo.

— Ele teve uma queda repentina e forte nas escadas do apartamento.

— Ele sabe que não pode ir por essas escadas! — eu protestei.

— O elevador não estava funcionando — Sylvie explicou. — Ele deve ter pensado: "*É apenas um lance. Qual o risco?*". Mas aconteceu. Ele caiu até o patamar. Está com o rosto todo cortado e inchado, teve de levar pontos na testa. Nem parece ele. Tirei uma foto no pronto-socorro, mas nem me atrevo a enviá-la para você. Se eu pudesse "des-ver", faria isso. — A respiração de Sylvie estava entrecortada. — Ele perdeu a consciência quando bateu na plataforma e ainda não acordou. O netinho da senhora Otsuka, de 7 anos, ligou para o resgate imediatamente, e os dois ficaram com ele o tempo todo.

— O *neto de 7 anos* ligou para o resgate?

— Ele é bem maduro, para a idade.

Fiz um agradecimento em silêncio ao neto da senhora Otsuka.

Sylvie continuou:

— A tomografia do papai revelou um hematoma subdural, que é um sangramento entre o cérebro e o crânio. O crânio não cede. Por isso, quando acontece hemorragia ali, não há como o sangue escoar. Se a pressão aumentar demais, pode causar um dano cerebral ou até mesmo a morte.

— Qual é a gravidade do sangramento do papai?

— É... — Sylvie hesitou. — A situação não é nada boa. Eles nos mostraram a tomografia computadorizada, e o sangue está pressionando todo o cérebro dele. Isto é, o médico fez um círculo com a caneta na poça de sangue na imagem e disse "Aqui é o sangue!", e eu fiquei, tipo, "Cara, até eu consigo perceber isso!".

— E o que eles vão fazer? Como vão drenar esse sangue?

— Cirurgia — Sylvie deu uma resposta curta. — Ele está em cirurgia neste momento. Basicamente, assim que viram a tomografia, a equipe o levou depressa para o centro cirúrgico. Chama-se... — Ouvi o barulho de folhas de papel, como se ela estivesse procurando as anotações que fez. — "Trepanação". — Agora, parecia que ela estava lendo. — Eles fazem pequenos orifícios no crânio para drenar o sangue.

— Ele está em cirurgia de emergência neste momento?

— Não dava para esperar.

— Você está na sala de espera?

— Eu saí. O Salvador diz que é verdade essa história de que o celular interfere nos equipamentos do hospital.

Eu tinha tantas perguntas, que não sabia por onde começar. A maior e mais inquietante, claro, era "O *papai vai ficar bem?*".

Mas Sylvie não tinha resposta para essa pergunta.

Por isso, fiz a próxima que estava na minha mente:

— Por que foi o neto da senhora Otsuka que ligou?

— O quê? — Sylvie perguntou.

— Por que foi o neto da senhora Otsuka que ligou para o resgate, e não você ou o Salvador?

Houve uma pausa estranha.

— Sylvie?

Depois, uma resposta calma.

— Porque nós... não estávamos em casa.

— O quê?! — eu gritei. Tão alto que o motorista virou o carro bruscamente. Depois, mais controlada, eu perguntei: — Onde vocês estavam?

— Estávamos na praia — Sylvie respondeu. — Saímos para namorar.

Isso estava cada vez pior.

É bem raro eu ficar completamente sem palavras. Mas eu fiquei.

Quando, enfim, consegui dizer alguma coisa, tudo o que fiz foi fazer eco:

— Vocês estavam *na praia*? Foram *namorar*?

Quando eu disse isso, Sylvie se debulhou em lágrimas, com a voz chorosa e trêmula.

— O papai nos *disse* para ir! *Insistiu* que fôssemos! Praticamente, nos obrigou!

— E, então, vocês deixaram a vida dele *nas mãos de um menino de 7 anos*?

Sylvie não teve como negar.

— Você não pode ir à praia se é a cuidadora do seu pai! — Eu continuei. — Não pode ir *a lugar nenhum*! Por que você acha que eu não me divirto há uns dez anos? Você acha que é porque eu tenho personalidade antissocial? Que eu não gosto de me divertir? Que parte de todos aqueles medicamentos, dos cronogramas, da hemiplegia e dos cinco livros sobre doença de Ménière que lhe entreguei lhe deram a ideia de que você podia simplesmente sair para ir à praia? Você quer saber quantas vezes eu fui à praia em todos estes anos? Zero! Zero vezes! Você está me substituindo há seis semanas... e decidiu *tirar uma folga*?

— Não tínhamos tirado uma folga — Sylvie disse. — Estávamos ficando noivos.

Eu parei.

Depois, eu disse:

— Noivos? Quer dizer... Vocês vão se casar?

— Vamos nos casar — Sylvie confirmou. — Salvador pediu permissão ao papai na semana passada e, depois, os dois bolaram todo esse esquema. Estavam tão entusiasmados com a ideia... Totalmente de acordo. E o papai estava se divertindo tanto e criando laços... Não que os dois precisassem criar laços. Eles já eram grandes amigos. O papai está ensinando Salvador a tocar gaita, e os dois puseram um alvo de dardos na sala de visitas...

— Isso não pode ser uma boa ideia...

— ... e Salvador adora o papai. Além de Salvador ser muito bom em cuidar de pessoas, tão afetuoso, e por isso ele tem esse sonho para nós, de nos casarmos e construirmos nossa vida em torno do papai e da família, sermos os melhores cuidadores, e era isto o que íamos fazer: dar só mais um passo adiante em nossa vida juntos e concretizar tudo.

— E aí vocês foram para a praia — eu disse num tom que evidentemente se parecia mais com "*E aí vocês mataram o papai!*".

O que, reconheço, talvez tenha sido meio duro.

Sylvie caiu no choro.

Mas eu não liguei.

Porque acho que, pela primeira vez na vida, eu não estava do lado da Sylvie.

Eu queria ter empatia por ela, queria mesmo.

Em teoria, a fantasia deles era adorável. Quem não se empolgaria em construir uma vida com o tema de saúde e bem-estar com Salvador: crianças correndo pela casa e idas a mercados de agricultores e terapias de ponta para ajudar meu pai a ter a melhor vida possível?

Em outro estado de espírito, talvez eu também tivesse embarcado nessa.

Entretanto, do jeito que as coisas estavam — no trânsito correndo para o aeroporto e com nosso pai em uma cirurgia de emergência, eu ainda vestida com o humilhante moletom do Charlie, forrado de lã —, eu tive dificuldade para enxergar o lado positivo. Tudo o que eu conseguia enxergar no plano de Sylvie e Salvador era egoísmo. Egoísmo e arrogância. Eles queriam *ir à praia*? Como ousavam?

Será que não imaginavam que, se houvesse algum meio de tornar a vida com o papai *encantadora e prazerosa*, eu não o teria encontrado?

— Vocês o abandonaram… — eu disse, sentindo no peito uma dor aguda, que, agora, reconheço como dez anos de ressentimento reprimido. — Para ir à praia! E ele caiu nas escadas. Agora, ele está à beira da morte fazendo uma trepanação no crânio. Só isso. Vocês achavam que o que eu fazia todos esses anos era fácil? Achavam que era só falta de criatividade de minha parte? Achavam que eu não ia à praia porque eu não queria?

Sylvie não respondeu.

— Eu *adoro* a maldita praia! — eu disse quase gritando.

Sylvie ainda estava chorando, mas eu não me importava.

— Eu teria dado *qualquer coisa* para ir à praia! Mas eu não fui! Porque eu sabia que eu, somente eu, era a única pessoa que havia restado para cuidar do nosso genitor e para tratar desse problema! Você sabia disso também. Não tinha como não saber. Mas eu devo ter estragado você. Eu me matei para lhe dar tudo o que você sempre quis e acho que ensinei a você como a vida é. No entanto, eu estava mentindo o tempo todo. Isso é o oposto de como a vida é. A gente não tem tudo o que quer! A gente ganha uns pedacinhos picados do que acha que deseja e diz para si mesma diversas vezes que é mais do que suficiente!

— Eu lamento… — Sylvie sussurrou.

Mas agora eu estava muito irritada.

— É tão tentador me culpar… — eu prossegui. — É como se eu tivesse preparado você para falhar comigo, porque eu nunca pedi que você sacrificasse coisa alguma ou pensasse em mais alguém além de você mesma, *nunca*. Eu estou muito inclinada a dizer "A *culpa é minha*!", como sempre faço. Mas sabe de uma coisa, Sylvie? Essa culpa na verdade é sua. Não era algo complicado. Não era confuso. Você sabia o que tinha de fazer! Nunca deixe o papai longe da sua vista! Simples! *Fácil* não, mas simples! Eu fiz isso dia após dia, durante dez anos... e tudo o que eu precisava de você eram seis míseras semanas. Mas acho que eu não poderia tê-las. Você pode desistir de seu estágio e atuar, representando toda a abnegação, e fazer esse gesto grandioso de me dizer para viajar e viver os meus sonhos, mas, se você não dá conta de fazer o trabalho de maneira correta, eu, na verdade, não posso tirar essas semanas, posso? Se você deixa o papai sozinho, ele acaba na UTI, e eu tenho que sair correndo de volta para o Texas antes de o dia raiar sem avisar o Charlie do ocorrido e acabar quebrando nosso contrato sem nem sequer receber o dinheiro. Isso é o mesmo que não me deixar sair de jeito nenhum!

Contudo, assim que ouvi as palavras que eu mesma tinha acabado de dizer, tive de corrigi-las.

— Não! Espere! — Eu continuei, e minha voz começou a tremer. — É *pior*! Porque você despertou minhas esperanças. É muito mais angustiante esperar algo e não conseguir esse algo do que jamais ter esperança de obtê-lo.

— Me desculpe — Sylvie falou com a voz esganiçada.

Mas eu estava com tanta raiva que nem liguei.

— Eu nem sei o que fazer agora — eu disse. — Mas de uma coisa eu tenho certeza. Se o papai morrer... Se a *ida* de vocês *à praia* matar o nosso pai... Você nunca mais vai me ver outra vez. Prometo.

Mas acho que Sylvie já estava farta de ser chamada de assassina, por ora.

Houve uma pausa esquisita. Em seguida, Sylvie disse:

— Se minha ida à praia matar o nosso pai, estaremos quites. Porque sua viagem às montanhas matou a nossa mãe.

— CARAMBA! — O MOTORISTA do Uber exclamou quando a linha caiu. — Isso foi duro.

Acho que estávamos no viva-voz. E, no longo e desconectado silêncio que se seguiu, eu me perguntei se deveria perdoá-la.

Mesmo na família — as pessoas com quem a gente provavelmente ficará presa pelo resto da vida —, há coisas que não se podem fazer. Eu tinha amado Sylvie de forma incondicional durante toda a vida dela. Mas acho que eu não havia pensado em algumas condições. Porque jamais sequer imaginaria ela dizendo o que havia acabado de dizer.

Mas ela disse. Ela verbalizou em voz alta algo sobre o pior temor da minha vida.

Agora, eu queria puni-la deixando de falar com ela para sempre.

Guardei isso como meu plano provisório: tínhamos terminado... para sempre.

No entanto, também me dei permissão para me retratar. Porque, sim, excluir Sylvie da minha vida para sempre iria puni-la. Mas puniria a mim também.

Eu estava ruminando isso quando o motorista pisou nos freios com tanta força que meu celular voou do meu colo e bateu no assento na minha frente. Então, paramos na rodovia. Uma parada total no início do que pareciam milhares e milhares de quilômetros de trânsito adiante.

— O que está acontecendo? — eu perguntei.

— Parece que o trânsito está parado aqui — ele respondeu.

— Isso, eu estou vendo — retruquei. — Mas por que esse trânsito?

— Não sei — respondeu o motorista.

— Você não tem... — eu comecei a falar, mas logo percebi que eu não sabia o que dizer. — Um *walkie-talkie* ou algo assim?

— Um *walkie-talkie*? — ele repetiu a pergunta, me olhando pelo retrovisor.

— Ou... algum meio de obter informação privilegiada?

Ele negou com a cabeça enquanto nós dois olhávamos para todas aquelas luzes de freio acesas.

— Essa foi a única informação que consegui.

— Existe... algum modo de contornar isso?

O motorista coçou a orelha.

— Provavelmente, não.

— Podemos passar pelo acostamento ou algo assim?

— Isso é ilegal — ele respondeu, como se dissesse "*Caso encerrado*!".

— Preciso chegar ao aeroporto — eu disse. — Com urgência. Meu voo sai em menos de uma hora.

Ele deixou escapar um chiado crítico.

— Está quase em cima da hora.

— Sim — confirmei, como se estivesse dizendo "*eu sei*". — Tenho uma emergência. Uma emergência médica.

Por que eu estava explicando tudo isso? Ele estava tão impotente quanto eu.

— Provavelmente, vai desengarrafar logo — o motorista disse, como se isso pudesse me animar.

Mas não animou.

Chegamos ao aeroporto faltando vinte minutos para a decolagem, e o meu voo já estava pronto para o embarque. Peguei meu cartão de embarque, despachei a mala e saí correndo à toda, arrastando minha bagagem de mão barulhenta, para a fila da TSA*.

Quando cheguei lá, a primeira fila — para conferir a carteira de identidade — não estava tão ruim. Mas a segunda — para passar pelo raio X — estava pior que o trânsito da rodovia. Uma infinidade de pessoas tristes e crianças se contorcendo, tossindo e olhando para o nada numa fila parecida com o purgatório que se dobrava sobre si mesma infinitamente como um desenho de Escher.

Eu não chegaria nunca.

Mas o que eu podia fazer? Entrei na fila.

Em seguida, tirei os sapatos. Como se estar cinco segundos adiantada no jogo pudesse fazer a diferença.

Depois, esperei na fila para esperar na próxima fila.

---

* Segurança de transporte. (N. da T.)

Estiquei o pescoço pela sala infinita procurando alguém que parecesse um funcionário, algum ser humano com quem eu pudesse falar. Alguém abençoado que pudesse resolver todos os meus problemas — ou pelo menos *algum* deles.

No entanto, naquela sala gigante, superlotada de gente, ninguém parecia humano.

Minha esperança estava se dissipando.

Eu ia perder o voo. Por isso, só chegaria em casa tarde da noite. E a essa hora — e me odiei por sequer ter esse pensamento —, poderia ser tarde demais.

Eu estava ofegante; hiperventilando, na verdade. Quanto tempo deve durar uma respiração? Cinco segundos e meio? Eu não conseguia nem chegar a um segundo inteiro.

Meu pai podia estar morrendo, e isso era a única coisa que importava.

Entretanto, além daquele horror solitário, havia a dissonância de outras perdas: eu estava machucada no lugar em que tinha batido na piscina, de ressaca, e ainda estava vestida com o moletom do Charlie. Estava sozinha num confinamento de passageiros insensíveis, com a mala quebrada e sem nenhuma chance de chegar ao meu voo. Tinha rompido o contrato com o Charlie e desistido de todo o dinheiro pelo qual trabalhei com tanto afinco, sem mencionar qualquer oportunidade que teria de desenvolver todo o meu potencial. Minha irmã caçula, por quem eu havia sacrificado tudo, tinha acabado de dizer a coisa mais cruel que alguém já me dissera, além de mim, e eu estava ardendo de tanta raiva que não conseguia imaginar ter nenhum outro sentimento a não ser raiva. Além disso, eu ainda estava com muita vergonha da lembrança de ter implorado para que meu herói roteirista, minha paixão alucinada, me levasse para a cama… e de ter recebido o pior dos piores foras.

Foi quando me vieram as lágrimas.

Será que as lágrimas melhoram as coisas?

Porque essas, sem dúvida, pioraram.

As pessoas começaram a se virar para me olhar. As crianças começaram a apontar para mim. Um adolescente ergueu o celular e fez um vídeo. E *ninguém* se ofereceu para me ajudar.

Não que houvesse alguma ajuda a ser oferecida.

Aquilo era o mundo real. Não era um livro ilustrado de Richard Scarry com cães policiais montados em motocicletas. Mister Rogers não ia sair de trás de um quiosque com seu cardigã de zíper e me ajudar.

Eu já sabia como isso ia terminar.

Eu ia perder o voo. Ninguém se importaria. E todas aquelas bobagens animadas, alegres e otimistas a que sempre me apeguei sairiam pela culatra.

QUANDO CHEGOU MINHA vez de apresentar o documento de identidade, meu diafragma estava com um tremendo espasmo de soluços. Mesmo assim, fui até a cabine — ainda descalça — e entreguei o RG pelo vidro. Uma funcionária o pegou e examinou. Depois, me olhou. Em seguida, pegou o radiocomunicador, pressionou um botão e disse ao receptor: "TSA para comando. Solicitando o supervisor!".

Ah, não. Não, não, eu não tinha tempo para um supervisor. Minha habilitação tinha expirado? Eu teria violado alguma norma desconhecida? Será que soluçar na fila da TSA é um sinal vermelho de ameaça à segurança?

— Sinto muito… — comecei a falar, mas ela levantou um dedo para me silenciar.

Será que eu estava numa enrascada?

Eu não tinha espaço para mais nenhum transtorno, hoje. Já havia ultrapassado minha capacidade.

Chegou um funcionário corpulento da TSA com a disposição de um pai pragmático, e a agente lhe deu minha habilitação para que ele inspecionasse.

— Emma Wheeler? — ele perguntou, comparando-me com a foto da habilitação. — Voo 2401 para Houston?

— Sim, senhor — respondi.

— Sou o supervisor. Por favor, venha comigo.

— Senhor, eu estou… estou muito atrasada para o meu voo. Eles vão decolar em poucos minutos…

Mas ele já estava indo.

Eu não tinha escolha a não ser acompanhá-lo, de pés descalços naquele piso industrial e as rodinhas estridentes de minha bagagem de mão lamentando nossa situação.

Contornamos a multidão de viajantes, e ele me levou para uma sala com uma plaquinha onde estava escrito SOMENTE PESSOAL AUTORIZADO.

Isso não podia ser bom.

Eu tinha conseguido abafar o choro no caminho, mas agora me perguntava se teria de começar tudo de novo. Será que as coisas só iriam de mal a pior?

No entanto, logo que entrei, vi um raio X de bagagens, com uma funcionária em posição de sentido atrás do aparelho. Assim que o supervisor fechou a porta por onde entramos, ele pôs minha bagagem de mão na esteira rolante. Depois, me conduziu até um ponto sinalizado com dois pés, me mandou estender os braços e, enquanto me revistava, disse:

— Recebemos uma ligação da Southwest. O piloto está segurando o seu avião.

Será que ouvi isso?

— Ele está… O quê?

O supervisor não quis me ajudar nem esclarecer o que estava acontecendo. Ele apenas continuou:

— Mas ele não pode segurar por muito tempo. Não mais do que o tempo que ele consegue compensar no voo.

Eu ainda estava me perguntando "O *piloto está segurando o avião?*".

— Por isso, assim que você estiver pronta — o funcionário prosseguiu —, vou ordenar que corra até o portão.

Correr para o portão? Meu cérebro tentava acompanhar.

— Entendeu? — ele perguntou, procurando me olhar nos olhos. — Quando digo correr, quero dizer "correr à toda velocidade".

Eu não tinha certeza de que havia entendido, mas eu disse:

— *Correr à toda*... Entendi.

— É o portão 30, quase no fim do terminal — ele disse. — Por isso, espero que você esteja em forma.

— Também espero que eu esteja — repliquei.

A funcionária me entregou a bagagem de mão, e o supervisor abriu uma porta no fundo do saguão e, quando a atravessei, olhei nos olhos dele e disse:

— Obrigada, senhor — esperando que ele entendesse o quanto eu estava de fato agradecida.

— De nada — o supervisor respondeu, com uma voz tão rouca que beirava à ternura. Então, ele disse: — Agora, corra.

Foi o que eu fiz. Apertei os sapatos contra o peito, agarrei com força a bagagem de mão e disparei.

Descalça.

Passei pelo Brookstone, pela Dunkin' Donuts e Starbucks; por hamburguerias e taquerias, por livrarias e pelo *free shop*, por lanchonetes e bares *hipsters*, me desviando de passageiros, mães com bebês e avós com cadeira de rodas. Minhas pernas estavam bambas, e as solas dos pés, batendo forte no chão, eu estava ofegante, com os pulmões quase saindo pela boca... e minha bagagem com as rodinhas rangia alto a cada passo que eu dava.

A primeira coisa que vi quando me aproximei do portão, resfolegando como quem já tinha se esquecido de como funciona a respiração, foi o painel digital com o número do meu voo e a palavra PARTIU.

Diminuí o passo.

Perdi o voo?

Será que depois de ter corrido tanto assim... eu perdi?

Mas então eu vi um piloto, que parecia um figurante saído de algum filme ou programa de TV, com um bigode grisalho, uma camisa branca impecável com dragonas e um quepe de comandante, contornando o portão do quiosque e adotando uma postura descontraída para me esperar.

Retomei minha velocidade e, quando me aproximei, ele disse:

— Emma Wheeler?

Meus pulmões não tinham ar suficiente para conversar, mas eu me esforcei:

— Sim, sou eu.

O comandante assentiu e disse:

— Vamos subir a bordo.

— Muito obrigada, senhor. Eu tinha certeza de que estava atrasada demais.

Ele olhou para cima, para a placa PARTIDA, e depois olhou para o avião esperando na pista. Então, passou minha bagagem de mão para um agente de espera no portão, me acenou positivamente com a cabeça, e disse:

— Eles não decolariam sem mim, e eu não iria decolar sem você.

VINTE E OITO

MEU PAI NÃO morreu.

Talvez isso seja um *spoiler*, mas todos nós passamos por muita coisa até aqui. Se você chegasse a algo próximo à preocupação que eu tive, acho que entenderia que nós precisávamos de uma notícia boa o mais rápido possível.

A cirurgia foi bem-sucedida. Assim que a pressão intracraniana diminuiu, ele se recuperou rápido, se considerarmos tudo. Todos os sinais indicavam que ele voltaria a ser o seu velho eu em tempo razoável; ou o máximo possível de seu velho eu com um buraco no crânio.

Devíamos tudo à presença de espírito, à calma e ao raciocínio rápido do neto da senhora Otsuka.

Que bênção de vizinhos.

Se eles não tivessem aparecido no momento em que apareceram, se tivéssemos perdido mais tempo do que perdemos, eu estaria contando uma história bem diferente.

Disse isso ao meu pai enquanto ele comia gelatina no quarto, naquela noite, quando já havia passado pela recuperação, fazia poucas horas. Sylvie estava no quarto também, e eu desviei os olhos da presença dela de uma forma tão implacável que ela acabou dando uma desculpa para ir buscar uma xícara de café.

O rosto doce de meu pai estava machucado, inchado e cortado. Sua cabeça estava com um curativo e raspada numa parte. Era difícil olhar para o rosto dele. Em vez disso, eu só continuei apertando a mão dele e pensando que eu o reconheceria em qualquer lugar.

Ele estava com um cobertor azul felpudo no colo, que Salvador tinha trazido de casa, e me disse:

— Me desculpe por ter assustado você, querida.

— Graças a Deus, a senhora Otsuka encontrou o senhor.

— A senhora Otsuka não me encontrou, ela estava *comigo*.

— Achei que ela tivesse encontrado o senhor logo depois da sua queda.

Meu pai balançou a cabeça.

— Ela estava do meu lado quando eu caí. Estávamos subindo a escada juntos.

Isso me pareceu uma observação bem interessante, mas tudo bem.

— Sabe aqueles professores desgrenhados do primeiro andar, que têm oito filhos?

— Eu acho que eles têm *três* crianças, mas tudo bem.

— O Kenji estava conosco porque íamos deixá-lo na casa deles para assistir a uns desenhos enquanto nós íamos jantar.

Concordei com a cabeça, como se fosse um detalhe agradável, mas não muito pertinente.

Em seguida, porém, meu pai me deu um sorrisinho travesso que acendeu todos os LEDs do meu cérebro.

— Espere! — Eu me engasguei, levando as duas mãos à boca. — Vocês iam...?

Meu pai não disse nada, mas os olhos dele piscaram.

— Espere aí! O senhor está querendo me dizer...?

Dessa vez, ele encolheu os ombros, demonstrando estar satisfeito consigo mesmo.

— O senhor...? — perguntei. — E a senhora Otsuka?

Meu pai deu um tapinha no nariz, como se estivesse dizendo "*Bingo!*".

— Vocês estavam saindo para um *encontro romântico?* — eu perguntei.

— Sim.

— Vocês estão se encontrando? Vocês são, tipo, namorados?

— Mais companheiros de fim da vida — ele respondeu —, mas essa é a essência.

— Quando isso aconteceu?

Meu pai continuou lutando contra os sorrisos incontroláveis.

— Bem, você sabe — ele disse. — Ela perdeu o marido faz poucos anos.

— Sim, eu sei — respondi. Depois, confirmando, eu falei: — O senhor Otsuka.

— Exatamente — meu pai disse. — E, desde então, depois de um período de tempo respeitável, claro, nós começamos a ter uma paquerinha.

As peças do quebra-cabeça se encaixavam em minha mente.

— É por isso que o senhor estava ensinando o Kenji a tocar gaita?

— Ele andava um pouco nostálgico.

— E é por isso que ela sempre convidava todo mundo para jantar?

— Ela é uma cozinheira fenomenal.

— E é por isso que ela continua passando em nossa casa com flores do jardim comunitário?

Nesse momento, o sorriso que ele estava reprimindo se abriu completamente.

— Não é culpa dela — papai disse. — Eu sou irresistível.

— Pai! — eu disse, concordando. — Estou muito impressionada.

— Mesmo assim, eu consegui — ele disse, dando uma piscadela.

— Gosto do senhor por isso — eu disse, de um jeito sincero.

— Sabe em que eu não paro de pensar? — meu pai disse em seguida.

— Em quê?

— Sua mãe ia gostar dela.

Meus olhos se encheram de lágrimas.

Depois, ele acrescentou:

— E do Kenji também. Ele é um ótimo menino. Quer ser mágico.

— Ela adoraria os dois — eu disse. — E ficaria feliz por você.

— Também acho que sim — meu pai disse, assentindo, como se tivesse pensado nisso. — As pessoas boas devem ficar juntas.

É DIFÍCIL CONTINUAR o tratamento de silêncio com a irmã quando as duas são guardiãs de um pai na UTI, mas eu mantinha o desafio.

Eu dirigia todas as minhas perguntas ao Salvador, como se ele fosse meu intérprete, e, sempre que Sylvie estava no quarto, eu desviava os olhos. Por intermédio de Salvador, concordamos em revezar as noites no hospital até que nosso pai estivesse pronto para ser transferido para a reabilitação. Insisti em assumir meu turno naquela primeira noite, ainda sem tomar banho e com o conjunto de moletom ROTEIRISTAS FAZEM ISSO NA PÁGINA, o que me permitia estender a agradável sensação de ter sido injustiçada. Sylvie não era culpada apenas da tentativa de patricídio *e* por me dizer a coisa mais cruel de todas, mas *também* por não me deixar ir até a nossa casa tomar um banho.

Que monstro.

No dia seguinte, depois que Sylvie me substituiu no revezamento, assumindo o turno, eu estava indo para casa trocar de roupa depois de incontáveis horas. Quando cheguei à porta do nosso apartamento, vi alguém sentado ao lado dela, com os cotovelos sobre os joelhos, a cabeça baixa, como se já estivesse lá havia um bom tempo.

Charlie.

Assim que me viu, ele se levantou e chegou o mais próximo de mim que ousou, com uma forte expressão facial de acabei-de-vcar-para-o-Texas--sem-avisar-você-e-apareci-aqui-na-sua-porta.

O primeiro pensamento horrorizado que tive foi que eu ainda estava com aquele moletom ridículo dele. E eu não tinha tomado banho, e ainda não tinha vestido a roupa de baixo. Além disso, meu cabelo devia estar dando a impressão de que eu havia sido eletrocutada.

Que humilhante.

O segundo pensamento, porém, foi mais determinado: "*Espere um minuto. Quem se importa?*".

— Ei — Charlie disse em seguida, com um leve aceno, como se estivesse puxando conversa.

Nós *não* estávamos iniciando nenhuma conversa.

— O que você está fazendo aqui, Charlie?

Ele olhou para mim como se houvesse uma centena de coisas que ele quisesse desesperadamente dizer, mas não podia dizer. Estava com a barba por fazer. Seus cabelos estavam desgrenhados no nível máximo. Então eu me dei conta de que ele também ainda estava usando o mesmo moletom da última vez em que nós nos vimos.

Era uma pergunta elementar, mas ele não conseguia responder.

É meio angustiante ver as palavras fugirem a um escritor.

Mas eu deixei isso acontecer.

Por fim, Charlie se agachou para abrir a mochila que estava do lado de seus pés. Vasculhou e tirou de lá meu moletom com capuz de morango. Depois, se levantou e se aproximou.

— Você esqueceu isto — ele disse, entregando-o para mim.

Por que será que ver aquele velho amigo vermelho e felpudo foi tão reconfortante? Eu o peguei, claro. Então eu disse:

— Você veio até aqui para me trazer meu moletom da sorte?

— Achei que você ia querer.

Ele achou que eu ia querer o moletom? Por isso, voou para o outro lado do país? Não foi para isso que inventaram a entrega pelo correio?

— Qual é o verdadeiro motivo de você estar aqui, Charlie? — perguntei.

— Quando acordei e descobri a casa vazia, pensei que você tivesse saído. *Ido embora*, de verdade. Mas, depois, fiquei sabendo do seu pai pelo Logan.

— Eu queria ter lhe enviado uma mensagem de texto — eu disse, procurando ser clara, em vez de me desculpar —, mas as coisas estavam bem loucas.

— Claro, claro — Charlie disse. — Entendi. Eu só estava preocupado com você.

— Você estava preocupado comigo, por isso voou até o Texas?

Charlie fez que sim.

— Você não estava atendendo ao telefone.

Claro que não.

— Eu estava no hospital.

— Como está o seu pai?

— Está bem — respondi. Dependendo de como se define "bem". Mas essa história era minha, e eu me apegava a ela. — Ele está bem, eu estou bem, todo mundo está bem — eu disse. Então, arrematei: — Não entendo por que você está aqui.

— Eu só queria... saber como estão as coisas.

— Ah — repliquei, num tom como se dissesse "atravessar o país para saber como estão as coisas é uma loucura patente". — Bem, então... Missão cumprida.

— Mais que isso — Charlie corrigiu. — Eu queria consolar você.

— Me consolar?

Charlie concordou com a cabeça.

— Você não pode — eu disse.

Charlie franziu o rosto.

— Não posso? É isso, mesmo?

Dei de ombros.

— É isso.

— Mas você está passando por um momento ruim — Charlie afirmou.

— Eu sei disso.

— Não posso deixar você passar por tudo isso sozinha.

— Claro que pode.

— Mas... eu não quero — ele disse.

— Olha... — eu disse, cansada demais para o ajudar a lidar com o que ele achava, mas, de algum modo, me sentindo obrigada a fazer isso, enfim. — Eu disse que gostava de você, e você disse que não gostava de mim. Eu me declarei abertamente a você, e você disse "não". Em todas as oportunidades, você deixou claro que queria continuar sendo, *na melhor das hipóteses*, meu colega de trabalho. Tudo bem. Não estou brigando com você. Mas colegas de trabalho *trabalham* juntos. Não são amigos, nem confidentes... e, com toda a certeza, não voam para o outro lado do país para entregar o moletom do outro. Não estamos num relacionamento a ponto de voarmos para qualquer lugar um pelo outro. E não estamos numa relação assim... — fiz uma pausa de efeito — porque *foi assim que você quis*.

— Mas isso foi antes de seu pai ficar doente.

— Por que isso mudaria as coisas?

— Eu não quero *não estar presente* para você.

— Que dupla negativa horrível.

— Detesto a ideia de você sofrer.

— As pessoas sofrem o tempo todo, Charlie.

— Mas é *você* — ele disse, como se eu fosse especial.

— Certo. Tudo bem. Sou eu.

— Deve haver alguma coisa que eu possa fazer.

— Sim — repliquei. — Você pode ir embora.

Porém, diante disso, Charlie meneou a cabeça.

— Não posso. Acho que não posso.

Olhei nos olhos dele.

— Você precisa ir.

— Mas você não... está precisando de alguém neste momento?

— Claro! Óbvio! Qualquer um, e todo o mundo! Só não pode ser você.

Charlie franziu o cenho, como se isso não fizesse sentido algum.

— Por que *alguém* não é melhor que *ninguém*?

Suspirei. Eu tinha mesmo de explicar isso também?

Ao que parecia, sim.

— Eu gostava de você de verdade — disse. — E você me rejeitou de maneira explícita. Então, ver você não me faz me sentir melhor, e sim *pior*.

Eu percebi quando ele finalmente compreendeu.

— Não há nada que eu possa fazer por você? — Charlie disse, tentando lançar essa ideia para ver se funcionava.

— Nada — confirmei.

— Nada — Charlie concordou. — Nem sequer... — e então ele se encolheu um pouco, prevendo minha resposta — um abraço?

Olhei para ele.

— Citando um famoso escritor que nós dois conhecemos, "Absolutamente nada. De jeito nenhum!".

Charlie assentiu, como se estivesse dizendo "*Entendi!*".

Mas ele ainda ficou ali. Como se, apesar de tudo, ele não suportasse a ideia de ir embora.

Para ser sincera, eu também não suportava.

Será que eu queria que Charlie ficasse? Eu poderia ter aceitado aquele abraço? Eu estava indiscutivelmente tentada a levá-lo para dentro e me envolver nos braços dele? Será que eu queria muito mesmo ainda poder pensar nele como eu pensava antes de saber o que ele achava de mim?

Sim para todas as perguntas.

Mas não houve nenhum mal-entendido. Eu tinha me oferecido de forma completa e desinibida para ele, e ele tinha dito "não" de maneira clara e explícita.

— A única coisa que você pode fazer por mim — eu disse, então — é sair da minha vista e ficar longe de mim.

E, ASSIM, CHARLIE se foi.

Ele foi embora, e eu voltei à minha vida.

Quase — *quase* — como se aquelas semanas surreais em Los Angeles jamais tivessem acontecido.

De volta à minha cidade, em nosso apartamento, com meu pai para ser cuidado, Sylvie a ser ignorada, Salvador ainda morando conosco (agora, expulso para o sofá) e uma nova relação a ser iniciada com a senhora Otsuka, eu estava apta a me manter ocupada.

Los Angeles começou a ficar mais parecida com um sonho.

Meu pai passou dez dias inteiros no hospital e — *sim*, consigo perceber o quanto isso é estranho —, por incrível que pareça, foi um tempo agradável. Aquele hospital era mesmo um lugar extraordinário. Por exemplo, conseguimos uma transferência surpresa para um quarto VIP porque a cirurgia do meu pai era a décima milésima realizada pelo hospital. E aquele quarto fazia parte de algum estudo em andamento sobre o impacto das plantas na recuperação de cirurgias. Por isso, o parapeito da janela do quarto dele estava repleto, de um lado ao outro, de plantas verdes, babosa, bromeliáceas e maranta. Sem mencionar a linda vegetação arbustiva que combinava exatamente com a estampa do vestido longo tropical da Sylvie, chamada costela-de-adão (*Monstera deliciosa*).

Eles nos pediram para regá-las, por isso, comprei um borrifador e fiz uma de minhas famosas tabelas com adesivos para organizar os horários de regagem.

Eu achava que só isso já era o tratamento VIP, mas o pessoal da enfermagem ainda trazia comidas incríveis e deliciosas para o almoço todos os dias e insistia em dividir conosco. "É demais", eles afirmavam. "Não queremos desperdiçar." Então, por educação, éramos obrigados a engolir tigelas fumegantes de *ramen gourmet*, *po'boys* crocantes de peixe, hambúrgueres *gourmet* suculentos, sanduíches *gyros* pingando *aioli*.

Vou dizer uma coisa, a comida para viagem dessa ala do hospital era da *realeza*.

— Isso não é caro? — eu vivia perguntando.

— São os administradores — os enfermeiros encolhiam os ombros. — Eles mimam tanto a gente...

E quem era eu para discutir?

Eu e meu pai tínhamos passado muito tempo em vários hospitais ao longo dos anos. Eu podia descrever alguns deles do teto ao piso. No entanto, não tínhamos visto nada como aquele antes. Plantas? No quarto de hospital? Massoterapeutas circulando livremente pelos corredores? Entrega de sorvete num triciclo motorizado?

Loucura.

Mas não estávamos reclamando, claro.

A senhora Otsuka ficava horas, todo dia, cuidando do meu pai e lendo para ele o seu livro novo sobre mitologia nórdica, enquanto eu e o Kenji fazíamos animais de *origami* para pôr nas prateleiras entre as plantas: eram sapinhos, raposas, baleias, porquinhos. Ele tinha um zoológico inteiro que valia a pena memorizar e me orientava com paciência nas dobraduras. Os bichinhos dele ficavam como os que se veem nos tutoriais; os meus, um pouco mais parecidos com embalagens de chiclete amassadas.

Mesmo assim, ele sempre dizia:

— Com certeza, você está pegando o jeito.

E eu me permitia ser encorajada, embora não me preocupasse muito em ser exímia no *origami*. O que me importava era o sentimento de camaradagem que eu nutria por estarmos fazendo coisas juntos. Reconfortante do mesmo jeito que ter um projeto de vida com alguém é reconfortante. Seguro do mesmo jeito que se reunir com outras pessoas sempre nos faz sentir seguros. Do jeito que estar com alguém é simples e essencialmente sempre melhor que estar sozinho.

Era a *vibe* mais família que eu tinha sentido depois de anos.

Sem contar as conversas que aconteciam, às vezes, sem a gente esperar, quando estávamos apenas correndo de uma tarefa para a outra como todos nós fazemos na maior parte do tempo. Há conversas que só podem ocorrer depois que a espera abranda o ritmo das coisas.

Uma noite, já era tarde, depois que a enfermeira havia verificado o curativo cirúrgico do meu pai e seus sinais vitais, eu e ele ficamos sozinhos. Nessa ocasião, tive a brilhante ideia de mostrar ao meu pai aquele vídeo da gente que o Logan tinha enviado ao Charlie, de quando tudo isso tinha começado. A princípio, achei que seria divertido, e foi. Eu e meu pai fazendo parada de mão, a vozinha de esquilo da Sylvie, minha mãe repreendendo o Logan, mas, quando paramos de rir, tudo o que nos restou foram lágrimas.

— Me desculpe — eu disse, enquanto nós dois passávamos as mãos nas bochechas. — Talvez fosse melhor ter deixado isso enterrado.

— Não, não — meu pai disse, com o queixo ainda meio trêmulo. — Fiquei feliz de ver.

Guardei o celular.

Em seguida, meu pai estendeu a mão para tocar o curativo da cabeça.

— Sabe... isso não foi culpa da Sylvie.

Ele estava esperando uma concordância categórica, mas... quero dizer, meio que *era*.

Como eu não respondi, ele se virou para me olhar nos olhos.

— Não foi culpa dela — ele disse, inclinando-se um pouco para a frente, a fim de ter minha total atenção —, assim como também não foi culpa sua a queda das rochas.

Meus olhos arderam com isso, e eu olhei para baixo, para o meu colo.

— As coisas acontecem, Emma — meu pai continuou, estendendo a mão para segurar a minha. — Ninguém pode prever o futuro.

Continuei olhando para baixo.

— Mas… — eu disse, sentindo um aperto na garganta; depois, claro, sem precisar especificar quem era "*ela*", desabafei em voz alta a única frase curta que andava me assombrando em sussurros havia dez anos: — Mas ela queria ir para a praia.

Era esse pensamento que me despertava à noite. Se eu não tivesse sido egoísta — se eu apenas tivesse dado a minha mãe o que *ela* queria, em vez de querer tudo para mim —, ela teria se deitado numa toalha de praia listrada com um livro na mão a cerca de mil quilômetros de distância no dia em que ocorreu o deslizamento das rochas. Não estaria nem perto disso. A vida da gente teria continuado feliz. Tudo teria sido diferente.

Ela queria ir para a praia.

Meu pai apertou minha mão.

— Eu quero pedir perdão ao senhor — eu disse ao meu pai em seguida.

Ele me olhou.

— Você não pode ter o meu perdão.

— O quê?!

— Eu não vou lhe perdoar — ele disse. — Só se perdoa a alguém que lhe fez algo errado — ele falou enquanto puxava minha mão para um pouco mais perto dele, então balançou a cabeça, olhando para mim. — Emma… *Você nunca fez nada errado.*

Mas eu discuti com ele.

— Sylvie disse que eu matei a mamãe.

Será que eu estava tentando causar um problema para ela?

— Quando ela disse isso?

— Quando eu estava correndo para o aeroporto.

Meu pai me sondou.

— E você vai mesmo cobrar isso dela?

Ele tinha razão. Será que eu deveria me agarrar para sempre a uma coisa ruim que ela havia dito num momento de pânico? Qual seria o motivo? Era uma decisão que não beneficiaria ninguém. Ainda assim... Ela tinha dito, e eu ouvi.

Fiquei sem saber para onde ir a partir daí.

Então, eu disse, com a voz mais baixa:

— Mas ela não está errada. — Depois, eu falei uma coisa em que todos nós pensávamos desde então. — Eu queria ir escalar as rochas. *Insisti* para ir. Se não tivesse sido por mim, não teríamos ido nem perto daquele deslizamento de rocha. Se não tivesse sido por mim, a mamãe não teria morrido.

Contudo, talvez não fosse isso que todos nós pensávamos, porque meu pai suspirou como se não conseguisse acompanhar meu raciocínio.

— Isso não faz sentido, Emma — ele disse. — A mamãe podia, em vez disso, ter ido à praia e se afogado numa corrente de retorno, ou ter sido atropelada num paredão por um motorista bêbado, poderia ter sido atingida por fogos perdidos, ou picada por uma cobra perto das dunas.

Franzi o rosto.

— Não existe nenhum meio de prever as infinitas forças aleatórias do mundo a que estamos expostos. Só de tentar, já seria paralisante, não?

Em seguida, houve uma mudança radical, para nós dois, do que pensávamos a meu respeito.

Será que era isso que eu andava fazendo? Tentando desesperadamente prever o imprevisível e evitar o inevitável? Era por isso que eu era tão disposta — e, para ser bem sincera, *sentia alívio* — a ficar em casa todo esse tempo? Eu teria decidido em algum lugar no meu inconsciente que o melhor meio de evitar desastres era simplesmente não fazer nada?

— Você não pode viver assim, Emma... — meu pai me disse.

Eu podia ter negado, acho. Mas era tarde. Estava tudo em silêncio, e nós já tínhamos dito verdades.

— Não sei como *não viver* assim — eu disse.

Ele me observou.

— Achei que a Califórnia fosse um começo. Em mais de um sentido.

Ao ouvir isso, eu baixei a grade da cama para poder me aproximar e me inclinar, a fim de apoiar a cabeça no peito do meu pai. Eu podia ouvir o coração dele batendo num ritmo suave e fiquei ouvindo durante um minuto até perguntar:

— Como o senhor faz isso?

— Como faço o quê? — ele perguntou, com a voz abafada por entre as costelas.

— Como o senhor encontra um jeito de ficar bem?

— Bom... — meu pai disse, franzindo o semblante. — Eu precisava ficar bem, não precisava?

Ele apertou minha mão. Depois, disse:

— As coisas ficaram muito sombrias para mim depois que a mamãe morreu, mas eu sabia que você e Sylvie precisavam que eu encontrasse a luz de algum modo.

— Eu não sabia que as coisas ficaram tão sombrias para o senhor. O senhor sempre pareceu... tão bem.

— Era minha obrigação parecer bem.

— O senhor não quis falar comigo a respeito disso?

— Você era criança.

— A Sylvie era criança — repliquei. — Eu era...

— Uma garota que tinha acabado de perder a mãe.

Tudo bem. Isso não estava errado.

— Eu decidi que... — ele continuou. — Se eu apenas aguentasse, as coisas iam melhorar. Não sabia quanto melhorariam, mas sentia que iam melhorar. E, quando a gente já viu o *pior*, o melhor é o suficientemente bom.

— Mas como? Como o senhor suportou?

— Eu apenas acordava todo dia e ia dormir toda noite, e tentava ser uma boa pessoa durante o dia.

— Não pode ser só isso — questionei.

Meu pai respirou devagar e, então, disse:

— Em algum ponto, durante esse tempo, eu tive muita sorte e, por acaso, compreendi uma coisa.

— O quê?

— Seja qual for a história que a gente conta pra si mesmo sobre a nossa vida, essa será a verdadeira.

Levantei a cabeça para prestar muita atenção nessa ideia.

Meu pai prosseguiu:

— Por isso, se eu disser "Aconteceu uma coisa terrível e isso arruinou minha vida!", isso se tornará verdade. Mas se eu disser "Aconteceu uma coisa terrível, mas, por mais insano que pareça, isso me fez melhorar...", então, *essa* será a verdadeira história.

— O senhor acredita que está melhor? Depois do deslizamento das rochas?

— Eu sei que estou — meu pai respondeu com tanta convicção que eu tive de acreditar nele. — Estou mais sábio, mais amável, mais engraçado, mais compassivo. Consigo tocar pelo menos dez instrumentos com uma mão só. — Ele ergueu a mão boa dele para nós dois olharmos. — Estou mais consciente de quanto tudo isso é frágil e precioso. Estou mais agradecido também por cada pequena bênção. Uma joaninha no parapeito da janela. Uma flor brotando da suculenta. Uma pera tão madura que simplesmente se dissolve num doce néctar em nossa boca.

Talvez isso não tenha sido muito educado, mas eu queria mesmo entender meu pai.

— Mas o senhor não sente saudade da mamãe?

Meu pai me lançou um sorriso triste.

— Sinto. Claro. E daria *todo* esse crescimento pessoal para vê-la de novo por pelo menos uma hora e apenas abraçá-la. Por um segundo. Mas essa opção não existe. Nós só temos o que temos.

— Também sinto falta dela — sussurrei.

Meu pai apertou minha mão.

— Tudo bem — ele disse, depois. — Tem outra coisa que descobri por acaso: a felicidade sempre fica melhor com um pouquinho de tristeza.

QUANDO MEU PAI ficou bem mais estável em relação à sua saúde pós-operatória, Sylvie e Salvador decidiram fazer um anúncio: eles iam se casar.

Uma fuga romântica expressa. Em 24 horas. *No quarto de hospital do papai*.

— Estamos fugindo — Salvador explicou.

— Mas só vamos fazer isso aqui — Sylvie acrescentou.

— Não queremos esperar — Salvador disse.

— Queremos começar nossa vida juntos — Sylvie falou.

— Mais cedo, não mais tarde.

Claro que queriam.

— Para mim, está tudo bem — meu pai disse.

Eu não tinha certeza de que para mim estava tudo bem. Eu só me perguntava se havia um meio de eu ligar dizendo que estava doente para não ir a esse evento familiar específico... quando Sylvie me pediu que eu fosse madrinha dela.

— O quê? — eu perguntei, enquanto ela me arrastava para fora do quarto.

— Você precisa me desculpar — Sylvie disse.

— Você já pediu desculpas umas dez vezes.

— Mas você nunca aceitou as minhas desculpas!

Ela não estava errada.

Então, ela se debulhou em lágrimas.

— Eu não sei mais o que fazer — ela dizia, agora, com o rosto corando e a voz já meio rouca. — Eu não queria dizer aquilo. Eu só... não sei... eu estava assustada e exausta, e tentando me defender. Eu não acho de verdade aquilo que eu disse. Ninguém acha isso. A ideia só me veio à mente, e eu verbalizei, mais por maldade do que por ser verdade.

— Isso melhora as coisas? — eu perguntei.

— Eu me arrependi dessas palavras no mesmo instante em que eu as pronunciei. Não tem desculpa. Eu não sei como consertar isso. Mas estou suplicando a você que me perdoe. Por favor, por favor! Você é a minha pessoa predileta. É minha heroína! Por favor, me diga que eu não estraguei nossa relação para sempre num momento de burrice.

Ou seja, eu tinha imaginado que teria de perdoar a Sylvie em algum momento. Só que eu pensava que ela me daria ainda alguns anos.

Agora, no entanto, de repente, ela ia se casar. Amanhã. Se eu não deixasse tudo isso para lá, passaríamos o resto da vida sabendo que eu estava com raiva dela no dia do *seu casamento*.

Que escolha eu tinha?

— Tudo bem — eu disse. — Eu perdoo você. — E, assim que pronunciei essas palavras, eu as senti.

Sylvie me abraçou.

— Mas se você, alguma vez, disser algo assim para mim de novo, eu vou me mudar para o Alasca. E vou levar o papai junto.

Foi fácil assim.

Porque ela era a única irmã mais nova que eu tinha.

Enfim, tínhamos um repentino casamento surpresa para planejar.

Na verdade, tínhamos um projeto. Vinte e quatro horas para pendurar algumas luzes cintilantes e preparar algumas rosas de papel de seda. A senhora Otsuka se ofereceu para fazer o buquê da Sylvie com zínias do jardim comunitário, e Sylvie a abraçou chorando.

Compramos *cupcakes* e sidra no supermercado e pedimos que meu pai tocasse "Lá vem a noiva" na gaita.

Sylvie usou o vestido que nossa mãe tinha usado no casamento de nossos pais, não propriamente um vestido de noiva, mas um vestido branco simples que ela adorava, com as botinhas de *cowgirl* preferidas dela.

Salvador usou um *smoking* vermelho-rubi que eles compraram num brechó. Conseguimos um bonezinho de *tweed* para o papai cobrir o curativo da cirurgia, e ele usou um *blazer* cinza em cima da camisola de hospital e amarrou um lenço de seda no pescoço como gravata. Kenji chegou de terninho e uma gravata de pressão, com uma flor de *origami* na lapela. A senhora Otsuka vestia um conjunto de calça e *blazer* num tom de salmão que era a própria cor do amor. E eu deixei Sylvie me vestir com um vestido de madrinha feito de *chiffon* com mangas em sino que ela tinha encontrado por três dólares no bazar do Exército de Salvação.

O capelão do hospital fez a cerimônia, que, por sorte, foi bem breve e muito agradável, e acendemos uma vela ao lado do retrato de nossa mãe na mesinha do hospital. Nosso pai "caminhou" com a Sylvie até o altar, juntando as mãos do casal. Sylvie e Salvador escreveram seus próprios votos e os leram em voz alta... e eu nem os julguei.

Eu apenas fiz a coisa certa e relevei todos aqueles clichês e a confusão de metáforas.

Amor é amor, afinal.

Mesmo para não escritores.

E, quando aqueles dois jovenzinhos se beijaram e fizeram aquela promessa surpreendente, linda e repleta de esperança de cuidar um do outro *pelo resto da vida deles...* embora eu nunca chorasse nos casamentos, eu verti um dilúvio de lágrimas. Eu chorei porque era demais, mas do melhor jeito. Chorei de gratidão, de tristeza e alegria, tudo ao mesmo tempo, e porque minha mãe faria o mesmo, se pudesse estar presente. Chorei porque minha irmã tinha encontrado um verdadeiro homem de bom coração e porque a senhora Otsuka percebeu, no meio do caminho, que meu pai estava com sede e saiu discretamente para trazer água para ele. Chorei porque não havia nada mais fofo que meu pai alegre com seu bonezinho, sorrindo, apesar de seus machucados, como um homem que jamais vira um dia de tristeza. Chorei porque, em meio aos votos, Kenji esticou sua mãozinha e segurou a minha mão daquele jeito doce e despreocupado que os meninos pequenos fazem. Chorei porque as enfermeiras estavam todas chorando e porque era um milagre muito grande ter algo para celebrar e porque estávamos num casamento, em vez de estar num funeral. Chorei pela sorte, pela beleza e pela bondade… e pela magia de estar viva.

E, depois, tivemos um baile.

Bem ali no quarto do hospital.

Estava tudo quase acabando quando uma das enfermeiras saiu para o corredor e começou a gritar como uma adolescente num *show* dos Beatles.

Todos nós corremos para fora…

Sei que vocês nunca vão acreditar em mim…

Mas ali, olhando em volta da sala vazia da enfermagem, vestido com uma Levi's 501 e uma camiseta que mais parecia ter sido pintada no corpo, estava Jack Stapleton.

O cara do *outdoor* lá de fora do hospital. *Aquele* Jack Stapleton.

Eu sabia, assim como todo mundo, que Jack Stapleton morava num sítio nos arredores da cidade. E tinha um histórico bem conhecido de aparecer de repente, fazendo serenata para todos os tipos de trabalhadores da saúde, em sinal de gratidão pelo bom trabalho que eles prestam no mundo. Por isso, não era uma coincidência totalmente impossível.

Não mais impossível que outras coisas impossíveis, enfim.

Jack Stapleton apareceu por acaso no último minuto, pouco antes de a minha irmã sair do hospital. Depois, ele ficou. Ele cantou caraoquê com cada uma das pessoas ali e fez um brinde aos noivos, além de tirar centenas de *selfies*… até comigo.

Parecia que ele não se lembrava de mim, mas tudo bem.

Ele não deve ter ficado tão impressionado quanto eu quando me conheceu naquele dia em Los Angeles.

Então, depois que o Jack Stapleton foi embora, deixando atrás de si um rastro de enfermeiras desmaiadas, depois que a senhora Otsuka levou o Kenji para casa, para ir dormir, e depois que os noivos acenaram e saíram pelo corredor... quando meu pai estava prestes a se recolher para também ir dormir, ele apertou minha mão.

— Foi divertido — ele comentou. — De quem será o próximo?

— Não é assim — eu respondi.

— Como vai o seu roteirista?

— Está bem — eu disse. Depois, emendei: — Suponho que esteja bem.

— Ainda não se comunicou com o escritor?

Dei de ombros.

— Ele acabou sendo uma decepção.

Meu pai assentiu com a cabeça.

— A maioria das pessoas é.

— Eu o amava — eu confessei. — Mas ele não correspondia ao meu amor.

Meu pai ficou chocado quando eu disse isso.

— Então, ele é muito pior do que alguém decepcionante! Ele é *um idiota*.

Antes disso, eu não gostava da palavra *idiota*.

— Obrigada, pai.

— Vamos encontrar alguém bom para você, querida — meu pai disse.

— Com certeza, vamos — eu respondi, sem acreditar nem um pouco nisso.

Então, meu pai adorável e sem noção de cultura *pop* fez um gesto com o polegar apontando para a porta, por onde Jack Stapleton tinha saído havia menos de quinze minutos, e disse:

— E esse Jake Singleton? Ele não é feio. Acho que tem futuro.

VINTE E NOVE

PASSARAM-SE DUAS SEMANAS.

Sylvie e Salvador tinham feito uma pequena lua de mel de 48 horas em Galveston Island.

Kenji tinha ido para um acampamento de verão de biologia marinha no museu de ciências.

Meu pai saiu do hospital para passar um período de reabilitação em uma clínica de fisioterapia, para fortalecer os membros.

E eu...

Não fiz muita coisa. Tinha tirado licença de verão da docência quando consegui o trabalho para ser coautora de Charlie Yates. Por isso, quando não estava visitando meu pai e cuidando dele... eu assistia à TV de forma compulsiva. Comia colheradas de creme de amendoim direto do pote e me debruçava na janela feito uma planta sem rega.

Qualquer dia desses, eu começaria a pensar na minha vida. Qualquer dia, eu começaria a me sentir melhor e iria descobrir um futuro que me empolgasse.

Para ser sincera, eu estava meio decepcionada comigo mesma.

Era mesmo necessário toda essa falta de esperança?

Eu tinha vivido uma aventura. Tinha visto um pouquinho do mundo. Sentido um pouco de desgosto. Agora, era hora de aprender com isso e seguir adiante.

No entanto, se eu fosse sincera... Sincera mesmo... Sincera do jeito que só se pode ser quando se conhece e tem certeza de que a pessoa com quem está conversando não vai julgar você...

(A propósito, não me julguem.)

Eu sentia saudade do Charlie.

Eu sabia que isso era patético. Sabia que ele era indefensável. Sabia que ficar deprimida por causa de um homem que não me valorizava era ridículo. Eu *não queria* sentir a falta dele.

Esta não é a regra número um para se defender? *Não goste de gente que não gosta de você*.

Não é complicado, eu me dizia reiteradas vezes.

Só é difícil.

Porque, de algum modo, tudo tinha sido melhor com ele. Nadar era mais divertido quando ele ficava sentado mal-humorado nos degraus. Escrever era mais divertido quando eu estava discutindo sobre o amor com ele. Fazer compras no mercadinho era mais divertido quando ele chamava a minha atenção a fim de que eu olhasse para ele fazendo malabarismo com as laranjas. Ele simplesmente... me iluminava.

E eu sentia muito a falta daquela luz.

Mas acho que isso foi um momento de aprendizado.

Quando a gente espera que outra pessoa nos ilumine, é porque a gente está à mercê da escuridão.

EU ESTAVA DEITADA no chão da sala de estar do nosso apartamento, observando as lâminas do ventilador de teto girarem e sem vontade de ir limpar o banheiro, quando recebi uma ligação do Logan.

— Você está sentada? — ele perguntou.

— Melhor ainda — respondi. — Estou *deitada* no chão.

— Excelente — Logan disse. — Prepare-se.

Colei os braços no chão.

— Estou preparada.

— Donna Cole... — Logan disse — quer o seu roteiro.

Eu me sentei. *Meu roteiro? Que roteiro?*

— "*The Accidental Mermaid*"? — perguntei.

Eu nunca entreguei a ela.

— *Roteiristas do Amor* — Logan disse.

— Entendi, mas deve ser algum engano — eu falei. — Eu não escrevi nenhum roteiro chamado *Roteiristas do Amor*.

— Sim, escreveu.

— Como? Enquanto eu dormia? Estou lhe dizendo que não escrevi.

— É aquele que você escreveu com o Charlie.

— Mas aquele não se chamava *Roteiristas do Amor*. Chamava-se...

— Ele mudou o título — Logan informou.

— Mas...

— E o enredo.

— Eu percebi.

— Agora — Logan continuou —, a história é sobre dois roteiristas que escrevem um roteiro juntos e se apaixonam perdidamente.

Ignorei a taquicardia esquisita que aquelas palavras me provocaram.

— Isso é loucura — eu disse.

Na verdade, porém, eu achava que era uma ótima ideia.

— E... adivinha? — Logan disse. — É muito bom.

— Claro que é. É do Charlie Yates.

— Disse a pessoa que chamou a última comédia romântica dele de "crime contra a humanidade".

— Todo mundo merece uma segunda chance.

— Adoro sua lealdade.

— O *ser humano* Charlie Yates é complicado — eu disse. — Mas *o roteirista* Charlie Yates é o amor da minha vida.

— Você diz isso como se os dois não fossem a mesma pessoa.

— Quando ele teve tempo para fazer isso?

— Depois que você o expulsou do Texas.

— Foi rápido.

— Ele é rápido quando está obcecado — Logan disse. — E, a propósito, obrigado por seu serviço.

— Por meu serviço?

— Você o curou do *yips*.

Curei?

— Ele está o oposto de bloqueado, agora — Logan prosseguiu. Então, como se estivesse lendo o letreiro de uma marquise, ele disse: — Charlie Yates está de volta.

Senti uma pontada no coração ao ouvir isso. Charlie Yates está de volta.

— Estou enviando o roteiro para você — Logan disse. — Leia. Você vai ficar maluca de alegria. É uma carta de amor à diversão. Ao amor. E a você, eu acho.

— Com certeza, não é uma carta de amor para mim — eu disse. — Disso, eu tenho muita certeza.

— Adivinhe por quem foi escrita?

— Isso é uma pergunta capciosa?

— Dê uma olhada nas suas mensagens — Logan disse.

Havia uma imagem de página de título, em fonte Courier clássica de roteiro:

ROTEIRISTAS DO AMOR

ESCRITO POR

EMMA WHEELER & CHARLIE YATES

— Mas eu não deveria estar nos créditos — eu disse. — Eu fui a *ghostwriter*.

— Pare de falar — Logan recomendou. — Permita-se isso.

Fiquei olhando para a foto daquela página.

— Charlie terminou a história e enviou para Donna Cole no mesmo dia, com um bilhete dizendo "Presente para você!", e, depois de uma hora, mais ou menos, ela enviou uma mensagem a ele dizendo: "Quero!".

— Ela quer o roteiro?

— E ela quer encontrar com vocês dois. Em Los Angeles. Quinta-feira.

— Em Los Angeles? — eu repeti. — Quinta-feira?

Acho que eu ia para Los Angeles.

Lá se foi meu plano de nunca mais encontrar Charlie outra vez.

TRINTA

A REUNIÃO COM Donna Cole em Los Angeles correu muito bem.

Com "muito bem" quero dizer que eu me sentei bem nervosa numa cadeira Mies van der Rohe original de couro e cromo ao lado do Logan enquanto um ícone da indústria cinematográfica moderna falou durante uma hora sobre um roteiro surpresa que eu mal sabia que havia escrito. Depois, ela me ofereceu um valor de seis dígitos pelos direitos.

É *desse* tipo de "muito bem" que eu estou falando.

O escritório dela era maior que o apartamento inteiro da minha família. E também tinha um quadro de Georgia O'Keeffe, original, não um pôster de loja de museu, na parede atrás da mesa dela. E Donna Cole era assombrosa.

Assombrosa do jeito mais extraordinário.

Acabei não vendo o Charlie, no entanto. Donna Cole é uma empresária excepcional, e o único horário na agenda dela calhou de ser justo quando Charlie tinha ido ao hotel Biltmore para receber um prêmio de roteirista.

Mais um. Ele ia precisar de uma gaveta maior.

Que pena. De nada valeram a trança de coroa, a manicure e pedicure, e o hidratante nos quais eu investi antes de deixar a cidade. Sem falar das três roupas diferentes que comprei, em pânico — e, no fim, eu escolhi um vestido *chemisier* azul impecável e umas sandálias que combinavam —, por nada.

Eu acho que foi ele que perdeu.

No fim da reunião, quando Donna estava se despedindo de nós, ela fez um ar fingido de que estava chateada:

— Não acredito que Charlie Yates preferiu ir buscar outro prêmio a vir me ver.

— Loucura — Logan concordou, enquanto Donna lhe dava um beijinho no ar se despedindo.

Depois, ela se voltou para mim e disse:

— Nunca mais permita que Charlie escreva algo sem você.

— Vou ver o que posso fazer — respondi, me sentindo uma mentirosa.

A assistente dela a esperava, mas Donna nos parou na porta.

— Quase me esqueci — ela disse.

Eu e Logan nos viramos para ela.

— Não é oficial, mas conseguimos indicar Jack Stapleton para protagonista.

— Jack Stapleton? — perguntei. — Indicado? Para protagonista?

Logan sorria como se isso não fosse novidade para ele.

— Foi tudo por conta do Charlie — disse Donna.

— Mas... — eu disse, e isso eu tinha aprendido com o próprio Charlie — eu achava que apenas os diretores de elenco escolhessem os atores para os filmes.

Donna assentiu com um aceno de cabeça, como se estivesse dizendo "*Claro!*", enquanto explicava:

— A menos que o roteirista e o ator estejam de acordo.

— E eles estão?

— Jack faria qualquer coisa pelo Charlie — Donna respondeu, acenando com a cabeça para Logan confirmar o que ela havia dito.

— Ele não tinha acabado de ir a um hospital no Texas para fazer serenata para um idoso?

Logan não me olhou nos olhos.

Donna ainda tentava se lembrar dos detalhes.

— O homem estava muito doente, tinha acabado de sair da UTI. Charlie não conseguia parar de se preocupar com ele. Por isso, Jack se ofereceu para aparecer por lá como se fosse de forma casual... coisa que, como todos sabem, ele costuma fazer.

Olhei para o Logan.

Ele olhou para Donna.

— E então... — Donna prosseguiu, semicerrando os olhos, virada para o Logan, como se provavelmente ele soubesse. — Não é que depois ele chamou as enfermeiras e os enfermeiros de lado para dizer "Por favor, cuidem com muito carinho do meu querido amigo!"... Não é mesmo? — ela perguntou ao Logan.

Por fim, Logan olhou para mim.

— Algo do tipo — ele respondeu. — Sim.

NO INSTANTE EM que entramos no carro do Logan, eu perguntei:

— Ela estava falando do meu pai?

Logan fingiu que estava ocupado com seu cinto de segurança.

— O idoso do Texas... Só pode ser o meu pai, não é?

— Não tenho autorização para dizer isso — Logan respondeu, ligando o carro.

— Logan — eu disse, baixando a voz. — Você era *meu* amigo, primeiro.

Logan refletiu sobre isso enquanto saíamos da garagem.

— Tudo bem. Sim. Charlie pediu a Jack que aparecesse por lá e fingisse que era por acaso.

— Jack Stapleton não *apareceu de surpresa*. Ele não pode *aparecer de surpresa* em lugar nenhum. Foi um alvoroço total. Uma das enfermeiras desmaiou.

— Você não faria isso?

— O fato é que... você está fazendo parecer que não foi grande coisa, embora tenha sido *importante*, com certeza.

Logan assentiu com a cabeça por um instante e, então, disse:

— Charlie queria cuidar de você, mas você o mandou embora.

— A culpa é minha, agora?

— Olha... — Logan disse. — Charlie concordou com você. Ele também achou que você não devia ser obrigada a ver a cara dele. Por isso, ele agiu nos bastidores.

— Agiu para fazer o quê?

Logan se preparou para fazer uma confidência.

— Para fazer coisas boas para você.

— Como o quê? Que tipo de coisas boas?

— Você sabe... — Logan disse. — Tipo... melhorar o quarto do seu pai.

Nesse momento, eu me virei para olhar para ele.

— Eles disseram que tínhamos ganhado aquele *upgrade*! Que estavam celebrando a décima milésima cirurgia do hospital.

— Não consigo acreditar que você caiu nessa.

— Ele pediu aos funcionários do hospital que mentissem para nós? E eles simplesmente fizeram isso?

— Também fez uma doação considerável.

Isso foi um insulto.

— Eles nos enganaram, dizendo que tínhamos recebido um quarto melhor... Achei que tivéssemos ganhado aquele quarto VIP por sorte, como pessoas decentes.

— Além disso — Logan continuou —, todas aquelas comidas chiques, todos os dias...

— Foi Charlie? Aquilo não era apenas… a vida normal na ala VIP?

Logan fez que não.

— Foi tudo o Charlie. Ele foi para um quarto de hotel, depois que você o mandou sumir de vista, e ficou por perto até ser informado de que seu pai estava bem.

— Por que ele fez isso?

— Por que você acha?

— Sinceramente, não tenho a mínima ideia.

— Ele também mandou providenciar aquelas plantas todas.

— Até as *plantas*? — questionei, como se agora aquilo tivesse ido longe demais.

— Por que você está tão furiosa com isso? Aqueles estudos com plantas são reais. Charlie pode citar as estatísticas o dia todo.

— Não era papel dele fazer essas coisas.

— Não era papel dele?

— Sim — respondi, insistindo. — É uma atitude completamente imprópria. Você transferiria secretamente para um quarto VIP o pai de uma colega de trabalho?

— Se eu estivesse apaixonado por ela, eu faria isso.

Pisquei.

— Ele não está apaixonado por mim — afirmei. — Ele me disse que não estava.

Mas, quando paramos no estacionamento do Biltmore, Logan apenas disse:

— Não acredito que você também caiu nessa.

EU PENSAVA QUE Logan fosse apenas me deixar no Biltmore, mas, quando desci do carro, ainda meio atordoada, ele entregou as chaves ao manobrista.

— Você vai… entrar? — eu perguntei.

Logan fez que sim.

— Estou indo para o salão de eventos.

Franzi a testa.

— O que tem no salão de eventos?

Logan me olhou nos olhos e respondeu:

— Charlie.

— Ah — exclamei. — É lá que está acontecendo a cerimônia de entrega dos prêmios?

Logan concordou com um aceno de cabeça.

— Você sabia que o Charlie estaria aqui esta noite quando reservou o quarto para mim neste hotel?

De novo, Logan fez que sim.

— Isso é uma pegadinha sua para eu ir à cerimônia? — perguntei.

— Não, a menos que você queira — Logan respondeu.

— Eu não quero — eu disse.

— Mesmo depois de descobrir a história do *upgrade* VIP?

— Eu não pedi que ele fizesse isso — respondi. — Pedi para ele me deixar em paz.

— Você deveria ir lá comigo — Logan sugeriu, apontando para o salão de eventos. — Significaria muito para o Charlie.

Eu bufei, alargando minhas narinas.

— Charlie não se importa comigo... nem com prêmios. Você não sabe que ele os guarda em uma gaveta?

— Sei. Mas isso só porque ele estilhaçou o vidro da cristaleira em que costumava guardá-los.

— O que você quer dizer com *estilhaçou* o vidro?

— Ele empurrou a cristaleira, que caiu e ficou aos pedaços — Logan respondeu. — Na noite em que a mulher dele foi embora.

Entendi.

— Ele dá importância àqueles prêmios, sim — Logan disse. — E se importa com você também, a propósito.

Mas tudo isso parecia demais.

— Eu passo.

Logan assentiu com a cabeça, como se estivesse dizendo "*É justo!*". Depois, ele disse:

— Vou lhe enviar um vídeo de três minutos, agora, e quero que você o veja neste momento.

Logan tinha um passado suspeito em relação ao envio de vídeos.

— Que tipo de vídeo?

— Um vídeo que eu queria ter enviado antes.

— Isso não é bem uma resposta.

— Na verdade, eu não tenho permissão para o enviar nem agora — Logan disse.

— Isso nunca o impediu antes.

Logan me ignorou.

— Tem algumas informações nele que acho que você deveria saber. Eu estava hesitante, pois seu pai estava doente. Sei que você estava passando por dificuldades. Mas acho que é melhor você saber do que ficar sem saber.

— É melhor eu saber do que ficar sem saber o quê?

— É um vídeo para você. *Para* você. Do Charlie.

— Para mim?

— Um vídeo que ele me enviou para eu enviar a você, mas não agora. Eu deveria enviar depois.

— Depois quando?

— Depois... — Logan respondeu e, então, arrematou: — Depois que ele morresse.

Morrer?

— Logan! — exclamei como se estivesse dizendo "*Que merda...?*". — Do que você está falando?

— Apenas assista ao vídeo — Logan disse. — Suba para o seu quarto agora e veja. Presumo que, quando tiver acabado, você vai mudar de opinião. Suspeito que vá querer ver o Charlie, enfim. Se eu estiver certo, você vai descer para o salão de eventos. Vou guardar um lugar para você.

O QUE MAIS eu podia fazer? Subi para assistir ao vídeo.

Eu me sentei à escrivaninha do quarto do hotel, abri meu *laptop* e cliquei duas vezes no arquivo. E eis que, na minha tela, apareceu um vídeo do Charlie. No instante em que vi, pelo rosto dele machucado, eu soube exatamente quando ele havia gravado aquilo. Foi na noite em que ele teve a briga de bar e voltou para casa completamente machucado. No mesmo dia, ele tinha recebido aquele misterioso telefonema, cujo conteúdo ele jamais revelou. Ele estava sentado, curvado num lado de sua cama, filmando com o celular, tudo amarrotado como sempre e exatamente, como me lembro, o mesmo tanto de lençóis para tudo quanto é lado.

— Emma — Charlie dizia no celular. — Se você está vendo isto agora... se Logan lhe enviou este vídeo... então, eu estou... — Charlie meneou a cabeça, como se não conseguisse acreditar naquelas palavras. — Parece o pior tipo de diálogo de filme ruim... mas, se você está assistindo a isto, é porque eu já estou morto.

Ele confirmou com a cabeça, como se estivesse esperando a ideia ser assimilada.

— Não sei por que é tão estranho dizer isso. Todo mundo acaba morrendo, um dia. O estranho mesmo é que nós todos achamos que vamos durar para sempre. — Charlie olhou para o teto como se estivesse piscando para conter as lágrimas. — Entretanto, eu gostaria de ter tido um pouco mais de tempo. Para ser sincero... Eu mal encontrei você. Tinha *acabado* de encontrar você. Certo? — Charlie fechou os olhos e passou a mão nos cabelos antes de prosseguir. — Então... é tarde. E você acabou de limpar o meu rosto e tentar me ajeitar na minha cama. Mas eu não consigo dormir, não consigo dormir enquanto não disser isto.

— Charlie respirou fundo. — No meu *checkup* de acompanhamento desta semana... deu resultado positivo para câncer de pulmão com metástase.

Charlie agarrou um punhado de cabelos e apertou os olhos por um segundo.

— É preciso fazer mais testes e responder a algumas perguntas — ele prosseguiu. — Mas eu já passei por isso antes. E, por mais que eu processe em minha mente, o único lugar bom para você... é *o mais longe de mim possível.*

Ele desviou o olhar, respirou fundo, segurou o ar, depois expirou... e, como fazia sempre, começou a tossir.

Espere... Será que era por isso que ele andava tossindo tanto? Não era alergia... mas *câncer de pulmão?*

— Você não vai acreditar — Charlie prosseguiu —, mas eu soube, naquele primeiro dia, que ia me apaixonar por você. Não fazia sessenta segundos que você estava gritando com Logan na frente da minha porta e eu já sabia. Eu senti. Eu previ! Era muito previsível.

Ele parou um pouco para esfregar os olhos. Depois, continuou:

— Eu gosto demais de você, Emma. Eu nem sabia que era possível gostar tanto assim de outra pessoa. — Ele meneou a cabeça. — E, até hoje, eu não queria nada mais do que fazer você gostar de mim também. — Ele franziu o rosto, como se estivesse pensando. — Talvez isto seja meu castigo. Talvez você estivesse certa a respeito de profecias autorrealizáveis. Tudo o que sei é que... eu não quero morrer. E eu não quero morrer porque só quero ter mais tempo para ficar com você.

Charlie parou para tossir outra vez.

Então, prosseguiu:

— É a única coisa que eu quero. É a única coisa em que *penso em* querer. Mas... adivinhe? Eu vou superar isso. Não vou arruinar a sua vida. Pela primeira vez, vou pôr outra pessoa em primeiro lugar. — Ele agarrou outro punhado de cabelo. — Não consigo acreditar na vida que você leva. Você passou dez anos cuidando de seu pai e desistiu de tudo para fazer isso comigo. Todo esse tempo, você manteve esse seu talento represado. É muito ruim ter acontecido isso.

Charlie deslizou para baixo, para se sentar ao lado da cama.

— Hoje, eu menti para você — ele continuou. — E vou continuar mentindo para você. Eu nunca lhe contei sobre nada disso. Vou afastar você, para o seu próprio bem, enquanto ainda tenho força suficiente para fazer isso. E você sabe por que... e sabe que estou certo. Se eu não fizer isso, você vai acabar tomando conta de mim assim como fez com seu pai, e eu me recuso a ser outro obstáculo a deter você. Você precisa de alguém na sua vida que a puxe para cima, não que a arraste para baixo. Confie em mim. Já passei por isso tudo antes. É uma merda, eu sei. Mas todas as opções que tenho são merdas. Essa pelo menos liberta você.

Charlie parou de falar e segurou a cabeça com as mãos, mas a câmera continuou gravando.

Quando ele olhou para cima de novo, olhou direto para a lente.

— Sinto muito, Emma — ele disse em seguida. — Eu escreveria uma centena de finais felizes para nós, se eu pudesse.

TRINTA E UM

SAÍ EM DISPARADA para o salão de eventos, depois disso. Tão rápido que quase não me lembro de como cheguei lá. Eu só me lembro de ter chorado. Chorei no elevador. Desci oito andares com duas crianças que se viraram para trás e me encararam o tempo todo. Chorei enquanto procurava meu nome para assinar na mesinha de entrada do salão. Chorei quando passei pela porta entreaberta no fundo do salão.

Meus pensamentos davam cambalhotas inacreditáveis, sobretudo com temas de negação, se eu bem me lembro. Charlie estava doente? Mas não parecia. Eu já tinha visto muitas pessoas doentes. Charlie parecia ótimo! Parecia saudável. Isso era inaceitável! Ele tinha acabado de completar o quinto aniversário de remissão! Ele já não tinha passado por problemas suficientes? Isso não devia estar certo! Ele era o *Charlie*!

O salão estava escuro, e a multidão estava em pé, aplaudindo, enquanto Charlie subia ao palco. Assim que o vi, minha atenção se voltou para ele, e o choro parou.

Ele estava aqui. Vivo. Estava bem do outro lado do salão.

Charlie, seu idiota inacreditável. Como você pôde pensar que me afastar de você era uma boa ideia?

Eu queria muito correr para os braços dele. Queria envolver meus braços em torno dele e me recusar a soltá-lo, mas me contive, fiquei quieta e só me concentrei nele sob o holofote. Ele foi até um pódio transparente e cerrou os olhos para olhar a plateia.

Charlie estava de *smoking*.

Alguém tinha arrumado o cabelo dele, que estava espetado, mas todo na mesma direção. Eu nunca o tinha visto assim, perfeito, como numa foto. Até que observei seu lencinho de bolso verde e branco.

O lenço não era quadrado, como o que ele sempre usava, mas era um triângulo, feito um leque.

Não tinha bainha feita, mas, sim, era rasgado na borda.

E não era propriamente um lenço, era... caramba! Prendi a respiração.

Era um pedaço daquele tecido verde e branco do vestido com estampa tropical que eu estava usando quando quase me afoguei. Como se talvez, em vez de o jogar fora, Charlie, sem se preocupar em encontrar uma tesoura, tivesse rasgado um pedaço dele de modo aleatório com as mãos e, depois, o dobrado e o chamado de lenço.

O efeito, porém, foi estranhamente charmoso, como se ele tivesse o bolso cheio de folhagens.

Talvez ele lançasse uma moda.

As pessoas na multidão se acomodaram em seus assentos. Olhei ao redor, à procura de Logan, e vi que ele de fato tinha guardado um lugar para mim. Mas T.J. estava sentado do outro lado dele.

T.J. estava com o boné de beisebol virado para trás no salão de eventos?

Imagino que vocês podem adivinhar a resposta. Mas, pelo bem da integridade jornalística, eu me adianto e respondo que sim, estava.

Decidi não me sentar no assento reservado e fiquei em pé no fundo do salão.

No palco, Charlie pigarreou.

Quando esperávamos que ele começasse o discurso, ele puxou o celular do bolso das calças. Então, ativando o toque do celular no botão lateral, ele se inclinou para o microfone e sua voz encheu o salão.

— Eu estou esperando uma chamada importante — ele disse, e a multidão se derreteu numa risada calorosa.

Lembrei de Charlie dizendo "A gente pode se safar de muita coisa quando as pessoas já decidiram gostar da gente!".

Eu já tinha decidido gostar dele?

Tinha.

— Estou falando sério — ele disse à multidão, colocando o celular no centro do pódio. — Estou esperando esta ligação o dia todo. E, se eu a perder agora, vou ter de esperar até amanhã. E simplesmente não vou fazer isso.

Mais risadas calorosas.

— Não vai tocar, claro — ele disse. — Não tocou o dia inteiro, e eu vou ficar aqui... quanto? Vinte minutos? Trinta, se tudo correr bem? — As pessoas observavam, ainda sem saber se ele estava brincando ou não. — Mas, se tocar... — Charlie prosseguiu, olhando para a plateia como se quisesse dizer que estava falava sério: — Eu atendo. — Ele olhou para o relógio. — Eles ficam abertos até tarde às quintas-feiras, então, eu ainda tenho uma hora.

Mais risadas.

Com isso, Charlie se acomodou, reposicionou o celular no pódio mais uma vez, inclinou o microfone para mais perto dele, pôs as mãos nos bolsos das calças e olhou para as luzes do palco.

Todos nós esperávamos qualquer coisa que viesse em seguida.

Com certeza, ele sabia comandar um auditório.

— Eu tinha planejado um discurso totalmente diferente — Charlie, enfim, começou. — Mas perdi o interesse nesse discurso. A única coisa da qual eu quero falar esta noite é do tão difamado, tão ridicularizado e, em geral, rejeitado conceito de amor.

A multidão percebeu a *vibe* dele e aguardou.

— Oito semanas atrás, eu era um desses idiotas que achava que o amor tinha sido inventado pela Hallmark para vender cartões comemorativos. Achava que era um daqueles esquemas de pirâmide emocionais. Pensava que era uma ficção a que fomos induzidos a acreditar pelos animadores da Disney. Achava que nossa única esperança de escapar era nos desligar da Matrix do Amor e encarar nosso verdadeiro inferno distópico e sem amor exatamente como ele era.

Charlie olhou ao redor enquanto a plateia aguardava.

— Então — ele prosseguiu —, conheci uma mulher que discordava disso. Discordava pra valer. De forma gritante... e sempre. A ponto de ter me feito assistir a um TED Talk sobre o tema.

O público riu muito, e com prazer.

— Ela discutia comigo — Charlie continuou. — Zombava de mim e me disse de uma forma tão implacável que eu estava errado... que ficou evidente que eu não tinha escolha a não ser me apaixonar por ela.

Mais risos.

— O nome dela é Emma Wheeler, a propósito. E ela está prestes a ser uma roteirista muito bem-sucedida. Antes de a conhecer, eu pensava que as únicas histórias dignas de ser contadas eram as realistas. Sabem, né...? Aquelas sobre zumbis.

Um estrondo de gargalhadas na multidão.

— Não sei como eu me permiti ficar tão cético — Charlie prosseguiu. — Tenho pensado muito sobre isso. Tudo o que consigo entender é que... dói ser decepcionado. Dói tanto que preferimos nunca nos animar. E é humilhante também, certo? Quão tolos somos por esperar o melhor? Quão patético é tentar ganhar depois que já se perdeu? Quanta ingenuidade é preciso ter aquele que não sabe que a humanidade é sombria, maligna e completamente irredimível? Contudo, o argumento que Emma tem usado todo esse tempo... e aqui a estou parafraseando... é este: se essas são as únicas histórias que contamos de nós, então, são as únicas histórias que temos.

Acenos de cabeça e murmúrios do auditório.

— E foi mais ou menos aonde cheguei depois de ter feito seu curso intensivo de "por que o amor importa". A humanidade, no seu pior, é uma história fácil de contar, mas não é a única história. Porque, quanto mais podemos imaginar o melhor de nós, mais podemos ser esse melhor. — Charlie acenou positivamente com a cabeça, como se, nesse momento, ele estivesse, de fato, ficando do seu próprio lado. — É mais bacana ser cético. É mais genial ser o durão, não se importar. Mas não consigo parar de pensar que isso é um tipo de covardia também. Quando tentamos escrever histórias de amor e bondade, estamos nos arriscando a ser ridículos, o que pode ser a pior forma de morte social. Minha amiga Emma, porém, continuou insistindo em afirmar que era muito importante ser corajoso e tentar. E eu estou aqui para dizer, depois de discutir com ela cada um dos pontos de vista, que, enfim, eu concluí que ela está certa.

Será que esse discurso todo era apenas para dizer que eu tinha razão?

Eu teria pensado "*Pipoca, por favor!*", se não tivesse começado a chorar de novo.

Mas, então, antes de Charlie prosseguir, o telefone dele começou a tocar.

Ele olhou para baixo.

— Oh, meu Deus — ele disse. — Aí está. É a ligação. — Depois, olhou para a multidão. — Me desculpem — ele falou, levantando um dedo. — Eu não estava brincando. Eu preciso mesmo atender.

Então, diante de trezentos convidados, ele pegou o celular e, sem pensar em descer do pódio, nem se preocupar com o microfone, encostou o telefone na orelha e atendeu:

— Alô!

Aí, ele disse:

— Aqui é o Charlie Yates. Sim.

Em seguida, uma pausa enquanto ele ouvia.

E continuou:

— Nossa... Como assim... Você está me dizendo... Há três semanas?... Entendo. Sim. Certo. Obrigado.

Então, ele desligou o telefone, guardou-o no bolso, baixou a cabeça no pódio e chorou.

Por um bom tempo.

O senhor Charlie Homem-Não-Chora Yates... *chorou*. No pódio. De *smoking*. Na frente de trezentas pessoas. Com as mãos agarradas a ambos os lados da plataforma, os ombros trêmulos, murmúrios, engasgos e choro direto no microfone, enchendo o salão com os sons amplificados, o que estranhamente fazia parecer que aquilo estava acontecendo com todos nós também.

De algum modo, era como se todos nós estivéssemos chorando. Mas só um de nós sabia por quê.

Dei alguns passos para me aproximar de onde Charlie estava, entrando num corredor entre as mesas que dava passagem direta para o pódio.

Mas eu parei quando ele, por fim, levantou a cabeça, se lembrou da multidão, esfregou a torrente de lágrimas do rosto com a manga do *smoking* e então respirou fundo para dizer:

— Tenho um comunicado para vocês.

O salão inteiro se preparou. Alguma coisa de verdade estava acontecendo ali.

— Até onde eu sei... — Charlie disse, respirando fundo de novo — tive bronquite três semanas atrás.

A multidão caiu na risada e o aplaudiu, como se isso fosse a conclusão de uma piada. E Charlie também riu, mas também continuou franzindo a testa e enxugando os olhos como se ainda estivesse muito abalado.

— Para ser claro — Charlie prosseguiu —, até três minutos atrás, eu pensava que estivesse com câncer de pulmão metastático.

As risadas desapareceram, e houve um murmúrio na multidão.

Depois, ainda observando, um pouco hipnotizada com tudo o que estava acontecendo diante de mim, dei alguns passos na direção dele por aquele corredor central.

— Mas era só bronquite — Charlie disse, em seguida, meneando a cabeça. — E agora já passou. Que reviravolta!

A plateia riu. Eu dei mais alguns passos.

— Ocorre que... — Charlie continuou — ... num exame de imagem, é difícil perceber a diferença entre uma "massa preocupante" nos pulmões e uma congestão comum do dia a dia. Foi essa a notícia que acabei de receber. Um exame de imagem permite ver o quadro com muito mais nitidez. Mas esse segundo teste de imagem tinha sido adiado porque, como o gênio que sou, eu fui para o Texas. Faltei ao acompanhamento, o que, a propósito, valeu a pena.

Ele acenou positivamente com a cabeça enquanto pensava a respeito.

— Bronquite — ele disse em seguida, balançando a cabeça. — Não estou morrendo, afinal.

Charlie inspirou profundamente, por cinco segundos e meio.

— E, agora, nem consigo me lembrar do motivo de eu estar aqui neste palco. Nem do que eu estava falando. Será que eu falava que devemos contar a nós mesmos histórias melhores sobre quem somos? Que não devemos nos privar da esperança e da possibilidade? Que a luz importa tanto quanto as trevas, talvez mais? Quem sabe eu estivesse apenas divagando sobre Emma Wheeler? Porque, sinceramente, ela está...

Nesse momento, eu entrei no reflexo das luzes do palco, perto o suficiente para ele me ver.

Nossos olhos se encontraram.

E Charlie perdeu sua linha de raciocínio.

Ele apenas ficou me olhando, ali embaixo, e eu fiquei olhando para ele, lá em cima.

— Porque, sinceramente, ela está... — ele tentou de novo, agora mais calmo, como se nem estivesse mais ouvindo a si mesmo, com os olhos fixos em mim, como se eu fosse desaparecer.

— Porque... — ele tentou outra vez. — Sinceramente, a menos que eu esteja tendo uma alucinação... Ela está aqui neste salão.

A plateia toda se esticou para olhar.

— Você está mesmo aqui? — Charlie perguntou no microfone, com a voz baixa e mais íntima, como se nós fôssemos as duas únicas pessoas por ali.

Fiz que sim.

Então, Charlie voltou os olhos para a plateia e se lembrou de onde estava. Ele ergueu, no pódio, a estatueta que havia recebido. E disse, sem pausas nem pontuação:

— Obrigado por este prêmio incrível estou mais honrado do que consigo dizer e jamais vou me esquecer desta noite.

Em seguida, ele caminhou direto para a frente do palco e, sem tirar os olhos de mim nem por um instante, pulou para baixo.

Faltavam dez passos para ele me alcançar, e, quando chegou aonde eu estava, ele ficou com o prêmio solto e largado em uma das mãos, como o mais descolado dos caras descolados.

O salão inteiro estava assistindo a essa cena e, agora, flashes disparavam.

Dei uma olhada no prêmio.

— Outro prêmio para a gaveta?

Mas Charlie, sem tirar os olhos de mim, negou com a cabeça.

— Não existe mais nenhuma gaveta de prêmios.

Esperei ele explicar.

— Tirei todos eles de lá, um por um, poli todos, pedi desculpas a todos e os coloquei numa prateleira, como alguém decidido a ser grato por suas bênçãos. Até colei a asinha quebrada do anjo.

Mantive minha expressão impassível, dizendo:

— A Associação de Mulheres Críticas de Cinema ficará muito satisfeita.

— Você ouviu tudo aquilo, agora há pouco? — Charlie perguntou, inclinando a cabeça a fim de apontar para o palco sem deixar de me olhar nos olhos.

Fiz que sim e cheguei mais perto.

— Tudo? — ele perguntou.

Assenti de novo e dei mais um passo.

— Inclusive quando eu falei que não estou morrendo?

De novo, fiz que sim.

— Então, aquela tosse que você pensava que fosse alergia... na verdade, era bronquite? — perguntei.

— Isso mesmo.

— E você estava doente quando fez o primeiro exame, mas, quando voltou para o teste de imagem, estava bem?

— Exatamente.

— Então... — eu disse. — Só para confirmar: você não está morrendo?

Charlie assentiu admirado, como se mal pudesse acreditar em si mesmo.

— Não neste momento, pelo menos.

Deixei minha mente assimilar isso.

— O que você acha? — Charlie perguntou em seguida.

— Acho que você ia preferir enfiar meu coração numa trituradora a me dizer que está doente de novo.

— Acertou. E eu faria de novo. Porque eu *não* ia ser mais uma pessoa a arruinar sua vida.

— Você não entende mesmo o que é arruinar a vida, não é?

— Você não é confiável para fazer a coisa certa para si mesma.

— Só para constar, eu jamais teria te deixado porque você adoeceu.

— Eu sei disso. Foi por isso que eu tive que deixar você primeiro.

Eu balancei a cabeça.

— Logan me enviou o seu vídeo. Aquele que eu não deveria ver antes de você morrer. E eu vim aqui decidida a obrigar você a me permitir ficar com você, aconteça o que acontecer.

— Uma decisão e tanto.

— Foi um vídeo intenso.

— Mas eu não estou doente. Por isso, agora, não importa.

— Importa que você mentiu para mim — eu disse.

— Eu confundi você — Charlie replicou, como se isso fosse diferente.

— Você disse que eu era hipocondríaca.

— Você *é* hipocondríaca.

— Mas você disse de um jeito maldoso.

Charlie baixou a cabeça.

— Me desculpe.

— Você terminou tudo comigo. Disse que não havia nenhum mal-entendido.

— Não *houve* nenhum mal-entendido. Não de minha parte.

— Você disse que não se importava comigo.

Charlie se ofendeu com isso.

— Eu *nunca* disse que não me importava com você.

— Você disse, e eu posso citar suas palavras: "Absolutamente não. De jeito nenhum!".

— Eu queria fazer um favor a você.

— Que merda de favor.

— Era uma merda de situação.

— Mas, agora, você está melhor.

— Sim — Charlie confirmou, franzindo a testa como se ainda não conseguisse acreditar. — Agora, está tudo melhor.

— Mais uma prova da minha teoria — eu disse.

— Que teoria?

— Às vezes, as coisas melhoram.

Charlie assentiu, como se aquilo fosse uma revelação.

— Acho que, às vezes, elas melhoram — ele reiterou.

Em seguida, ele se abaixou para pôr a estatueta no chão com todo o respeito e se levantou de novo para me olhar nos olhos.

— Você também ouviu a outra coisa que eu disse lá no palco?

— Que outra coisa?

— Quando eu disse que estou apaixonado por você.

— Isso parece bem familiar.

— E tudo bem?

Fiz que sim.

—Tudo bem. — Depois, acrescentei: — Melhor que tudo bem, na verdade. Porque, agora, estamos quites.

Nisso, Charlie pôs as duas mãos nos bolsos.

Olhei para uma, depois para a outra e, então, dei um passo para trás.

— Você está dando uma de Ji Chang Wook comigo, agora?

— Não sei quem é esse cara.

— O cara de gola alta que aperfeiçoou o beijo com as mãos nos bolsos.

Charlie sorriu daquele jeito que fazia as narinas dele formarem covinhas.

— Então, acho que devo estar.

— Eu já falei... — eu disse, sem conseguir me deter — que adoro suas narinas?

Oh, céus! Tinha de acontecer, eu acho. Um momento arma de Chekhov: a gente não pode se proibir de mencionar as narinas de alguém no Primeiro Ato sem, depois, fazer isso no Terceiro Ato.

Ou... espere. Talvez *este* fosse o Primeiro Ato e nós estivéssemos apenas começando.

Como que para responder, Charlie se aproximou mais, com as mãos ainda nos bolsos, como um campeão, e fechou completamente o espaço entre nós, pressionando suas coxas nas minhas e o peito dele contra o meu. Depois, inclinou a cabeça até que sua boca ficou a apenas algumas respirações da minha.

— Que tal meu ângulo? — ele perguntou, como se realmente quisesse saber.

— Você é um aluno notável — respondi.

— Você está brincando comigo? — Charlie disse. — Eu sou o melhor.

Em seguida, ele encostou a boca dele na minha e, enquanto isso, deslizou as mãos para fora dos bolsos para poder envolver minha cintura e me agarrar por ela.

Não que eu estivesse tentando escapar.

Acho que todo mundo que estava no salão começou a aplaudir, mas não tenho certeza. Eu tenho a impressão de que uma câmera ao vivo transmitia esse momento para um telão na frente, mas não posso afirmar com certeza também. Tudo de que me recordo com certeza é da sensação de meu coração se abrindo em toda a sua envergadura no meu peito, como um pássaro que decidiu se esticar completamente e voar.

Seria um final feliz?

Sem dúvida.

Também era apenas um começo. No sentido de que começos e finais são sempre mais ou menos a mesma coisa.

Nem imagino para onde vamos a partir daqui nem sei como vamos administrar tudo, tampouco sei para onde o futuro nos levará. Mas está tudo bem. Não dá para conhecer a história toda de uma só vez. E para onde estamos indo importa muito menos do que saber como chegamos aqui.

Charlie estava aqui, agora, e eu também estava.

Por ora, era suficiente.

— Estou tão apaixonado por você... — Charlie disse, depois, respirando no meu ouvido. — É terrível.

Então, eu disse:

— Vamos precisar de uma palavra melhor do que "terrível".

EPÍLOGO

ENTÃO MEU PAI, no fim, tinha razão.

Todos nós conseguimos ficar bem.

E demorou apenas dez anos.

Mas o que significa *bem*? A vida é sempre repleta de preocupações, lutas, perdas e decepções, buscas noturnas no Google de sintomas estranhos — todas essas coisas se chocando sem parar umas com as outras como roupas na secadora. Parece que nenhum de nós jamais chega a um ponto em que resolveu tudo para sempre e nunca mais terá problemas.

Não é assim que a vida funciona.

Mas, de todo modo, não é isso que o "felizes para sempre" significa.

Coitados dos finais felizes. Eles são tão maltratados e mal interpretados. Agimos como se "e eles viveram felizes para sempre" procurasse nos induzir a pensar que nada de ruim jamais acontecerá outra vez a ninguém.

No entanto, eu nunca interpretei essas palavras assim. Eu as interpreto como "e eles construíram uma vida juntos, cuidaram um do outro e fizeram o melhor que puderam da vida deles".

Isso é possível, não é? Não é ridículo.

A tragédia é um fato. Não há nenhuma versão da vida humana que não tenha grandes doses de tragédia.

A questão é o que fazemos diante disso tudo.

E O QUE nós, a nossa pequena família, fizemos?

Fizemos a única coisa que *podíamos* fazer. Tiramos o melhor proveito das coisas.

Sylvie e Salvador foram trabalhar na área médica, ele como assistente de um médico e ela como enfermeira anestesista. Moraram com meu pai no apartamento dele durante dois anos depois da fuga romântica até a senhora Otsuka ter a brilhante ideia de que seria melhor meu pai e ela morarem juntos no apartamento dela, ao lado.

Meu pai adorou a ideia, mas disse que eles deviam se casar, primeiro. O que a senhora Otsuka aceitou com prazer.

Eles fizeram uma pequena cerimônia no jardim comunitário. Salvador ajudou meu pai a levar todos os instrumentos para o apartamento do lado, e a senhora Otsuka nem precisou pôr revestimentos de espuma nos cantos pontudos dos móveis, porque, a essa altura, meu pai estava passando tanto tempo na casa dela que isso já tinha sido feito.

Ao se casar com meu pai, ela assumiu muitos cuidados. Porém, uma vez, ela me disse que valia a pena. Ele cura a solidão dela. Lança luz nas sombras dela. Ele a faz rir o dia todo e à noite também. Na visão dela, é assim: ela cuida dele, mas ele também cuida dela. E é bem simples entender que eles têm muito mais alegria juntos que jamais tiveram separados.

A propósito, meu pai começou a aprender japonês. Ele tem talento para línguas, além de uma excelente professora.

Sylvie e Salvador transformaram o antigo quarto de meu pai num quarto de hóspedes. Minha irmã também decidiu redecorar o apartamento no seu tempo livre. Desmontou nossa cama beliche da infância, deu destaque a uma das paredes com papel de estampa de flores tropicais e encheu o parapeito de suculentas em vasos pintados de cores brilhantes. Fez uma página no Pinterest e tudo.

Sylvie e Salvador estão trabalhando bastante e economizando dinheiro, na esperança de comprarem uma casa suficientemente grande para todos eles e, em algum momento, ter um bando de filhos. Sylvie até pesquisou no Google a nossa ampla e ensolarada casa da infância para ver se podia ser uma opção, mas tinha sido demolida para dar lugar a uma enorme mansão.

— Talvez tenha sido melhor assim — eu disse enquanto Sylvie reclamava disso ao telefone. — Talvez a vida esteja nos dizendo para continuar seguindo em frente.

Kenji continua vindo visitar a avó todo verão e indo ao acampamento do museu de ciências. Descobri que ele tem irmãzinhas gêmeas mais novas, que começaram a acompanhá-lo quando já tinham idade suficiente. Meu pai adora quando todas as crianças aparecem no apartamento e enchem a casa de vida, correria e risadas, e ele ensinou todas elas a tocar gaita.

— São *muitas* gaitas — Sylvie diz. — Eles podem formar uma banda em homenagem a Bob Dylan.

E EU? O que aconteceu comigo?

Eu me mudei para Los Angeles e continuo escrevendo.

Consegui meu próprio apartamento minúsculo por um tempo, bem em cima de um salão de tatuagem.

Calhou de ser bem perto da casa do Charlie, dá para ir a pé. Mas juro que foi coincidência. Pela maior parte.

Era a primeira vez que eu morava sozinha na minha vida, e fiz um ninho caprichado: reuni uma coleção de guardanapos de pano estampados com xilogravura, fiz um estoque de canecas de café excêntricas e mergulhei por completo no estilo de vida de almofadas.

— O que as mulheres têm com almofadas? — Charlie perguntou quando minha cama ficou tão lotada delas que estava difícil encontrar o colchão.

— Acho que a palavra que você está procurando é "gratidão" — respondi.

Charlie apoiava plenamente meu compromisso com a independência.

No entanto, mesmo assim, todo santo dia... ele me pedia para me casar com ele.

Coisa que eu adorava.

Apesar de, todo dia, eu me esquivar da pergunta.

Um sorriso tomava conta do meu rosto, e eu dizia:

— A gente não precisa se casar para ser feliz.

E Charlie não discordava disso.

— Só quero pertencer a você — ele dizia. — E quero que você pertença a mim.

Então, eu o empurrava contra todas aquelas almofadas de um jeito que não deixava dúvida de quem pertencia a quem.

Mas eu ainda resistia a dizer "sim" — daquele jeito que só se pode resistir quando todos sabem que você *quer* absolutamente dizer "sim". E você *vai* acabar dizendo "sim".

E a expectativa é metade da diversão.

Uma coisa ótima de sermos roteiristas é que nosso trabalho é itinerante. Por isso, passávamos os verões em Houston, no quarto de hóspedes de Sylvie e Salvador. Era uma festa: Sylvie, Salvador, seus dois *golden retrievers*, nosso pai, a senhora Otsuka (que, agora que éramos uma família, nos incentivou a chamá-la por seu primeiro nome, Mitsuko), seus três netos e eu e Charlie. Todos nós íamos de um apartamento para o outro, compartilhando comida, cuidando das crianças, ajudando, trabalhando no jardim comunitário, vibrando com a energia cinética daquele jeito alegre e barulhento que acontece, às vezes, quando os familiares se amontoam em espaços reduzidos.

Algumas vezes, até incluíamos Jack Stapleton e sua linda esposa, Hannah, nessa mistura, e todos nós nos apertávamos ao redor da mesa de jantar, com os netos em colos diferentes, e formávamos um coral que cantava de improviso depois do jantar.

E meu pai nunca deixou de chamar o Jack de "Jake Singleton".

Mas Jack nunca o corrigiu.

EU E CHARLIE acabamos indo para a Olimpíada de *line dancing* competir e levamos o ouro para os Estados Unidos?

Bem, como não há *line dancing* nos Jogos Olímpicos e como essa dança é mais cooperativa que competitiva, e uma vez que não é exatamente uma atividade que se pode vencer (a menos que se considere que apenas *estar presente/participar* seja vencer), e como recentemente distendi um músculo ao executar um *sailor step* num *coaster step*...

Não exatamente.

Mas continuamos, sim, indo às aulas.

Contudo, para evitar todo e qualquer caubói de um metro e oitenta, nós nos matriculamos num centro para idosos perto de casa, onde octogenários dançavam em círculos ao redor de nós. A própria instrutora tinha 86 anos. Ela ainda está bem firme e forte, usando um par de botas vermelhas de *strass* e uma jaqueta com franjas. Íamos toda semana, religiosamente. Charlie era adorado por todos, e eu era sempre digna de pena, mas com afeto e compaixão, que deixavam tudo bem.

— Oh, querida — diziam. — Isso não é um passo de rumba.

E, depois, me mostravam como era. De novo.

Tudo bem. Um pouco de humilhação faz a gente rir como nada mais consegue.

Eu tinha aprendido a identificar a diferença entre *direito* e *esquerdo*.

E, para constar, eu nunca me importo de ter um motivo para esbarrar no Charlie.

EU E CHARLIE continuamos escrevendo juntos? Continuamos.

E escrever "filmes para mulheres" arruinou a carreira do Charlie, como Jablowmie tinha profetizado? Charlie teria se saído melhor se tivesse emprestado seu talento ao *reboot* de *Beer Tower III*, com biquíni de tirinhas, ou seja qual fosse o projeto pelo qual T.J. estivesse encontrando Donna Cole na cafeteria naquele dia? Um projeto do qual, aliás, ela declinou. E não foi culpa minha, apesar de T.J. ainda insistir que foi.

— Você me sabotou — ele me disse em voz baixa da última vez que o vi numa cerimônia de premiação.

No mesmo momento, Charlie interrompeu dizendo "Você mesmo se sabotou!" e me puxou para ver outra pessoa.

Não vou revelar o nome de quem era a *outra pessoa*... Mas digamos que o nome dela rima com Sheryl Sheep.

Aquilo foi castigo suficiente para T.J.? Não conseguir o que ele queria *uma vez*?

Provavelmente, não. Mas é um começo.

Se vocês estão se perguntando como *Roteiristas do Amor* se saiu, vou deixar que os famosos números de bilheteria respondam. E todas as manchetes que continham a expressão "*blockbuster* surpresa". Também aquele artigo no *The Atlantic*, "Charlie Yates e sua parceira de redação estão ressuscitando a comédia romântica!". Verdade, meu nome não consta da manchete, mas a foto de página inteira é a minha, preenchendo a maior parte do quadro, com meus cabelos cacheados e volumosos penteados por um artista maquiador que também faz ensaios para a *Vogue* e me fez parecer mil por cento mais bacana do que eu sou na vida real. E Charlie, de perfil e meio fora do quadro, me olhando com admiração.

Quando vi a foto, eu disse:

— Esta foi a única vez que gostei do meu cabelo.

E Charlie retrucou:

— Tudo bem. Eu gosto dele o suficiente por nós dois.

Além disso, durante a entrevista para aquele artigo, Charlie cedeu todas as perguntas a mim e, depois, quando o jornalista se virava para saber a resposta dele, ele apenas assentia com a cabeça e dizia "O que ela disse!". Toda vez. Garantindo, do seu jeito amigável, que eu fosse citada.

Resumindo: Charlie está indo muito bem.

Assim como eu.

A propósito, eu, enfim, cedi e me casei com Charlie. E transferi minha coleção de canecas para a mansão dele. Mas até hoje ainda não tenho autorização para tocar na cafeteira.

E É ASSIM que esta história termina: com um total não de um, não de dois, mas de três casamentos.

É preciso se casar para ser feliz na vida? Claro que não.

Mas, sem dúvida, é uma boa ideia.

Meu pai obteve o certificado de reverendo *on-line* por 35 dólares, insistia para que todos nós começássemos a chamá-lo de Reverendo Papai e serviu como oficiante do meu casamento. Todos nós nos reunimos mais uma vez no jardim comunitário, cercados por uma safra abundante de pepinos ovo-de-dragão da Mitsuko — apenas um ano depois do casamento do meu pai, que tinha sido no mesmo lugar.

Eu carreguei um buquê de calêndula, que era a flor preferida da minha mãe e que a adorável Mitsuko havia cultivado para o grande dia. Também prendemos uma flor na camisa branca de tecido leve dos homens à moda de flor na lapela. Estava quente demais em junho para eles usarem paletó.

Dessa vez, na sua autoridade de oficiante, meu pai tinha algumas coisas a dizer. Apoiando-se no andador, ele nos disse a coisa mais inteligente que sabia sobre ser casado: "As pessoas dizem o tempo todo que 'casamento é difícil'...". Ele olhou ao redor, para a pequena multidão, que consistia nos membros de nossa família, Jack Stapleton e Hannah, Logan e o marido, Nico, a família de Mitsuko, que estava na cidade passando as férias de verão, e todos os integrantes do jardim comunitário.

Meu pai prosseguiu:

— Mas eu discordo. Não acho que o casamento seja difícil. Eu acho, na verdade, que, se a gente age corretamente, o casamento é a coisa que torna tudo mais fácil.

Meu pai fez uma pausa para que isso fosse assimilado.

Depois, continuou:

— Agora, vocês devem estar se perguntando o que devemos fazer para agir corretamente, não é?

Nós concordamos com ele.

— Bem, vocês têm sorte. Porque o amor é algo que se pode aprender. O amor pode ser posto em prática. É algo que se pode escolher para se aperfeiçoar nele. E sabem como se faz isso? — Ele soltou o andador para indicar que estava falando sério. — Valorizem a si mesmos.

Ele olhou em volta.

— É isso — ele disse, como se tivesse acabado seu discurso. Em seguida, acrescentou: — Bom... primeiro, certifique-se de escolher uma boa pessoa. — Então, observou as pessoas para ter certeza de que tínhamos feito isso. Depois, disse: — Mas aqui somos todos boa gente.

Sorrisos tímidos por toda parte.

Ele concluiu:

— Escolha uma pessoa boa e imperfeita, que deixa a pasta de dente aberta, coloca o rolo de papel higiênico ao contrário e põe as louças na máquina como um furão com esteroides... e valorize muito essa pessoa. Eduque-se para ver as qualidades mais encantadoras dela, mais prazerosas e melhores. Concentre-se em tudo o que ela está fazendo de forma correta. Seja grato, ou grata, o tempo todo, e ria do resto.

— E isso vale para as crianças também, aliás, e para os bichos de estimação, para os garçons e até para nós mesmos — ele finalizou. — Aí está o segredo da vida. Sejam gratos de uma forma deliberada, voraz e espalhafatosa.

Meu pai assentiu com a cabeça para nós depois, como se estivesse dizendo "*Sejam felizes*!".

Por fim, arrematou dizendo:

— Agora, vamos casar esses dois jovens.

TUDO ISSO PARA dizer... sim. Isso *foi* e *é* um "foram felizes para sempre".

Embora eu ainda — sempre — sinta a falta de minha mãe. Apesar de meu pai continuar lutando com seu equilíbrio e ter acabado de levar sete pontos depois da queda por ter escorregado no banho e de seu violoncelo ainda continuar inativo num canto do quarto onde ele o pode ver. Apesar de Sylvie e Salvador estarem tentando ter um bebê há dois anos sem muito sucesso. Embora eu ainda procure "câncer de cotovelo" no Google no meio da noite e não vá visitar papai com tanta frequência quanto gostaria. E, sinceramente, às vezes, sinto um pouco de ciúme de Sylvie, agora que ela assumiu os cuidados. Na vida, não faltam decepções. A amante Jablowmie se vingou por não ter conseguido o roteiro de Charlie. Por isso, talvez o filme dele de máfia nunca seja produzido. T.J. Heywood continua me ameaçando a cada oportunidade que tem — recusando de forma obstinada uma redenção. A adorável Mitsuko tem um vizinho novo irritante, que insiste em borrifar inseticida na erva-borboleta que ela plantou para alimentar as lagartas de borboleta-monarca.

E Cuthbert, o porquinho-da-índia, jamais venceu a melancolia, e acabou acompanhando seu irmão para o outro lado do arco-íris.

Assim é a vida.

A tragédia é um fato.

As histórias humanas são infindáveis, mas todas elas terminam do mesmo jeito.

Por isso, o que importa não pode ser *para onde vocês estão indo*. Tem de ser *como vão chegar lá*.

Foi o que eu concluí.

Tudo tem a ver com os detalhes que a gente observa, as alegrias de que desfrutamos e a esperança da qual não abrimos mão.

Tudo diz respeito a escrever a melhor história de sua vida.

Não apenas o modo como você a vive, mas como você decide contá-la.

Agradecimentos

Sempre fico em pânico quando chega a hora de escrever os agradecimentos porque sempre tenho medo de deixar de fora pessoas importantes, mas sempre acabo fazendo isso. Seja quem for, meu muito obrigada — e me perdoe por ter esquecido de mencionar você!

Antes de prosseguir, deixe-me agradecer às pessoas adoráveis da Macmillan Audio pelo apoio e pelos cartões de Natal assinados à mão todo ano. Calorosos e sinceros agradecimentos a Emily Dyer, Katy Robitzski, Amber Cortes, Matt DeMazza, Guy Oldfield e Michelle Altman. Tive muita sorte porque a Macmillan encontrou duas maravilhosas narradoras para os meus livros — Therese Plummer e Patti Murin —, e porque elas me permitiram, de uma forma tão gentil, registrar histórias e notas para elas ao longo dos anos. Sou muito grata por fazer parte disso tudo!

Roteiristas do Amor é uma história que combina um trabalho que conheço melhor do que ninguém, pois sou escritora, com um trabalho que conheço bem pouco: o de roteirista. Os maiores e mais calorosos agradecimentos a duas amigas que, junto comigo, fizeram a pesquisa sobre a vida de roteirista. São elas: a produtora e roteirista de TV Alison Schapker (de *Alias*, *Brothers & Sisters*, *Scandal*, *Westworld*) e a diretora/

roteirista de longas-metragens Vicky Wight (*The Lost Husband, Happiness for Beginners*). Sou muito grata a elas pelo tempo que me dedicaram para me darem uma ideia de como a vida é de fato.

Agradeço à doutora Lindy McGee e a Rhonda Sherman, Ph.D., por me ajudarem em alguns assuntos médicos, e ao doutor Mark Brinker por diagnosticar a bronquite do Charlie. Também gostaria de agradecer à doutora Jocelyn Abrams pelos preciosos conselhos que me deu sobre como a ansiedade funciona.

Agradeço à querida amiga de família Nelda Jasper por me apresentar às alegrias da *line dancing*. Sou muito grata também a Britt Beresik, da Cross The Line Dancing Houston, por não ter me envergonhado em sua aula, porque, assim como Emma, sou uma comédia na *line dancing*. Obrigada também a minha filha, Anna, que, por capricho, teve aulas de *line dancing* comigo num verão e não me deixou abandonar quando descobri que eu era péssima naquilo. Agradeço a minha amiga Laura Laux, que passou a me acompanhar nas aulas depois que Anna voltou às aulas da faculdade. E, por falar em alegria, agradeço muito a Janis Goldstein e suas filhas, Bailey e Emery, por me deixarem passar um tempo com os porquinhos-da-índia delas, Oli e Apple, e por terem me ensinado muito sobre esses bichinhos. Também preciso agradecer a meu cunhado, Matt Stein, por sua ajuda na pesquisa sobre o Japão. Muita gratidão também à minha querida amiga Maria Zerr por nossa conversa franca, profunda e relevante sobre as alegrias e os perigos de nossos cabelos cacheados. Maria, dedico a você o scrunchie da Emma.

Alguns livros muito bons me influenciaram enquanto eu escrevia este ano. *The Grieving Brain: The Surprising Science of How We Learn from Love and Loss*, de Mary-Frances O'Connor, e *The Power of Fun: How to Feel Alive Again*, de Catherine Price, os dois me deram muito sobre o que refletir. Também adorei o prático e útil livro de Judson Brewer, M.D., Ph.D, *Unwinding Anxiety: New Science Shows How to Break the Cycles of Worry and Fear to Heal Your Mind*.

Também preciso agradecer a um piloto anônimo da Southwest Airlines que uma vez segurou um avião para um passageiro — de um jeito muito semelhante ao que aconteceu neste meu livro. Li, anos atrás, um artigo sobre o ocorrido e o guardei comigo todo esse tempo — sabendo que pode acontecer e aconteceu, mesmo que dificilmente aconteça alguma vez, acrescenta um pouco de luz a este mundo.

Já agradeci a Vicky Wight por me deixar entrevistá-la sobre a redação de roteiros, mas tenho de agradecer de novo por transformar meu romance *Happiness for Beginners* em um filme para a Netflix. Obrigada também a Melissa Ryan, da Netflix, por toda a sua incrível publicidade para o filme e por garantir que o livro fosse incluído com tanto destaque! Estou transbordando de alegria pelo fato de esse livro ter conseguido uma segunda chance de encontrar seus leitores anos depois de sua primeira edição! Obrigada também a Stephanie Hockersmith, da Pie Lady Books, e a Katelyn Cole, da Bookcase Beauty, por virem a Houston para comemorar!

Não consigo acreditar na sorte que tenho de trabalhar com uma das melhores pessoas de todos os tempos do mundo editorial. Minha agente, Helen Breitwieser, da Cornerstone Literary, tem estado comigo desde o início, e nunca desistiu. Muita gratidão e muito obrigada às pessoas generosas da St. Martin's Press, que se empenharam para que meus livros chegassem aonde chegaram: Christina Lopez, Katie Bassel, Erica Martirano, Brant Janeway, Kejana Ayala, Lisa Senz e Anne Marie Tallberg. Obrigada também à designer de capas Olga Grlic e à ilustradora Katie Smith pela beleza que criaram. Minha profunda gratidão especialmente à minha inspiradora e brilhante editora, Jen Enderlin. Gostaria que houvesse uma palavra maior para "agradecida".

Por fim, todo o amor e carinho para minha incrível família: Lizzie e Scott Fletcher, Shelley, Matt e Yazzie Stein, Bill Pannill e Molly Hammond. Agradeço também a meu sobrinho Wiley Fletcher e sua esposa, Courtney Tee, por terem me convidado para oficiar o casamento deles na encosta de uma montanha no Colorado. Um pouco do que eu disse naquele dia está reproduzido neste livro. Por último, sou mais do que grata aos meus divertidos filhos, Anna e Thomas, a minha mãe, Deborah Detering, e ao marido de meus sonhos, Gordon Center, por me tornar melhor todo santo dia.

E a você. Claro, *você*. Se você está lendo este livro, muito obrigada. Foi você que o tornou possível. As pessoas sempre me enviam comentários do tipo "Continue escrevendo!". E eu sempre penso: "*Com certeza, vou continuar escrevendo... contanto que vocês continuem lendo*!". Certo? Só cheguei até aqui por causa de vocês. Só escrevo livros porque vocês os leem. Por isso, muito obrigada por lerem e muito obrigada por serem presentes. Sou infinitamente grata por essa reciprocidade.